KB043042

악녀는 모래시계를 되돌린다
II

악녀는 모래시계를 되돌린다 2

1판 1쇄 발행 2018년 1월 30일
1판 9쇄 발행 2022년 1월 5일

지은이 ㅣ 산소비
발행인 ㅣ 신현호
편집장 ㅣ 예숙영
편집 ㅣ 이혜영
편집디자인 ㅣ 한방울
영업 ㅣ 김민원
물류 ㅣ 이순우 박찬수

펴낸곳 ㈜디앤씨미디어
출판등록 2002년 5월 1일 제117-90-51792호
주소 서울시 구로구 디지털로 26길 111 JnK디지털타워 503호
대표전화 (02)333-2513 팩스 (02)333-2514
전자우편 dncbooks@dncmedia.co.kr
디앤씨북스 블로그 http://blog.naver.com/dncbooks

ISBN 979-11-6140-019-3 04810
ISBN 979-11-6140-017-9 (SET)

악녀는 모래시계를 되돌린다

II

산소비 장편소설

iᵇ
BOOK

Contents

9. 시험 그리고 시련
(Ⅱ)

9. 시험 그리고 시련(II)

미엘르가 프레데리크 공작가에 방문한 며칠 뒤, 아리아는 편지 한 통을 받았다. 그것은 늘 편지를 주고받던 오스카에게서 온 것이 었다.

'이상하네, 오스카의 편지가 도착한 지 얼마 되지 않았는데…….'

심지어 답장조차 아직 하지 않았다. 그런데 왜 편지가 한 통 더 온 것일까. 의아함에 고개를 갸웃대며 열어 보자, 안에는 뜻밖의 내용이 적혀 있었다.

『졸업이 얼마 남지 않아, 앞으로 편지를 주고받을 수 없을 것 같습니다. 부디, 몸 건강히 잘 지내시기를.』

……어째서? 지금까지도 눈코 뜰 새 없이 바쁘지 않았는가. 그런 데 왜 갑자기 편지를 주고받을 시간마저 없다는 건지. 고작해야 글

자 몇 자 쓰는 정도인데, 그것마저 못할 정도로 바쁘다고?

믿기지 않아 몇 번이고 편지를 다시 읽었다. 하지만 다시 읽는다고 해서 적힌 내용이 바뀌는 일은 없었다. 그가 보낸 편지에는 마지막만을 알리는 글자가 전부였다.

"아직 답장도 하지 않았는데 무슨 일이시래요?"

"얼마나 아가씨가 보고 싶으셨으면……! 오스카 님도 꽤 의외시네요!"

"편지지를 가져올까요?"

"……."

딱딱하게 굳힌 얼굴로 아무런 반응도 내보일 수 없었다. 마지막을 고하는 이에게 답장을 쓴다 한들 매달리는 것밖에 되지 않겠고, 쓰지 않자니 그와의 인연이 끝나 버린다.

'분명 다 잡았다고 생각했는데…… 이렇게 쉽게 끝이 날 줄이야…….'

너무나도 뜻밖의 상황에 도대체 어떻게 해야 할지 몰랐다.

도무지 방도가 떠오르지 않아 편지를 테이블 위에 올려놓고 침대에 누웠다. 돌연 피곤함이 몰려왔다. 한숨 자고 나면 무언가 떠오를지도 몰랐다.

"아가씨?"

"혹시 어디 아프세요……?"

아리아의 상태가 심상치 않음을 느낀 제시와 애니가 침대에 누운 그녀를 힐끗대다가 이내 심상찮은 기색을 읽었는지 조용히 방에서 나갔다.

아리아는 눈을 감은 채 생각했다. 모래시계가 조금만 더 먼 과거로 돌아갈 수 있었다면 왜 이렇게 됐는지 알아보기라도 할 텐데,

고작해야 5분을 돌리는 것으로는 아무것도 알아낼 수 없었다.

아무도 없어 조용해진 방 안에서 눈을 감고 있던 아리아는 잠시 낮잠을 잤다. 급격한 피로를 느낀 탓이기도 했고, 오스카와 틀어진 상황을 외면하고 싶은 탓이기도 했다. 그렇게 잠이 든 아리아는 해가 지기 시작해 방 안이 주홍빛으로 물들었을 때쯤 눈을 뜰 수 있었다.

아무런 꿈도 꾸지 않은, 깊은 잠을 잔 덕분에 급격히 나빠졌던 기분은 한결 나아졌다. 더불어 이대로 가만히 있을 게 아니라 오스카에게 까닭을 묻는 편지를 쓰자고 결심할 수 있었다.

『왜 갑자기 그런 결정을 하셨나요? 혹시, 무슨 일이라도 있으신가요? 걱정이 되네요. 바쁘시다면 늦어도 좋으니 편지를 그만하자는 말은 말아 주세요, 부디.』

평생 누군가에게 매달려 본 적이 없었기에 마지막에 적은 '부디'라는 말에 자존심이 상했다.

그래도 어쩌겠는가. 그는 미엘르에게 상처 줄 수 있는 가장 훌륭한 패였다. 이대로 그를 미엘르에게 빼앗길 순 없었다.

'그러니 부디……'

모처럼의 인연이 끝이 나지를 않기 바라며 편지를 봉했다. 그리고 시녀 중 한 명을 불러 오스카에게 전해 달라고 하려던 참에 누군가 방문을 두드렸다. 기척을 내자 안으로 들어온 것은 제시와 애니, 두 사람 모두였다.

"아가씨! 아가씨이!"

"무슨 일이야?"

들어오자마자 큰 소리로 소란을 피우는 탓에 아리아가 애니를 타박했다. 그럼에도 그녀는 잔뜩 찌푸린 인상을 피지 않고 우는 소리를 냈다.

"어쩌면 좋아요, 아가씨!"

"무슨 일이냐니까."

아무것도 아닌 일로 자신을 괴롭힐 리 없는 애니였다. 본능적으로 무언가 잘못되었다고 느껴 그녀를 재촉했다.

"아니, 글쎄요……. 어휴…… 오스카 님께서…….

"오스카 님?"

오스카가 왜? 당장 아리아에게 편지를 그만두자고 이별을 고한 그였다. 또 무슨 일이 일어났기에 애니가 우는 소리를 내는가. 아리아의 얼굴이 조금씩 창백해졌다.

"미엘르 아가씨께 선물을 보내셨는데……."

"……그런데?"

"글쎄, 편지에 약혼을 언급하셨대요!"

……약혼이라고? 소식을 전해 들은 아리아의 안색이 마치 밀랍과도 같이 변했다. 분명 있을 수 있는 일임에도 오늘 도착한 편지와 그것이 맞물려 영원한 이별을 고하는 것처럼 느껴졌기 때문이다.

"지금 밑에서 얼마나 자랑 중인지 몰라요! 편지 내용을 노래하듯 읊고 있다니까요? 정말 눈 뜨고는 못 봐 주겠더라고요!"

씩씩대는 애니의 뒤로 난처한 얼굴의 제시가 보였다. 애니의 소란이 당황스러움과 동시에 그녀 또한 기분이 상한 모양이었다.

"……정확히 뭐라고 언급했다고 하니?"

"그게……. '훗날 약혼식에서 금 장미를 두르실 미엘르 영애를 생각하니 가슴이 뛰어 잠이 오지 않습니다.'라고 하셨대요……!"

오스카가 그렇게 로맨틱한 사람이라고? 자신에게는 단 한 번도 그런 말을 한 적이 없었다. 해 보았자 드레스가 잘 어울린다는 상투적인 말 정도였다. 그런데 미엘르에게 저런 낯간지러운 편지를 보냈다고?

아리아의 표정이 오묘해졌다. 눈동자를 굴리는 것이 영 믿기지 않는다는 얼굴이었다. 애니 역시 이에 동의하는지 목소리가 더더욱 커졌다.

"말도 안 되는 거죠! 그 오스카 님께서 갑자기 미엘르 아가씨께 다정하게 구실 리가 없잖아요? 그간 오스카 님께서 미엘르 아가씨께 무뚝뚝하게 구시는 걸 얼마나 많은 시녀들이 봤는데요!"

말을 하는 도중에 열이라도 오른 것인지 애니가 손부채로 제 얼굴을 식히며 말을 이었다.

"지난번에 공녀님을 만나셔서 뭐라고 하신 게 틀림없어요! 공녀님을 만난 후엔 늘 저렇게 오스카 님의 이름으로 선물이 보내져 오곤 했으니까요. 오스카 님께서 억지로 보내셨든지, 아니면 공녀님께서 오스카 님의 이름으로 보내신 거든지. 둘 중 하나겠죠."

아아, 애니. 너를 내 곁에 둔 게 다행이라고 생각하는 날이 왔구나. 수다스러운 그녀 덕분에 조금이나마 안심할 수 있었다. 그녀의 추측이 사실이라면 얼마나 좋을까.

그렇다고 오스카에게서 도착한 이별이 사라지는 것은 아니지만 최소한 공녀의 입김이 닿았다는 원인 정도는 찾을 수 있었다. 더불어, 이 이별이 오스카의 본심이 아닐 수 있다는 점도.

"애니, 너는 항상 내게 도움을 주는구나. 너만큼 머리가 좋은 시녀를 본 적이 없어."

"가, 감사합니다, 아가씨."

"아주 흥미로운 이야기, 고마워. 다음에 또 무슨 재미난 소식이 생기면 꼭 알려 주렴."

"예! 걱정 마세요!"

씩씩하게 다시 정보를 구하러 떠나는 애니의 뒷모습은 퍽 믿음직스러워 보였다. 저택에서 저만큼 수다스럽고 떠벌리기 좋아하는 시녀가 또 있을까. 같은 편으로 만들어 참으로 다행이라 생각하며 편지를 제시에게 건넸다.

"오스카 님께 전해 줘."

"예, 아가씨. 바로 보낼까요?"

"응. 그리고…….."

아리아가 쉬이 말을 잇지 않는 통에 제시가 눈을 깜빡이며 뒷말을 기다렸다.

"그리고 만약에…… 받지 않으신다고 하시면 오스카 님의 발치에 던져서라도 전하고 오라 해 줘."

"……예?"

"무슨 수를 써서라도 받게 만들라는 말이야."

"아, ……예."

제시가 고개를 갸웃거리며 방을 나갔다.

그로부터 조금 시간이 지난 뒤, 저녁 식사 시간이 되어 아래층으로 내려간 아리아는 눈에 띄게 웃고 있는 미엘르를 마주할 수 있었다.

'지금 당장 저 가녀린 모가지를 비틀어 버리고 싶군.'

모래시계를 사용할까. 비틀어 죽여 버린 뒤 바로 모래시계를 돌리면 되지 않을까. 상상으로는 벌써 수천 번은 죽인 미엘르를 물끄러미 응시하다 이내 시선을 치웠다. 오늘만큼은 그녀에게 그 어떤 것으로도 이길 수 없다는 것을 알았기 때문이다.

잠시 볼일이 생겨 외출했다가 식사 시간에 맞춰 돌아오겠다는 백작을 기다리며 미엘르의 화사한 낯짝을 힐끗댔다. 머리에 꽂은 핀과 목에 건 목걸이에 장미 모양으로 세공한 보석이 달려 있었기에 그것이 오스카가 준 선물임을 직감했다.

더욱이 그녀의 뒤에 선 엠마의 표정이 씰룩이는 것을 보아 아주 기분이 상했다. 그녀는 늘 오만하고 재수 없는 눈빛으로 자신을 쳐다보았다. 마치 저주라도 하듯 경멸의 눈초리도 서슴지 않았다.

'꼭, 너도 같이 없애 주마.'

그렇게 원한다는 눈길로 응시하니 어쩔 수 없지 않겠는가. 제 주인과 같은 최후를 맞이하게 해 주는 수밖에. 마지막에 꼭 저 눈을 도려내 버리겠다는 상상을 하던 그때, 외출을 했던 백작이 돌아왔다. 그런데 분명 혼자 나갔던 그는 어째선지 둘이 되어 돌아왔다.

"밤늦게 죄송합니다."

"레인을 만나러 나갔던 참이라 함께 왔네. 같이 저녁이라도 드는 게 좋을 것 같아서 말이야."

백작이 레인의 어깨를 두드리며 말을 이었다.

"세관에서 귀찮게 굴어서 말이야. 레인을 부르니 단박에 해결해 주더군."

"세관에 주인님의 인맥이 있어서 다행입니다."

"나도 꽤 인맥은 넓지만 세관만큼은 당해 낼 수가 없었어. 고지

식한 자들이라 아무리 구슬려도 들어 먹지를 않아. 레인의 주인이
라는 분이 참 대단하신 분이지."

"하하, 주인님께 전해 드리겠습니다."

활짝 웃는 미엘르와 언제나 꽃처럼 싱그러운 백작 부인, 그리고
일이 잘 풀려 한껏 흥이 오른 백작과 속을 모를 미소를 짓는 레인.
때문에 아리아는 그들을 따라 어색하게 웃어야만 했다. 속으론 하
염없이 저주의 말을 쏟을지라도.

"세관에는 무슨 일로 다녀오셨는지 여쭤봐도 될까요?"

"아아, 별일도 아닌데 처리가 늦어져서 다녀왔다. 이제 겨울이
끝났으니 들어온 모피를 다시 내가려던 참이었는데, 글쎄 세관에
서 터무니없는 세금을 매기지 뭐냐. 한번 수도로 들어온 이상 수도
에 등록된 모피이니 다시 내갈 때도 세금을 내라고 하더구나."

"어머나, 세상에……. 너무하네요."

"나도 그렇게 생각했단다. 다행히 들어온 지 반년이 지나지 않은
물품에 한해선 세금을 감면해 준다기에 신청했건만……. 이놈들이
순서대로 일 처리를 해야 한다며 한 달이 넘게 연락을 주지 않더구
나. 하필이면 사치품이라 얼마나 세금을 많이 매기는지!"

"때마침 레인 님께서 도와주셨군요!"

"그렇다고 볼 수 있지. 천만다행이었어."

백작이 뚫지 못한 세관을 마음대로 주무를 수 있다니……. 레인
의 주인이 대단할 거라고 생각은 했지만 생각보다 더 대단함에 감
탄을 삼켰다.

"거하게 대접을 했어야 했는데……. 고작해야 저택에서 준비한
평범한 저녁이라 면목이 없어."

"아닙니다. 충분히 만족하고 있습니다."

"정식으로 날을 잡아서 만찬을 여는 게 어떨까요?"

"나쁘지 않구나. 어떻게 생각하나, 레인?"

"시간이 맞으면 꼭 참가하도록 하겠습니다."

백작이 레인과 미엘르를 번갈아 보며 흐뭇하게 웃었다. 만약 오스카라는 존재가 없었다면 레인과 미엘르를 엮고 싶다는 얼굴이었다. 더욱이 미엘르가 날을 잡아 만찬을 열자고 한 부분에선 입이 귀에 걸릴 정도로 짙은 웃음을 지었다.

'아직 정체도 모르는 이거늘.'

도대체 무엇이 저 딱딱하고 이윤만을 따지는 백작의 경계를 허물었을까. 아무리 도움을 주는 사람이라고 해도 볼일이 끝나면 냉정하게 돌아서는 그였다. 그런데 저택에 자유로이 출입하는 것을 승낙하고 만찬을 열자는 말에 동의할 정도면, 레인과 그의 주인이 백작에게 준 도움이 아주 컸을 게 분명했다.

아리아는 이 상황이 마음에 들지 않았다. 그녀는 오늘 몇 달간 공을 들인 이에게 이별을 통보받았는데, 다른 이들은 모두 행복해 보이지 않는가. 마음 저 깊숙한 곳에 숨겨 둔 본성이 꿈틀거렸다. 자신만 빼고 모두가 행복한 이 상황을 망쳐 버리고 싶었다.

'최소한 미엘르만이라도.'

미엘르만이라도 얼굴을 찌푸리며 입을 닫게 하고 싶었다. 빌어먹을 저 목걸이가 자꾸 눈에 걸렸기 때문에.

'아아, 그러고 보니…….'

과거의 기억에 따르면 앞으로 백작은 모피 이외에도 비슷한 사치품으로 꽤 골머리를 썩게 된다. 올해 여름이 지나고부터 주로 거래를 하던 상단들이 줄줄이 파산해 세금 문제는 뒷전이 되어 버려 끝끝내 이 문제를 해결하지 못한다.

'그때 해결한 것이 카인이었던가.'

그 일로 카인은 백작에게 퍽 인정을 받고 로스첸트 백작가의 새로운 백작으로서 활개를 치게 된다. 하지만 그건 아주 나중의 일이니, 당장 그 해결책을 아는 이는 아리아 혼자였다.

'오늘 일진이 마냥 사납지만은 않을 모양이야.'

이렇게 필요할 때 생각이 났으니 말이다.

탐탁지는 않지만 백작의 신임을 얻고 미엘르보다 자신이 우월하다는 것을 보여 줄 수 있으며, 더 이상 레인의 도움을 받지 않아도 되는 최선의 방책이었다.

'더불어 내 목을 내려치라 지시했던 카인의 미래마저 빼앗을 수 있으니.'

드디어 아리아의 입매가 호선을 그렸다. 내내 굳은 얼굴로 묵묵히 식사만 하던 그녀의 변화를 가장 먼저 눈치챈 것은 백작 부인이었다. 미엘르에게는 짝이 있으니 레인, 혹은 그의 주인과 제 딸아이를 연결시키는 게 어떨까 고민하던 참이었기 때문이다.

그렇기에 그녀는 아리아가 또 무슨 대단한 발언을 할까 내심 기대하며 화사한 미소를 지었다.

"앞으로도 비슷한 문제가 발생할지 모르니 빨리 해결책을 강구해야 할 텐데 말이야."

본래 백작의 고민은 좀 더 훗날 일어날 문제였으나, 모피라는 새로운 사업 아이템이 그 시기를 줄여 주었다. 지금은 달리 문제점이 없으니 여유롭게 이런저런 생각을 하다보면 방도를 생각해 낼지도 모른다.

그렇게 둘 수야 없지. 아리아가 서둘러 백작에게 조언을 하려고 한 그때, 레인이 먼저 선수를 쳤다.

"미엘르 영애께선 이번 문제를 해결할 방법이 있다고 생각하십니까?"

"아……."

하필이면 미엘르에게 묻다니. 레인은 아직도 그녀가 똑똑하다고 생각하는 것인가? 어떻게 보면 똑똑할지 모른다. 귀족 영애로서만 평가한다면 손색이 없을 정도니까.

하지만 그것은 사업과는 관계가 없는 일로, 이전의 영광 역시 아리아에게서 훔쳐 간 영광인 탓에 물어도 소용이 없다. 눈치가 빠른 편이라 지금쯤이면 알아차렸을 거라 생각했는데, 아직도 그녀에게 미련을 가지다니 멍청하기 그지없다 생각하며 코웃음을 쳤다.

"글쎄요……. 생각해 본 적이 없어서 바로 떠오르지 않네요."

"아무래도 그렇겠습니다만, 이런 자리가 반복되어 최선의 방법이 나오기도 하니까요. 미엘르 영애께선 그간 백작님의 사업에 여러 가지 조언을 주셨으니, 대충이라도 떠오르는 생각이 없으신지 궁금합니다."

레인이 그녀 자신을 점점 더 지옥으로 몰아넣는 길인지도 모르고 미엘르가 얼굴을 붉혔다. 그녀는 잠시 미소를 잃지 않은 채 고민에 빠져 있다가, 이내 좋은 생각이 났는지 눈을 빛내며 입을 열었다.

"세관의 직원들과 친해지는 방법이 제일 좋을 것 같아요. 아버지께선 그간 부단히 노력하셨음에도 힘드셨다고 하니, 레인 님께서 소개시켜 주는 게 어떨까요?"

"소개······요?"

"예! 레인 님께서 이번 일을 바로 해결해 주셨잖아요. 그러니 세관에 친분이 있으신 분을 아버지께도 소개해 주시면 어떨까 생각해서요."

정말이지······. 미엘르, 너는 어쩜 그렇게 마음에 쏙 드는 말만 골라서 할까. 너무나도 1차원적인 그녀의 생각에 아리아가 터져 나오려는 웃음을 애써 참으며 샐러드를 입에 넣었다. 드레싱이 과해 새콤달콤한 맛이 입 안에서 터져 정신을 분산시켰다.

귀족 영애답다면 귀족 영애다운 대답에 그 누구도 그녀의 말에 장단을 맞추지 못했다. 그저 분위기를 파악한 백작 부인만이 '우리 미엘르는 사교성이 좋으니까.'라며 어설픈 동조를 할 뿐이었다.

"······그렇게 볼 수도 있겠군요."

레인의 안색이 눈에 띄게 어두워졌다. 드디어 미엘르에 대한 미련을 접었을까? 영문을 모르는 미엘르는 눈을 동그랗게 뜨며 눈치를 보았고, 백작은 말없이 고기를 썰었다.

오스카의 편지를 받고 한껏 나빠졌던 기분이 다시 상승했다. 나서려면 지금이겠지. 냅킨으로 입매를 닦은 아리아가 조용히 입을 열었다.

"미엘르, 네 의견에 동감해. 여러 방면에 인맥을 쌓는 것은 중요하다고 생각해. 하지만 문제가 생길 때마다 누군가에게 도움을 요청해야 한다면, 스스로 할 수 있는 게 없다는 걸 증명하는 꼴이 되니 조금 창피한 일이 아닐까."

"아······. 제 말은 그런 게 아니에요. 세관 문제는 아버지께서도 힘들어 하시니 그것만 도움을 받자는 이야기죠."

설마 공격당할 줄 몰랐던 모양인지 미엘르가 서둘러 변명했다. 이에 아리아가 차마 몰랐다는 듯 사과했다.

"아아, 그 이야기구나? 내가 조금 오해했나 보네! 미안해, 미엘르."

"······아니에요, 언니. 언니는 아직 백작가에 들어온 지 2년밖에 되지 않았으니, 잘 모르실 수 있죠."

그래, 결국엔 내가 무식해서 섣불리 입을 열었다는 말이구나. 그런 말을 반복할수록 자기 자신이 멍청하다는 걸 입증한다는 걸 정말 모르는 걸까. 너무나도 상대할 가치가 없는 대답에 굳이 카인의 아이디어까지 말할 필요가 있나 생각이 들 정도였다.

"그럴 수도 있겠구나. 나는 세금을 내지 않기 위해선 수도 바로 근처에 창고를 개설하는 편이 좋다고 생각했는데······. 아무래도 백작가에 들어온 지 얼마 되지 않아 이런 편협한 생각을 한 거겠지."

짧게나마 생각을 피력한 덕분에 백작과 레인의 시선이 따라붙었다. 자세히는 듣지 못했지만 무슨 소리냐는 얼굴이었다.

백작은 지난번 모피 사업에 도움을 준 아리아였기에 관심을 가졌고, 레인 또한 몇 번 그녀의 총명함을 겪었기에 눈을 빛냈다. 어리석은 미엘르만이 천박한 악녀가 어떤 헛소리를 할지, 벌써부터 비웃을 준비를 하고 있었다.

"수도 바로 근처에 창고라니······ 구체적으로 뭘 뜻하는 거지?"

"앗, 그저 별 도움이 되지 않을 작은 생각일 뿐이에요. 신경 쓰지 마세요, 아버지."

아리아가 정색하며 손사래를 쳤다. 그러자 이번에는 레인이 대답을 재촉했다.

"아닙니다. 모든 생각은 아주 작은 것부터 시작하는걸요. 저도 궁금합니다, 아리아 영애."

"정 그러시다면⋯⋯. 비웃지 마시고 그저 어린 아이의 소박한 생각이라 여기고 들어 주세요."

"누가 널 비웃는다는 말이냐. 걱정하지 말거라."

네 친딸이 방금 전에 비웃지 않았니? 선택적으로 귀가 머는 것도 아닐 텐데 백작이 시치미를 뗐다.

"음⋯⋯. 별건 아니에요. 그저 수도가 가장 세금을 많이 매기니 수도 근처에 창고를 만들어 수요가 있을 때만 물건을 들여가는 게 낫지 않을까 생각했죠. 아주 평범한 발상이죠?"

아주 평범하지만 그럼에도 그간 백작은 생각해 내지 못했던 것이었다.

물론, 그런 발상 자체가 필요 없긴 했다. 모피 같은 계절상품을 취급한 적이 없으니 굳이 들여온 물건을 다시 내갈 필요가 없었기 때문이다.

한 번 들여온 물건은 재고가 바닥날 때까지 파는 것이 보통이었다. 더욱이 백작은 다년간의 경험으로 인해 그 수량을 적절히 조절하는 능력까지 갖추었다. 이런 일이 일어날 거라곤 꿈에도 상상하지 못했을 것이다.

'조금만 시간이 더 있었다면 백작 또한 생각해 낼 수 있었을 간단한 발상이지만⋯⋯.'

그렇지만 물건이든 생각이든 선점한 자가 승리자였다. 아직 생각해 내지 못한 이들은 패배자가 되어 버리는 것이다.

"간단한 발상이라니요. 아주 좋은 생각 같습니다. 특히 앞으로 사업을 넓히실 백작님께는 더욱 그렇지요."

"내 생각도 그렇군. 수도를 제외하곤 타 지방으로 넘어가는 데 세금이 거의 들지 않으니 말이야."

"애초에 그곳에서 거래까지 마친다면 세금을 낼 필요도 없겠습니다. 개인은 착용하거나 짐으로 들여오면 되는 일이니까요."

"하! 정말 그렇군! 상단이라 할지라도 어차피 수도로 들어가는 물건들은 내가 관리할 테니, 수도 밖에서 구입해 곧장 지방으로 가져가면 되는 일이지 않나!"

"맞는 말씀이십니다. 생각의 차이 하나로 모든 세금을 절약해 대량의 이익을 볼 수 있는 대책을 찾은 것과 마찬가지군요!"

두 사람은 금광이라도 찾은 것처럼 수다스럽게 창고가 가질 이점에 대해 이야기했다. 수도에 모든 물자와 개발이 치중되어 있으니 땅값이 저렴할 거라며 백작이 크게 웃었다.

그사이 아리아가 제 등 뒤를 힐끗대었다. 상자를 들고 있는 제시가 보였다.

깜찍하기도 하지. 최근 주의를 단단히 주어서 그런 걸까. 시간을 되돌려 그 상자가 어떻게 쓰이는지도 모르면서 늘 가지고 다니라는 아리아의 부탁을 어김없이 지키고 있었다.

'바로 돌려서 백작과 레인이 했던 말까지 선수를 쳐야겠어.'

고작해야 창고가 생겨 세금을 줄일 수 있게 되었다는 이야기밖에 듣지 못했던 그녀는 백작이 미엘르에게 자신의 공을 훔쳐 주었던 것처럼 그의 생각마저 훔치기로 결심하고 제시에게 모래시계를 건네받아 곧장 모래시계를 돌렸다.

"아리아, 비웃는 건 걱정 말래도. 여기서 널 타박할 사람은 아무도 없단다."

아아, 아주 딱 맞는 타이밍에 돌아왔구나.

아리아가 방긋 웃었다. 카인의 아이디어, 그리고 백작과 레인의 생각까지 모두 가져가 오롯이 그녀 혼자 영광을 누릴 찬스가 도래했기에.

"그럼…… 편협하겠지만 제 구체적인 생각을 말씀드릴게요. 세금을 대량으로 절약할 수 있으리라 예상하는 그런 편협적인 생각이요."

그리고 너희들의 생각이기도 하지. 조곤조곤 천천히 설명하는 그녀의 말에 백작과 레인의 눈이 점점 커졌다. 처음 창고 이야기를 했을 때부터 괜찮은 생각이라 여겼던 그들은, 덧붙이는 설명들이 구체적임에 놀라움을 감추지 못했다.

"……그런 생각을 도대체 어떻게 하셨죠?"

"그저 가만히 혼자 생각하다 떠오른 것뿐이랍니다. 별로 대수롭지도 않지요."

"아뇨……. 대수롭지 않다니요. 지금 당장 필요한 사안인 데다가, 장기적으로 수익에 큰 기여를 할 수 있는 대단한 생각인데요."

"그렇게 봐주시니 감사할 따름이에요."

수줍은 척하는 아리아의 미소에 상황 파악이 되지 않은 미엘르가 훈수를 두었다.

"……그렇지만, 창고를 새로 만들면 만드는 비용이나 새로 추가될 인건비, 유지비 같은 게 걸림돌이 되지 않을까요?"

"단순하게 보면 그럴지도 모르겠습니다만, 품목을 늘려 사업을 확장한다면 이야기가 달라집니다. 이번에 백작님께서 들여오신 모피의 세금보다도 적을 테고요."

"아……. 모피의 세금이 그렇게 컸나요?"

"그럼요. 사치품이니까요. 하하, 미엘르 영애께선 모피가 유행할 거라는 사실만 아셨던 모양입니다. 그것도 대단하지만요!"

레인이 농담처럼 말했지만 식당에는 정적이 흘렀다. 저렇게 자폭하는 수도 있구나. 미엘르와 백작의 대처가 기대됐다.

'하지 않은 것을 했다고 말해 영광을 누렸으니 대가를 치러야지.'

그것도 장본인이 바로 눈앞에 있는데 훔쳐 가다니. 그대로 처형시켜 성벽에 매달아도 시원치 않을 것들이었다. 아리아는 눈을 빛내며 미엘르가 입을 열기를 기다렸다.

"모피의 유행…… 이요?"

영광을 훔치는 것은 백작의 단독 행동으로, 미엘르에게는 언질하지 않은 모양인지 그녀가 어리둥절한 얼굴로 고개를 갸웃댔다. 이에 같이 어리둥절한 레인이었다. 왜 대화가 통하지 않는지 이해할 수 없는 모양이었다.

"……일단 식사부터 하지. 좋은 방법을 찾아서 그런지 갑자기 식욕이 치솟는군!"

그들의 대화를 끊은 것은 백작이었다. 그가답지 않게 큰 소리로 어서 식사를 하자 권했다. 그 옆에서 백작 부인이 떨떠름한 표정을 지었고, 미엘르는 제 아버지의 말을 따라 식사를 계속했다. 진실을 은폐하기 위한 공작이었다.

'창피한 줄은 아나 보네.'

영광을 되찾지는 못했지만, 굳이 되찾아 레인의 관심을 받을 생각은 없었기에 아리아는 백작의 말을 따라 조용히 식사를 재개했다. 로스첸트의 사람들이 모두 입을 닫고 식사를 재개했기에 레인 역시 더는 캐묻지 못한 채 어딘가 석연치 못한 얼굴로 그들을 따랐다. 백작은 식사가 끝날 때까지 아리아를 쳐다보지 않았다.

갑자기 조용해진 저녁 식사를 끝내고 방으로 올라가려던 참이었다. 밤이 늦어 차 대접을 하진 못하겠다는 백작의 말에 백작 부인이 어색하게 웃으며 동조했다.

제 딸이 빼앗긴 영광을 알아차리기라도 한 것일까. 백작의 기분을 상하게 할 수 없었던 그녀의 최선이었을지도 모른다. 아리아는 그녀의 생존 본능을 아주 잘 알았기에 아무런 토를 달지 않고 모르는 척 먼저 실례하겠다며 자리를 비웠다.

'이제 레인은 다시 찾아오지 않을 테지.'

조금만 생각하면 진실을 알 수 있을 것이다. 사실을 알고 분개할지도 모르는 일이다. 그도, 그의 주인도. 계단을 오르는 아리아의 발걸음이 가벼웠다. 키득키득 새어 나오는 웃음소리에 제시가 그녀를 힐끗댔다.

하지만 그 웃음은 오래가지 못했다. 며칠 뒤에 미엘르가 선물을 받았기 때문이다. 오스카에게서 온 선물이었다. 안에는 아름다운 드레스와 구두, 장갑, 그리고 장신구까지 들어 있었다.

『친애하는 미엘르 영애.
간소하지만 부디, 이시스 누이의 생일 파티에 입고 오셨으면 합니다.』

오스카는 정말 그녀에게 마음을 주려고 작정이라도 한 듯 다정한 편지까지 곁들였다. 게다가 '부디'라니. 자신이 오스카에게 보낸 편지에 적은 말이 아닌가. 편지를 다시 쓸까 몇 번이나 고민하다가 겨우 보낸 글자였다.

그런데 그 '부디'를 다른 이도 아닌 미엘르에게 적어 보내다니. 1층 홀에서 미엘르의 요망한 얼굴을 직면한 아리아는 곧장 바닥으로 쓰러질 것 같은 느낌에 휩싸여 서둘러 제 방으로 돌아갔다.

"아가씨……!"

"혼자 있게 해 줘."

발을 동동 구르며 울먹이는 애니를 내보내자 오롯이 혼자가 되었다.

'오스카는…… 오스카는 진정 나와 인연을 끊기로 결심한 건가.'

그렇지 않다면 이렇게 매정할 리 없지 않은가.

아직 답장조차 받지 못한 그녀였다. 부디 편지를 계속하고 싶다는 진심을 담았지만 그 마음은 미엘르에게 보내는 선물로 돌아왔다.

이불을 뒤집어쓰고 엉엉 울고 싶은 심정이었다. 아무도 없으니 한 번쯤은 괜찮겠지. 그래서 아리아는 홀로 이불을 뒤집어쓰고 슬픔을 토해 냈다.

모래시계를 되돌려 갖게 된 기회가, 무용지물이 되었기 때문에.

* * *

며칠 뒤, 미엘르는 오스카가 보낸 선물을 전신에 두르고 프레데리크 공녀의 생일 파티에 참가했다. 공녀는 여성의 나이로 성인이었으나 아직 미혼인 데다가 약혼을 목전에 두고 있는 탓에 해가 지지 않은 시간대에 생일 파티를 열었다.

그녀와 혼담이 오가는 이가 황태자였기에 더욱 그러했다. 장차 황비가 될지도 모르니 몸가짐을 바로 하겠다는 의미였다. 그리고 그녀의 주변인을 비롯한 대다수의 사람들은 그것이 당연하다고 생각했다. 장차 이시스 공녀가 황태자를 견제할 황비가 되는 것은 지극히 당연하고 자연스러운 일이라고. 귀족파를 등에 업은 결과이기도 했다.

마차에서 내린 미엘르는 공작가의 시종들에게 묻고 물어 이시스의 소재지를 알아냈다. 저택을 통째로 파티 회장으로 활용한 탓에 찾는 것이 쉽지 않았기 때문이다.

이시스의 생일을 축하하러 모인 사람들이 많아 시종들도 그녀가 어디에 있는지 제대로 파악하지 못했다. 미엘르는 저택을 반 바퀴나 돌아 겨우 이시스의 곁에 도달할 수 있었다.

"이시스 공녀님!"

"미엘르 영애! 와 주셨군요! 세상에……! 오늘따라 너무 아름다우신 것 아닌가요?"

그녀가 놀라며 미엘르를 칭찬했다. 미엘르가 얼굴을 붉혔다.

"정말이요? 사실…… 오스카 님께서 보내신 의복과 장신구예요! 오늘 꼭 입고 오라고 하시더라고요."

"오스카가요? 그 무뚝뚝한 아이가 어떻게……. 정말 미엘르 영애를 좋아하는 모양이에요."

"그렇다면 정말 좋겠어요."

미엘르는 오스카가 그럴 확률이 낮다는 걸 알면서도 기대하지 않을 수가 없었다. 그간 무뚝뚝한 대응으로 일관했던 그였지만 모두에게 그런 태도였기 때문이다.

그런데 최근에는 조금 달랐다. 매춘부의 딸에게 보내는 눈길이 심상치 않아 경계했는데 어느새 이렇게 돌아오지 않았는가. 아무리 공녀가 주의를 주었다고 해도 정말로 마음이 없다면 이렇게까지 열과 성을 들이진 않을 것이다. 그러니 기대를 하지 않을 수가!

"이제 곧 공녀님의 약혼도 머지않았겠어요."

"황태자 전하께서 빨리 성인이 되셔야 할 텐데 말이에요. 남자와 여자의 성인 기준이 다르다는 건 꽤 불편하고 번거로운 일이군요."

황태자는 공녀와 동갑인 열여덟 살이었으나 아직 성인이 아니었다. 남성 귀족은 일반적으로 아카데미를 졸업하고 가문을 잇기 위한 공부까지 겸하기 때문에 여성보다 두 살이 많아야 성인으로 인정했다.

"공녀님께서 황비가 되신 후에, 남자의 성인 기준도 열여덟 살로 내리시면 되지 않을까요?"

"그래야겠어요. 제일 먼저 고쳐야 할 부분인 것 같군요."

이미 황비가 될 거라는 가정하에 이루어진 대화는 어색함 없이 자연스러웠다.

"백작님께서는 평안하신가요?"

"그럼요. 사업도 늘 번창하고 있답니다."

"그것참 다행이네요."

백작 부인의 안부는 없었다. 그녀들에게 있어선 논할 가치가 없는 하찮은 존재였기 때문이다. 어차피 시간이 지나 꽃이 지면 버리겠지. 미엘르도 이시스도 백작이 취급하는 백작 부인의 가치는 그 정도에 그칠 것이라 생각했다.

"조금만 기다려요. 오스카가 금방 올 테니까. 아직 옷매무새를 가다듬는 중이라서요. 영애가 오신다고 긴장한 모양이에요."

"정말인가요? 사실 저는 오스카 님의 복장은 아무래도 좋아서……. 빨리 뵙고 싶네요."

"분명 기다리신 영애를 만족시킬 만한 모습으로 나타날 테니, 기대하셔도 좋을 거예요."

이시스의 말에 미엘르의 양 뺨과 귀가 붉어졌다.

"모처럼 준비한 음식과 음료이니 부디 파티를 즐겨 주세요. 오스카가 오면 영애의 테이블을 알려 줄게요."

"네, 공녀님……."

갑자기 오른 열 때문에 부채로 제 얼굴을 반쯤 가린 미엘르가 근처 빈 테이블에 자리를 잡았다. 그에 미엘르를 알아본 몇몇 영애들이 서둘러 빈자리를 채웠고, 허전함을 느낄 새도 없이 그녀의 주변이 사람으로 가득 찼다.

"영애께선 어쩜 이렇게 아름다우실까요!"

"오늘따라 더 빛이 나시는 것 같아요."

"생일을 맞으신 이시스 영애께서도 무척이나 아름다우시니, 제국에서 가장이라도 해도 손색이 없는 두 분께서 같은 성을 가질 날도 머지않았네요."

"어머나, 무슨 말씀이세요. 그 전에 이시스 공녀님께선 제국에서 가장 고귀한 '프란츠'라는 성을 가지게 되시겠죠."

"제가 실례를 했네요. 정말 죄송해요!"

이유는 하나였다. 미엘르는 장차 프레데리크 공작가의 안주인이 될 재목이었기 때문이다. 공녀까지 살뜰히 챙기는 것을 보면 그것은 기정사실에 가까웠다.

일정 수준 이상의 귀족 모두에게 편지를 돌렸기에, 초대를 받아 생일에 참석하기는 했으나 공녀와 친분을 쌓기 어려운 이들은 아직 나이가 어리고 다루기 쉬워 보이는 미엘르를 공략했다.

"저도 어서 빨리 그날이 왔으면 좋겠어요."

언제나 그랬듯 미엘르가 달콤하게 웃으며 대답했다. 실상은 자신을 둘러싼 이들의 이름조차 모르는데 말이다. 아무런 가치가 없는 자들에게는 한결같은 웃음을 지을 수 있었다. 듣고 싶은 말만 듣고 그것에만 대꾸하는 것. 그것이 미엘르가 배운 사교였다.

"어? 저기 오스카 님 아니신가요?"

"정말이네요!"

한 영애가 가리키는 곳으로 시선을 돌리자, 가문의 문장이 가슴에 수놓인 정장을 차려입은 오스카를 발견할 수 있었다. 머리카락을 모두 넘겨 어른스러움이 돋보였다.

어쩜 저리도 멋있을까. 미엘르가 순수하게 감탄했다. 그가 곧장 이시스에게 다가가 무어라 대화를 주고받더니 이내 미엘르가 있는 테이블로 시선을 돌렸다.

"어머, 이쪽으로 오실 모양이에요!"

수다스러운 영애가 오스카의 행동을 예측했다. 그녀의 말대로 오스카의 발걸음이 향한 곳은 미엘르가 있는 테이블이었다. 점점 다가오는 그를 차마 기다리지 못한 그녀가 자리에서 일어났다. 성큼성큼 걷는 걸음걸이에 오스카는 눈 깜빡할 새 오스카가 지척까지 다가왔다.

"그간 평안하셨습니까."

"……네! 오스카 님도요?"

"예."

오스카의 태도가 퍽 다정했다. 딱딱한 말투는 조금 누그러져 있었고, 표정 또한 그러했다. 그가 미엘르의 옆자리를 차지한 영애에게 양해를 구하고 그녀의 옆에 자리했다.

'설마, 이게 꿈은 아니겠지……?'

꿈이라면 부디 깨지 않기를 바랐다. 그녀는 눈도 깜빡이지 못했다. 그저 하염없이 다정한 오스카를 응시할 뿐이었다.

그는 정말로 미엘르를 사랑하겠노라 결심한 것인지, 시종일관 그녀의 편의를 도모했고 말을 걸어 주었다. 미엘르는 반쯤 넋이 나간 채로 그의 정성을 받았고, 주변에선 두 사람이 아주 잘 어울린다며 입에 발린 소리를 했다.

"보기 좋은 한 쌍이죠?"

"공녀님……!"

이에 두 사람의 친목을 도모한 장본인인 이시스가 부채질을 했다. 주요 손님들에겐 인사가 끝난 모양인지, 그녀 또한 오스카의 옆에 자리했다.

어차피 진짜 인맥은 이런 사소한 파티에서 친분을 과시하지 않는다. 극소수의 사람들과 은밀한 장소에서 만나 조용히 담소를 나누는 것이 진짜 그녀의 인맥이었다.

생일 파티는 그저 부와 권력을 과시하기 위한 자리이므로 오랜 시간 힘을 들여 쓸모없는 사소한 이들과 대화를 나눌 필요는 없었다.

"영애와 떨어져 있는 동안, 오스카가 꽤 외로웠던 모양이에요. 이리도 다정하다니. 이 누이에게도 그렇게 하면 좋으련만."

"……."

그가 어떻게 행동할지 관찰이라도 하는 듯 이시스가 눈매를 가늘게 좁혔다. 이에 오스카는 별다른 대꾸 없이 조용히 차를 마실 뿐이었다.

"저도 그랬답니다. 어서 아카데미를 졸업하셨으면 좋겠어요. ……그럼, 매일 볼 수 있을 테니까요."

발그레 달아오른 뺨이 이토록 잘 어울리는 소녀가 있을까. 미엘르가 세상을 다 가진 듯 맑게 웃었다.

"그나마 다행인 것은 오스카가 이번에 졸업한다는 점이겠지요. 이제 영애를 슬프게 하는 일은 없을 거예요."

슬프게 하지 않는다는 말에는 두 가지 의미가 포함되어 있었다. 방금 전에 언급한 외롭게 하지 않는다는 의미와, 오롯이 그녀에게 마음을 줄 거라는 의미.

미엘르는 그 두 의미를 모두 알아챘다. 그래서인지 이시스의 생일이 아닌 자신의 생일처럼 느껴졌다. 두 사람은 오스카를 사이에 두고 과거와 현재, 그리고 앞으로 있을 일을 입에 담으며 한가로이 대화를 즐겼다.

대부분이 약혼과 결혼에 대한 이야기였는데, 식에서 입을 드레스부터 시작해 저택에서 사용할 방까지 거침이 없었다. 그런 그들을 방해하는 사람이 나타난 것은 그로부터 얼마 지나지 않았을 때였다.

"이시스 님……!"

공작가의 집사가 체면도 잊고 이시스에게 달려왔다. 무엇이 그리 급한지 모르겠다며 이시스가 혀를 찼다. 그녀에게 다가온 집사는 지체하지 않고 그 까닭을 털어놓았다.

"화, 황태자 전하께서 오셨습니다!"

"……뭐?"

황태자의 방문에 퍽 놀란 것인지 집사가 주변에 모두 들릴 만한 큰 목소리로 고했다. 놀란 이시스가 굳어 아무런 대꾸도 하지 못했다. 그리고 그것은 오스카도 마찬가지였다. 겉으로만 약혼 이야기가 오갈 뿐, 정작 두 사람은 사이가 그다지 좋지 않았기 때문이다. 그런 황태자가 어째서 이시스의 생일 파티에……?

"황태자님께서 공녀님의 생일을 축하하러 오신 게 분명해요!"

그 사실을 모르는 미엘르가 목소리를 높였고, 그제야 정신을 차린 이시스가 서둘러 안쪽으로 모시라고 지시했다. 하지만 지시를 받은 집사가 그 일을 수행할 필요는 없었다. 이미 그녀가 있는 장소를 안 황태자가 기다리지 않고 직접 움직였기에.

아무리 귀족파가 우세한 정세라고 해도 황족은 황족이었다. 다음 황제가 될 황태자의 등장에 이시스를 시작으로, 손님들이 허리와 고개를 숙여 정중히 그를 맞이했다.

"화, 황태자 전하를 뵙습니다."

"오랜만이야, 이시스 공녀. 생일을 축하하지."

"감사합니다, 전하."

황태자는 공녀에게 아주 담백한 인사만을 남기고 시선을 돌렸다.

그의 시선이 향한 곳은 깊숙이 허리를 숙여 얼굴이 보이지 않는 미엘르였다. 그녀는 처음 만나게 된 황태자라는 존재에 미약하게 몸을 떨고 있었다. 그 모습이 퍽 가여워 보였는지 황태자가 미소를 지었다.

"그대가 로스첸트 미엘르 영애인가. ……이상하군. 조금 작아진 것 같은데."

어째서 오스카도 아닌 미엘르에게 관심을 갖는지 모를 일이었다. 재력이 대단하다고는 하나 아직은 백작가의 영애일 뿐이었다. 설마 외모가 아름답다고 소문이 나서? 아니면 어린 나이에도 우아함과 기품이 출중하다고 해서? 그도 아니면 공녀를 화나게 할 작정으로? 설마, 만난 적이 있나?

정원에 모인 이들이 머릿속으로 온갖 상상을 펼쳤다. 이시스 또한 마찬가지였다. 그녀가 입술을 깨물며 둘 사이에 무슨 일이 있었는지 추측해 갔다.

"이야기는 아주 많이 들었지. 영애도 내가 궁금했을 거라 생각해."

미엘르는 황태자가 뭐라고 하는지 도통 이해할 수 없었다. 처음 황족을 만나 굳어 버린 몸과 마음 때문이기도 했고, 그가 공녀가 아닌 자신에게 계속 말을 거는 탓이기도 했다.

"그러니 이제…… 얼굴을 마주하며 대화를 할 시기가 되었다고 생각하는데, 영애는 어떻게 생각하지?"

미엘르가 반사적으로 작게 고개를 저었다. 황태자와 얽히고 싶지 않았다. 그녀는 오스카만으로도 충분했다. 공녀의 짝인 그와 얽혔다간…… 분명 오스카를 잃고 말 것이다.

그러나 이를 무시하듯 황태자가 재차 고개를 들라고 명령했다. 황족의 명령이었다. 거절할 수 없었다. 그녀뿐만 아니라 모두에게 고개를 들라고 하는 탓에 들지 않을 수가 없었다.

도대체 이게 무슨 일이야……!

천천히 고개를 드는 그녀의 눈에 점점 표정을 굳히는 황태자의 얼굴이 보였다.

일이 뭔가 잘못되어 가고 있었다.

* * *

저택을 나온 레인은 곧장 황궁으로 돌아갔다.

오늘따라 황태자의 방으로 향하는 발걸음이 무거웠다. 늘 이상하다고 생각했지만 오늘은 정말 확실하게 이상했다. 로스첸트가의 영애는 정말로 영민한 게 맞는 것인가.

매번 실망스러운 모습을 보인 그녀였지만, 오늘 저녁 식사에서는 더욱이 그러했다. 나이를 생각한다면 꽤 지식이 풍부하다고 볼 수 있었으나 백작의 사업에 도움을 줄 만큼은 아니었기 때문이다.

'오히려……'

오히려 평민 출신이라 들었던 아리아 쪽이 훨씬 똑똑했다. 미엘르에 비교해서 똑똑한 것이 아닌, 정말로 그녀는 똑똑한 것 같았다. 비록 그녀는 그 사실을 티 내고 싶어 하지 않는 듯 보였지만.

이따금 깜짝 놀랄 만큼 뛰어난 발언을 하는 아리아는 언제 그랬냐는 듯 다시 조용해지곤 했다. 마치 일부러 그렇게 봐 달라는 것처럼 말이다.

하지만 레인은 곧 그녀의 그런 행동을 파악할 수 있었다. 치고 빼는 행동이 자연스럽지 않았고 어쩐지 감정에 휩쓸리는 듯한 모습 때문이었다. 아직 아이인 만큼 감정 조절이 어려운 듯 보였다.

'그리고 오늘 반응도 이상했고……'

모피 사업에 대한 이야기를 꺼내자 미엘르가 어리둥절한 표정을 지었다. 그에 관해선 전혀 모른다는 얼굴이었다. 딱딱하게 굳은 백작의 얼굴이나 당혹스러워하는 백작 부인, 그리고 마지막으로 홀로 태연했던 아리아.

'설마……'

아니겠지. 지금까지 생각하고 유추한 것을 토대로 정리를 하면 백작에게 큰 도움을 준 영애는 미엘르가 아닌 아리아라는 결론이

나왔다.

그러면 안 되는데. 레인이 제 머리를 쥐어뜯으며 소리 없는 절규를 쏟아 냈다. 그렇다면 지금까지 헛다리를 짚어 개고생을 했다는 소리가 아닌가. 만약 황태자가 이 사실을 알게 된다면 그녀를 미엘르라 칭했던 이들에게 엄청난 시련을 줄지도 모른다.

예를 들면 당장 내일까지 수도에 핀 꽃이 전부 몇 송이인지 세어 오라든가, 수도의 유동 인구가 얼마나 되는지 파악해 오라든가.

어떻게든 결과물을 만들어 가져가면 왜, 어째서, 무슨 까닭으로 이런 결과가 나왔는지 다섯 시간 이상을 추궁하곤 했다. 그는 늘 그런 식으로 수하들을 굴렸다. 차라리 때리는 것이 나았다.

'그렇다면 어쩔 수 없지. 나 혼자서라도 빠져나가는 수밖에.'

하루빨리 사실대로 보고해 혼자서라도 고난과 역경을 회피하는 수밖에 없었다. 그렇게 생각하며 이마와 콧잔등에 선연한 식은땀을 닦았다.

괜찮다, 괜찮을 것이다. 애초에 자신은 황태자에게서 '백작'과 그의 딸인 '미엘르'에게 접근하라는 명령을 받아 일을 시작했을 뿐이었다.

시키는 대로 백작과 친분을 텄고, 미엘르에게서도 호의를 받았다. 더욱이 어쩌면 황태자가 찾고 있는 소녀가 미엘르가 아닌 아리아일지도 모른다는 결과물마저 얻지 않았는가. 다른 이들이 짚은 헛다리를 바로잡은 셈이 되니, 오히려 칭찬을 해 주실지도 모르는 일이었다.

똑똑.

"아스테로페 님, 레인입니다."

이유 있는 자신감에 넘쳐 방문을 두드리자, 안쪽에서 들어오라는 목소리가 들렸다. 레인이 자신이 생각한 아주 그럴듯한 결론을 보고하러 자신만만하게 안으로 들어갔다. 소파에서 책을 읽던 그가 들어오는 레인을 보고 인상을 찌푸렸다.

"표정이 왜 그렇지?"

"……예?"

"기분이 나빠지는 얼굴이야."

얼굴을 어떻게 하라는 말일까. 혼자 살아남을 길을 발견했다고 너무 들떴던 것일까. 레인이 한껏 올라간 광대를 매만지며 아스테로페에게 보고했다.

"오늘도 미엘르 영애에게서 별다른 특이점은 찾지 못했습니다. 제 생각엔…… 미엘르 영애는 전하께서 딱히 주목하실 만한 재목이 아닌 것 같습니다."

"어째서?"

"몇 번이나 심도 깊은 대화를 나눠 보려 노력했습니다만, 그때마다 돌아온 것은 아주 평범하고 무난한 대답들이었기 때문입니다."

"고양이처럼 이리저리 잘 빠져나가는 소녀야. 감히 나를 두 번이나 골탕 먹였지. 아주 깜찍하게도 말이야."

그가 자신을 곤혹스럽게 만들고 유유히 사라졌던 그녀를 생각하기라도 하는 듯 작지만 유쾌하게 웃었다.

"그러니, 잘 구슬리라고."

그러더니 돌연 신경질적으로 테이블 위에 책을 내려놓으며 말했다. 그 소리에 놀란 레인이 한차례 몸을 떨었다. 고양이처럼 이리저리 잘 빠져나간다니, 그 미엘르가 말인가?

레인이 겪은 미엘르는 고양이라기보단 곰에 가까웠다. 타고난 큰 몸집과 배경밖에 무기가 없는 아둔한 곰. 이것저것 배워 말은 잘하지만 실속이 없었다. 더불어 눈치도.

그에 반해 아리아는 정말로 고양이 같았다. 살짝 올라간 눈초리로 관찰하듯 빤히 주시하는 눈빛이 그러했고, 갑작스럽게 치고 들어와 순식간에 모습을 감추는 것이 그러했다.

때문에 레인은 정말로 황태자가 말하는 소녀가 미엘르가 아닌 아리아가 아닌가 하는 생각이 들었다. 황태자가 착각한 게 아닌지, 이름을 잘못 알고 있는 건 아닌지 말이다. 레인이 침을 꼴깍 삼켰다.

"아스테로페 님, 죄송합니다만 몇 번이나 백작가에 방문한 제 개인적인 의견으로는…… 전하께서 말씀하시는 그 소녀가 미엘르 영애가 아닐 거라는 생각이 듭니다."

아스테로페가 다시금 신경질을 낼 것 같아서 레인이 서둘러 뒷말을 이었다.

"오히려 장녀인 아리아 영애가 전하께서 찾는 소녀가 아닐까 싶습니다."

"아리아?"

"예. 평민 출신으로 2년쯤 전에 백작의 재혼으로 로스첸트가의 장녀로 들어왔습니다."

"아아, 그 소문의 영애로군."

아리아의 소문이 지극히 넓고 깊게 퍼져 있던 탓에 아스테로페도 금세 그녀의 소문을 떠올릴 수 있었다. 매춘부 모녀와 결혼한 백작이 정신이 나갔다는 소문까지도. 미엘르를 알아보며 찾은 정보이기도 했다.

"소문에는 악령에 쓴 것 같은 외형이라고 했는데. 내가 찾는 소녀는 말했다시피 제국에서 보기 드문 미인이었고."

"저도 그렇게 들었습니다만, 소문은 소문일 뿐이었습니다."

오히려 전하께서 설명하신 외형과 비슷했죠.

레인이 덧붙이자 아스테로페가 생각에 빠졌다.

"전하께선…… 찾으시는 영애께 직접 이름을 들으신 겁니까?"

"아니, 그런 건 아니야. 로스첸트가의 마차를 타고 사라지는 걸 봤을 뿐."

"그럼 역시 전하께서 찾으시는 영애는 아리아 영애가 아닐까 생각합니다만."

"하지만 그녀는 평민 출신이라 들었는데."

그러니 백작의 사업에 조언을 한다든가 정보를 얻는 부분에서 뒤처지지 않겠냐는 말이었다. 레인 역시 처음에 그렇게 생각했으나 지금은 아니었다. 오늘 열린 저녁 식사에서 특히 그렇게 느꼈다.

'마치 대외적인 이미지를 위해 아리아 영애의 공을 미엘르 영애의 것인 양 둘러댄 것처럼.'

그리고 아리아는 그것을 알고 있었다는 듯 태연하게 행동했다.

'그러고 보니 백작은 모피 사업에 대해 이야기할 때 '딸아이'라고 표현을 했을 뿐, 정확한 이름은 말하지 않았어!'

그 뒤에 이어진 것이 미엘르의 자랑이었기에 동일 인물이라 막연하게 추측했는데, 백작에게서 정확한 이름을 듣진 못했다. 아스테로페가 미엘르를 찾고 있다 하여 당연히 그것이 미엘르일 것이라 생각한 탓이다.

"제가 만나 본 아리아 영애는 태초부터 귀족인 것처럼 우아하고 총명했으며, 소문과는 전혀 달랐습니다."

반복되는 레인의 주장에 아스테로페가 고민에 빠졌다. 갑자기 미치지 않는 이상 레인이 헛소리를 할 리가 없었기 때문이다.

"아무래도 전하께서 직접 만나 보시는 게 좋을 듯싶습니다."

"그래, 네가 그렇게까지 말한다면야 확인해 볼 가치는 있겠지."

그 누구도 직접 이름을 확인하지 않았다. 얼굴은 황태자와 기사인 소르케밖에 모르는 상태였다. 그리고 그 두 사람은 얼굴과 이름을 정확하게 확인하지 않은 상태에서 단순히 로스첸트가의 영애일 것이라는 정황만으로 그녀를 미엘르라고 여겼다.

"이번 공녀님의 생일 파티가 어떠신지요?"

"공녀의 생일?"

"예. 미엘르 영애께선 프레데리크의 장남과 인연이 있으니 반드시 참가하리라 생각합니다. 불편하시겠지만 잠깐 얼굴만 비추시어 확인을 하시는 것이 어떨까 생각합니다."

공녀와 마주치는 것은 영 껄끄러운 일이었지만, 그렇다고 백작가에 방문할 수도 없는 일이었으니 확인할 기회는 그때가 유일했다.

어차피 처음과는 달리 최근에는 귀족파가 요구하는 것들을 순순히 따르고 있는 상황이니, 방문한다고 하여 달리 의심을 받진 않을 것이다. 오히려 굴복한 것으로 보여 귀족파를 방심하게 만들 가능성도 있었다.

"좋아, 그럼 그렇게 하지."

＊　＊　＊

"너는…… 누구지?"

"예……?"

반쯤 고개를 든 미엘르에게 쏟아진 말이었다. 아스테로페가 섬뜩할 정도로 딱딱한 얼굴로 그녀를 쏘아보고 있었다.

"네가 미엘르라고?"

"……!"

미엘르는 너무 놀란 나머지 고개를 제대로 들지도 못한 채 바들바들 떨었다. 마치 자신을 부정하는 듯한 말투에 소름이 끼쳤다. 왜 저렇게 차가운 눈으로, 말투로 자신을 다그치는지 이해할 수 없었다.

"……하. 정말 네가 미엘르라고?"

아스테로페가 기가 차다는 듯 헛웃음을 뱉었다. 이상함을 느낀 이시스 공녀가 저절로 찌푸려지는 얼굴을 펴고 조심스레 그 까닭을 물었다. 지금 여기서 그녀의 편은 아스테로페가 아닌 미엘르였다.

"아스테로페 전하, 미엘르 영애가 무슨 잘못이라도 저지르기라도?"

"아니."

이시스가 물었음에도 아스테로페의 시선은 미엘르를 향해 있었다. 그가 어미를 잃은 작은 새처럼 떠는 미엘르의 전신을 한차례 훑더니 자조적인 말투로 대답을 이었다.

"잘못은 내가 저지른 것 같군. 인사를 했으니 나는 이만 가 보지. 즐거운 시간 보내도록 해, 공녀."

미엘르의 얼굴을 확인한 그가 더는 미련이 없다는 듯 차갑게 돌아섰다. 그제야 칼날 같은 시선에서 벗어난 미엘르가 밖으로 튀어나올 듯 급격하게 뛰는 제 심장을 부여잡고 자리에 주저앉았다. 오스카가 서둘러 그녀를 부축했다.

"미엘르 영애, 도대체 전하와 무슨 일이 있었던 거죠!?"

쓰러진 그녀를 이시스가 닦달했다. 그러나 단 한 번도 아스테로페와 인연이 닿지 않았던 미엘르는 알 길이 없었다. 그녀가 새하얗게 질린 얼굴로 고개를 저었다.

"모, 모르겠어요……. 저는 전하를 처음 뵙는걸요."

이시스가 혀를 찼다. 귀족파에 굴복하고 생일을 축하하러 나타난 줄 알았더니, 인사는 겨우 한마디만 건네고 미엘르를 닦달한 뒤 사라졌기 때문이다. 도대체 황태자의 목적이 뭐였을까. 이시스를 비롯한 정원에서 그 장면을 목격한 이들이 모두 그렇게 생각했다.

"정말 뵌 적이 없나요?"

"그, 그럼요."

"그럼 왜 미엘르 영애를 찾아서 얼굴을 확인하고……."

아니라는 듯 돌아섰을까.

거기까지 물으려던 이시스는 정말 미엘르가 황태자와 아무런 상관이 없는 것일지도 모른다는 생각이 들었다. 그래서 얼굴을 확인하고 돌아선 것인가. 생각했던 것과 달라서?

"흐흑……."

황태자의 거친 말과 태도, 그리고 이시스의 재촉에 미엘르가 기어코 눈물을 쏟아 냈다. 아무리 어릴 때부터 수많은 교육을 받아 귀족 영애의 표본이 되었다 한들, 미엘르는 고작 열네 살이었다.

더불어 지금까지 사랑과 호의 속에서 커 온 그녀가 견디기엔 너무나도 큰 시련이었다. 미엘르를 안은 오스카의 손에 힘이 들어갔다. 무슨 일이 있었는지는 모르겠지만, 많은 사람들 앞에서 모욕을 주기엔 미엘르가 너무 어렸다. 그녀를 좋아하고 말고를 떠나 구슬피 울고 있는 미엘르는 퍽 가여운 모습이었다.

"미안해요, 미엘르 영애. 내가 너무 흥분했네요. 오스카! 영애를 저택으로 모시도록. 편안히 쉴 수 있게 도와주렴."

"예, 누님."

오스카가 미엘르의 어깨를 감싸 부축해 저택으로 사라졌다. 미엘르는 지금도 나중에도 꼭 필요한 패이거늘, 흥분한 나머지 몰아붙이고 말았다.

'부디 똑똑한 오스카가 잘 달래야 할 텐데.'

그나마 그가 어리고 약한, 불쌍한 존재를 그냥 넘기지 못하니 어떻게든 미엘르를 달랠 것이 분명했다.

그들이 사라지는 모습을 잠시 지켜보던 이시스가 음악 소리를 키우라고 지시했다. 그러자 최대한 음을 크게 내려 연주자들이 제 몸에 힘을 실었다. 정원을 쩌렁쩌렁하게 울리는 선율에 그제야 만족한 이시스가 자애로운 표정을 지었다.

"이런, 황태자 전하께서 오늘 하루 심기가 불편하셨던 모양이에요."

어차피 이곳에 황태자의 편은 없다. 그는 귀족들에게 배척된 일개 황족이기 때문이다. 제국을 좌지우지하는 것은 권력과 재력을 잡은 귀족들이므로 그가 아무리 권위 있는 척해 보았자 허수아비일 뿐이었다.

이시스의 비아냥거리는 말투에 참석자들이 한바탕 웃음을 터뜨렸다. 그녀가 다시금 활기를 찾은 정원을 뒤로하며 곧장 따라붙은 기사에게 조용히 명령했다.

"미엘르와 황태자 사이에 무슨 일이 있었는지 알아봐. 하나도 빠짐없이."

명령을 들은 기사가 곧장 사라졌다. 분명 무언가 있는 게 틀림없다. 미엘르와는 상관이 없을지 몰라도 황태자 입장에서 보면 다른 무언가가 있을지도 모른다.

'그가 저토록 분개하는 일이라니.'

위험한 예감이 들었다. 무슨 일이 있었는지 알아봐야 했다.

＊　＊　＊

공녀의 생일 파티에 간다며 함박웃음을 짓고 외출한 미엘르는 귀가 시간을 넘어 취침 시간을 훌쩍 넘긴 뒤에야 백작가에 돌아왔다. 아주 늦은 밤, 백작가로 들어서는 마차의 말발굽 소리가 요란스러웠던 탓에 아리아 역시 그녀의 귀가를 마주할 수 있었다.

도대체 무슨 일이 있었기에 아직 성인이 되지 않은 영애가 이리도 늦게 돌아온 것일까. 혹 술이라도 마셔 취한 상태는 아닐까? 그렇다면 아주 재미있을 텐데. 기대하며 아리아가 슈미즈 위에 간단한 겉옷을 걸치고 내려갔다. 그러나 저택 입구에서 펼쳐지는 광경은 아리아가 기대했던 상황과는 판이하게 다른 모습이었다.

"죄송해요……. 이렇게 데려다주지 않으셔도 되는데……."

"아닙니다. 걱정이 되어서 그런 것이니 괘념치 마십시오."

그녀의 손을 잡아 에스코트하는 오스카의 말투가 그 어느 때보다 다정했다. 그리고 그의 다정함에 퉁퉁 부은 흉한 눈으로 부드럽게 웃는 미엘르는 끔찍함 그 자체였다.

'도대체 이게…… 이게 무슨 상황이야……?'

아직 자신에겐 답장조차 보내지 않은 오스카가 왜 이렇게 늦은 밤에 미엘르를 배웅하고 있는 것일까. 미엘르를 위해선 목숨마저 내바칠 백작가의 우수한 기사들이 수없이 붙어 있거늘, 왜 굳이 번거로움을 감수하면서까지 그녀를 배웅하는지 이해할 수 없었다.

"늦어서 죄송합니다. 중간에 일이 조금 있어서 미엘르 영애께서 잠이 드셨는데, 곤히 주무시는 통에 차마 깨울 수가 없어 이렇게 늦어 버렸습니다."

"아아, 그런가? 이렇게 바래다주었으니 됐지. 그래도 다음부터는 주의하게. 아직 미성년인 데다가 미혼의 몸이 아닌가."

백작은 가볍게 타박을 하는 것치곤 그리 화가 나 보이지 않았다. 차라리 이렇게 엮여서 결혼까지 하게 되기를 바라는지도 모른다. 그리 생각하자 쌀쌀한 저녁 바람에 노출된 손이 부들부들 떨렸다.

"그럼, 시간이 너무 늦었으니 돌아가 보겠습니다."

"모처럼인데 자고 가는 게 어떤가? 홀로 돌아갈 것이 걱정이 되는군."

건장한 남성이 홀로 돌아가는 게 어째서 걱정이 되는 건지. 더욱이 백작가의 마차로 데려다주면 그만이었다. 정 걱정이 되면 기사를 붙여 주면 되는 일이었다. 아무런 걱정도 할 필요가 없었다.

"방이 많으니 그렇게 해요. 마침 손님방을 청소해 놓아서 맞이하기 좋은 상태이기도 하고요."

백작 부인이 눈치껏 거들었다. 미엘르 역시 오스카의 소매를 잡으며 무언의 재촉을 했다. 그녀를 응시하는 오스카의 눈동자가 한 차례 흔들렸다.

"그럼…… 하룻밤 신세를 지겠습니다."

"그래, 그래. 어서 들어오게나. 따뜻한 차라도 한잔 걸치고 자는 게 어떻겠나?"

"감사합니다."

백작은 오스카의 어깨를 감싸 안고 퍽 흥이 난 얼굴로 사라졌다. 그런 그들의 뒤를 미엘르가 따랐고, 충격으로 굳어 있는 아리아를 물끄러미 쳐다보던 백작 부인 또한 걸음을 옮겼다. 아무도 없는 빈 홀에 아리아 혼자만이 남았다.

'어째서…….'

어째서일까. 만에 하나 미엘르에게 무슨 일이 생겨 그녀를 챙긴 것까지라면 충분히 이해할 수 있는데, 어째서.

'……어째서 단 한 번도 시선을 주지 않은 거지……?'

마치 그곳에 아무도 없다는 듯 철저하게 무시하는 모습을 마주하자 그간 애써 외면했던 현실이 섬광처럼 쏟아졌다. 조금이나마 갖고 있던 기대가 산산조각 났다.

'오스카는 정말…… 나와의 연을 끊고 싶은 거야……!'

왜! 어째서! 목숨을 바쳐 모래시계를 돌렸건만 미래는 바뀌지 않는 것인가! 이런 미래를 보여 주려 과거로 돌려보낸 것이라면 너무도 야속하지 않은가.

바로 얼마 전까지만 해도 미엘르를 버리고 자신에게 올 것처럼 굴었다. 단순한 내용이었지만 그에게서 답장이 도착할 때마다 미래가 바뀌어 가는 것 같아 안심했다.

하지만, 하지만 이렇게 아무리 발버둥 쳐도 같은 수순을 밟는다면……. 그래서 아무것도 바뀌지 않는다면……! 더는 살아갈 이유가 없었다. 어차피 최후에 목이 베일 자는 바로 자신이니까.

아리아의 주먹이 꽉 쥐였다. 보기 좋게 다듬어진 손톱이 손바닥을 파고들었음에도 그녀는 아무것도 느끼지 못했다.

그렇게 아리아는 한동안 충격에 빠져 오스카가 몰고 온 차가운 밤공기 속에서 홀로 외로이 서 있었다. 아무런 행동도 취할 수 없었기 때문이다.

그러다 몸이 식어 전신이 바들바들 떨릴 지경이 되어서야 비척비척 걸음을 옮겨 자신의 방으로 향했다. 쓰러지듯 침대에 눕는 몸이 죽은 자의 그것과도 같이 무거웠다.

'이대로, 잠이 들어 영영 깨어나지 않았으면…….'

어차피 미래가 바뀌지 않는다면 얼마 살지 않고 죽을 텐데, 지금 사는 것이 무슨 이유가 있을까. 미엘르는 오스카와 결혼할 테고, 프레데리크가의 안주인이 된 후 이시스의 힘을 업어 자신의 목을 칠 텐데. 못된 악녀의 목을 말이다.

비웃듯 다시 덮쳐 올 고통스러울 미래가 두려웠다. 그런 미래가 기다리고 있다면 차라리 지금 이대로 죽는 것이 나았다. 그런 결론에 다다르자 눈물이 속절없이 쏟아져 내렸다.

그래서 베개에 얼굴을 묻은 채 소리 없이 눈물을 흘리다가 깜빡 잠이 들었다. 꿈에서 아리아는 과거와 같은 미래를 반복하여 몇 번이나 목이 잘렸다. 모래시계를 아무리 돌려도 누구 하나 그녀의 마음대로 움직여 주지 않았다.

마치 네 미래는 이것밖에 없다는 듯 모두가 그녀를 비웃었다. 돌아서는 오스카에게 도와 달라고 수차례 외쳤지만 목소리가 나오지 않았다. 목이 잘렸기 때문이다. 그 지옥 속에서 허덕이며 핏물을 쏟아 냈다. 제발, 제발 누가 나를 좀 도와 달라며 소리 없는 아우성을 쳤다.

그렇게 괴로움에 허덕이던 아리아가 다시 눈을 떴을 땐 푸른 새벽빛이 방 안을 가득 채웠을 때쯤이었다. 시간을 확인하니 새벽 세 시가 가까워진 깊은 밤이었다.

고작 몇 시간밖에 자지 못한 탓에 머리가 몽롱했다. 눈앞이 뿌옇고 정신이 없어 어쩌면 아직 꿈일지도 모른다는 생각이 들었다. 지옥이 이어지고 있다고.

잠시 동안 침대에 걸터앉아 있던 아리아가 제 방을 빠져나갔다. 아무도 움직이지 않는 어두운 새벽. 그녀의 발길이 닿는 곳은 2층에 마련된 손님방이었다. 열 개에 달하는 손님방을 하나하나 열어 확인한 그녀는, 여섯 번째 방의 문을 열었을 때 비로소 원하는 것을 찾을 수 있었다.

"……누구?!"

인기척에 놀라 황급히 몸을 일으키던 오스카가 반쯤 상체를 세운 자세로 딱딱하게 굳어 미동도 하지 않았다.

아니, 하지 못했다. 그는 마치 시간이 멈추기라도 한 것처럼 함께 멈춘 상태였다. 아주 뜻밖의 인물을 마주했기 때문이었다.

자다 깬 상태 그대로 왔기 때문에 가벼운 슈미즈 차림인 아리아였다. 보호받지 못해 그대로 노출된 팔과 어깨, 다리 등이 달빛을 받아 신비롭게 빛났다. 소녀에서 여인으로 자라나는 도중의 그녀는 달빛의 힘을 빌려 오스카의 시선을 빼앗았다.

"오스카 님……?"

오스카를 발견한 아리아가 조금 느린 걸음으로 그가 자리한 침대로 향했다. 나른하게 뜬 눈매가 그녀가 잠이 덜 깼다는 것을 증명했지만, 오스카는 점점 자신에게 다가오는 그녀를 막을 생각조차 할 수가 없었다. 그녀가 왜 이 새벽에 자신을 찾아왔는지에 대해 의문을 갖는 것은 이미 머릿속에서 모두 날아간 상태였기 때문이다.

일부러 외면하고 회피했는데. 눈이라도 마주치면 마음이 터질 것 같아서 이유도 말하지 않고 도망쳤는데. 그런 그의 노력을 부숴 버리듯 아리아가 제 발로 찾아왔다.

침대 끄트머리까지 다가와 보드라운 이불에 손을 얹은 아리아가 움직임을 멈췄다. 가녀린 어깨와 곧 바스라질 것처럼 슬퍼 보이는 얼굴. 모욕을 당해 서글프게 울었던 미엘르와는 비교도 되지 않는 그 모습에 오스카의 심장이 요동쳤다.

"부디…… 부디 저를 버리지 마세요……."

아주 작은 목소리를 힘겹게 꺼낸 그녀는 조금 울먹이고 있었다. 그 슬픔이 너무나도 잘 느껴져 무어라 대답을 하려던 찰나, 눈을 감은 아리아가 침대 위로 풀썩 쓰러졌다.

오스카가 서둘러 손을 뻗어 그녀의 몸을 받았다. 밤공기에 노출되어 차갑게 식은 피부가 닿자, 누군가 제 심장을 단검으로 찌르는 것 같이 아팠다.

거짓으로 점철된 소문 때문에 제대로 사랑해 줄 이 하나 없는 그녀가 가엽고, 애처롭고, 안타까워서. 그리고 제 마음을 쉬이 전할 수 없는 비참한 현실 때문에.

'그렇다고 누이의 말을 거역했다간…….'

그랬다간 이렇게 슬퍼하는 것만으로 끝나지 않을 것이다. 후회해도 소용없을 정도로 철저히 고통받을 것이 분명했다. 그러니 아주 많이 아프더라도 그녀의 소식을 들을 수 있는 지금이 나았다.

더욱이 미엘르와 결혼하면 가문이 이어지니 인연이 끊어지지도 않을 테니까. 그러니 지금 이 고통을 감내해야 했다. 오스카가 눈을 질끈 감았다. 동이 틀 때까지 아리아는 눈을 뜨지 못했다.

* * *

다음 날 아침, 아리아가 눈을 뜬 곳은 자신의 방이었다.

오스카는 아리아가 정신을 차리기 전에 그녀를 안아 방으로 데려다주었다. 3층 창문에 비친 그녀의 그림자를 보았기에 방이 어디에 있는지는 쉽게 알 수 있었다. 더욱이 방문이 활짝 열려 있던 탓에 찾을 필요도 없었다.

아주 당연하게도 대담한 짓을 했던 그녀는 간밤의 일을 기억하지 못했다. 그저 침대 위에 쓰러져서 잔 것 같은데, 언제 이불을 덮고 잤을까 하는 의문뿐이었다.

한동안 아리아는 제 방에서 나가지 않았다. 한껏 들떠 몇 날 며칠 함박웃음을 터뜨리고 다닌 미엘르 때문이었다. 그녀는 아주 보란 듯이 저택을 휘젓고 다니며 오스카의 이야기를 떠벌렸다. 지인들을 초대해 파티까지 열어 가면서.

'그간 방에 틀어박혀 이날만을 얼마나 학수고대했을까.'

아리아는 아프다는 핑계를 대고 이불 속에서 나가지도 않은 채 아무것도 하지 않았다. 실제로 조금 아픈 것 같기도 했다.

그사이, 세금 문제를 해결할 방도를 알려 준 아리아에게 걱정을 표한 백작이 빨리 쾌차하기를 바란다며 귀한 약재를 가져다주었고, 레인도 몇 차례 방문하였다. 튤립 꽃다발만을 들고 온 그는 아리아의 칩거 소식을 듣곤 빠르게 돌아갔다.

'미엘르와 내 사이에서 줄타기를 하는 거라면 모를까, 완벽하게 등을 돌린 상태에서 내가 뭘 어떻게 할 수 있을까…….'

전의를 상실한 그녀는 마치 비 맞은 봉제 인형 같았다. 한동안 계속 누워 있어서 그런지 몸이 뻐근하고 아팠다. 침대에서 일어나지 않은 채 젖은 수건으로 몸을 닦고 다시 이불을 뒤집어쓴 아리아에게 제시가 발을 동동 구르며 물었다.

"아가씨……. 오늘은 햇볕이라도 쬐시는 게 좋지 않을까요?"

"아니, 괜찮아. 나가 봐."

"아가씨……."

제시와 함께 걱정을 하던 애니는 이제 더 이상 나타나지 않았다. 시킬 일이 없으니 오지 않아도 된다고 하긴 했지만, 그렇다고 이렇게 매정하게 돌아서니 공허한 마음이 더욱더 깊어졌다.

"아가씨!"

며칠 모습을 보이지 않던 애니가 활짝 웃는 얼굴로 다시 나타났다. 이불에 파묻힌 아리아가 나가라고 몇 번이나 말했는데도 개의치 않아 하며 자신이 좋은 정보를 알아 왔다고 소란을 떨었다.

"그럼 그대로 듣기만 하세요! 분명 아가씨께서도 금방 기운을 차리실 테니까요!"

그렇게까지 말을 하니 무슨 내용인지 궁금하기도 했다. 그럼에도 별다른 내색을 하지 않은 채 귀를 쫑긋 세워 애니의 말에 귀 기울였다.

"지난번 공녀님의 생일 파티 때요. 미엘르 아가씨께서 아주 큰 모욕을 당하셨대요!"

"앗! 설마 그래서 눈이 퉁퉁 부으셨었나……?"

미엘르의 부운 두 눈은 이틀이나 갔기에 저택의 모두가 그 얼굴을 마주할 수 있었다. 오스카가 없었다면 다 나을 때까지 방에서 요양을 하면 될 일이었겠으나, 오스카가 있었기에 그녀는 퉁퉁 부운 눈을 하고 저택을 활보했다. 마치 그것을 자랑이라도 하듯.

"맞아, 제시. 그날 공작가에 어쩐 일로 황태자 전하께서 참석하셨는데, 글쎄 미엘르 영애를 마구 다그치셨다지 뭐예요!"

전하께서? 미엘르를? 어째서……?

아리아가 눈을 동그랗게 뜨며 생각에 빠졌다. 일면식도 없을 그녀를 왜 다짜고짜 다그쳤다는 건지. 귀족 영애의 표본이라고 불리는 그녀가 아닌가. 무례를 저질렀을 리도 없을 텐데……. 아리아의 궁금증을 해소하기 위해 애니가 서둘러 말을 이었다.

"전하께서 미엘르 아가씨의 얼굴을 확인하시곤, '네가 미엘르라고?'라고 하셨대요. 왜 네가 미엘르라는 거냐! 그럴 리가! 넌 미엘르가 아니다! 라는 뜻이셨겠죠."

듣지도 못한 말투까지 흉내 내는 통에 아리아의 몸이 한차례 들썩였다. 이불 속에 꼭꼭 숨어서 머리카락 하나 보이지 않았지만 그녀가 제 이야기를 듣고 있다고 생각한 애니가 다시 말을 이었다.

"그래서 아무런 대답도 못 하고 엉엉 울면서 저택으로 돌아오셨다고 하더라고요."

그래서 눈이 부었구나.

이로써 미엘르가 눈이 퉁퉁 부운 이유는 해결됐다.

하지만 그렇다고 뭐가 달라지는가? 아무것도 달라지는 것은 없다. 그녀가 모욕을 당하든 말든 눈이 붓든 말든 상관없이, 오스카는 이미 떠나 버렸으니까.

"그리고 말이에요. 아주 중요한 정보가 하나 더 있어요! 이번에도 미엘르 아가씨에 관한 이야기예요!"

그간 미엘르의 정보라도 열심히 캐고 다녔던 것일까. 애니가 주변을 한 차례 둘러보며 창문과 방문을 다시 잠그고 말했다.

"미엘르 아가씨께 보낸 선물 말이에요, 그걸 구입해 간 사람이 오스카 님이 아니라 공녀님의 시종이라지 뭐예요?"

이번에는 조금 관심이 생겼다. 아리아가 이불 밖으로 얼굴을 빼꼼 내밀어 그것이 진짜냐고 물었다. 그러자 애니가 손뼉을 치며 대답했다.

"그럼요! 아가씨께서 백작가로 오시기 전에 공작가로 이직한 시녀가 있는데, 그 아이가 알려 줬어요! 그러니까 확실하다는 말이죠! 앗, 이건 비밀이에요, 아가씨. 아무래도 오스카 님께서 보내신 게 아니라 공녀님께서 보내신 것 같아요. 두 분은 편지를 주고받으실 만큼 친하시니까요!"

아리아의 상반신이 완전히 밖으로 나왔다.

정말 그렇다면……. 공녀의 부탁을 받아 미엘르에게 다정하게 대하는 거라면……! 물론 공녀가 미엘르에게 선물을 보낸 것이 맞는다 하여도 오스카가 그녀에게 선을 그은 것은 사실이었으나, 그나마, 조금이나마 마음이 덜 아팠다. 그리고…….

'그리고 뭘 어떻게 해도 미래가 바뀌지 않는 게 아니라, 어쩌면…….'

어쩌면 아직 공녀라는 큰 존재에 닿지도 못했기 때문에 바꾸지 못한 것일지도 모른다는 생각이 들었다.

그렇다면 다시 바꿔야 하지 않겠는가. 아리아의 눈에 총기가 돌아왔다. 그에 제시의 얼굴에도 미소가 돌아왔다. 애니 역시 자신이 잡은 동아줄이 원상 복귀되었다는 사실에 크게 기뻐했다.

"아가씨, 식사 가져올까요?"

"응. 그전에 씻어야겠어."

"제가 목욕물을 준비할게요!"

애니가 서둘러 방을 빠져나갔다. 아리아 역시 뻐근하고 쑤시는 몸을 움직이려 침대에서 일어나는데, 전과 다른 시야에 몸이 휘청거렸다.

"앗! 아가씨?!"

제시가 황급히 그녀를 부축했다.

"괜찮으세요?"

"괜찮아. 갑자기 걸어서 그런가? 왜 이렇게 어색하지?"

누워 있는 동안 근육이 퇴화하기라도 한 건가. 목욕물이 받아지기 전에 조금이라도 익숙해져야겠다 싶어 방 안을 이리저리 걸어다니는데, 이를 지켜보는 제시의 얼굴이 경악으로 물들었다. 의아함에 아리아가 물었다.

"왜 그래?"

"아가씨……! 키가……?!"

"키?"

그에 아리아가 몸을 돌려 거울 앞에 섰다.

"대체……."

거울에는 확연하게 다른 제 모습이 비추어 있었다. 키가 한 뼘은 커져 있었고, 아직 앳된 티가 나긴 하지만 며칠간 끼니를 거른 탓인지 볼살이 조금 빠진 건지 언뜻 보면 성인으로 보일 정도였다.

아무리 최근 영양분을 충분히 섭취하기는 했다지만, 그렇다고 해서 이렇게까지 단기간에 성장할 수 있나? 원래 모습으로 돌아온 느낌에 아리아가 멍하니 거울을 들여다보며 잠시 말을 잃었다. 그리고 제시가 준비해 준 대로 목욕을 하고 머리카락을 정돈하자 전과 다름이 더욱더 확연했다.

"저……. 아가씨, 옷을 새로 장만하셔야겠어요. 지금 가지고 계신 옷들은 조금 작아진 듯해서요."

애초에 가지고 있던 옷들은 아리아의 체형에 맞춘 것들 뿐이었기에 입으려면 억지로 입을 수 있겠지만, 한 뼘이나 성장한 지금에 와서는 불편하기도 했고 디자인도 어울리지 않았다.

"그래야겠네. 식사한 뒤에 외출하도록 하자."

"예! 아가씨!"

샐러드와 야채가 골고루 섞인 식사를 마치고 백작이 선물한 약재도 마셨다. 쓰고 별로 힘이 나는 느낌은 없었지만, 창고의 대가이니 싸구려 약재는 아닐 것이라 생각했다. 그리고 외출하기 위해 가지고 있던 옷 중에 그나마 몸에 맞는 옷을 입고 겉옷을 걸쳤다.

"아가씨! 옷장의 옷들은 어떻게 할까요?"

"입지도 못한 옷들이 태반이네. 나는 필요가 없으니, 너희들이 알아서 처분해 주겠어?"

"세상에……! 네! 아가씨!"

처분해 달라는 말인즉 입든지 말든지 알아서 하라는 말이었다. 이전에 구입했던 옷이라면 모를까, 최근에 장만한 것들은 상당히 비싸고 고급스러운 것들뿐이었다.

애니의 얼굴이 홍조로 물들었다. 제시 역시 눈을 반짝반짝 빛냈다. 제시도 물욕이 아주 없진 않구나 생각하며 아리아가 제 방을 나섰다.

"언니……? 외출하시나요?"

아아, 오늘도 역시 저택을 활보하고 있을 거라고 생각했지만. 이렇게 많은 이들과 정원에서 티 파티를 즐길 줄이야. 미엘르의 생일 파티에서 보았던 영애들이 늘 그랬듯 오만한 눈길을 보냈다. 부채를 살랑대는 것이 어떻게 하면 천박한 매춘부의 딸을 모욕을 줄 수 있을까 고민하는 것 같기도 했다.

"그래, 갑자기 키가 많이 커서 옷이 맞지가 않지 뭐니? 나이가 먹어도 어린아이처럼 작은 몸을 유지하는 사람들이 부러워."

그러나 아리아는 순순히 당할 생각이 없었다. 오히려 자신보다 나이가 한두 살 많음에도 여전히 몸집이 작고 아이 같은 그녀들을 비웃을 뿐이었다.

그녀들은 성인이 되면 자신들도 성숙한 어른들처럼 될 거라 생각하고 있겠지만 그것은 착각에 불과했다. 자신이 기억하는 한 미엘르의 멍청한 친구들은 성인이 되어도 별다른 성장을 하지 않았다.

그럼에도 불구하고 어울리지 않는 드레스와 높디높은 힐을 신고 몇 걸음 움직이지도 못했던 그녀들은 아리아가 죽을 때까지 어미를 닮아 천박한 몸을 보라며 비웃었다. 정작 비웃음을 당하는 것은 그녀들이었음에도 불구하고.

"그럼, 먼저 실례할게요."

머리카락을 살랑이며 사라지는 아리아에, 영애들의 부채가 움직임을 빨리했다. 미엘르 역시 아리아의 모습에 당황한 듯 눈을 동그랗게 떴다. 나이 또래보다 작고 왜소한 몸이었거늘. 설마 질투심과 부러움 때문에 칩거한 것이 아니라, 저리 키가 크려 칩거한 것이었나 생각도 들었다.

 찻잔을 쥔 미엘르의 손에 힘이 들어갔다.

 여러모로 귀찮고 짜증 나는 존재였다.

10. 아스테로페
프란츠

10. 아스테로페 프란츠

"와, 아가씨! 그 옷도 너무 잘 어울리세요!"

"그래? 그럼 이것도 사도록 하자."

어쩜 저렇게 입는 드레스마다 잘 어울리실까. 애니의 눈이 초롱 초롱 빛났다. 그간 매춘부의 딸이라며 무시했던 모습은 온데간데 없었다.

한동안 우울해 했던 그녀였지만 이렇게 다시 부활하니 부티크에 서 마주친 그 어떤 영애들보다 아름답고 우아했다. 마치 귀족이란 저렇게 평민들과는 차원이 다른 아름다움을 지녀야 한다는 것처럼.

귀족들 중에서도 재력이 있는 이들만 찾는 부티크인 탓에 모두 대단한 가문의 귀족들이 분명했겠지만, 아리아만큼 매혹적인 사람 은 없었다. 혹 후에 자신 또한 신분 상승을 하여 귀족이 되면 아리 아처럼 아름다워질까 헛된 착각에 빠져들게 만들 정도였다.

꽤 오랜 시간 동안 열 벌의 드레스와 구두, 장신구 등을 고른 아리아가 그제야 만족한 듯 소파에 앉았다.

"달리 찾으시는 물건은 이제 없으신지요?"

부티크의 직원이 공손하게 물었다. 처음 로스첸트가의 아리아라는 이름을 밝혔을 때와는 확연히 다른 태도였다. 그 힘은 미약하겠지만 사라의 모임에서부터 흘러나온 소문도 한몫했을 것이다. 그녀가 소문과는 전혀 다르다는 또 다른 소문.

부드러운 홍차를 입에 담은 아리아가 잠시 말없이 고민을 하더니 한 가지 더 구입할 것이 있다고 전했다.

"내 시녀들이 입을 옷을 몇 벌 추천해 줘. 파티에 다닐 시녀들이라서 말이야."

"아아! 예, 알겠습니다."

그러자 직원 몇 명이 애니와 제시의 사이즈를 재고 빠르게 사라졌다. 전속 시녀들에게 가문의 시녀복이 아닌 의복을 새로이 선물한다는 것은 그녀들에게서 청소와 잡일을 해방시켜 준다는 뜻이었다.

애니의 경우, 아리아의 옷을 빌려 몇 번 모임에 동행하기는 했으나 그것은 어디까지나 수행을 돕는 시녀로서일 뿐, 잡일을 하는 시녀에서 벗어나진 못했다. 강도가 조금 약할 뿐이지 아침엔 청소를 해야 했으며, 저녁에도 정리를 해야 했다. 여타 시녀나 시종들에 비해 아주 쉽고 간단한 일이었지만 하고 안 하고의 차이는 컸다. 주변의 취급과 시선이 그러했다.

하지만 이번에는 달랐다. 주인을 따라 화려하게 꾸민 그녀들은 주로 주인의 놀이 상대나 말 상대가 업무였다. 깨끗한 드레스가 더러워지지 않도록 항시 주변을 챙기는 것도 그녀들의 업무였다.

그리고 그것은 대부분 귀족 영애들이 하는 일이었다. 백작가에서 평민이 놀이 상대가 되는 경우는 거의 없었다. 아직 미엘르에게도 그런 시녀는 없었다. 애니가 어쩔 줄 몰라 하며 제 양 볼을 감쌌다. 제시 역시 믿기지 않는다는 듯 눈을 깜빡였다.

"애니, 너희들 대신 청소를 하고 차를 따를 시녀가 필요해. 추천해 줄 만한 아이가 있니?"

"그, 그럼요! 사실 제가 그동안 말을 안 해서 그렇지, 제가 아가씨의 곁에서 호의호식하는 걸 보고 부러워했던 아이들이 얼마나 많았는데요! 한마디 꺼내기만 해도 열 명은 붙을걸요?"

그래, 그럴 줄 알았단다. 그녀가 옮기는 말만 들어도 저택의 여타 시녀와 시종들이 얼마나 그녀를 부러워했을지 짐작이 갔다.

더욱이 그간 애니가 자신에게서 선물받은 보석과 장신구들을 늘 몸에 착용하고 다녔기에 그 부러움이 하늘을 찔렀을 거라 짐작됐다. 미엘르에게 충성을 맹세한 일부 멍청이들만 빼고 말이다.

"그렇다면 아주 다행이구나. 괜찮은 아이로 한 명 추천해 주겠니? 네가 보고 뽑도록 하렴."

"예……? 예! 돌아가는 대로 아주 싹싹한 아이를 찾아볼게요!"

저택에서 가장 어린 주제에 애니는 흡사 자신이 시녀장이라도 된 것처럼 굴었다. 사실상 아리아가 그녀에게 시킨 일은 시녀장이 하는 일이 맞았으니 틀린 행동은 아니었다. 옆에서 제시가 제 볼을 붉적이며 조용히 말했다.

"저…… 저까지 그렇게 하실 필요는 없으세요, 아가씨."

저런. 혹시 제시는 자신이 애니만을 예뻐하고 있다고 생각한 것일까? 아리아가 진정으로 믿는 시녀는 제시 단 한 명뿐이었다. 과거 그리 패악을 떨던 자신에게 여러 비참한 수모를 겪어 가면서까지 자신의 곁에 끝까지 남아 주었던 건 그녀뿐이었다.

때문에 그녀는 천박하고 멍청한 아리아에 의해 비참한 최후를 맞이했었다. 마지막에 미엘르에게 싹싹 빌며 붙었다면 그런 최후는 맞이하지 않았을지도 모르는데 말이다.

그런 그녀보다 애니를 총애할 리가 없지 않은가. 단지 애니는 물질적으로 구슬릴 필요가 있어 그렇게 했을 뿐이었다. 애니는 중간에 버려도 상관없는 시녀였으나, 제시는 그렇지 않았다. 끝까지 데려가 책임을 질 생각이었다.

"무슨 소리를 하는 거야, 제시. 내가 널 가장 좋아한다는 사실을 아직도 깨닫지 못한 거니? 너는 내가 아주 어리석었을 때부터 함께 했잖아. 이 점은 애니도 분명 이해할 거란다. 그렇지, 애니?"

"그럼요! 제시가 저보다 1년이나 일찍 아가씨를 모셨는걸요. 당연히 제시를 가장 좋아하시는 게 맞으시죠!"

애니는 제시보다 자신이 물질적으로 지원을 많이 받았기에 아무런 불만이 없는 듯 보였다. 그리고 그녀의 목표는 아리아에게서 총애를 받는 시녀가 아니라 신분 상승이었기에 아무래도 좋은 듯싶었다. 제시가 얼굴을 붉혔다.

"너만큼 의지가 되는 시녀가 없단다. 그러니 헛된 생각 말렴."

"……예, 아가씨."

대화가 끝나기를 기다렸던 모양인지 아리아의 말이 끝나자마자 직원들이 시녀들을 위한 옷가지를 들고 다시 나타났다.

방금 전까지 아리아가 입어 보았던 옷들보다는 질이나 장식이 부족했지만 그녀들은 전혀 그렇게 생각하지 않는지 기쁨을 감추지 못하며 옷을 입어 보았다. 특히 애니가 연신 감탄을 흘리며 꿈인지 생시인지 모르겠다며 소란을 피웠다.

"세상에……! 이렇게 아름다운 옷을 입게 되다니!"

목소리를 높이는 애니를 보는 직원들의 눈초리가 싸늘했다. 귀족들이 애용하는 부티크라서 이런 광경이 드물었고, 자기들 딴에는 자존심이 센 모양이었다.

설령 시녀가 시끄럽게 군다고 한들 개인 룸이라 누구에게 보일일도 없는데 저런 얼굴들이라니. 그녀보다 더한 더러운 짓을 벌이는 이들도 허다한데. 게다가 이 룸을 빌린 것은 자신이니 여기서 뭘 하든 자유가 아닌가.

썩 보기 좋은 모습은 아니었다. 앞으로도 자주 애용할 텐데 비웃음을 사고 싶지도 않았고, 저들의 시선이 과거의 향수를 불러일으켜 마음에 들지 않았다.

소파에서 일어난 아리아가 직원들이 가져온 옷가지들을 살펴보았다. 애니와 제시가 입기에는 아주 고급임이 틀림없었으나 하찮은 것을 만지기라도 한다는 듯한 얼굴로 한숨을 쉬며 고개를 저었다.

"내 시녀들이 입기에는 조금 질이 떨어지는 것 같은데? 설마 고작 이런 하찮은 걸 사려고 여기에 왔다고 생각한 건 아니겠지?"

"아, ……예. 다시 가져오겠습니다."

직원들이 서둘러 옷가지를 챙겨 밖으로 나갔다. 아리아는 그들이 가져온 옷가지들에 퇴짜를 두 번 더 놓고, 자신이 구입한 드레스와 거의 차이가 없는 것을 가져왔을 때가 되어서야 고개를 끄덕였다.

"아, 아가씨, 진짜 이 옷들 중에서 골라도 돼요?"

"그럼. 앞으로 나와 함께 다니려면 그 정도는 입어야 하지 않겠니? 그래야 제 주제도 모르고 무시하는 자들이 없을 테니까 말이야."

아리아가 직원들에게 눈을 흘겼다. 그러자 옷을 갈아입는 것을 돕던 직원이 깜짝 놀라 들고 있던 드레스를 떨어뜨렸다. 그에 아리아가 혀를 찼다.

"방금 떨어뜨린 그 드레스는 치워. 그리고 왜 홍차가 한 잔뿐인지 모르겠네. 여기 있는 손님은 세 명인데 말이야."

"……시, 시정하겠습니다."

그제야 직원들의 태도가 공손해졌다. 그러고는 아리아뿐만 아니라 애니와 제시에게까지 제대로 된 예의를 갖췄다. 눈치가 빠른 애니 역시 그제야 아리아에게 배운 우아함을 뽐냈고, 제시는 그저 평소 하던 대로 조용히 드레스를 입고 벗었다.

그녀들은 각각 세 벌의 드레스를 선물받았다. 당장 아리아가 입는다고 해도 손색이 없는 고액의 드레스였다. 구입한 드레스들 중에 가장 아름다운 것을 걸친 애니가 찻잔에 흠집이라도 날까 조심하며 홍차를 마셨다.

옆에 앉은 제시가 창백한 안색으로 물었다.

"아가씨, 정말 저희들에게 이런 드레스를 사 주셔도 괜찮으신가요?"

"괜찮대도. 그간 모은 용돈이 얼만데."

"하지만……."

생각지도 못한 지출로 인해 대부분의 용돈을 써 버렸으나 후회는 없었다. 그리고 돈이야 시간이 지나면 자연스레 채워지는 것이 아닌가. 지금 당장 모두 소진하였다고 하더라도 계속 없는 것이 아니다. 어차피 다시 생길 터였다.

아리아의 여유 있는 표정을 본 제시가 그제야 그 사실을 상기한 모양인지 얼굴에서 걱정을 지웠다. 작년에만 해도 대단히 비싼 보석을 턱턱 사지 않았는가. 황금으로 된 브로치도 그러했다. 귀족 영애의 씀씀이는 그녀가 걱정할 수준이 아니었다.

"모처럼 차려입었으니 그냥 돌아가기 아쉽네. 카페라도 가는 게 좋겠어."

지금 저택에는 미엘르가 그녀의 친구들과 함께 가식을 떨고 있을 테니 서둘러 돌아가고 싶지 않았다. 야외 테라스에 앉아 앞으로 어떻게 대처할지 생각해 보는 것이 좋을 듯싶었다.

"아가씨……. 저어……."

그때, 답지 않게 애니가 몸을 배배 꼬며 말했다.

"혹시 괜찮으시다면 카페는 '플라워 마운틴'이 어떨까요?"

"플라워 마운틴?"

"네. 사실 제가 늘 동경했던 카페라서요……. 꼭 한번 가 보고 싶었어요. 아가씨와 함께라면 어렵지 않지 않을까 생각해서요."

플라워 마운틴이라면 귀족들만이 드나들 수 있는 카페가 아닌가. 심지어 제국에서 가장 고급스러운 카페였다. 그곳의 테라스에선 제국 시내를 멀리까지 내려다볼 수 있어 인기가 좋았다.

깜찍하기도 하지. 원래부터 그곳으로 가려 했으나 이렇게 제 의견을 피력하는 게 퍽 마음에 들었다. 아리아가 부드럽게 웃었다.

"좋아. 애니, 네 의견에 따라 카페는 플라워 마운틴으로 하는 게 좋겠어. 마부에게 전해 주렴."

"예! 아가씨!"

애니가 서둘러 마부에게 알리러 나갔고, 아리아도 부티크를 나설 준비를 하는데 제시가 그녀의 이름을 불렀다.

"나온 김에 신문을 사 와도 될까요?"

"아아, 벌써 그럴 시기였나? 그럼 잠시 들렀다 가도록 하자."

슬슬 백작의 골머리를 썩일 사건이 일어날 시기였다. 여름이 되어야 그것을 알게 될 백작과는 달리, 서민들 사이에선 소문이 돌았을지도 모르는 일이었다.

그리고 이번에는 그에게 도움을 주는 대신, 그 정보를 자신이 이용하는 것도 나쁘지 않겠다는 생각이 들었다. 미엘르의 뒷배인 공녀를 상대하기 위해선 지금처럼 빈털터리인 채로는 아무것도 할수가 없을 테니까.

"아가씨! 마차가 준비됐습니다."

"그럼, 가 보도록 할까?"

우울했던 지난날이 무색할 정도로 아리아에게서 생기가 넘쳤다. 앞으로 좋은 일만 생길 것 같다는 예감에 내딛는 발걸음이 가벼웠다.

하지만 그것도 잠시, 마차 창문으로 신문을 구입하는 제시를 확인한 아리아는 얼굴을 찌푸리지 않을 수 없었다. 신문을 대여하는 한스의 몰골이 퍽 추레했기 때문이다. 일가족이 먹고 살 만큼 값을 지불하고 있음에도 왜 저리 피로해 보이는 얼굴일까.

'설마, 신문을 한 장 더 구해 거리에서 장사하고 있는 건 아니겠지.'

그랬다간 목숨을 잃을 최후만이 기다리고 있거늘. 설령 그렇다고 하더라도 그에게 웃돈을 주어 그것을 말릴 생각은 없었다. 도움을 주었는데도 불구하고 그가 선택한 미래가 그것이라면 그녀에게 말릴 권리와 의무는 없었다.

제시가 신문을 구입하자마자 플라워 마운틴 카페로 향했다. 테라스는 고위 귀족들만이 애용할 수 있는 자리인 덕에 비어 있었고, 평민 출신이라고는 하나 로스첸트가의 장녀인 아리아는 이를 어렵지 않게 누릴 수 있었다.

카페 자체의 경비가 꽤 삼엄한 탓에 기사는 마차를 지키기로 했다. 아리아는 제시, 애니와 함께 봄바람을 즐기기 적당한 테라스에 자리 잡았다.

"세상에……! 제국이 이렇게나 한눈에 내려다보이다니! 제가 이 카페에 오게 되리라곤 꿈에도 상상하지 못했어요!"

소란을 떠는 애니를 구경하며 마시는 달콤한 커피가 입맛에 맞았다. 과연 비싼 값을 한다고 생각될 만큼. 달콤한 커피에는 크림이 잔뜩 올라가 있어, 주의하지 않으면 웃음거리가 된다. 아리아는 과거 그런 경험이 있었다. 하여 조심하며 비치된 티슈로 입매를 닦으며 경치를 구경했다.

그러자 과거에도 자주 찾아 즐겼던 기억이 새록새록 났다. 워낙에 튀는 외모라서 멀리서 자신을 알아보고 인상을 찌푸렸던 어리석은 귀족들까지. 그들은 이따금 테라스 커튼 뒤에서 험담을 하기도 했었다. 모처럼 휴식을 취하러 왔건만, 매음굴의 시궁창 냄새가 난다며 종업원을 타박했다.

그 타박에 종업원들이 일제히 사과를 했었다. 죄송할 일이 아님에도 불구하고 말이다. 그리고 그건 당시 죄송하다 연신 사과했던 종업원도 알고 있었을 터다.

지금이야 그간의 노력들로 인해 여러 가지 긍정적인 소문들이 있고 행동거지가 바른 데다가, 나이도 어린 탓에 대놓고 시비를 트는 이가 거의 없었지만, 과거의 자신은 그렇지 않았기에 퍽 가여운 존재였음이 틀림없었다.

"아가씨! 이 커피도 정말 맛있어요!"

"저도 이렇게 달콤한 커피는 처음 마셔 봐요."

"이런 대단한 것들을 매일 즐기면서 사시는 귀족분들은 행복하시겠죠?"

행복이라. 그런 걸 느껴 본 적이 있었나?

어릴 적 평민이었던 자신조차 느껴 본 기억이 희미한데 아마 태어났을 때부터 귀한 것들만 접한 진짜 귀족들은 아무런 생각이 없지 않을까. 마치, 숨 쉬는 것처럼 당연하다고 생각할지도.

애니의 물음에 웃음으로 대꾸한 아리아가 신문을 펼쳐 들었다. 한동안 별다른 정보가 없었으니 아마 무언가 중요한 게 실려 있지 않을까 싶어서였다. 아니나 다를까, 그녀의 눈에 작은 기사가 하나 들어왔다.

『귀족들이 운영하는 상단들이 차례차례 거래처를 빼앗기고 있다는데…….』

정체불명의 세력에 의해 귀족들의 무역 루트가 차례차례 끊겨 가고 있다는 기사였다.

이 사건은 후에 백작과 거래를 트던 귀족 몇몇이 이에 피해를 본다. 때문에 백작도 골머리를 썩게 된다. 물론, 시간은 조금 걸리지만 추후 해결이 되는 문제였다. 범인이라고 하긴 조금 그렇지만 어쨌든 주동자가 피노누아 지방의 누군가였다는 사실이 떠올랐다.

과거에 그쪽 지방의 와인을 즐겨 마셔 우연치 않게 기억했다. 설령 마시지 않는다고 하더라도 와인은 피노누아 지방이 가장 유명했기에 지방이기는 하나 피노누아 지방을 모르는 이는 드물었다. 범인은 고위 귀족일 거라는 예상과는 다르게 일개 하급 귀족이었다.

'이사를 하던 도중에 문서를 흘렸다고 했나. 여하튼, 멍청한 자였지.'

여러 귀족들의 거래처를 빼앗은 만큼, 들킨 뒤에 외국으로 도주했다 들었다. 귀족들이 애용하는 사치품만을 노려 독점한 뒤, 엄청난 가격에 판매했으니 그럴 만도 했다. 모르긴 몰라도 상당한 부를 축적했을 것이다. 외국으로 도주해 신분을 세탁하고 사는 것이 우스울 정도로.

'그 귀족처럼 거래처를 뚫는 것은 내겐 불가능하니, 미리 사재기를 하는 수밖에 없나.'

꽤 자금이 들어갈 텐데, 어떻게 구한담.

고민하던 아리아가 다다른 해답은 카지노였다. 모래시계를 이용한다면 어렵지 않게 큰돈을 손에 넣을 수 있을 것이다.

비록 하루에 단 한 번밖에 사용할 수 없겠지만, 큰돈이 오가는 판에서 홀로 이기면 되니 하루에 단 한 번만으로도 충분했다. 그리고 그것이 몇 번 쌓이면 상당히 큰돈을 벌 수 있을 것이다.

'어차피 혼자 이기는 판이라면, 그 누구도 손해를 보지 않으니까. 모래시계를 되돌리지 않아도 모든 이들이 돈을 잃을 테니.'

의아한 일이긴 하지만 몸이 자라서 다행이었다. 가면을 쓰고 간다면 성인으로 보일 만할 테니까. 더불어 과거처럼 어리석은 황태자가 타국에서 경주마라도 들여온다면 진정으로 단 한 방에 돈을 벌 수 있었다. 관리를 잘못하여 경마 도중 다리가 부러질 테니까.

늘 승리를 거머쥐었던 경주마의 갑작스러운 최후였다. 아무도 예상하지 못했다. 때를 노려 투자한다면 적은 돈으로도 엄청난 돈을 얻을 수 있을 것이 분명했다.

'자, 그럼 이제 필요한 건 사재기 뒤에 물건을 팔아 줄 사람인가.'

직접 고용을 하기에는 위험이 크니, 믿을 만한 누군가를 고용할 필요가 있었다.

믿을 만한 누군가라……. 그런 사람이 지금 자신의 곁에 있었나?

굳이 찾아보자면 애니나 제시뿐인데, 그녀들은 이미 자신의 시녀이니 다른 쪽으로 돌릴 수 없었다.

그렇다면 그녀들의 가족은 어떨까. 지시 사항을 전하기 쉽고 보고를 받기도 쉬울 것이다. 또한 애니와 제시가 자신의 곁에 있는 한 쉬이 배신할 수도, 도망갈 수도 없다.

혹 누군가가 추적하면 자신 또한 나올지 모르겠으나, 소문의 멍청한 악녀가 감히 미래를 예측했을 리가 없다고 생각할 게 뻔하니 의심받지 않을 것이다. 발뺌하면 끝일 테고.

테라스 밖으로 고개를 쭉 빼고 풍경을 구경하는 제시와 애니에게 아리아가 물었다.

"제시, 그리고 애니. 너희들 가족 관계가 어떻게 되니?"

아리아가 갑자기 엉뚱한 물음을 하는 탓에 제시가 갸우뚱거리며 대답했다.

"저는 쌍둥이 남동생이 두 명 있어요. 나이는 아직 열여섯 살로 어리지만, 부모님의 일을 돕고 있죠."

"그래? 무슨 일을 하는데?"

"농장 일을 하고 있어요. 가업이라서 뒤를 이을 준비도 하고 있어요."

농장일이라. 그렇다면 제시의 동생들은 아리아의 계획에 맞지 않았다. 안타깝게도.

"아아, 그럼 동생이 없으면 안 되겠구나. 애니, 너는?"

"저는 오라버니가 한 분 계세요. 나이는 스물세 살이고 광장 근처 여관에서 일하고 있답니다."

"여관?"

"네. 장부를 관리하는 일을 맡고 있다는데, 사실 잘 모르겠어요. 오라버니가 뭘 하는지 깨닫기도 전에 백작가에 들어왔거든요."

그에 아리아는 만족스러운 미소를 띠었다. 애니는 참으로 자신을 만나 행운이지 않았는가. 잘만 처신한다면 하급 귀족의 상대로 추천할 용의가 있었는데, 그의 오라비마저 제대로 된 직업을 갖게 해 줄 수 있는 요건에 들어맞아 일가족을 구원하게 될지도 모르니.

그렇게 할 생각까지는 없었는데, 애니가 타고 난 운이 그러하니 구원을 하는 수밖에. 이제 오라비까지 자신의 손에 떨어지게 될 테니 애니는 절대로 자신을 벗어날 수 없을 것이다.

"그래? 흐음. 알겠어."

두 시녀는 고개를 갸웃거리면서도 왜 그런 것을 묻느냐고 되묻지 않았다. 그저 궁금하신가 보다, 하고 생각할 뿐이었다.

'사재기할 품목은 천천히 생각하고, 일단은 카지노에 먼저 들러 볼까.'

그때는 애니만 데리고 외출하는 것이 좋을 것 같았다. 그녀에게는 최대한 많은 것을 보여 주는 편이 좋았으니. 게다가 그녀의 오라비 역시 제 손에 떨어질 것이 아닌가.

생각을 정리하자 그제야 여유롭게 경치를 즐길 수 있었다. 봄바람이 따스해 기분까지 좋아졌다. 이대로 부를 축적해 노예처럼 부릴 세력을 쌓는다면 공녀와 대적할 수 있을 것이다. 그럼 다시 오스카를 빼앗아 미엘르에게 상처 줄 수 있겠지. 아니, 굳이 오스카를 빼앗지 않아도 미엘르를 처리할 수 있지 않을까? 아직 먼 미래인 탓에 안개가 낀 것처럼 쉽게 상상하기 힘들었다.

"어? 아가씨! 누가 이쪽을 빤히 쳐다보는데요?"

그때, 애니가 말했다. 옆에 앉은 제시 역시 '어라?' 하며 의아함을 표현했다.

"이 카페를 구경하는 게 아니고?"

그런 사람은 수도 없이 많았다. 건물이 아름다워서, 혹은 여유를 즐기는 귀족들이 부러워서. 아리아도 귀족이 되기 전에는 수도 없이 이 건물을 감상했었다.

"아니에요! 딱 이쪽을 뚫어져라 응시하고 있는걸요?"

애니가 그렇게 말하자 제시 또한 이상하다며 긍정했다. 그러더니 이내 이쪽을 쳐다보는 이가 누구인지 생각이라도 난 것인지 크게 놀란 얼굴로 자리에서 벌떡 일어났다.

"아가씨! 그 남자예요!"

"그 남자?"

"네! 만물상과 광장에서 만났던 그 남자요!"

만물상과 광장이면……. 설마, 아스?

마법처럼 사라졌던 정체불명의 남자였다. 아리아가 고개를 내어 테라스 밖을 샅샅이 확인했다. 그러나 애니와 제시가 말한 그는 보이지 않았다.

"어라? 어디로 간 거지?"

"방금 전까지 있었는데?"

테라스 밖으로 몸을 쭉 빼고 두리번대는 그녀들과 함께 한참이나 그의 흔적을 찾아보았지만 보이지 않았다.

　도대체 왜 자꾸 나타나는 걸까. 고작해야 경마 참가권으로 맺어진 인연이거늘, 아스가 놓지 않는 가느다란 끈이 아리아를 옭아맸다.

　"이상하네……. 분명 이쪽을 쳐다보는 것 같았는데, 지나가던 길이었던 걸까요?"

　애니가 기웃거리며 자리에 다시 앉았다. 어쩐지 느낌이 좋지 않았다. 그래서 아직 한참이나 남은 커피를 두고 자리를 뜨려는데, 불쑥 테라스에 쳐진 커튼 사이로 튤립 꽃다발이 내밀어졌다.

　"꺅!"

　그에 깜짝 놀란 제시가 비명을 질렀고, 애니 또한 사색이 되어 제 의자를 붙들었다. 그녀들을 포함해 아리아가 더는 놀라지 않도록 커튼 뒤의 불청객이 자신의 정체를 밝혔다.

　"이런, 놀라게 해 드릴 생각은 없었는데……. 불쑥 죄송합니다. 이미 테라스 너머로 확인하셨을 거라 생각해 실례를 범하고 말았군요."

　"……아스?"

　"오랜만입니다. 로스첸트…… 아리아 영애."

　"……."

　정말로 그가 나타났었구나. 심지어 저 멀리서 얼굴을 확인하고 찾아오기까지 하다니.

　우연 같지 않은 우연들과 그의 이상한 집념이 두려웠다. 아리아가 대답하지 않자 아스가 부디 꽃다발을 받아 달라 재촉했다.

　"팔이 아프군요. 영애를 위해 준비한 꽃다발이니 부디 받아 주시기를 바랍니다."

"······무슨 볼일이죠?"

"꽃다발을 받아 주신다면 알려 드리겠습니다."

테라스에 갇혀 있는 것은 아리아였기에, 그녀는 하는 수 없이 그의 꽃다발을 받았다.

받아 든 튤립은 아리아도 본 적 있는 것이었다. 지난번에 레인이 자신에게 선물했던 황성 근처 꽃집에서 판매한다는 그 튤립. 여느 꽃집의 튤립과는 그 모양부터가 남달랐기에 기억하고 있었다.

아리아가 향기를 맡아 그것을 확인하자, 제시가 고개를 갸웃거렸다.

"이상하네. 분명 방금 전까지만 해도 손에 꽃다발 같은 건 없었는데······."

"어? 그러고 보니, 나도 못 봤는데."

애니마저 그렇게 말하자 아리아의 심장이 터질 듯 뛰기 시작했다.

역시 이상한 남자였다. 지난번 광장에서 있었던 일도 그렇고, 평범한 사람은 아닌 듯싶었다.

도대체, 정체가 뭐지?

"너무 어두워서 그런데, 안으로 들어가도 괜찮겠습니까?"

"아뇨! 꽃다발을 받으면 알려 준다고 하셨으니 거기서 끝내 주세요."

"매정하시군요."

매정함을 따지기 이전에 무례했다. 도대체 어떤 교육을 받았기에 만나는 족족 무례를 저지르는 것일까. 그러고 보니 지난번에는 이마에 입맞춤을 하기까지 했다. 당황하기도 했고, 갑자기 사라져 버려 뺨을 올리는 것조차 하지 못했다.

평민 출신인 자신조차 이토록 무례하다고 느껴지는데, 귀족 사회에서는 어려웠을까. 혹, 배척당한 이는 아닐까 생각됐다.

그래서 아리아가 다시금 단호하게 거절했다.

"이만 돌아가려던 참이라 그럴 수 없어요."

"……제가 영애의 비밀을 알고 있다고 해도 말입니까?"

그 말에 두근거리던 심장이 쿵 내려앉았다.

"그게, 무슨……?!"

무슨 말도 안 되는 소리를 하는 것인지!

말문이 막힌 아리아가 입을 벙긋거렸다. 그러자 커튼 뒤의 아스가 그녀의 망설임을 없애기 위해 재차 입을 열었다.

"영애의 비밀을 안다고 했습니다. 그러니 잠시 대화를 나누는 게 어떨지요?"

"……무슨, 무슨 비밀을 말씀하시는 거죠?"

"여기서 함부로 발설해도 되는 겁니까? 그렇게 쉬운 비밀이었는지 몰랐군요."

대체, 무슨 소리를 하는 거야! 설마, 모래시계의 비밀을…… 아는 건가? 어떻게?!

아리아의 시선이 제시와 애니를 훑었다. 그녀들은 도대체 제 주인이 무슨 비밀로 협박을 당하는 건지 걱정하면서도 궁금해 하는 얼굴이었다.

아리아가 모래시계를 힐끗댔다.

그래, 빨리 말하게 한 뒤 모래시계로 시간을 돌리자. 어떤 비밀을 알고 있는지 모르는데 덮어 놓고 무시할 수는 없었다.

"애니, 제시. ……잠시만 자리를 비워 주겠어?"

"아가씨……!"

"하지만!"

"괜찮으니 자리를 비워 주렴. 금방 끝날 테니까. 아 참, 상자는 놓고 가도록 해."

그가 들어오자마자 알고 있는 비밀을 말한다면 경우에 따라선 지금 이 순간까지도 모래시계로 돌릴 수 있었다.

단호하게 지시하는 아리아에 애니와 제시가 더는 버티지 못하고 자리를 비웠다. 기사를 대기시켜 놓겠다는 말에 아리아가 고개를 끄덕였다.

그 뒤로 기다렸다는 듯 아스가 테라스로 들어왔다. 갑자기 나타나 모처럼의 외출을 방해했으면서, 호선을 그리는 입매가 얄미워 눈을 흘겼더니 그가 크게 웃었다.

"제가 그렇게 싫으십니까?"

"좋을 리가 있을까요? 모처럼의 휴일에 협박을 받는걸요."

"아, 그 점은 사과드리겠습니다. 그렇게 하지 않으면 문전 박대를 당할 것 같았거든요."

사과를 했음에도 여전히 화가 난 듯 보이는 아리아의 모습에, 여전히 웃음을 지우지 않은 아스가 바닥에 한쪽 무릎을 꿇은 채 손을 내밀었다. 놀란 아리아가 눈을 끔뻑였다.

"부디 무례를 용서해 주십시오, 영애. 다시는 이런 일이 없도록 주의하겠습니다."

다시는 이런 일이 없도록 주의하는 것이 아니라, 오늘 이후로 만나지 않으면 되는 일이었다.

그렇게 대답하면 끝나는 일이거늘. 어째서일까. 아리아는 몇 번이나 발톱을 세웠음에도 개의치 않아 하는 아스에게 손을 내밀지 않을 수가 없었다.

게다가 어디서 배운 예법인지 한낱 하급 귀족치고는 꽤 곧고 바른 자세였다. 아리아가 그것에 감탄한 사이, 아스가 흐트러짐 없는 자세로 아리아의 손등에 키스했다.

　고작해야 잠깐 입술을 대고 떨어질 줄 알았는데, 그가 하얗고 부드러운 아리아의 손등에 정중하게 입을 맞추었다. 아주 소중한 것을 조심히 다루는 그 태도에 아리아의 얼굴이 새빨갛게 달아올랐다.

　'생전 이런 입맞춤을 받아 본 적이 있었나. 그것도 손등에……'

　아니, 없었다. 키스는 중간 과정에 불과했다. 남자들이 원하는 것은 키스가 아닌 다른 것이었기 때문에 아주 가치가 없다는 듯 가볍게 넘어간 것이 대부분이었다. 물론, 그렇다고 그다음을 허락한 것은 아니었지만.

　어쨌든 아리아에게 있어서 키스는 별반 가치가 없는 행동이었다. 줄곧 그런 건 줄 알았다.

　'이건 대체……'

　다른 부위도 아닌 손등에 하는 입맞춤이 이리도 가슴을 뛰게 하다니. 겉은 그렇지 않다고 하더라도 속은 스물도 훨씬 넘었건만, 한참 연하의 아스에게 고작해야 손등에 하는 입맞춤에 이렇게 간단히 휘둘린다는 것이 믿기지 않았다.

　아리아의 손등에 길게 여운을 남긴 그가 입술을 떼고 천천히 일어서며 그녀를 빤히 응시했다. 무슨 속셈인지는 모르겠으나 심장이 과하게 두근거림에 아리아가 시선을 회피했다. 빨갛게 달아오른 얼굴이 창피했다.

　"……그보다, 어떻게 이렇게 매번 절 놀라게 만드시는 건지, 테라스 너머에 계신 영애를 보고 몇 번이나 눈을 비볐는지 모릅니다."

한차례씩 성장을 겪을 때마다 그를 만났던 기억이 났다. 갑자기 커 버린 탓에 자신도 놀랐으니 그는 오죽할까. 가슴을 떨리게 만든 입맞춤 뒤에 그런 소리를 하니 더더욱 얼굴을 볼 수가 없었다. 그러자 아스가 덧붙였다.

"영애께선 꽤 귀여운 면이 있습니다."

"……무슨!"

무슨 그런 말을 하느냐고 쏘아붙이려 고개를 돌리는데, 미미하게 달아오르는 그의 귀가 눈에 들어왔다. 설마 부끄러워하는 건 아니겠지. 부드럽게 웃는 표정이 너무나도 태연해 본심을 가늠할 수 없어 입을 닫았다.

두 사람은 한동안 말없이 테라스에서 바람을 맞았다. 아리아는 달아오른 얼굴을 식히기 위함이었고, 아스의 의중은 알 수 없었다. 길고 긴 침묵을 깨고 먼저 입을 연 것은 아스였다. 그가 테이블 위에 놓인 상자에 시선을 두며 말했다.

"그러고 보니 이전에 만물상에서 보았던 상자가 아닙니까. 수리한 모래시계를 되찾으셨던 기억이 나는군요."

갑자기 모래시계를 언급한 것에 놀란 아리아가 눈을 동그랗게 떴다.

설마, 모래시계에 대해 뭔가 아는 건 아니겠지. 그럴 리 없다고 생각하면서 최대한 아무렇지 않은 척을 하며 대답했다.

"그래요. 제 보물이나 마찬가지죠. 없으면 허전한 제 보물이요."

"모래시계라. 독특한 취미를 가지셨군요."

달리 자랑을 할 수도 없는 모래시계를 가지고 다니는 것은 꽤 이상한 일임이 분명했기에 아리아는 아무런 대꾸도 하지 않았다. 아스 역시 대답을 원한 것은 아니었던 모양인지 모래시계에 관해 이야기를 나누는 것은 그것이 마지막이었다.

'역시, 모래시계에 대해 아는 건 아니었어.'

그럼 도대체 무슨 비밀을 안다고 하는 것일까. 굳이 비밀의 유무를 따지자면 아스 쪽이 더 비밀투성이가 아닌가?

어떻게 된 일인지는 모르겠지만, 그와 난생처음 보는 공터에서 헤매던 도중, 갑자기 광장으로 시야가 바뀌었었다. 음지에서 유행하는 약을 흡입한 것도 아니니 그런 환각이 보일 리도 없을 테고⋯⋯. 그가 이상한 술수를 쓴 것이 분명했다. 그러니 추궁을 해야 할 사람은, 아스가 아닌 바로 자신이었다.

"그날, 광장에서 말이죠."

모래시계 이후로 끊어진 대화에 아리아가 먼저 입을 뗐다. 그러자 아스가 아아, 하고 그때를 회상하는 듯 미소를 지으며 시치미를 뗐다.

"우습게도 광장이 그리 가까운 줄 모르고 한참을 헤맸죠. 진귀한 경험이었습니다."

"⋯⋯헤맨 것이 다란 말씀이신가요?"

"그럼, 달리 무슨 일이 있었습니까?"

저런 식으로 완벽하게 부정하면 할 말이 없어진다. 마치 미리 준비라도 한 듯 유연하게 대응했기에 아리아가 무어라 추궁해야 할지 고민했다.

"그런 사소한 것보단, 나누어야 할 말이 있지 않습니까."

"아⋯⋯."

사소한 대화는 아니었지만, 화제를 전환하는 것이 수준급이었다.

아리아가 입술을 깨물었다.

그래, 비밀을 알고 있다고 했지. 모래시계에 대해 크게 묻지 않는 것을 보면 그에 관한 비밀은 아닌 듯싶은데, 도대체 어떤 것을 알고 있는 걸까.

더 이상 시간을 끌 생각은 없는 듯 아스가 곧장 본론을 꺼냈다.

"영애께선…… 눈에 띄는 것을 싫어하시는 모양입니다."

"……무슨 소리죠?"

"남에게 영광을 빼앗기고도 아무런 내색을 하지 않으시니 말입니다."

아리아는 아스가 하는 말의 뜻을 단박에 이해할 수 있었다. 모피 사업에 대한 공적을 미엘르가 훔쳐 간 것을 뜻하는 모양이었다.

하지만 어떻게 아스가 그것을 아는 걸까. 그 일에 대해 아는 사람은 아주 극소수에 불과한데.

"정확히 말씀을 해 주셔야 대답을 해 드릴 수 있어요."

"모피 사업 말입니다."

"……."

도대체 어디서 이야기가 퍼져 나간 거지? 미엘르는 아직 눈치채지 못한 것 같았으니 제 입으로 떠벌렸을 리는 없을 테고, 백작 또한 미치지 않은 이상 제 딸의 얼굴에 먹칠을 하는 일은 없을 것이다. 그렇다면 도대체 누가?

그때, 아리아가 얼굴을 딱딱하게 굳혔다. 단 한 명 가능한 인물인 레인이 떠올랐기 때문이다. 입이 가벼워 보이는 사내는 아니었는데, 그새 여기저기 떠벌리고 다닌 것인가. 백작가와 척을 지게 될지 모르는데도? 어리석기 그지없지 않은가.

"어디서 그런 이야기를 들었죠?"

"사실인 모양이군요."

아리아의 물음에도 아스는 대답을 회피했다. 그저 자신이 알고 싶은 것만 확인하려 들었다. 더는 그와의 대화에서 얻을 수 있는 건 없었다. 계속 이어 나가 보았자 손해를 보는 건 자신이라 직감했다.

"궁금한 것은 그게 다인가요?"

모래시계를 돌려야겠다고 결심한 아리아가 상자에 손을 뻗으며 물었다. 지금 이 대화를 지운다면 아스와 자신은 쓸모없는 대화만 한 것으로 끝난다.

이를테면 아스가 자신에게 손등에 입맞춤을 했다든가, 그가 귀를 붉힌 착각이 일었다든가 하는 쓸모없는 대화 말이다. 하지만 아리아의 기대와는 달리, 아스가 고개를 저으며 대화가 계속됨을 알렸다.

"아뇨, 아직 시작도 하지 않았습니다. 제가 묻고 싶은 것은 따로 있으니까요."

시작도 하지 않았다는 말에 아리아의 손이 허공에서 멈췄다. 아스의 시선이 따라붙은 것은 당연한 일이었다. 그가 퍽 의아해 하는 얼굴로 아리아의 손을 쳐다보았다.

'모래시계에 관심을 두게 해선 안 돼.'

그는 지금도 자신에게 과할 정도로 관심을 갖고 있었다. 이 이상 비밀을 알릴 순 없었다. 아리아가 상자를 집었다. 그러곤 당장이라도 테라스 밖으로 나갈 수 있게 자세를 고쳐 앉았다. 마치 상자에 손을 뻗은 것은 제 물건을 챙겨 돌아가기 위함이었다고 생각하게 만들도록. 아주 다행히도 아스는 아리아가 원한 반응을 내보였다.

"듣지 않으시면 후회하실지도 모릅니다."

"제가 후회하는 것은 당신을 테라스로 들인 사실 뿐이에요."

"영애께서 혹하실 만한 제안을 할 생각인데도 말이죠?"

혹할 만한 제안? 설마 미엘르를 죽여 주기라도 하겠다는 말인가?

그것 외에 필요한 것은 없었다. 이 모든 일련의 행위가 모두 미엘르에게 복수를 하기 위함이었기 때문이다. 생각에 빠진 아리아에게 아스가 여유를 두고 말을 이었다. 그의 입에서 나온 말은 꽤 뜻밖의 말이었다.

"시녀를 시켜 서점에서 책을 사 가셨다 들었습니다."

"……도대체 어디까지 제 사생활을 훔쳐보신 거죠? 불쾌하기 짝이 없군요!"

"경제 입문서와, 정치 입문서라. 국제 정세에도 관심이 있으신 모양이더군요. 아직 어린 영애께서 보시기엔 꽤 독특한 책이 아닙니까. 달리 사용할 곳도 없고요."

그래서 뭐 어쨌다는 말인가. 그가 이후에 할 말이 무엇이든 상관없었다. 이제 대화를 끝내야 할 때가 온 것이다. 모래시계의 비밀만큼 그 또한 들키고 싶지 않은 사생활이었다. 어서 시간을 되돌려서 그 입을 닫게 해야 했다.

"그러니 그 지식들을 다른 사람들과 공유하지 않겠습니까?"

이번에야말로 그렇게 하려고 했는데, 아스는 아리아를 협박하는 대신 뜻밖의 제안을 했다.

"……그게 무슨 말이죠?"

"제가 주최하는 모임에 참석하지 않으시겠냐는 제안을 하는 겁니다."

그가 주최하는 모임?

아리아의 눈동자가 한차례 떨렸다. 남성인 그가 자신에게 그런 제안을 했다는 사실이 믿기지 않았기 때문이다.

남성들은 그들만의 사회에 여성을 끼워 주지 않았다. 여성은 해야 할 일이 따로 있었고, 배워도 달리 써먹을 곳이 없었기에 키워 주는 이가 없었다. 정치적인 이유를 제외하고는 그러했다.

드물게 여성에게 학문적 지원을 하겠다는 이는 모두 멍청이 취급을 받았고 무시당했다. 관직에도 오르지 못할 그녀들에게 괜한 힘을 쏟는다는 이유였다. 그런데 그 멍청한 짓을 아스가 하겠다고 제안한 것이다.

"영애께서 꽤 영민하다는 것은 이미 알고 있는 사실입니다. 비밀로 하고 계시는 듯 보이지만, 만물상에서는 카지노의 몰락을 예고하셨죠. 솔직히 놀랐습니다만, 단순한 우연이라고 생각했습니다. 멋모르는 작은 영애가 어쩌다 알게 된 게 아닐까. 한편으로는 그런 생각도 했습니다."

"……말씀은 감사하지만, 평판이 꽤 떨어지실 텐데요."

"제 평판을 걱정해 주시다니 감격스럽군요. 하지만 걱정하지 않으셔도 될 만큼 제 평판은 이미 떨어진 상태입니다."

웃으며 대답하는 아스였지만 아리아는 쉽게 그의 말을 신뢰할 수 없었다.

평판이 이미 떨어졌다니. 그만큼 영향력이 있다는 소리인가? 그런 소리를 하는 것치곤 정체를 알 수 없음에 신뢰할 수 없었다. 게다가…….

"제 비밀을 알고 있다고 협박하셔서 시작된 대화인데, 제게 긍정적인 대답을 바라시는 건 무리가 있지 않을까요."

"인지하고 있습니다. 빨리 대답을 주신다면 더할 나위 없겠지만, 영애께서도 고민이 되시겠지요. 그러니 차후에 제 시종을 보낼 테니 대답은 그때 해 주셔도 상관없습니다."

"……."

"그리고 영애의 비밀을 발설할 생각이 없으니 걱정하지 마십시오."

그는 아리아가 걱정하는 부분을 묻기도 전에 설명을 덧붙였다. 때문에 그녀는 그에게 아무런 반박도, 질문도 할 수가 없었다. 그렇게 잠시 고민하다가 이미 모래시계를 되돌릴 타이밍이 늦어 버렸다는 것을 깨달은 아리아는 꽉 쥔 상자에서 힘을 뺐다.

비밀을 발설하지 않는다고 했고, 발설해 보았자 웃음거리가 되는 것은 그일 것이다. 추측하건대 일개 하급 귀족인 아스의 말을 귀담아들을 사람도 없을 것이고.

'……어떤 모임인지 궁금해.'

게다가 그가 제안하는 모임에도 관심이 있었다. 남자들의 사회에 발을 내딛는다는 생각을 단 한 번도 해 본 적이 없었기에 더욱 그러했다. 보통 여성들과는 다르게 앞으로 자신의 세력을 쌓아야 하는 아리아로서는 거절하기 힘든 제안이었다.

"그럼, 대답을 기다리겠습니다."

먼저 자리에서 일어난 아스가 잠시 아리아를 내려다보더니, 이내 미소 지으며 상체를 그녀에게 숙였다. 갑자기 다가온 얼굴에 놀란 아리아가 손을 내젓자, 그가 제 손에 들린 꽃잎 하나를 들어 보이며 짧게 사과했다.

"놀라게 할 생각은 없었는데, 머리카락에 꽃잎이 붙어서요. 안 그래도 구분이 잘 가지 않는데 꽃잎마저 붙어 있다면 나비가 오해하지 않겠습니까?"

　……라며 아리아의 손에 그것을 쥐여 주었다.

　그는 그렇게 뜻 모를 소리를 남기고 떠났다. 남자라곤 수없이 가
지고 놀았던 아리아였지만, 감당하기 힘든 행동에 멍하니 그가 떠
난 자리를 응시할 뿐이었다.

　　　　　　　　　＊　＊　＊

　아스를 만나고 난 지 며칠이 지나도록 그의 시종은 나타나지 않
았다. 그도 그럴 것이 고작해야 하급 귀족인 그가 어떻게 백작가에
방문한다는 말인가. 문전 박대를 당할 것이 분명했다.

　'괜한 기대를 했을지도…….'

　아리아는 아스가 제안한 모임을 거의 포기한 상태였다. 애초에
남성들의 모임에 그렇게 쉽게 들어갈 수 있을 리가 없었다. 그런
줄도 모르고 괜한 기대를 하여 한동안 아무것도 하지 못한 채 그의
편지만 기다렸다.

　'카지노라도 다녀올걸.'

　하지만 그럼에도, 편지가 오지 않을 걸 알면서도 기다리는 것을
멈출 수 없었다.

　그러던 어느 날 레인이 방문했다. 그는 선물로 꽃다발을 두 개
가져왔는데 백합으로 된 꽃다발은 미엘르에게, 그리고 튤립으로
된 꽃다발은 아리아에게 건넸다.

　"세상에……! 이렇게 아름다운 백합은 처음 봐요! 도대체 어디서
구하신 거죠?"

"주인님의 정원에서 꺾어 만든 꽃다발입니다. 그곳에서 자라는 식물들은 모두 그렇게 아름답죠."

"저도 꼭 한번 방문해 보고 싶네요!"

"분명 그렇게 될 겁니다."

가문을 상징하는 백합을 미엘르에게 건네다니. 그에 반해 형식적인 인사에 사용하는 튤립이 아리아의 손에 떨어졌다. 아직도 이렇게 차별을 두는 것을 보니, 끝끝내 그녀를 믿을 작정인 듯싶었다. 어리석게도 사람을 보는 눈이 없는 모양이었다.

"아, 그리고……. 아마도 오늘이 마지막 방문이 될 것 같습니다."

"무슨 일이라도 있나?"

갑작스러운 마지막 인사에 백작이 놀란 얼굴을 감추지 못하고 되물었다. 아리아 역시 포크를 내려놓고 그에게 시선을 보냈다.

"그간 주인님께서 공들이셨던 일이 끝을 보게 되었거든요. 중간에 오해가 있어 오래 걸렸습니다. 이제 일이 풀려 가니 그곳에 집중하실 생각이라고 하셨습니다."

"그것참, 내게는 안타까운 일이군. 자네의 주인이라는 분에게는 잘된 일이겠고."

백작은 휘몰아치는 여러 가지 감정을 수습하지 못하고 어색한 얼굴로 축하한다고 끝을 맺었다. 누가 보아도 석연치 않은 얼굴이었다. 그도 그럴 것이 레인과 그의 주인은 백작의 사업에 꽤 도움이 되었기에 놓치기 싫은 마음 때문일 것이다.

그의 얼굴에서 묻어 나오는 섭섭함을 확인했음에도 레인은 별다른 덧붙임 없이 식사를 재개했다. 백작과의 인연에도 종지부를 찍을 생각인 모양이었다.

'미엘르를 알아보려 했던 일이 끝이 난 거겠지.'

방금 전의 예상과는 달리 미엘르에게 더는 볼일이 없는 듯했다. 여태까지 산더미 같은 선물과 백작에게 준 도움은 정보를 캐기 위한 뇌물이었을 테고.

그러게 왜 백작은 들킬 거짓말을 해서 상황을 이렇게 엉망으로 만들었을까. 그가 조금만 더 생각이 있는 사람이었다면 레인과 그의 주인이 떠나갈 일은 없었을 것이다. 어쩌면 애초에 관심을 두지 않았을지도 모르는 일이었지만 차라리 그게 나았다. 괜한 기대와 실망을 반복하지 않아도 됐을 테니까.

'뭐, 세금에 대해 도움을 받았으니 이득을 본 것이나 마찬가지인가.'

산더미처럼 많은 선물을 받기도 했으니 말이다. 뭐가 됐든 이제 레인은 백작에게 도움을 주지 않을 것이다. 음침하게 진실을 숨긴 대가였다.

"혹시 내가 예전에 제안한 것이 마음에 들지 않아 그런 건가?"

"예? 하하, 아닙니다. 그건 제가 그렇게 하고 싶다고 되는 게 아니지 않습니까."

"흠……. 그럼 아리아가 좋다고 하면 그렇게 할 수도 있다는 말인가?"

"……글쎄요."

갑자기 불린 제 이름에 아리아가 시선을 돌렸다.

자신을 두고 무슨 거래를 했기에 의사를 묻고 말고 하는 말이 나오는 건지. 게다가 점점 식어 가는 레인의 표정을 보아하니, 자신의 반응이 어떻든 그것은 거절이 확실했다. 백작이 아리아에게 물었다.

"사실 레인이 너를 퍽 마음에 들어 하는 것 같아서 말이야. 이전에 만남을 가져 보는 것이 어떻겠냐고 물었지. 나쁘지 않을 거라고 보는데……. 너는 어떻게 생각하는지 궁금하구나, 아리아."

"……여보!"

백작의 충격적인 발언에 백작 부인이 쥐고 있던 포크를 떨어뜨리며 되물었다. 그는 유능한 상인답게 팔아먹을 수 있는 것이라면 제 양딸이라도 팔아먹을 작정인 듯싶었다.

'레인의 주인도 아닌, 레인이라니.'

정체는 불분명하지만 고위 귀족일 것이 분명한 주인에게는 소개시켜 줄 딸이 없으니, 하급 귀족에 불과하지만 도움이 될 자의 시종인 그에게 자신을 내주려는 것인가.

어쩜 저리도 하나같이 실망스러울까. 멀리서 환하게 웃는 얼굴로 고개를 끄덕이는 미엘르가 보였다.

"나쁘지 않아 보여요. 레인 님은 좋은 분이시니, 분명 언니를 행복하게 해 주시겠죠."

신분의 상승도, 유지도 아닌 하락이라. 레인과 결혼한다면 백작 영애에서 피노 부인이 될 것이다. 부인 앞에 어떤 작위가 붙을지는 모르나 하찮을 것이 분명했다.

아리아가 입매를 비틀며 대답했다.

"그러니? 나는 이대로도 충분히 행복한데. 그러면 네가 그렇게 하는 게 어떨까, 미엘르?"

"……무슨 소리예요, 언니? 제게는 오스카 님이 계시잖아요."

"아…… 그랬었지? 오스카 님께서 저택에 방문하신 게 손에 꼽을 정도라서 잊고 있었네. 미안, 미엘르."

"방문은 뜸하시지만 선물은 자주 보내 주세요. 언니는 잘 모르실 지도 모르겠지만요."

남의 손으로 얻은 사랑이 고작이면서 뭐가 저리도 만족스러운 걸 까. 고작해야 누이의 유혹에 넘어가 은밀한 편지를 주고받은 전적 이 있는 남자이거늘. 당당하게 오스카와 자신의 관계를 설명하는 미엘르는 꽤 자신이 넘쳤다. 역시 오스카 없이는 미엘르에게 처절 한 고통을 줄 수 없었다. 무슨 수를 써서든 그를 되찾아야 했다.

"아리아 영애께서 내키지 않아 하시는 것 같으니, 없었던 일로 해야 할 것 같습니다."

"이런, 우리 아리아가 아직 어려서 잘 모르는 모양이야. 아주 없 어진 것이라곤 생각하지 말게."

그는 어떻게 해서든 레인의 주인과의 관계를 이어 가고 싶은 모 양이었다. 제 딸을 하급 귀족에게 팔아서라도 말이다.

조신한 귀족 영애의 삶이란 참으로 답답하기 그지없구나. 선택이 라고는 없이 정치와 경제에 휘둘리는 인생이라니. 그런 점에서 미 엘르는 참으로 행운아인 것이 틀림없었다. 정치적으로 얽힌 약혼 자를 좋아하게 되지 않았는가.

그 후로 레인과 백작이 시답잖은 사업 이야기를 시작하는 통에 아리아는 조용히 식사를 마치고 제 방으로 올라갔다. 식사 시간 내 내 기분이 나빴지만 그나마 레인의 주인이 미엘르에게 관심을 끊 었다는 희소식에 조금 안심이 되었다. 이제 여유롭게 차를 마시며 책을 읽고 취침에 들 준비를 하려는데, 누군가 그녀의 방문을 똑똑 두드렸다.

"지금 이 시간에 누구실까요? 오실 분이 안 계신데⋯⋯."

제시가 의아한 듯 고개를 갸웃거렸다. 그러자 바로 뒤에 이어진 '레인입니다.'라는 목소리에 그녀가 화들짝 놀라며 제 입을 가렸다.

"무슨 일이시죠?"

"주인님께서 꽃다발과 함께 편지를 주셨는데, 깜빡 잊고 드리지 못해 찾아뵈었습니다."

편지라니. 그간 자신에게 관심도 없던 이가 무슨 편지를 보낸 것인가. 애니에게 받아 오라고 시켰지만, 레인은 다 읽고 답장을 주기 전까지 돌아가지 않겠다고 말했다.

"답장을…… 지금 여기서요?"

"예. 일단 읽어 주십시오. 그럼 이해하실 겁니다."

의아했으나 별로 대수롭지 않은 일이었기에 아리아가 편지를 뜯었다. 그리고 유려한 글씨체로 시작하는 첫 단락을 읽고 손에서 그것을 떨어뜨리고야 말았다.

『**친애하는 로스첸트 아리아 영애.**

그간 잘 지내셨는지요? 아스입니다. 지난번의 대답을 듣고자 시종을 보냈습니다.

마음은, 정하셨는지요?』

……아스라고?

자리에서 일어난 아리아가 서둘러 문 너머에서 기다리는 레인에게 다가갔다. 놀란 아리아의 얼굴을 마주했음에도 그럴 줄 알았다는 듯 레인의 얼굴이 태연했다.

"주인이라는 분이…… 아스 님이시라고요?"

"그렇습니다."

"어떻게 그런……!"

평범한 하급 귀족이라고 생각했는데, 실상은 그렇지 않았다는 것인가. 아스가 생각지도 못한 거물이었기에 충격을 받은 아리아가 입만 뻐끔대며 말을 잇지 못했다.

"마음의 결정은 하셨는지요?"

"그거야 물론……."

참가하려고 했다. 참가하려고 했었다. 그러나 그가 생각보다 더 거물이었기에 그렇다고 대답할 수 없었다.

'이렇게 간단히 얽혀도 되는 걸까.'

그는 과연 자신에게 도움이 될 사람인가 그렇지 않은가. 그리고 수많은 재화를 가진 이가 도대체 자신에게 바라는 것이 무엇일까. 아스와 관련될 알 수 없는 미래가 두려웠다.

"무엇이 영애를 고민하게 만드는지요? 혹, 그간 미엘르 영애께 열과 성을 쏟은 것 때문입니까?"

수차례 오간 대화로 알아챘으리라고는 생각했지만 이렇게 직접적으로 미엘르 때문이냐고 질문을 받을 줄은 몰랐기에 아리아의 입이 더욱 꽉 닫혔다.

"그렇다면 걱정 마십시오. 단순히 착각을 해서 그런 것이었으니 말입니다. 주인님께서는 미엘르 영애께 먼지만큼의 관심도 없습니다."

"……그런 것 때문이 아니에요. 미엘르를 어떻게 생각하든, 저 또한 상관이 없으니까요."

애초에 오해하고 있었다는 사실을 알고 있었다. 단호한 아리아의 대답에 레인이 당혹스러워 했다. 달리 이유가 떠오르지 않는 모양이었다.

"그러시다면, 왜 고민을 하시는지요?"

"그의 정체를 모르니까요."

"아, 음. 그런 문제가 남아 있었군요. 확실히 그럴 수도 있겠습니다."

레인이 덧붙였다.

"하지만 걱정하지 마십시오. 아스 님께선 영애께 해를 끼치려는 생각이 전혀 없으니까 말이죠. 그리고 위험하신 분도 아닙니다. 아주 밝고 정상적인 분이십니다. 부하에게도 친절하시죠."

레인이 이상한 설명을 덧붙였으나 아리아의 선택에 하등 도움이 되지 않았다.

"그것도 상관없어요. 제가 신경 쓰는 건…… 아스 님이 제 생각보다 너무 대단하신 분인 것 같다는 점이에요."

한숨 섞인 대답에 레인이 고개를 한쪽으로 기울이며 이해할 수 없다는 표정을 지었다.

"대단하신 게 무슨 상관이 있습니까? 대단하면 대단할수록 좋은 게 아닌지요?"

"……글쎄요. 목적이나 의도가 명확하다면 모를까, 어떤 생각으로 접근했을지 모르는 거물을 반길 사람이 있을까요? 특히나 저같이 소문이 안 좋은 한낱 소녀에게요."

레인이 그제야 아리아가 뜻하는 바를 알아차렸다는 듯 눈을 크게 뜨며 반문했다.

"무슨 생각이신지 알겠습니다. 하지만 아스 님께선 단순히 영애의 총명함 때문에 관심을 가지셨을 뿐, 다른 의도는 없을 거라 생각합니다."

"그럴 리가요. 저는 생각하시는 것만큼 그리 총명하지 않답니다. 그저 어디서 주워들은 것이 많을 뿐이죠."

그것들의 대부분이 모래시계의 마법으로 이룬 업적들이었다. 아리아의 겸손함에 레인이 웃음을 흘렸다.

"하하, 뭔가 오해를 하시는 모양인데, 단순히 정보를 많이 파악하고 있다고 해서 총명하다 말하는 건 아닙니다."

"……그럼요?"

"그 정보를 적재적소에 써먹을 줄 알아야죠. 그건 천성이라고 보아도 무방합니다. 아무리 정보나 지식이 많아도 그것들을 제대로 사용할 줄 모르는 사람들이 태반이니까요. 물론 정보야 많이 알면 알수록 좋긴 하지만요."

아리아가 눈을 동그랗게 떴다. 그렇게는 생각해 본 적이 없었기 때문이다. 지금까지 이룬 모든 것들이 다 모래시계의 덕분이라고 생각했었는데, 레인에게서 '넌 원래 총명하다.'라는 식의 말을 들으니 오롯이 자신이 원래 타고난 것에 대한 가치를 인정받은 느낌이었다.

"……라고, 아스 님께서도 말씀하셨습니다. 그래서 영애께 관심을 보이셨던 거고요."

아리아의 표정에서 기쁨을 찾아낸 레인이 덧붙였다.

"……그렇군요."

누군가에게 외모 외에 칭찬을 받아 본 일이 드물어 어안이 벙벙했다. 하물며 늘 멍청하고 쓸모없다고 욕을 먹었던 머리를 칭찬받다니. 떨리는 입가는 넘쳐흐르는 기쁨을 주체하기 어려웠다.

"답장은…… 다음에 다시 받으러 오는 게 좋겠습니까?"

말은 다음에 다시 오겠다는 것이었지만, 어서 답장을 쓰라는 듯한 얼굴로 그가 물었다. 아리아가 고개를 저었다.

"아뇨! 지금 써 올게요. 잠시만 기다려 주세요."

아리아는 서둘러 아스에게 답장을 작성했다. '참가하겠습니다.'라는 고작해야 몇 글자 안 되는 짧은 편지였지만, 평생 다신 없을 기쁜 마음이 담겼다.

"잘 전해 드리겠습니다."

레인이 살갑게 웃으며 작별 인사와 함께 사라졌다. 계단 밑으로 사라지는 그의 뒷모습을 바라보는 아리아의 심장이 빠르게 요동쳤다.

＊　＊　＊

아스에게서 돌아올 답장을 기다리는 동안, 오랜만에 열린 모임에서 아리아는 그간 뜸했던 사라의 소식을 들을 수 있었다.

사라가 빈센트 후작과 사이가 가까워진 만큼 아리아와의 만남이 줄었기 때문이다. 조금 섭섭한 마음이 들긴 했지만 그보다 기쁨이 훨씬 컸기에 아리아는 만족스러운 웃음을 지을 수 있었다.

"그래서요? 그래서 어떻게 그렇게 빨리 사이가 좋아지신 건가요?"

"아리아 영애께서 하신 조언이 컸어요. 용기를 내 손을 잡으라는 조언이 가장 컸지요. 후작님께선…… 상당히 놀라셨지만 양 뺨을 조금 붉힌 채 제 손을 꼭 마주 잡아 주셨답니다."

"세상에……! 그 후작님께서요?!"

"어쩜……. 사랑스럽기도 하시지."

"아리아 영애는 참 대단하세요. 나이가 가장 어린데도 연애에 이렇게 빠삭하시니까요."

"도대체 어떻게 그렇게 잘 아시는 거죠? 비법이 있다면 저도 알려 주세요, 아리아 영애."

무리에서 가장 조용하고 물욕이 없었던 사라의 성공담에 영애들이 너도나도 눈을 빛내며 아리아를 재촉했다. 이에 아리아가 어색하게 웃으며 대답했다.

"별다른 비법은 없어요. 그저 제가 평민 출신이라 사랑 이야기에 익숙할 뿐이죠. 평민들은 유흥거리가 부족한 만큼, 누군가를 사랑하고 표현하는 것에 거리낌이 없거든요."

"아아! 요컨대 많이 듣고 많이 보아서 그렇다는 말씀이신가요?"

아니; 그것은 아리아가 다년간 배우고 경험한 산물이었다. 남자들을 제 발밑에 깔아 놓고 수족처럼 부렸던 그녀의 산물이었다. 하지만 그렇게 말할 수야 없지.

"……그렇다고 보시면 돼요."

모인 영애들이 모두 납득했다는 듯 서로를 응시하며 고개를 끄덕였다.

"평민들에게서도 배울 점이 있었군요!"

"정말 대단하네요. 저도 그들의 사랑 이야기를 꼭 듣고 싶어요!"

사랑 이야기가 아닌 고위 귀족을 유혹해 성공하는 법이겠지.

아리아가 순수한 미소를 지으며 그녀들에게 대답했다.

"제가 여기 이렇게 있으니 언제든지 물어보시면 대답해 드릴게요. 도움이 될지는 모르겠지만요."

"아리아 영애의 조언이라면 꼭 듣고 따라야죠!"

"그럼요! 정말 고마워요, 아리아 영애!"

물론 아무리 아리아가 남자를 유혹하는 수많은 기술과 지식이 있다고 한들 그녀들에게는 하등 소용이 없는 것들일 것이다. 애초에 아리아가 사용하는 방법과 그녀들이 가능한 부분이 전혀 달랐기 때문이다.

사라의 경우, 빈센트 후작이 그녀에게 마음을 품고 있었기에 그 어떤 행동을 해도 수용이 가능했던 것이고, 일면식이 없거나 그녀들에게 호감이 없는 남성들에게는 아무런 효과가 없을 것이다.

그럼에도 아리아는 기꺼이 그녀들을 돕겠다고 자청했다. 이에 주가가 오른 것은 이제부터 신분이 상승할 사라가 아닌 아리아였다. 그녀들에게 희망을 심어 줌으로써.

"그러고 보니, 얼마 전까지 꽤 지저분한 소문이 돌았었죠?"

한 영애가 아리아를 힐끗대며 말했다. 다른 영애들 또한 무슨 말인지 알겠다는 얼굴로 고개를 끄덕였다.

"아아, 아리아 영애에 대한 소문이요?"

"정말 추잡하기 그지없어요. 아니라는 것이 밝혀졌으니 다행이죠."

소문의 당사자인 아리아가 그게 무슨 소리냐며 물었다.

"세상에……! 영애께선 모르셨나요? 항간에 흐르던 그 말도 안되는 소문을요?"

"예. 무슨 말씀이신지 모르겠어요."

정말로 자신을 둘러싼 소문이 너무나도 많아 어느 것인지 추측할 수 없었다.

"참으로 웃긴 소문이었죠. 영애께서 오스카 님을 유혹해 미엘르 영애를 상처 줬다는 소문이었어요."

아아, 그 얘기였나. 그 소문이라면 사실이 아닌가.

그럼에도 아리아가 퍽 당황했다는 듯 숨을 삼켰다.

"마, 말도 안 돼요! 제가 감히 어떻게……!"

"그렇죠? 이렇게 착하고 사랑스러운 아리아 영애께서 그럴 리가 없잖아요. 저는 계속 아니라고 했는데, 주변에선 통 믿질 않더라고요. 정말 화가 나서……! 어휴."

"다행히 공녀님의 생일에 오스카 님께서 직접 미엘르 영애를 챙기시는 걸 수많은 사람들이 보았기에 거짓이라는 게 밝혀졌죠. 그게 없었다면 아직도 그런 어처구니없는 소문이 왕성했을 거예요."

분개하는 영애들 사이로 아리아만이 홀로 소문이 사실이었다면 얼마나 좋았을까 생각했다. 그랬다면 이렇게 돌아가지 않아도 미엘르에게 상처를 주고 그녀를 나락으로 떨어뜨릴 수 있었을 텐데 말이다.

그러고 보니, 아스는 도대체 어떤 인물일까. 어디까지 자신을 도와줄 수 있을까. 물론 고작해야 모임에 함께 참여하는 것이 전부겠지만, 어쨌든 그가 거물임은 틀림없으니 친분을 쌓으면 도움을 받을 수도 있을 것이다.

'오스카를 되찾는 데 도움을 받을 수 있을까? 그가 그럴 만한 힘이 있을까?'

그 프레데리크 공작가에 버금가는 권력이 있을까. 그렇다면 좋겠는데. 어쩌면 그라면 자신의 복수를 도와줄 수 있을 것 같았다. 아주 간단하게 말이다.

"……애! 아리아 영애?"

아스를 생각하며 고민에 빠져 있던 아리아를 옆에 앉은 영애가 꽤 큰 소리로 이름을 불렀다. 이에 깜짝 놀란 아리아가 답지 않게 더듬으며 대답했다.

"예, 예?"

"어휴, 무슨 생각을 그렇게 하세요? 아리아 영애께선 마음에 두고 계시는 분이 없냐고 물었어요."

"마음에 두고 있는 사람이요?"

한동안 아스를 생각했던 탓일까. 곧장 아스의 얼굴이 머릿속에 떠올랐다. 심지어 얼마 전 갑작스레 상체를 숙여 다가온 그가 머리카락에 붙은 꽃잎을 떼어 주는 장면이었다. 아리아의 얼굴이 순식간에 불타올랐다. 발갛게 달아오른 어여쁜 소녀의 얼굴은 정원의 영애들의 마음을 즐겁게 하기 충분했다.

"세상에, 도대체 누구를 떠올리셨기에 그리도 얼굴이 붉어지셨나요?"

"꼭 어여쁜 튤립 같아 너무 귀여운걸요?"

"이렇게 사랑스러운 아리아 영애의 관심을 받는 분은 도대체 누구실까요?"

까르르 웃으며 아리아를 놀리는 영애들 사이로 사라의 목소리가 들렸다.

"어쩐지 질투가 나네요."

도대체 왜 아스의 얼굴이 사라지지 않는 것일까. 몇 번이고 다른 이를 떠올리려 노력했지만 달리 생각나는 사람이 없었기에 아스의 얼굴이 그림처럼 머릿속에 박혔다. 한동안 발갛게 달아오른 아리아의 얼굴이 원상태로 돌아오지 않았기에 영애들의 놀림은 계속되었다.

* * *

아스에게서 답장이 온 것은 레인이 편지를 가져가고도 보름이 넘었을 무렵이었다. 마지막 방문이라 말했던 것이 사실이었던 모양인지, 다른 이를 통해 꽃과 편지만을 보내왔다. 이번에도 지난번과 같이 미엘르에게는 백합을, 그리고 아리아에게는 튤립이 도착했다.

보낸 이가 아스라는 사실을 몰랐을 때는 일부러 자신을 무시하려 차별을 두는 것이라 생각했는데 지금은 아니었다. 오히려 차별을 당하는 쪽은 미엘르임이 틀림없었다. 사정은 모르지만 아스가 줄곧 튤립만을 고집하는 데는 분명 이유가 있을 것이다.

그가 보낸 편지에는 간결하게 모임의 날짜, 시간, 그리고 장소, 주의 사항이 적혀 있었다. 아리아는 그것을 잃어버리지 않게 서랍에 잘 보관한 뒤, 이전에 애니에게 시켰던 일에 대한 보고를 들었다.

"정말 웃기게도 제가 아이들을 선별하는 동안 엠마 님에게 불려 갔지 뭐예요? 아직도 제가 엠마 님의 말을 듣는다고 생각하는 모양이에요! 보고를 하지 않은 지 한참이나 되었는데 말이죠!"

그녀는 자신의 결백을 주장하며 엠마의 험담을 시작했다.

"빨리 잡일을 도맡을 시녀를 뽑아서 옷을 갈아입어야겠어요. 그래야 엠마 님도 더 이상 저를 부르시지 않을 테니까요."

"그래서 뭐라고 대답했니?"

"그거야……."

엠마가 애니를 부른 이유는 간단했다. 새로운 시녀를 붙일 테니 아리아를 잘 설득하라는 내용이었다.

"당연히 알겠다고 대답했죠! 어차피 시녀를 새로 뽑으려던 참이었으니까요. 괜히 거절을 해서 미움을 사는 것보단 나으니까요."

"그래, 내 생각도 그렇단다. 아주 잘 대처했구나."

그녀가 제 편이라고 생각해 보낸 시녀들을 차례차례 자신의 편으로 만들 생각을 하니 짜릿함이 머리끝까지 치달았다. 칭찬을 받은 애니가 흥분하여 목소리를 높였다.

"아마 미엘르 아가씨 밑에 있는 시녀들 중 상당수가 저를 부러워하고 있을걸요? 이따금 제 머리핀이나 피부에 대해 물었거든요."

"그래서 뭐라고 대답했니?"

아리아가 조금 기대하는 눈빛으로 물었다.

"당연히 그때마다 아리아 아가씨께선 시녀들에게 관대하셔서 선물을 받았다고 대답했죠. 미엘르 아가씨께선 다정하고 친절하시기는 하지만, 딱히 무언가를 베풀지는 않으시거든요. 딱 귀족 그 자체죠."

"흐음. 아무래도 평민 출신인 내가 편하긴 한가 보구나? 귀족답지도 않고."

"앗! 무슨 말씀이세요, 아가씨! 당연히 미엘르 아가씨께서 인색하시고, 아리아 아가씨께서는 관대하시다는 말이죠!"

오해하면 곤란하다는 그녀의 필사적인 변명에 아리아가 까르르 웃었다.

"농담이야."

"그러실 줄 알았어요!"

이제는 익숙해진 아리아의 아찔한 농담에 애니 역시 까르르 웃으며 능청스럽게 대응했다.

애니가 새 시녀를 데려온 것은 그로부터 얼마 지나지 않았을 때였다. 그녀는 아리아도 익히 기억하는 시녀였다.

'내게 물병을 던지라 지시했던 시녀잖아?'

바로 미엘르가 자신에게 처음 붙여 준, 그리고 악행을 저지르도록 지시한 시녀였다. 그리고 아리아가 죽음을 맞이하도록 그녀의 죄를 낱낱이 털어놓은 시녀이기도 했다.

'저 악녀가 미엘르 아가씨의 차에 독을 타도록 시켰어요!'

'줄곧 미엘르 아가씨께 못된 짓을……!'

'저는 그저 어쩔 수 없이 했을 뿐이에요! 정말…… 정말 괴로웠어요! 카인 님!'

목에 핏대까지 세우며 고함을 치던 그녀였다. 그러니 잊을 수 있으리가. 생각지도 못한 인물에 아리아가 활짝 웃으며 그녀를 반겼다.

"어서 와. 네가 내 새로운 시녀구나? 이름이 뭐지?"

"베, 베리라고 합니다, 아가씨."

"베리라……. 그래, 맞아. 베리. 참 잘 어울리는 이름이구나."

아주 잘 어울리지 않는가. 작은 알갱이를 깨물면 상큼한 과즙이 터지는 베리처럼, 저 추악한 몸뚱이를 물어뜯어 죽이고 싶을 만큼 말이다.

아리아는 진심으로 그녀를 환영했다. 그리고 계획을 수정했다. 그녀를 자신의 편으로 만드는 것이 아닌, 나락으로 빠뜨리겠다고.

잡일을 도맡아 할 시녀가 도착했기에 애니와 제시는 그간의 일에서 해방되어 의복을 갈아입고 아름다운 소녀로 거듭났다. 베리는 이제야 본모습을 찾은 것 같다며 기뻐하는 애니를 이상한 눈으로 쳐다보았다. 물론, 그 눈빛 속엔 부러움이 절반 이상을 차지했다.

"이제 너희들의 밑에도 시녀가 생겼으니 선물을 해야겠지. 브로치 하나로는 부족하지 않겠어?"

아리아는 그간 고이 간직했던 황금 브로치를 애니와 제시에게 각각 하나씩 더 선물했다.

"세상에……! 정말 감사합니다, 아가씨!"

"저는 정말 괜찮은데……."

그러자 두 개의 브로치를 가슴에 단 애니가 퍽 의기양양한 걸음으로 저택을 한 바퀴 돌고 오겠다고 사라졌다.

그런 애니의 뒷모습을 쫓는 베리의 눈빛에 부러움이 역력했다. 제시가 송구스럽다는 얼굴로 티 포트를 들었다. 하여 아리아가 그녀의 손등을 가볍게 때리며 주의를 주었다.

"제시, 앞으로 네가 할 일은 이런 게 아니잖니. 맞은편에 앉으렴. 차를 따르는 건 베리의 몫이니까 일을 빼앗으면 분명 슬퍼할 거란다. 그렇지, 베리?"

"예, 예. 아가씨."

그러자 티 포트가 베리의 손에 들렸고, 제시가 어색한 미소를 지으며 맞은편에 앉았다. 수백 번도 더 했을 일이건만, 어째서인지 찻잔에 차를 따르는 베리의 손이 미세하게 떨리고 있었다.

천박한 새 주인에게 차를 따르는 것이 수치스러운 것일까, 그도 아니면 같은 시녀였던 제시에게 차를 따르는 게 불만이기라도 한 것일까. 아리아가 혀를 차며 그녀의 행동을 지적했다.

"혹시 어디 아프기라도 하니? 그렇게 손을 떨다가 티 포트를 떨어뜨리기라도 하면 어쩌려고 그러니."

"죄, 죄송합니다. 아가씨."

"죄송할 짓은 애초에 하지 말았으면 좋겠구나."

본연의 모습을 찾기라도 한 것처럼 베리를 타박하는 것이 즐겁고 신이 났다.

"차를 따르는 법을 배우긴 한 거니?"

"그, 그럼요. 아가씨. 다시 따르겠습니다……."

그러나 호된 지적을 받은 뒤에 차를 제대로 따를 수 있을 리가 없었다. 베리의 손이 다시 떨렸다.

"휴. 너 정말 안 되겠구나. 미엘르는 도대체 무슨 생각으로 너를 보낸 건지 모르겠어. 됐으니 다른 차를 만들어 오렴. 과자도 새로 내오도록 해. 여기 있는 것들은 너무 식상하구나."

베리가 서둘러 인사하고 자리를 비웠다. 그녀가 나가자마자 함박웃음을 띤 아리아를 지켜보는 제시가 불안해 보이는 표정을 지었다.

'아, 이런. 제시에게 흉한 꼴을 보일 순 없지.'

그제야 아리아가 그녀에게 변명 아닌 변명을 했다.

"미엘르가 어떤 생각으로 베리를 보냈을지 알 것 같아서 말이야. 새로 고용한 시녀도 아닌, 그녀의 곁에서 줄곧 시중을 들던 시녀잖니? 분명 좋은 의도는 아니겠지. 그러니 버릇을 들여야 하지 않겠어?"

그러자 제시가 수긍한 듯 그렇다고 대답하며 고개를 끄덕였으나, 표정은 여전히 껄끄러운 채였다.

"게다가 너희들을 업신여기기라도 하면 분명 마음이 아플 거야. 지금도 보렴. 평소에 잘하던 행동이 꽤 어색하지 않았니? 당분간은 어쩔 수 없으니 너도 이해하렴."

이번에는 확연히 풀어진 표정이었다. 저택을 돌고 온 애니에게도 같은 이야기를 들려주었더니 꽤 구미가 당겼는지 적극 참여하겠다는 의사를 밝혔다.

과거, 자신의 악녀의 본성을 이끌어 내기 위해 세치 혀를 놀렸던 그녀를 철저히 괴롭힐 준비가 끝이 난 것이다. 아주 고맙게도 베리가 새로운 다과를 준비하는 데 상당한 시간을 소비하여 그녀가 돌아오자마자 괴롭힘이 시작되었다.

"세상에. 나는 베리 네가 찻잎을 재배하러 다녀온 줄 알았지 뭐야?"

애니가 과장된 몸짓으로 불편함을 표현했다. 제시는 차마 타박하기 힘들었는지, '그렇긴 하지.'라며 짧게 동조했다.

"오랫동안 준비했으니 그만큼의 다과를 가져온 거겠지? 어디 한 번 따라 보렴."

아리아의 눈짓에 베리가 벌벌 떨며 차를 따랐다. 이에 애니가 기다렸다는 듯 그녀의 손등을 가볍게 내리쳤다. 그 바람에 티 포트에 가득한 찻물이 테이블 위로 몇 방울 떨어졌다.

"고작 이렇게 하려고 그렇게 오랜 시간 자리를 비운 거였어?"

"……죄, 죄송합니다."

"차를 흘렸잖아! 어서 닦지 않고 뭐 해? 테이블이 엉망이 된 게 보이지도 않니?"

"그, 금방 닦겠습니다."

"차는 또 언제 따르고?"

"……아, 그게…….."

혹시 애니는 그간 베리를 미워하기라도 했던 걸까? 웃음이 터져 나올 것 같아 사라의 손수건으로 입매를 닦는 척 가렸다.

저택에서 가장 어린 시녀에게 저런 대우를 받아야 한다니, 꽤 보기 좋지 않은가. 알아서 잘 괴롭히는 애니에게 흐뭇한 미소를 지으며 아리아가 전장에서 한 발자국 물러섰다.

출신은 같지만 신분 상승을 한 자신보다는 같은 시녀인 애니에게 타박을 받는 편이 기분이 나쁠 것이다. 분명 화도 나겠지. 그게 반복되다 보면 미움이 생길 터고, 표출할 수 없음에 그 미움은 다른 곳으로 향할 것이다. 이를테면 자신을 악녀에게 보낸 엠마라든가, 혹은 미엘르라든가. 후자인 쪽이 즐거움이 배가 될 것이다.

하지만 진짜 주인인 그녀들에게 불만을 내비칠 순 없으니, 여타 시녀들에게 그것을 쏟아 낼 것이 틀림없다. 그렇다고 해서 공감을 받진 못하겠지. 왜?

'내가 그녀를 제외한 다른 모든 시녀와 시종들에게 아주 잘해 줄 예정이거든.'

모두가 베리를 이상하게 생각할 것이 분명했다. '이렇게나 착한 아리아 아가씨께 무슨 말이니?'라며 화를 낼지도 모르지. 그녀의 최후는 어떻게 하는 게 좋을까?

'내 차에 독을 타게 만들까? 그래서 모두가 보는 앞에서 목을 내리칠까?'

아니, 평생 끌고 다니며 노예처럼 부려 먹는 것도 나쁘지 않을 것 같았다. 오판을 하여 내쳤던 제시처럼 마구간의 분변을 지시하는 것도 좋을 것 같았고.

선택지는 다양하니 얼마든지 괴롭힐 수 있었다. 베리의 뼈가 다 녹아 없어질 때까지 말이다.

아리아의 미소가 짙어졌다.

* * *

드디어 아스가 초대한 모임이 열리는 날이 되었다. 남성들이 중심이 되는 모임일 것이 분명하여 단출한 의복을 걸쳤다. 괜한 시선을 끌 필요가 없었기 때문이다.

여행용으로 제작된 여성용 바지를 입을까도 생각했지만 괜히 과하게 신경 쓰는 것 같아 그만두었다. 그저 가지고 있는 드레스 중 가장 무난한 것으로 선택했다.

"아가씨, 머리핀이라도 꽂으시는 게 어때요?"

애니가 금색의 장미 모양 머리핀을 가져오며 물었다. 오스카가 준 머리핀이었다.

하필이면 가져와도 저것을……. 아리아가 고개를 저었다.

"괜찮아. 오늘은 예뻐 보일 필요가 하나도 없으니까 말이야."

"어휴, 그래도 조금 아쉬운데……."

제 주인이 어디에 가는지도 모르면서 아쉬워하는 애니의 뒤로 의복에 맞는 모자를 꺼내는 제시가 보였다.

"모자는 어떠세요?"

"그걸로 하자."

모자에 달린 끈을 턱밑에서 리본 모양으로 묶자 꽤 정숙한 여인처럼 보였다. 거울을 통해 그것을 확인한 아리아가 마음에 든다는 미소를 짓고 외출을 서둘렀다. 애니가 저택을 나서며 베리에게 지시했다.

"아가씨께서 귀가하실 때까지 청소를 깨끗이 해 두렴. 환기도 잊지 말고."

며칠 고생한 탓인지 베리가 서둘러 고개를 조아렸다.

모임은 중심지에서 조금 떨어진 곳에서 열렸다. 주택이 대다수인 한적한 곳이었다.

그곳에 위치한 작은 카페로 들어간 아리아가 주문을 하겠냐는 주인의 물음에 '마카롱을 넣은 라테'를 주문했다. 알겠다고 대답한 주인의 시선이 애니와 제시에게 향했다.

"함께 오신 두 분은요?"

"저는…… 비엔나 커피로 주세요."

애니의 뒤를 이어 제시가 주문했다.

"저도 아가씨와 같은 마카롱을 넣은 라테라는 커피요."

그러자 주인의 표정이 곤란함으로 바뀌었다.

"죄송하지만 마카롱이 다 떨어져서요. 다른 것으로 주문하셔야겠어요."

"앗……. 그럼 비엔나 커피로 주세요."

"네. 잠시 자리에서 기다리세요. 마카롱을 주문하신 아가씨는 이쪽으로."

제시에게서 모래시계를 받아 든 아리아가 홀로 어디론가 가려 하자 시녀들이 당혹스러워하며 서둘러 따라붙었다. 자세한 사정을 모르는 탓이다. 그에 아리아가 고개를 저으며 기다릴 것을 지시했다.

"볼일이 있어서 그래. 커피 마시며 기다리고 있으렴. 다른 것을 주문해 먹어도 되니까 얌전히 있어야 돼."

"아가씨……."

매정하게 돌아서는 아리아의 뒤를 애니와 제시가 걱정스러운 얼굴로 지켜보았다. 주인을 따라 카페 뒷문을 통해 밖으로 나가자 구석에 한 사람이 겨우 통과할 수 있는 작은 문이 보였다. 창고처럼 보이는 문이었다.

주인이 열쇠로 문을 열며 말했다.

"다들 기다리고 계신답니다. 문은 제가 밖에서 잠글 테니, 밑으로 내려가시면 돼요."

아리아가 고개를 끄덕이고 안으로 들어갔다. 어두울 거라 생각했는데, 곳곳에 환한 조명이 달려 있어 불편할 정도는 아니었다.

한 걸음 내딛자 철컥철컥 문이 잠기는 소리가 났다. 깜짝 놀라 잠시 뒤를 돌아본 아리아가 밖에서 문을 잠그겠다고 한 것을 떠올리곤 다시 계단 밑으로 발을 뻗었다.

'꽤, 위험한데…….'

한 발씩 내딛는 걸음이 퍽 조심스러웠다. 계단이 좁았기 때문이었다. 깊진 않았지만 까딱 잘못했다간 넘어져 구를 것 같았다. 마치 비밀 조직 같지 않은가. 이렇게 숨어서 모임을 열 필요가 있을까, 하는 의문이 들었다.

계단 가장 밑까지 내려가자 작은 나무 문이 하나 더 기다리고 있었다. 잠겨 있진 않았는지 문고리를 돌리자 끼이익 하는 괴기한 소리와 함께 문이 열렸다.

무언가 특별한 게 기다리지는 않을지 조금 기대했는데 안은 큰 테이블과 의자 몇 개, 그리고 이미 모인 몇몇 남자들이 전부인 평범한 방이었다. 테이블 위에는 사람 수대로 물 잔이 놓여 있었다.

"오셨군요."

가장 안쪽에 자리하고 있던 아스가 반색하며 일어섰다.

그러자 시선이 모두 아리아에게 쏠렸다. 아리아는 그 시선들 속에서 익숙한 두 남자를 찾을 수 있었다.

'한 사람은 레인이고, 남은 한 사람은…… 만물상에서 보았던 그 기사인가.'

단출한 복장을 선택한 것은 성공이었던 모양인지 모인 이들의 복장이 모두 밋밋했다. 검은색 일색이 가장 많았고, 색은 있었지만 회색 같은 어두운 계열이 대부분이었다. 그들의 시선을 전신으로 받으며 문을 닫고 안으로 들어간 아리아가 모자를 벗으며 인사했다.

"아리아라고 합니다. 처음 참가하여 잘 모르니 모쪼록 잘 부탁드립니다."

성을 알릴 필요는 없다. 그것이 아스가 알려 준 주의 사항 중 하나였다. 이곳에서는 가문과 신분을 제외하고 오롯이 지식을 논할 뿐이라는 설명도 함께였다.

"환영합니다."

"새로운 사람을 맞이하는 건 늘 즐거운 일이지요."

그들은 아리아의 성별과 나이를 따지지도 않고 모두 기쁜 얼굴로 환영해 주었다. 과연 여자인 자신에게도 모임에 참여하라 일러 준 아스가 고른 사람들다웠다.

"오랜만이군요, 아리아 님. 이쪽으로 앉으시죠."

레인이 가리킨 곳은 그의 옆자리였다. 아스의 맞은편이기도 했다.

아리아가 자리에 앉자, 참석자들이 자신의 이름을 밝혔다.

개중 한 명과는 과거에 안면이 있었는데, 그는 귀족파에서도 꽤 수뇌부를 차지하는 인물이었다. 파티에 자주 참가하여 귀족들과

두루두루 친분을 쌓았던 기억이 났다. 더불어 과거 자신에게 전혀 관심을 가지지 않아 기억하고 있었다.

"그럼, 곧장 시작하지."

과거를 회상하는 사이, 아스가 모임의 시작을 알렸다. 모임이 시작되고 그는 아리아를 제외한 다른 이들에게는 존댓말을 사용하지 않았다. 그를 제외한 모든 이들은 존댓말을 사용했음에도 불구하고.

프레데리크 공작가의 사람일 리는 없을 테고, 빈센트 후작가의 사람도 아닐 텐데. 아스는 도대체 정체가 뭘까.

"적당한 유흥으로 끝이 난다면 모를까, 그게 안 되니 폐쇄가 답이지요."

"그렇게 막무가내로 폐쇄할 수 있는 게 아닙니다. 카지노에서 벌어들이는 세금만 해도 얼마인지 아십니까?"

"동의합니다. 더욱이 황태자 전하께서 직접 관리를 한다는 소문이 퍼져서 타국에서도 관심을 갖고 있다고 알고 있습니다. 어쩌면 타국의 귀족들까지 끌어들일 수 있는 좋은 기회일지도 모르지요."

뜻밖에도 주제는 카지노였다. 예전에 미엘르, 레인과 함께 이야기를 나눈 주제였다.

'설마 내가 온다고 해서 일부러……?'

오가는 대화를 듣던 아리아가 옆에 앉은 레인을 돌아보았다. 그는 대화에 열심히 참여할 뿐 아리아를 신경 쓰지 않았다.

"합법 카지노를 폐쇄하면 불법 도박이 성행할지도 모릅니다. 무조건 막는 것은 해결책이 아닙니다."

그의 말이 맞았다. 경마 도중 말이 부상당하는 사고가 일어난 이후 카지노는 폐쇄의 수순을 밟게 되는데, 그간 카지노에 미쳐 있던 사람들이 모여 불법 도박이 곳곳에서 일어난다. 그리고 음지에서 벌어진 일이라 도박과 함께 마약도 함께 거래되었고, 이 모든 것이 카지노를 제대로 운영하지 못한 황태자의 책임으로 돌아간다.

"그럼, 달리 방법이라도 있으십니까?"

"……지금으로선 금액에 제한을 두는 정도밖에 떠오르지 않는군요."

예전에 미엘르가 했던 대답이었다.

"모두가 모두 재산이 다른데 어떤 제한을 두실 겁니까?"

레인이 되물었다. 멍청한 미엘르에게 아리아가 한 질문이었다.

그가 아리아를 향해 한쪽 눈을 깜빡였다. 생각을 빌려 미안하다는 의미인 듯싶었다.

"수입에 따라 제한을 두면 되지 않겠습니까."

"괜찮은 생각 같기도 하군요."

아니, 그렇지 않았다. 그렇게 해도 어차피 불법 도박은 생긴다. 카지노에 미친 자들은 장소에 구애받지 않기 때문이다. 그저 자신의 돈을 걸어 한몫 챙길 꿈을 꿀 뿐이었다.

카지노에 관한 이야기가 수입에 따라 제한을 두자는 방향으로 흘러갔다. 구체적인 수입까지 거론하며 제한을 제안하는 모습이 어리석어 보였다. 나름 배운 자들일 텐데 왜 저리도 근시안적일까. 그들은 어떻게 해서든 카지노를 살릴 생각인 모양이었다. 단점을 알고 있으면서도 말이다.

'내가 미래를 알고 있기 때문인가…….'

최악의 미래를 알기에 저런 방법으로는 모두 소용이 없다는 걸 알아서 그런지도 모른다. 미세하게 미간을 찌푸리는 아리아를 아스가 주시했다. 아리아 역시 시작을 알린 후부터 토론에 참여하지 않는 아스를 쳐다보았다.

눈이 마주치자 그가 입꼬리를 올리며 웃었다. 그 모습이 꼭 의견이 있음에도 하지 않는 자신을 비웃는 듯 보였다. 실제로 그럴 리 없음에도 말이다.

"아니요."

그래서였다. 마치 아스가 재촉하는 느낌이 들어 입을 열었다. 공간을 울리는 맑고 투명한 목소리에 순식간에 시선이 모였다.

'그래, 여차하면 모래시계를 되돌리면 그만이니까.'

그러니 창피를 당할 일은 없을 것이다. 무릎 위에 올려 둔 모래시계 상자를 만지작대며 아리아가 제 의견을 피력했다.

"그 어떤 방법을 고안한다고 하더라도 카지노 사업은 실패했다는 오명을 뒤집어쓸 거예요. 더불어 황태자 전하께서도 말이죠."

갑작스레 찬물을 끼얹은 탓에 그들의 표정이 오묘해졌다. 잠시 정적이 이어졌고, 그것을 깨고 질문을 한 것은 이전에도 비슷한 대화를 한 적이 있는 레인이었다.

"그럼, 폐쇄하라는 말씀이십니까?"

"제 생각은 그래요. 제한을 두면 제한을 받은 이가 불법 도박에 손을 댈 것이고, 그런 이들이 늘어나면 음지 문화 또한 활성화될 테니까요."

"충분히 가능한 이야기군요. 앞서 의견이 나오기도 했고요. 하지만 당장 폐쇄를 한다고 해도, 황태자 전하께서 카지노를 제대로 관리하지 못했다는 소리가 나올 겁니다."

그런 것까지 신경 써야 하나? 여긴 귀족파의 수뇌부가 있는 모임인데, 어째서 황태자의 명예를 생각하는 것인지. 마치 황태자파가 어떻게 하면 황태자에게 누가 되지 않는 방법을 고안하는 것 같지 않은가.

만약 황태자의 명예까지 생각해야 한다면 방법은 하나였다.

"황태자 전하의 명예까지 생각해야 하는 문제였군요. 그렇다면 폭탄을 적에게 넘기는 수밖에 없겠죠. 언젠간 터질 것이 분명하니까요."

그렇게만 이야기 했음에도 모인 이들이 모두 아리아가 말하고자 하는 바를 이해했다.

"……귀족파에게 넘기라는 말씀이십니까?"

"그래요. 합법이라 하더라도 도박은 도박. 중독된 자의 정신을 피폐하게 만들고 삶을 엉망으로 만들죠. 돈을 투자해 돈을 뽑아내는 사업엔 피해자가 나오기 마련이에요. 그렇다면 타인에게 넘기는 것이 제일 낫죠."

"하지만, 그랬다간 황태자께서 관리를 하지 못했다는 추문이 붙을 겁니다."

"나라를 망쳤다는 추문보단 낫지 않을까요? 게다가 훗날 부작용이 일어났을 때 모든 책임을 귀족파에게 떠넘기면 그만이고요."

아리아가 어깨를 으쓱이며 대답했다. 표정들을 보아하니 달리 모래시계를 사용할 필요도 없어 보였다.

"……어차피 뭘 해도 욕을 먹으니 초반에 잠깐 욕을 먹고 후에 책임을 떠넘겨 회피하라는 말씀이시군요."

레인이 얼빠진 얼굴로 되물었다.

"그래요. 망치고 난 뒤 자질을 의심받기보다는, 이유를 대고 사업을 넘기는 편이 낫겠다는 말이에요."

최악보다는 차악. 황태자를 위해서는 그게 나았다. 물론, 당장 몇몇 이들에게서 반론이 쏟아졌다.

"아무것도 해 보지 않고 그런 결정을 내리는 건 조금 섣부르지 않나 생각합니다만."

"맞습니다. 그랬다간 황태자 전하께서……!"

"그만."

그때, 아리아가 말하는 동안 줄곧 뭔가 즐겁다는 듯 입꼬리를 올리고만 있던 아스가 입을 열었다. 처음과 달리 조금 엉망이 된 토론임에도 그는 미세하게 웃음을 띠고 있었다. 이유는 알 수 없지만 기분이 좋아 보이는 웃음이었다.

"꽤 좋은 의견이 많이 나왔어."

모두가 아스의 발언에 주목하며 눈빛을 빛냈다. 토씨 하나 놓치지 않고 새겨듣겠다는 듯 보이기도 했다. 그리고 그건 이따금 장난기 어린 표정을 지었던 레인 또한 마찬가지였다. 그 분위기에 휩쓸려 아리아의 안색도 변했다.

"가장 마음에 드는 의견은…… 귀족파에게 떠넘기는 게 좋겠다는 의견이군."

아리아의 의견이었다.

"무엇보다 후에 귀족파를 문책할 수 있다는 게 마음에 들었어."

모래시계를 사용하지 않았음에도 칭찬을 받았다는 사실에 그녀의 양 뺨이 조금 붉어졌다. 과거와 현재를 이르러 누군가에게 이런 칭찬을 받은 적은 처음이었기 때문이었다.

이를 확인한 아스의 미소가 짙어졌다.

"다들 알다시피…… 그런 기회는 흔치 않으니까 말이야."

꽤 오랜 시간 이어진 토론은 아리아의 의견으로 끝이 났다. 황태자가 대의를 위해 소의를 희생할 필요가 있다는 의견이었다. 아스는 그것이 꽤 마음에 드는 모양이었다.

'그런데 말은 그렇게 했지만 따지고 보면 탁상공론일 뿐인데, 다들 감정 이입이 심하네.'

더불어 이곳엔 뼛속까지 귀족파인 이도 있는데, 모두가 황태자의 이익을 위해서 토론했다. 아리아가 귀족파인 비카의 상태를 확인했다. 그는 제 옆에 앉은 이와 무언가를 이야기하며 퍽 밝은 표정을 짓고 있었다.

의아함에 고개를 갸웃거리는데 아리아의 시선을 느낀 그가 그녀를 쳐다보았다. 뜻밖에도 그가 웃음을 띠며 그녀의 총명함을 칭찬했다.

"아리아 님처럼 총명한 분을 왜 지금까지 몰랐을까요?"

"안면이 없는 분에게까지 이름을 떨칠 만큼 대단하지 않아서였겠죠."

"하하, 너무 겸손하시군요. 지금이라도 알게 되어 기쁩니다. 앞으로도 자주 뵈었으면 좋겠습니다."

도대체 비카는 무슨 생각일까. 토론 도중, 그가 황태자에게 최대한 피해가 가지 않는 의견만을 내세웠던 것이 떠올랐다. 그래서 진전이 없었던 것도. 모두가 그러했지만, 그가 귀족파임을 알고 있었기에 아주 이상한 행동이라는 것을 깨달았다. 더불어 아주 위험하다는 직감도 들었다.

'괜한 신경 쓰지 말자.'

아리아가 고개를 저었다. 자신은 그저 지식을 넓혀 미엘르에게 최악의 최후를 선사하기 위해 모임에 참석했을 뿐이었다. 더 이상의 추측과 참견은 무의미했다.

모임이 파한 뒤, 지하에 모인 사람들이 시간 차를 두고 차례차례 돌아갔다. 모이는 장소도 그렇고 참으로 주의를 많이 기울이는 모임이었다.

레인이 정해 준 순서대로 사람들이 퇴장하고, 남은 것은 아리아와 아스, 그리고 레인이었다. 순서가 되었음에도 나가지 않는 레인에게 아스가 턱짓하며 물었다.

"나가지 않고 뭐 해?"

"……네? 저도 나갑니까?"

"나가."

아스의 단호한 대답에 레인이 머쓱한 듯 웃으며 나갔다.

사람들이 모두 나가 텅 빈 공간에 아리아와 아스만이 남았다. 먼저 입을 연 것은 아리아였다.

"왜 이름을 밝히지 않으셨죠?"

"영애가 어떤 사람인지 파악하기 위해서였습니다."

기다렸다는 듯 아스가 아주 쉽게 대답해 주었다. 이에 아리아가 질문을 계속했다.

"저를 왜 파악하려고 하셨죠?"

"영애께 관심이 생겼으니까요."

아리아가 인상을 찌푸렸다. 관심이라는 단어 때문이었다. 그러자 아스가 설명을 보탰다.

"영애께서 카지노의 정보를 알고 계신 점이 시작이었습니다만, 후에 백작에게서 들은 이야기도 꽤 흥미로웠습니다."

"모피 사업 말씀이신가요?"

"그렇습니다. 어린 영애의 도움을 받아 새로운 사업을 구상할 정도이니 분명 대단하신 분일 거라 생각했죠."

"그래서 아버지의 사업을 도와주신 건가요?"

"그렇다고 볼 수 있습니다. 친분을 쌓아 영애가 어떤 분인지 알아내고 싶었거든요."

고작 그런 것 때문에 그 많은 재물을 보냈다고? 친분을 쌓아 작고 별 볼 일 없는 영애의 본모습을 알기 위해서? 자신에게 그런 가치가 있었던가.

아리아의 표정이 사뭇 어두워졌다.

"……그래서, 알아내셨나요? 제가 어떤 사람인지?"

아스의 눈동자가 짙어졌다. 광장에서 만났던 그때처럼 새파란 눈동자였다. 그에 아리아가 놀라 흠칫 몸을 떨자, 그가 사냥감을 노리는 맹수처럼 웃으며 대답했다.

"아직 다 파악하진 못했지만……."

분위기가 순식간에 변했다. 아스가 말꼬리를 길게 늘어뜨림에 아리아가 침을 삼켰다.

"그 부분은 앞으로 천천히 알아 가고 싶군요."

아주 오랫동안요.

덧붙이는 말에 아리아의 눈꺼풀이 파르르 떨렸다. 이보다 더 자극적인 말을 들었던 그녀이지만 아스의 새파란 눈동자에 시선을 빼앗긴 탓인지 심장이 이상하게 요동쳤다.

떨리는 가슴을 진정시키기 위해 테이블 위에 놓인 잔을 들어 물을 마셨다. 아리아가 도착하기도 전부터 놓여 있던 탓에 미지근했지만, 마시자 조금은 진정이 되었다.

"더 궁금하신 점은 없으십니까?"

"……있어요."

아리아가 깊은 숨을 몰아쉬며 대답했다.

"도대체 어느 가문의 자제분이시죠? 보내신 선물들로 가늠하자면 평범하신 분은 아닌 것 같은데."

"글쎄요. 짐작 가는 가문이라도 있으십니까?"

"제국에서는 달리 떠오르는 분이 계시지 않아서, 외국에서 오신, 제가 모르는 귀족분이라고 생각했어요."

그렇지만 이렇게 제국어가 유창하니 그 가능성이 사라졌다. 처음으로 아리아의 질문을 무시한 아스가 사뭇 진지한 얼굴로 되물었다.

"영애께는 제가 어느 가문의 누구인지가 중요합니까?"

아스가, 어느 가문의 누구인지? 물론, 과거에는 그랬다. 미엘르에게 관심을 갖는 대부호가 누구인지 중요했다. 그녀에게 붙은 세력이 크면 클수록 대항하기 어려울 테니.

하지만 이제는 아니었다. 아스는 미엘르에게 먼지만큼의 관심도 없다고 들었고, 또 정말이라는 듯 한순간에 관심을 끊었다. 애초에 오해로 시작된 인연이었으니 그럴 만도 했다.

그리고 지금의 아스는 그저 자신의 지식을 넓혀 줄 모임을 제안한 이에 불과했다. 그러니 그의 가문은 딱히 중요하지 않았다.

"……아뇨, 그런 건 아니지만."

"어차피 시간이 지나면 알게 될 겁니다. 알기 싫어도."

알기 싫어도 알게 될 거라는 말이 무슨 뜻일까. 그렇게 말을 하면 더는 물을 수가 없어진다. 더욱이 알려 주기 싫어하는 말투였기에 아리아가 입을 다물었다.

그 뒤로 달리 할 말이 없어져 아리아가 먼저 자리에서 일어났다. 그러자 시간 차를 두고 나가자는 말이 무색하게 아스가 그녀의 뒤에 따라붙었다. 그리고 맨 위 계단에 다다랐을 때였다.

"잠시."

뒤에서 목소리가 들리더니 불쑥 허리 옆으로 손이 넘어왔다. 닿진 않았지만 깜짝 놀라 뒷걸음질 치자, 등 뒤로 닿는 것은 아스의 가슴이었다. 이게 도대체 무슨 파렴치한 짓이냐고 화를 내려 하는데, 달칵하는 소리와 함께 앞을 가로막은 문이 열렸다.

"나가시죠."

"……."

당황하여 잠시 말을 잃은 채 멍하니 서 있는 아리아의 귓가에 '달리 할 일이라도 남아 있으십니까?'라는 아스의 목소리가 들렸다.

민망해진 아리아가 서둘러 문밖으로 나갔다. 이에 반해 아스는 아무렇지 않게 걸어 나와 열린 문을 꼭 닫기까지 했다. 주머니에서 열쇠를 꺼내 잠그기까지 하는 모습이 퍽 여유로웠다.

아리아가 입술을 깨물었다. 분명 일부러 그런 것이 틀림없다. 얼굴이 빨갛게 달아올랐다.

"영애 덕분에 유익한 대화를 나눌 수 있었습니다. 다음 모임도 꼭 나오시기를 바랍니다. 시간과 장소는 레인을 통해 보내겠습니다."

"……생각해 볼게요."

다음 모임에도 나갈 생각이었지만 애매하게 대답했다. 정말 십대 소녀 같지 않은가. 뻔한 거짓말에 아스가 부드럽게 웃었다.

"기다리고 있겠습니다."

아스가 마지막 인사를 남기고 아리아의 반대편으로 사라졌다.

점점 작아지는 목소리에 힐끗 뒤를 돌아본 아리아가 손바닥으로 제 뺨을 감쌌다. 날씨는 봄이 한창이건만, 그곳에 한여름이 있었다. 때문에 애니와 제시가 기다리는 카페로 돌아가기까지 한참이나 서서 얼굴을 식혀야만 했다.

* * *

레인에게서 꽃다발과 편지가 도착한 것은 그로부터 일주일 뒤였다.

언제나처럼 미엘르에게도 함께 꽃다발을 보냈다. 저녁 시간이 다 되었을 때쯤 보낸 탓에 화제가 자연스레 그것으로 이어졌다.

"바쁘다고 하더니, 그래도 주기적으로 꽃다발을 보내어 마음이 놓이는구나."

"아무래도 아버님과의 인연의 끈을 놓긴 쉽지 않을 테니까요."

"하하. 무슨 소리를 하는 게냐. 처음부터 끝까지 관심을 표했던 건 미엘르 너였는데."

새삼 백작과 미엘르의 착각을 고쳐 줄 생각이 들지도 않았다. 어리석은 부녀를 반찬 삼아 잘 익은 고기를 입에 넣었다. 육즙이 목을 타고 넘어가며 불편한 기분도 함께 쓸려 내려갔다.

'다음 모임은 한 달 뒤라고 했지.'

장소와 시간은 전과 동일했다. 다음에는 어떤 토론을 할지 기대하며 식사를 계속했다.

"그래도 역시 아리아 언니가 보고 싶었던 게 아닐까요? 아버님의 제안도 있었고요."

그러려고 했는데, 오늘도 역시나 자신을 걸고넘어지는 미엘르 덕분에 고기를 썰던 손이 느려졌다. 백작이 거들었다.

"아아, 그럴 수도 있겠구나. 꽤 마음에 들어 하는 눈치였으니까 말이야."

"레인 님은 다정하시니 언니와 잘 어울릴 거라고 생각해요. 그렇죠, 어머니?"

갑자기 의견을 묻는 미엘르 때문에 백작 부인이 눈을 동그랗게 떴다. 불과 작년까지만 해도 공작 부인이 되는 것이 어떻겠냐고 물었던 그녀이거늘, 어떻게 고작해야 하급 귀족에게 제 딸이 어울린다는 말을 할 수 있을까.

"……아직 더 알아봐야겠지만, 인상은 나쁘지 않더구나."

그러나 백작이 적극 동의를 하는 상황에선 반대 의견을 낼 수 없었다. 과거 자신을 구렁텅이로 몰아넣은 그녀답게 조용히 식사를 즐기는 아리아의 기분을 엉망으로 만들고 싶어 하는 듯 보였다.

'그간 오스카를 빼앗겼다는 상실감에 기고만장한 걸 그냥 내버려 뒀더니 끝이 없구나, 미엘르.'

하지만 아리아는 그런 미엘르를 가만히 내버려 둘 생각이 없었다.

"아, 그러고 보니 지난번에 말씀드렸던 창고는 어떻게 되어 가고 있으신가요?"

그래서 미엘르는 감히 영원히 인정받을 수 없는 화제로 돌렸다.

백작의 얼굴에 화색이 돌았다. 아주 잘되어 가는 모양이었다.

"자세히 알아보니 아주 최선의 방책이었어! 수도뿐만 아니라 대형 도시 곳곳에 만들어 두면 나쁘지 않을 거라고 판단했지. 그래서 지금 적절한 토지를 찾아보는 도중이란다."

"세상에……. 그저 제 작은 망상일 뿐이었는데, 이렇게 현실이 되니 꿈만 같아요."

"망상이라니! 모피도 그렇고, 아리아 너는 내 상단의 후계자로 삼고 싶을 정도로 대단한 아이인걸!"

매춘부의 딸에게 그런 기회는 돌아오지 않겠지만, 빈말뿐이라 하더라도 미엘르의 안색이 시들해져 가는 것이 보였다.

그러게 왜 괜한 시비를 거는가. 본전도 뽑지 못할 것을.

"앞으로도 새로운 생각이 떠오르면 꼭 알려 주기를 부탁하마."

"네, 꼭 그럴게요, 아버지."

미엘르가 또다시 주제넘게 굴면 말이죠.

눈치 없는 백작이 한동안 창고 사업에 대해 이야기를 늘어놓았기 때문에 미엘르는 앵무새처럼 '네, 네.'만 반복했고, 아리아는 오랜만에 즐거운 식사 시간을 보낼 수 있었다.

11. 과거와는
다른 미래

11. 과거와는 다른 미래

"애니, 외출해야 하니 준비하도록 하렴."

"외출이요?"

오랜만의 외출 소식에 애니의 얼굴에 화색이 돌았다.

카지노로 떠날 예정이었기에 복장과 머리 모양을 화려하게 꾸몄다. 나이와 국적을 위조한 신분증과 무도회에서 사용할 법한 화려한 가면을 챙겨 마차를 타고 시내로 향했다.

목적지는 플라워 마운틴이었다. 테라스에서 여유를 즐기다가 아스를 만난 곳이기도 했다. 한껏 멋을 내고 고작 카페에 간다는 사실이 믿기지 않았는지, 애니가 몇 번이나 그 사실을 확인했다.

"이렇게 꾸미시고 카페에 가신다고요?"

"벌써 다섯 번째 물음이야, 애니."

"하지만 정말 너무 아깝잖아요! 모처럼 이렇게 꾸몄는데…… . 물론 플라워 마운틴도 대단히 좋은 곳이긴 하지만 남들에게 이렇게 예쁜 아가씨를 보여 드릴 기회가 적어서 아쉬워요."

아리아가 웃으며 애니를 달랬다.

"조용히 기다리면 재밌는 일이 생길 테니 얌전히 있으렴."

결국 플라워 마운틴이 끝이 아닌 그 뒤에 무언가 있다는 암시를 하자 그제야 애니가 입을 닫았다. 아마 작은 머리로 도대체 무슨 재밌는 일이 생길까 상상하고 있을 것이다.

카페에서 새로운 마차로 갈아탄 아리아는 최종 목적지인 카지노로 향했다. 아리아가 카지노로 가자고 한 것을 들은 애니가 눈을 동그랗게 뜨며 물었다.

"……카지노로 가신다고요?"

"그래."

"어, 어째서요? 나이가 되지 않아 입장조차 하지 못하실 텐데요……?"

"도착하면 알게 되니, 카지노에서 내 이름을 부르는 실수를 저지르지 않도록 주의하렴."

"아가씨라고 부르면 될까요?"

"그래, 그렇게 하도록 해."

자세한 사정은 모르는 애니지만 정체를 숨긴 채 카지노에 가는 것이 재미있는 일이 틀림없을 거란 확신에 눈을 빛냈다. 미엘르의 곁에 있을 땐 그저 막연한 선망과 부러움이 자리했다면, 천한 출신답게 귀족 같지 않은 행보를 펼치는 아리아의 곁에선 항상 흥미로운 일들만 일어나 대단히 만족하고 있었다.

마차가 카지노 앞에 멈춰 섰다. 도착한 모양인지 밖이 소란스러웠다. 아리아가 챙겨 놓은 가면 중 하나를 애니에게 건넸다. 그러자 눈치 빠른 애니가 달리 질문도 하지 않고 냉큼 가면을 착용했다.

뒤이어 가면을 착용하고 마차에서 내리자, 입구에서 대기하고 있던 카지노 직원이 아리아를 에스코트했다. 로스첸트 백작가의 마차만큼은 아니지만 그에 준하는 고급스러운 마차를 빌린 덕분이었다.

그녀의 뒤로 다른 직원의 에스코트를 받는 애니가 보였다. 가면 사이로 보이는 눈이 반짝반짝 빛나는 것이 지금 이 상황 퍽 마음에 드는 모양이었다.

카지노 직원이 물었다.

"어디로 모실까요?"

"메인 홀로 데려다줘. 그리고 칩은 백 골드어치."

"음료도 준비해 드릴까요?"

"피노누아산 레드 와인으로 두 잔."

"알겠습니다."

직원에게 대답하는 아리아의 태도가 지극히 자연스러웠다. 물론, 카지노 또한 과거에 몇 번 방문한 적이 있기 때문이다. 아이라고는 생각할 수 없는 적당한 키와 말투, 태도에 직원이 신분증을 확인도 하지 않고 그녀를 메인 홀로 안내했다. 개인 룸이 아닌 수백, 수천 명의 사람들이 모인 메인 홀이라서 그런지 입구부터 말소리로 소란스러웠다.

'아직 해가 쨍한 한낮이거늘.'

도박에 심취한 자들에겐 낮과 밤은 중요하지 않았다. 웃음소리에 간간이 고함 소리가 섞였고, 이를 비웃듯 다시 웃음소리가 덮였다. 쨍그랑, 무언가 깨지는 소리 또한 들렸다.

1층이 잘 내려다보이는 2층 테라스에 자리한 아리아가 와인을 홀짝이며 이를 주시했다. 어느 판이 가장 좋을까 고민했다. 그런 아리아에게 애니가 한껏 상기된 얼굴로 물었다.

"아가씨! 저…… 이 와인 한 잔 더 마셔도 될까요?"

애니의 물음에 아리아가 귀 옆으로 가볍게 손을 들었다. 그러자 대기 중이던 직원이 곧장 다가와 한쪽 무릎을 꿇었다.

"필요하신 거라도 있으십니까?"

"와인 한 병."

잠시 뒤 도착한 와인은 젊은 남성 직원이 가져왔는데, 그가 시종일관 애니의 옆에 붙어 와인을 따르고 컵을 바꿔 주었다. 병째로 주문하면 따라붙는 서비스였는데, 생전 처음 받아 보는 대접에 애니가 정신을 차리지 못했다. 자제하지 못하고 연거푸 와인을 들이켜는 모습에 아리아가 혀를 차며 주의를 줬다.

"취하면 두고 갈 테니까 그렇게 알아 둬."

이미 조금 취한 듯 달아오른 얼굴로 애니가 고개를 끄덕였다. 아리아가 시선을 다시 메인 홀로 돌렸다.

'단순 카드 게임은 변수가 너무 많아서 모래시계를 사용해도 질 가능성이 있어. 경마가 제격이긴 하지만 아직 때가 아니지.'

황태자가 들여온 말이 연승을 하고 있는 시점이라 모두 그 경주마에게 베팅을 하고 있기 때문에 배율이 크지 않았다. 원형 룰렛에 적힌 숫자를 골라 구슬을 돌리는 게임도 얼핏 운이 따른다고 생각할 수 있지만 경험상 아니었다. 룰렛을 돌리는 직원에 의해 얼마든지 조작이 가능했다.

'100퍼센트 운이 작용하는 게임이라면…….'

홀을 훑어보던 눈에 카드 룰렛 게임이 들어왔다. 카드를 일렬로 늘어놓은 뒤, 한 장만 뽑아 동일한 카드를 가진 자에게 금액을 몰아주는 게임이었다.

이 게임이라면 모래시계를 되돌려 얼마든지 돈을 따는 게 가능하다. 아리아가 와인에 심취한 애니를 내버려 두고 모래시계를 챙겨 카드 룰렛 게임을 하는 곳으로 자리를 옮겼다.

카드 룰렛 게임은 직원이 카드를 섞어 늘어뜨린 뒤 한 장을 뽑은 후에야 맞힐 카드를 선택할 수 있는 방식이라서 조작이 불가능했다. 때문에 직원들을 믿지 못하는 사람들로 꽤 복작였다.

"어느 자리로 선택하시겠습니까?"

"한 번에 끝낼 거야."

직원에게 백 골드 상당의 칩을 보여 주자, 그가 중앙에서 조금 떨어진 자리로 아리아를 안내했다. 백 골드라 하면 평민들에게 있어선 꿈에도 그릴 수 없는 큰 금액이었지만, 카지노에서는 그리 큰 금액이 아니었기 때문이다.

카드를 섞는 직원의 앞에 몇 개의 테이블이 자리했다. 개중 한 곳에 앉자 자신의 주변으로 그럴듯하게 꾸민 이들이 보였다. 같이 게임에 참가할 이들인 듯싶었다. 대략 열 명 남짓이었다.

'한 판에 참가자가 열 명가량이라…….'

나쁘지 않았다. 최소 금액이 백 골드일 테니, 단 한 번의 게임으로 천 골드의 돈을 획득할 수 있다는 뜻이었으니까. 직원이 카드를 일렬로 늘어뜨리자, 아리아의 옆에서 대기하던 또 다른 직원이 그녀에게 물었다.

"카드를 고르시겠습니까?"

"아니, 다음 판부터 참가할게."

어떤 카드가 뽑힐지 확인해야 하니까. 더불어 승자가 아무도 없는 것도 확인해야 했다. 아리아가 테이블 위에 모래시계를 올려놓은 채 잠시 게임이 진행되는 것을 구경했다.

회중시계로 시간을 확인하자, 직원이 카드를 늘어놓은 뒤 참가자가 원하는 카드를 선택하고 그것을 확인하는 데까지 5분이 채 걸리지 않았다. 아주 적절한 시간이었다.

대부분의 판이 그랬듯 운에 맡기는 게임이라고 할지라도 승자는 아무도 없었다. 직원이 뒤집은 하트 퀸의 카드를 다시 섞는 것을 보며 모래시계를 되돌렸다.

"카드를 고르시겠습니까?"

"응."

그러곤 백 골드가량의 칩을 테이블 앞쪽으로 밀어 베팅하며 말했다.

"하트 퀸에 칩을 모두 걸겠어."

직원이 건네는 하트 퀸을 손에 든 아리아가 여유롭게 웃었다. 참가자들이 저마다 기대를 걸고 미리 뽑아 둔 카드를 뒤집은 직원의 손을 주시했다. 결과는 정해져 있었다. 탄식이 가득한 테이블 사이에서 웃음을 유지한 자는 아리아 단 한 명이었다.

"세상에……! 처음 참가한 것 아닌가?"

"운이 좋았어. 하지만 다음 판은 어림도 없겠지."

고작 단 한 번의 게임에 무려 열 배에 달하는 금액을 챙긴 그녀에게 박수갈채와 휘파람이 쏟아졌다. 다시 베팅하겠냐는 직원의 물음에 고개를 저으며 미련 없이 자리를 비웠다. 모래시계의 마법은 하루에 단 한 번뿐이니까. 이제 돌아가야 할 시간이었다.

"내 동행인을 좀 챙겨 주겠어?"

와인을 얼마나 마신 건지 애니가 젖은 볏단처럼 소파에 늘어져

있었다. 두고 갈까 잠시 고민될 정도로 추레한 모습이었다. 하지만
그럴 수 없었기에 직원에게 부탁하자, 누군가가 애니를 어깨에 둘
러멨다.

"칩은 어떻게 하시겠습니까?"

"그대로 둬 줘. 계산은 칩에서 빼고."

어차피 내일 다시 올 참이니까.

다시 카페로 향한 그녀는 대기 중이던 백작가의 마차로 갈아타
저택으로 돌아갔다. 늘어진 애니는 극소량의 알코올이 들어간 초
콜릿을 먹고 그렇게 된 것으로 설명했고, 미성년자가 술을 마실 수
있는 방법은 거의 없었기에 어렵지 않게 속일 수 있었다.

다음 날, 숙취로 인해 머리를 부여잡고 나타난 애니에게 다시 외
출을 하겠다고 전하자, 언제 그랬냐는 듯 멀쩡해진 그녀가 어제보
다 더 화려하게 자신을 치장했다.

"오늘 또 그랬다간 정말 두고 갈 거야."

"……어젠 죄송했어요, 아가씨. 제가 그렇게 술이 약한지 몰랐어
요. 오늘은 꼭 아가씨 옆에 붙어 있을게요."

정말로 애니는 어제의 자신을 반성하는 모양인지 시종일관 아리
아를 졸졸 따라다녔다. 물론 손에는 피노누아산 화이트 와인이 들
려 있었다. 조절을 하긴 할 생각인지 어제처럼 단번에 잔을 비우는
일은 없었다.

"어느 자리로 선택하시겠습니까?"

어제와 같은 직원이 아리아에게 물었다. 아리아가 천 골드가량의
칩을 내보이며 말했다.

"한 번에 끝낼 거야."

그러자 어제와는 달리 정중앙에 위치한 자리로 그녀를 안내했다. 참가자는 어제와 비슷한 열 명 정도였지만, 구경꾼은 그보다 훨씬 많아 셀 수조차 없었다. 몰려든 인파에 놀랐는지 애니가 어깨를 움츠리며 물었다.

"아가씨, 도대체 아가씨께서 보여 주신 칩이 얼마기에 이렇게 사람이 많은 거죠?"

"천 골드."

"처, 천 골드요?!"

애니가 소리쳤다. 시선이 모아진 탓에 얼굴을 붉힌 그녀가 재차 아리아에게 물었다.

"지금 천 골드라고 하셨어요? 천 골드요?! 한 번에 천 골드라는 말씀이세요?!"

"애니, 그렇게 강조하지 않아도 돼. 천 골드 맞아."

"그, 그럼 이기시면 얼마나 따시는 건데요……?"

"참가자 숫자를 곱하는 거지."

"열 명 정도 되어 보이니까, ……그럼 이기면 만 골드를 얻는 거예요?!"

백작가에서 반년 동안 사용하는 금액과 맞먹었다. 그 금액에는 백작과 백작 부인의 지출, 그리고 아리아와 미엘르, 카인의 용돈, 마지막으로 시종들의 월급을 포함한 식비나 기타 관리비까지 포함되었다. 로스첸트 백작가의 재력을 생각하면 꽤 큰 금액임이 틀림없었다. 애니가 갑작스레 손바닥에 차오른 땀을 치맛단에 닦으며 말했다.

"아가씨, 꼭, 꼭. 이기세요. 꼭이요!"

제 돈도 아니건만 과하게 흥분한 모양새였다.

"힘내세요!"

운에 따라 이기고 지는 게임인데 힘을 내어 무엇하겠는가. 알면서도 헛소리를 하는 것이 귀여워 픽 웃음을 흘리고 알았다고 대답했다. 이는 모두 자신이 이길 것을 아는 아리아의 여유에서 기원했다.

직원이 클로버4를 여타 카드 사이로 섞는 것을 본 아리아가 모래시계를 되돌렸다. 그러곤 어제 그랬던 것처럼 가진 칩을 모두 베팅하며 말했다.

"클로버4에 모든 칩을 걸도록 하지."

그리고 어제와 마찬가지로 5분이 채 되지 않는 시간 만에 만 골드를 얻은 아리아는 단 한 번의 게임을 한 뒤 미련 없이 카지노를 떠났다.

고작 이틀 만에, 그것도 두 판만의 게임으로 백 골드에서 만 골드를 얻은 묘령의 여인에 관한 소문이 카지노 전체로 퍼지는 것은 순식간이었다.

* * *

"……세상에, 만 골드라니! 아가씨, 그걸로 뭘 하실지 정하셨어요?"

대부분의 사람들에게는 만 골드가 대단히 큰 금액이겠지만, 아리아에게는 그렇지 않았다. 요란 법석을 떠는 애니를 뒤로하며 제시의 도움을 받아 외출 준비를 서둘렀다.

'사재기를 하기엔 턱없이 부족하지.'

하필이면 루트가 막히는 것이 후추나 설탕 같은 사치품이었기에 더욱이 그러했다. 기본 단가가 비싸고, 시중에 풀린 것의 절반 이상을 사야 했기에 꽤 많은 돈이 필요했다.

'설탕을 산다고 해도 최소한 5만 골드 이상은 필요해. 5만 골드로도 턱없이 부족할 테지만.'

홀에서 즐기는 게임은 천 골드가 최고였다. 그 이상은 개인 룸에서 이루어진다. 연승하고 있는 만큼 개인 룸에서 게임을 하는 것은 바람직하지 않았기에 모래시계를 이용해 얻을 수 있는 최대치는 하루에 만 골드였다.

'생각보다 오래 걸리겠어. 피곤하기도 하고.'

모래시계를 사용한 다음엔 하루 종일 자야 겨우 피로가 풀리는데, 최근에는 차가운 물에 적신 수건으로 얼굴을 덮어 억지로 일어나고 있었다. 때문에 기운이 없고 피곤했으며 시도 때도 없이 잠이 쏟아졌다. 그것이 고작 이틀 사이에 일어난 일이니, 닷새를 버티기엔 무리가 있었다.

'내일 하루쯤 쉬어도 괜찮겠지.'

그러니 하루 정도는 푹 쉬어야 할 것 같다는 생각이 들었다. 어차피 여름까지는 아직 시간이 남았다. 서두르지 않아도 괜찮았다.

오늘만 버티자고 결심한 아리아가 마지막 남은 힘을 쥐어짜 카지노로 향했다. 고작 세 번 왔다고 퍽 익숙해진 애니가 알아서 음료를 주문했다. 하지만 그런 애니와는 달리 아리아는 한시라도 빨리 게임을 마치고 돌아가고 싶은 마음뿐이었다. 당장이라도 쓰러질 것 같았다.

"금방 돌아올 테니 과음하지 말고 기다리고 있어."

"앗, 잠시만요! 아가씨! 저도 같이 가요!"

"아니, 정말 금방 돌아올 거니까 기다려."

때문에 음료가 나오기도 전에 장소를 이동했다. 괜히 애니를 데려갔다간 쓸데없는 말을 늘어놓아 시간만 빼앗긴다. 애니가 잔뜩 실망한 얼굴로 걸음을 서두르며 작아지는 아리아의 뒷모습을 쳐다봤다.

이틀 연속으로 승리를 거머쥔 아리아의 등장에 구경꾼이 몰려들었다. 비록 가면으로 얼굴의 절반을 가리긴 했지만 특유의 금발과 매혹적인 입술로 가늠할 수 있었기 때문이다.

'피곤하지 않아도 당분간 쉬어야겠군.'

이렇게 주목을 받아서야 행동에 제약이 따른다. 누군가는 정체를 의심해 뒷조사를 할지도 모르는 일이었다.

"다이아몬드8."

모래시계를 되돌린 그녀가 카드를 고르자, 주변 구경꾼들과 게임 참가자들의 말소리로 소란스러워졌다.

"설마 세 번이나 연달아서 이기겠어?"

"그럴지도 모르지! 지금까지 계속 그랬으니까."

"정말 세 번 연달아 이긴다면 앞으로 저 여자가 고르는 카드를 선택하면 되겠군!"

"그런 방법이! 자네 똑똑한데 그래?"

그 얘기에 아리아가 혀를 찼다. 거기까진 생각하지 못했는데, 그렇게 되면 모두가 이겨 배당금이 낮아지기 때문이다. 다음번엔 가발이라도 착용해야 할지도 모르겠다고 생각하며 모래시계를 상자에 다시 넣었다.

"다이아몬드8입니다!"

카지노 역사상 확률 게임에서 세 번이나 연달아 승리를 한 자는 없었다. 매 판 승자가 나오는 여타 카드 게임과는 달리, 한 번을 맞히기도 힘들었기 때문이다. 구슬 룰렛과 달리 직원과 짜고 조작을 하는 것도 불가능했다.

"……말도 안 돼!"

"도대체 무슨 일이 일어난 거지?!"

"마법이라도 부린 게 분명해! 이를테면 투시 마법 같은 거 말이야!"

승리를 확인한 아리아가 곧장 자리에서 일어났다.

"또 가 버리는 건가?"

"다른 게임을 하는 건 아니겠지?"

"일단 따라가 볼까?"

"좋은 생각이야! 비법을 알려 달라고 해 보자고!"

전과 달리 뒤를 졸졸 따르는 무리들이 생겼다.

생각보다 더 빨랐다. 서둘러 카지노를 벗어나는 것이 좋을 것 같아 걸음을 빨리하는데도 거리가 전혀 좁혀지지 않았다. 애초에 굽이 높은 구두를 신은 아리아가 부드러운 가죽 구두를 신은 남자들을 따돌리는 것은 불가능에 가까웠다.

"저기! 잠깐 기다려 봐요!"

"대화 좀 합시다!"

"이봐!"

아리아가 도망치려는 것을 느끼기라도 했는지, 따르는 무리에서 목소리가 터져 나왔다. 아무리 게임에서 이겼다고는 하나, 젊은 여성 한 명을 여러 명의 남성들이 쫓는 모습은 기이하기 그지없었다.

더불어 뒤를 따르는 이들의 점점 커져 가는 목소리가 아리아에게 공포를 심어 주기에도 충분했다. 잡히면 그녀의 몸을 산산조각 내서라도 게임에서 이기는 방법을 찾을 것처럼 포악해 보였다.

그들을 피하기 위해 걸음을 서두르다 보니 이상한 곳으로 접어들어 저 멀리 막다른 길이 보였다. 뒤를 따르던 무리들도 그것을 확인했는지 달려오는 걸음 소리가 느려졌다.

'어떻게 하지?'

그때였다. 어디선가 불쑥 튀어나온 손이 아리아를 낚아챘다. 어딘가로 끌려간 것을 실감하기도 전에 등 뒤로 문이 닫히는 것이 보였다.

"……?!"

아리아를 낚아챈 누군가가 소리를 지르려는 그녀의 입을 손으로 막았다.

"조용히 하지 않으면 사람들이 들이닥칠 겁니다. 그래도 괜찮겠습니까?"

얼굴의 일부만 가린 아리아와 달리, 얼굴과 머리카락 전체를 가린 동물의 탈을 쓴 탓에 남자의 목소리가 윙윙 울렸다. 그제야 그가 자신을 구해 주려 했다는 것을 깨달은 아리아가 고개를 끄덕였다. 입을 틀어막은 손이 천천히 내려갔다.

"여긴……?"

"개인 룸입니다. 제가 잠시 빌린 참이었죠."

눈동자를 굴려 주변을 확인하자, 큰 테이블과 호화로운 의자 몇 개와 정리된 카드 따위가 보였다. 그의 말대로 고액의 판돈이 오가는 개인 룸이었다.

"……의도는 모르겠지만 도와주셔서 감사합니다."

아리아가 순순히 감사를 표했다. 그러자 남자가 조용히 경고했다.

"경솔하셨습니다. 여성분 혼자 돌아다니기엔 위험한 곳입니다. 성별을 제외하더라도 3일 연속으로 게임에서 이긴 사람에게는 가차 없는 곳이죠. 돈을 잃은 미친 자들이 들끓으니까요."

그의 충고가 타당했기에 아무런 대꾸를 할 수가 없었다. 그저 조용히 고개를 끄덕일 뿐이었다.

"고마워요. 그럼 이만 가 볼게요."

"아직 위험합니다. 밖에서 기다리고 있을 겁니다."

남자의 주장을 뒷받침하기라도 하듯, 누군가 문을 쾅쾅쾅 두드렸다. 깜짝 놀란 아리아가 몸을 웅크리며 떨었고, 그런 아리아를 남자가 소파에 앉게 도와주었다.

"불편하시더라도 잠시 기다리시는 게 좋을 것 같습니다."

"……그렇겠네요."

아리아의 대답에 남자가 맞은편에 앉았다. 정신이 없어 막연하게 동물 탈을 쓰고 있다고 생각했는데 자세히 보니 사자의 탈이었다. 황금색 갈퀴가 진짜 사자의 그것과도 같이 조명을 반사해 빛을 냈다.

한동안 사자의 시선이 아리아를 향했다. 가면이기는 하지만 눈과 입을 여실히 드러내는 아리아와는 다르게 남자는 그 어느 한 곳도 보이지 않아 정말로 자신을 쳐다보는지 확신할 순 없었지만, 그의 시선이 정면을 향하고 있는 것은 분명했다.

"방을 빌리셨다고 했는데, 다른 분들은 안 오시나요?"

때문에 결국 부담스러움을 이기지 못하고 침묵을 먼저 깬 것은 아리아였다. 남자가 대답했다.

"예. 다행히도 방만 빌렸을 뿐, 아직 뭘 할지는 정하지 않았습니다. 그걸 전하려고 문을 열었는데, 영애가 눈에 띄었죠."

"아아, 그러셨군요."

남자의 말이 사실이라면 아리아에게는 천운이나 다름없었다. 그녀가 재차 고맙다는 인사를 전했다.

"방금 전까지 시달리다 오신 분께 이런 질문을 드려도 되나 모르겠습니다만……. 연승의 비결을 물어도 되겠습니까?"

"……구해 주셨으니 그 정도 말씀드리는 건 어렵지 않죠."

그리고 사실대로 말하지 않을 셈이었기에 아주 간단했다. 뜻밖의 대답이었는지 남자가 양팔을 테이블 위에 올려 상체를 가까이 가져왔다. 여유를 되찾은 아리아가 부드럽게 웃으며 대답했다.

"그저 운에 맡겼을 뿐이랍니다."

"……하하, 이런. 제가 너무 쉽게 얻어 가려 했군요."

아리아의 속뜻을 알았는지 그가 다시 테이블에서 팔을 떼고 자세를 바로 했다.

이번에는 아리아가 물었다.

"얼굴 전체를 가리는 가면이 불편하지 않으신가요?"

"불편합니다만, 얼굴을 드러내기 싫으니 어쩔 수가 없었죠."

답이 정해진 무의미한 질문이었다. 그 후로 달리 할 말이 없어진 두 사람은 침묵을 고수했다. 아주 긴 침묵이 이어졌다.

언제 밖으로 나가야 될지 모르는 상황이었기에 그 시간이 더욱 길게 느껴졌다. 더불어 남자의 시선을 대신하는 사자의 눈도 부담스러웠다. 그렇게 끝을 모를 긴 정적을 이겨 내던 그때였다.

똑똑. 밖에서 누군가 문을 두드렸다. 겨우 여유를 찾았던 아리아가 다시금 숨을 삼켰다. 사자의 포악한 입에 검지를 가져다 대며 조용히 하라는 제스처를 취한 남자가 조용히 문가로 다가가 밖을 향해 물었다.

"누구십니까."

"방을 빌리신 뒤 말씀이 없으셔서 왔습니다."

직원인 듯 보이는 목소리와 말투에 남자가 문을 열어 밖을 확인했다.

"어떻게 하시겠습니까?"

"조금 더 생각하고 결정하지."

"알겠습니다."

직원이 공손히 인사하고 사라졌다. 다시 문을 닫은 남자가 뒤를 돌아서며 말했다.

"모두 돌아간 모양입니다."

"하아……."

그제야 안심한 듯 아리아가 깊은 숨을 몰아쉬었다. 지쳐 돌아간 모양이었다. 그러니 더는 이곳에 남아 있을 이유가 없었다.

"고마워요. 이만 가 볼게요."

미련 없이 자리에서 일어난 아리아가 출입문을 향해 걸음을 옮겼다. 그러자 출입문을 등지고 서 있던 남자가 아리아를 위해 문을 열어 주었다.

'이리도 착해 빠졌다니……. 손해를 볼 자군.'

위험에서 구해 주고, 연승의 비법을 알려 주지 않았음에도 웃음으로 넘긴 데다가, 위협이 사라지자마자 출입문까지 열어 주며 배웅을 한다. 쉽게 볼 수 없는 호인이었다.

"성함을 여쭈어도 되겠습니까?"

들려온 질문에 가면 사이로 보이는 녹색 눈동자가 사자의 눈을 향했다. 새초롬하게 올라간 눈매가 퍽 사랑스러웠다.

"아뇨."

열린 문 사이로 유유히 빠져나가는 아리아를 보며 남자가 어지간히 그녀답다며 웃음을 흘렸다.

"따라갈까요?"

방금 전까지 직원을 흉내 냈던 사내였다. 만물상에서 아리아의 기사를 제압한 기사이기도 했다.

사자의 가면을 벗은 아스가 대답했다.

"그래. 무사히 빠져나갈 수 있게 도와."

* * *

아스가 아리아의 소문을 들은 것은 그녀가 두 번째로 카지노를 방문했을 때였다. 카드 룰렛 게임은 52장의 카드 중 단 한 장을 맞히는 게임이라 승률이 높지 않은데, 그것을 두 번이나 맞혔기 때문이다.

심지어 단 한 번에 맞혔다. 카지노의 책임자인 아스에게까지 소문이 나지 않을 리가 없었다. 조작이 불가능한 게임에서 연승을 했다는 이야기에 관심을 가진 아스는 카지노에서 연승의 주인공이 나타나기만을 기다렸다.

물론, 이때까지만 해도 아스는 연승의 주인공이 아리아라는 사실을 알지 못했다. 그러나 가면에 가린 얼굴을 마주하자마자 정체를 알아차릴 수 있었다. 아무리 가면으로 감춘다고 하더라도 맑은

녹색 눈과 반짝이는 금발, 그리고 나이에 맞지 않는 요염한 입술은 그리 흔치 않았기 때문이다.

"다이아몬드8."

그는 사람들 무리에 섞여서 반짝이는 칩을 베팅하는 아리아의 옆얼굴에 어처구니없이 시선을 빼앗겼다. 어른스럽게 보이려 노력한 화장과 옷차림이 너무나도 잘 어울려 그녀의 실제 나이를 상기시키곤 헛웃음을 내뱉을 만큼.

그래서 잠시 시선을 빼앗기는 사이, 아리아가 떠나는 줄도 모르고 그녀를 위험에 처하게 했다. 서둘러 이동해 도와주긴 했으나, 하마터면 도박에 미친 자들에게 붙들려 큰일이 일어날 뻔했다.

'로스첸트가의 영애가 왜 카지노에서 돈을 긁어모으는지는 모르겠지만, 무언가 일을 꾸미는 게 분명해.'

사람을 붙일까 생각했지만, 그랬다가 괜히 들켜 오해를 사고 싶지 않았다. 잠시 뒤, 아리아를 쫓아갔던 기사 소르케가 돌아왔다.

"마차가 떠나는 것까지 확인했습니다."

"좋아. 비카는?"

"귀족파의 충실한 개 중 한 명을 포섭한 것 같습니다. 오늘 중으로 시찰을 오겠다고 들었습니다. 아마 곧 도착할 겁니다. 그런데, 정말 카지노를 처분하실 생각이십니까?"

"그래."

아스는 아리아의 말대로 카지노를 처분하기로 결정했다. 어떻게든 단점을 죽이고 살려 보려 노력했었는데, 곰곰이 생각해 보니 지금 처분하는 것이 나을 것 같아서다.

애초에 국가에서 도박을 비롯한 유흥 시설을 관리한다는 것이 모순이었다. 규제하고 없애야 할 주체가 이를 조성하고 관리한다니. 심지어 자신은 황권을 핍박하는 귀족파에 의해 끊임없이 자질을 시험당하는 입장인 탓에 몰아칠 후폭풍을 어떻게든 피하려 발버둥치는 것보단 가벼운 돌팔매질을 견디는 것이 나았다.

곧 소르케의 보고대로 얼마 지나지 않아 귀족파에 숨어 들어간 비카가 누군가를 데려와 카지노를 안내했다. 공녀의 측근인 비게 자작이었다. 사업 수완이 좋아 공녀에게 거액의 자금을 대는 것으로 알려져 있었다. 카지노를 인수하려면 상당한 금액이 들어갈 텐데, 망설이지 않고 곧장 찾아온 것을 보니 그 정보는 거짓이 아니었던 모양이었다.

아주 오랫동안 카지노를 구경한 비게 자작은 만족스러운 웃음을 지으며 사라졌고, 비카 역시 아스의 기대에 부응하는 대답을 가져왔다. 보고서를 건네는 비카의 표정이 밝았다.

"조만간 카지노를 매입하겠다는 의사를 밝혔습니다. 아무리 비게 자작이라고 하더라도 자금을 끌어올 루트가 필요한 모양입니다."

"공녀에게는 비밀로 하라는 당부도 했겠지?"

"예. 아무래도 공녀는 반대할 게 뻔하니까요. 신신당부해 놓았습니다."

"좋아. 차후에 뒤를 공격할 수 있게끔 잘 전해 놓는 거 잊지 마."

비게 자작도 과거에 카지노 밑에서 인신매매를 한 루프르 자작과 같은 행보를 걷게 만들 생각이었다. 인신매매는 하지 않겠지만 수익을 극대화시키는 불법적인 방법을 알려 주는 방식으로 말이다.

정보가 사실이라면 비게 자작만 쳐 내도 공녀는 상당한 타격을 입을 것이다. 로스첸트 백작가가 버티고 있지만, 백작의 사업에도 조금씩 손을 쓰고 있으니 자금줄에 금이 갈 것은 분명했다.

"아, 그리고 보니 백작이 손을 뻗고 있다는 창고 말입니다. 그게 좀 골치 아프겠습니다."

"왜지?"

"어디 하나 불법적인 곳 없이 아주 합법적으로 탈세가 가능한 구조거든요."

"그건 지난번에도 설명했던 것 같은데."

"그건 그렇습니다만……. 이 방법을 잘만 이용하면 무역 루트를 막아도 어떻게든 수입이 가능한 구조였습니다. 시간은 조금 걸릴지 모르더라도 해결이 가능하다는 뜻이죠."

"그래?"

아스의 손에 들린 서류가 지저분한 모양새로 구겨졌다. 마치 제 몸이 구겨지는 듯한 기분에 비카의 얼굴도 함께 구겨졌다. 그가 눈치를 보며 괜한 곳에 책임을 전가했다.

"도대체 누가 백작에게 그런 아이디어를 준 겁니까? 신규 사업으로 바쁠 백작이 고안했을 리는 없을 테고 말입니다."

백작에게 창고를 일러 준 자는 무려 아리아였다. 처음 레인에게서 그 이야기를 들었을 땐 어이가 없어 헛웃음만 내뱉었던 기억이 났다. 그 어린 나이에 도대체 어떤 공부를 했기에 그런 생각을 고안해 낸 것인지.

아스가 이름을 알려 주지 않겠다며 도도하게 사라진 아리아를 회상하며 입꼬리를 올리자, 무슨 이유인지 모르겠지만 아스의 기분이 좋아진 걸로 착각한 비카가 괜히 과장하며 말했다.

"레인이라면 그자가 누군지 알고 있지 않습니까? 역시 그자를 데려와 흠씬 두드려 패야 기분이 나아질 것 같습니다. 다시는 백작 곁에서 입도 벙끗 못하게 말입니다."

"……지금, 누굴 때리겠다는 거지?"

그 말에 대뜸 아스가 짜증을 내자, 비카가 다시 눈치를 보기 시작했다. 장단을 맞추기 힘들어 차라리 입을 꿰매 버릴걸 하는 후회가 들 정도였다.

"다른 보고는?"

"어, 없습니다."

"나가 봐. 맡은 바 임무나 잘하도록."

그가 나가고 정적이 흐르는 집무실에서 아스가 구겨진 보고서를 한 장 넘겼다. 하지만 불행히도 비카의 보고서는 눈에 들어오지도 않았다. 그저 방금 전에 떠올렸던 아리아만이 아른거릴 뿐이었다.

'도대체 정체가 뭘까. 2년 전까지만 해도 평민이라고 들었는데, 어떻게 성인 귀족들보다 머리가 좋은 거지?'

알면 알수록 의문점이 많았다. 아무리 교육을 받았다고는 하나 단기간에 정식 예법을 깨끗하게 구사하는 점도 이상했다. 마치 사교계에서 아주 오랫동안 지낸 것 같은 말투도 그러했다.

게다가 가장 이상한 것은 어떻게 카드를 읽기라도 하듯 그리도 간단하게 맞히는가 하는 점이었다. 정말 마법이라도 부리지 않으면 불가능한 일이었다.

'설마, 정말로 그런 능력이 있는 것은 아니겠지.'

생각했지만 이내 고개를 저어 부정했다. 투시를 하는 능력이 있다면 카드는 설명이 되겠지만, 그 외의 것들은 설명이 되지 않기 때문이다.

'심지어 처음 본 정체불명의 남자에게도 의연했지.'

첫 만남도 그랬고, 오늘도 그랬다. 남자를 가지고 놀 듯 유혹할 때도 있었으며, 정반대인 것처럼 부끄러워하기도 했다. 마치, 다른 사람처럼.

비카의 보고서가 다시 구겨져 책상 위로 굴렀다. 소파에 몸을 깊게 묻은 아스가 눈을 감았다. 생에 이토록 복잡하고 풀리지 않는 인물은 처음이었다. 그리고 이토록 머릿속에서 떠나지 않는 인물 또한 처음이었다.

'차라리 옆에 데려다 놓을까.'

나쁘지 않은 생각이었다. 옆에 데려다 놓고 자주 관찰하다 보면 무언가 알아낼지도 모르는 일이었다. 이따금 만나는 지금도 퍽 좋은 영향을 받고 있지 않은가. 이번 카지노 건도 아리아의 공이 대부분이었다.

문제는 '어떤 이유로', 혹은 '어떤 위치로' 데려다 놓는가였다.

여성에게 직급을 주는 것은 이례적인 데다가 역풍을 맞을 확률이 컸다. 게다가 아리아는 딱히 이렇다 할 공적이나 배움이 없었다. 이유가 없는 것이다.

그렇다면 남은 방법이라곤 여인으로서 곁에 두는 것인데, 이도 그녀의 출신을 생각하면 꽤 소란이 일 것이 분명했다. 뒷배가 있다면 모를까 아무것도 없는 그녀가 과연 버틸 수 있을까.

'내가 지금 무슨 생각을 하는 거지?'

그러다가 문득 자신이 터무니없는 생각을 하고 있다는 사실을 깨달았다. 공녀와의 약혼 문제로도 버거운데 아리아를 곁에 두려 하다니. 그리고 그것이 꽤 마음에 들었다는 사실에 충격을 받았다.

'얼굴에 홀리는 타입은 아니라고 생각했는데……. 그래서 자꾸 얼굴이 떠올랐나.'

생각해 보면 그랬다. 쓸데없이 얼굴이 떠올랐다. 얼굴이 떠오를 상황과 분위기가 아닌데 떠올랐다. 이를테면 자기 직전이라든가, 아침에 일어나서라든가. 이따금 꿈에서도 튀어나왔다.

'공녀는 눈앞에 있는 것만으로도 짜증이 치밀었는데, 참으로 신기하군.'

그러다가 사고가 이시스 공녀에게까지 흐르자 이내 모두 부질없는 생각과 마음이라고 판단했다. 이렇게 고민하고 떠올려 보았자 현실은 공녀가 이끄는 귀족파와 줄다리기를 하는 것이 전부였다. 애초에 아리아를 선택지에 넣는 것조차 불가능했다.

아스가 고개를 저어 잡생각을 몰아냈다. 그리고 다시 비카의 보고서를 손에 들었다. 지금은 그런 생각을 할 때가 아니었다.

* * *

연달아 세 번이나 모래시계를 돌리고 제대로 잠도 자지 않은 탓에 피로가 쌓인 아리아는 내리 사흘을 쉬어야만 했다.

하루를 꼬박 자고 일어났음에도 몸을 움직이는 것이 힘들었기 때문이다. 어차피 이렇게 후폭풍이 온다면 모래시계를 사용한 다음 날은 잠자코 쉬는 편이 나았다.

다시 카지노를 찾아가자, 카지노 직원 두 명이 따라붙었다. 보유한 칩의 금액이 크다는 이유였다. 다행히 가발을 착용하고 화장을 짙게 하여 알아보는 사람들은 없었지만, 직원이 두 명이나 따라붙은 탓에 이따금 쳐다보는 이가 있었다. 그럼에도 아무렇지 않게 행동한 덕분에 불상사를 겪는 일은 없었다.

"세상에…… 아가씨! 5만 골드나 모였어요! 믿기지가 않아요!"

저택으로 돌아가는 마차에서 애니가 5만 골드 수표를 채 만지지도 못하고 목소리를 높였다. 아직 턱없이 부족한 금액이었지만, 더 이상 카지노에서 돈을 벌기는 힘들다고 판단해 칩을 모두 수표로 교환했다.

"이제 카지노는 가지 않으시는 건가요?"

"그래. 이 정도면 나쁘지 않은 시작이니까."

전량은 무리더라도 넉넉히 구입할 수 있을 것이다. 무역 루트가 막힌 뒤, 귀족들에게 사치품이자 필수품이 되어 버린 설탕은 가격이 급등한다. 그때 물량을 풀어 차익을 볼 생각이었다.

"그러고 보니, 네 오라비가 여관에서 일을 한다고 했지?"

"예? 예, 아가씨."

"네 오라비를 빌릴 수 있을까? 급여는 넉넉히 챙겨 줄 테니 말이야. 물론, 도움을 준 네게도 사례를 할게."

사례라는 말에 애니가 기대에 찬 얼굴로 고개를 끄덕였다.

"그럼요! 여관 일이 식상하다고 노래를 불렀는걸요! 언제부터 부르면 될까요?"

"바로 데려오렴. 할 일이 아주 많으니까."

"예! 아가씨!"

씩씩하게 대답한 애니가 자신의 오라비를 데려온 것은 바로 다음 날이었다.

그의 이름은 앤드류였다. 그녀와 비슷한 외모였으나 주근깨가 없이 깨끗한 피부에 키가 컸다. 사람을 상대하기 적합한 외형이었다. 아리아는 그에게 여관에서 받던 급여의 두 배를 제안했다. 여관에서도 꽤 좋은 대우를 받았던 모양인지 앤드류의 얼굴에 화색이 돌았다.

물론, 비밀을 엄수하는 것이 필수 조건이었다. 지키지 않으면 네 여동생이 조금 난처해질지도 모른다고 아주 조그맣게 협박하여 앤드류의 얼굴이 잠시 사색이 되었으나, 잘만 지키면 섭섭지 않은 미래를 보장하겠다고 하여 다시 원상태로 복구시켰다.

"설탕을 사 오라는 말씀이십니까?"

"그래. 되도록 많은 설탕을 구입해 줘. 싼값에 많이 구할수록 좋지만, 여의치 않다면 흥정하지 않아도 좋아."

"그런 거라면 제가 전문이죠! 걱정 마십시오."

달리 어려운 일이 아니었기에 그는 얼마 가지 않아 임무를 완료할 수 있었다. 그쪽 방면에 전문가라는 말은 사실이었던 모양인지, 도매상에서 상점에 바로 납품하기 직전 상태였던 대량의 설탕을 시세보다 싼값에 계약했다.

주인 몰래 직원을 구슬린 덕분이었다. 차액을 남겨 먹고 재빨리 몰래 들여오라는 조언을 해, 창고에 있던 대부분 설탕을 사들일 수 있었다고 했다. 아마도 앤드류는 여관에서 그런 일을 했었던 모양이었다.

'아마 곧 다시 들여올 수 있다고 생각하고 있겠지. 정말 그럴 수 있을까?'

때문에 아리아는 앤드류에게 아주 소량의 은혜를 베풀었다. 그녀가 가진 보석 중 하나를 선물한 것뿐이었지만, 그는 마치 애니처럼 세상을 다 가진 듯 기뻐했다. 제 여동생처럼 아주 다루기 쉬운 자인 듯 보였다.

그렇게 모은 설탕들을 빌린 창고에 보관한 뒤 적당한 때를 기다렸다. 모두가 설탕에 목이 말라 갈구하는 그날을 말이다. 수입이 막히고 얼마 가지 않아 그것이 현실이 되었던 과거를 떠올리며 아리아는 달콤한 시럽을 뿌린 케이크를 입에 넣었다. 식후 디저트였다.

여기에도 어마어마한 양의 설탕이 들어갔을 것이다. 매일 대량의 설탕을 소비하는 귀족들을 위해 수시로 그것을 공급해야 할 테지만 조만간 모두 동이 나겠지. 도매상에서 사들였으니 상점에서 판매하는 것들이 모두 떨어지면 더 이상의 공급은 없을 것이다.

그리고 그 시작은 아주 친절하게도 백작이 직접 알려 주었다.

"그러고 보니…… 최근에 꽤 골치 아픈 일이 생겼어."

"무슨 일이에요, 여보?"

"외국 상단들이 차례차례 연락을 끊고 있다는 소문이 돌고 있거든."

"세상에, 그게 무슨 말이에요?"

백작 부인이 과장되게 놀란 얼굴로 되물었다. 자세한 내막을 모름에도 눈치껏 장단을 맞추고 있었다. 과연 매춘부에서 백작 부인까지 신분 상승한 여인다웠다. 본성을 숨긴 채 눈치로 사랑을 독차지한 미엘르 또한 장단을 맞췄다. 그녀는 늘 백작의 흥을 돋우어 입을 열게 만들었다.

"그럼 굉장히 큰일이 아닌가요? 어떻게 그런 무례한 짓을 저지를 수가 있죠?"

"그래서 걱정이 크단다. 아무래도 나와 거래를 하던 몇몇 귀족들도 당한 모양이야."

아아, 그렇게 진작 제게 잘하시지 그러셨어요. 왜 괜히 거짓말을 해서 가장 큰 정보를 쥐고 있는 제 미움을 받으셨어요.

아리아가 제 입술에 묻은 시럽을 핥으며 생각했다. 아무리 설탕을 넣었다지만 이렇게 달콤해도 되는 걸까? 혹시 백작의 고뇌가 가미되어 더욱 달콤한 건 아닐까? 그렇다면 늘 백작을 괴롭게 만들면 이 달콤한 디저트를 매일 즐길 수 있는 걸까?

아리아가 침울한 표정을 지으며 물었다.

"그럼, 이제 어떻게 되는 건가요? 외국에서 들여오는 물건이라면 거의 독점 상태에 가까웠을 텐데……. 설마 공급이 끊긴다든가 하는 불상사가 벌어질 수도 있나요?"

비관적인 내용이었으나 앞날을 꽤 적절히 지적한 그녀에게 백작이 다정한 미소를 지었다.

"그럴지도 모르지. 아마 그렇게 될 가능성이 크지 않을까 싶단다. 단순히 거래처를 변경한 것이라면 최악의 사태는 벌어지지 않겠지만 말이야."

"만약 최악의 사태가 벌어져도 빨리 해결 방법을 강구해 위기를 탈피했으면 좋겠어요."

"네가 도와준다면 빨리 해결될지도 모르는 일이지."

백작은 꽤 아리아를 신뢰하고 의지하는 듯 보였다. 도와 달라는 말을 직접 입에 담을 정도로 말이다. 그러나 아리아는 전혀 그를 도울 생각이 없었다. 방해해 일그러지는 얼굴을 감상하는 것이라면 모를까.

"그러고 보니, 얼마 전 오스카 님께서 또 선물을 보내셨어요."

백작의 사업에 관해선 달리 할 말이 없는 탓에 미엘르가 서둘러 화제를 전환했다. 오스카에 관한 화제는 백작의 불안한 마음을 달래 주기 충분했던 덕에 침체된 분위기는 온데간데없이 어느새 화목한 분위기로 돌아왔다.

"그랬군! 아무래도 졸업이 다가오니 지금까지와는 달리 여유가 생긴 모양이구나. 그래, 무얼 보냈지?"

"아름다운 꽃다발과 브로치를 보내셨어요."

미엘르의 시선이 제 가슴 언저리로 내려갔다.

그녀의 가슴에 블루 다이아몬드로 보이는 브로치가 달려 있었다. 그에 아리아가 미간을 찌푸렸다. 저건…….

"하하! 이런, 지금 가슴에 달고 있는 브로치가 선물받은 것인 모양이구나! 이토록 아름다운 브로치를 지금 알아보다니!"

"세상에……. 정말 예쁘구나."

그녀의 브로치는 정말로 맑고 투명한 파란색이어서 백작 부인의 감탄사마저 이끌어 냈다. 하지만 왜? 왜 하필 블루 다이아몬드 브로치일까.

'내가 오스카에게 선물했던 것과 비슷하잖아……?'

게다가 마치 맞추기라도 한 것처럼 비슷한 디자인이었다. 오스카의 브로치를 참고해 만들기라도 한 것처럼. 정말 그런 걸까. 아니, 그런 것이 틀림없었다.

"그렇죠? 그리고 공녀님께서 조만간 저택에 방문하고 싶다고 하셨어요."

"그래? 준비에 소홀함이 없도록 단단히 주의를 시켜야겠구나."

미엘르의 자랑은 계속되었다. 그리고 미엘르가 바란 대로 그녀의 자랑이 아리아의 기분을 망쳐 놓았다. 하지만 굳이 내색하진 않았다. 그걸 바라고 있을 테니까. 오스카의 브로치를 참고한 공녀가 만들어 주었겠지 생각하며 가볍게 넘기려 애를 썼다.

* * *

무역 루트가 하나둘 막혀 감에 따라 귀족들을 불안하게 만들었다. 영지가 작거나 없어 소박하게 외국과 거래를 하던 귀족들의 피해가 가장 컸다. 때문에 아리아의 가정 교사인 부인들의 안색이 어두웠으며, 모처럼 열린 모임에 참가한 영애들도 퍽 주눅이 들어 있었다.

"이러다 아버지의 사업마저 타격이 오면 어쩌죠……?"

한 영애가 울상을 지으며 말했다.

이름이 뭐였더라. 사라 외엔 안중에 없었던 탓에 이름조차 기억나지 않는 그녀에게 아리아가 물었다.

"실례지만 어떤 사업을 하셨죠?"

"향유를 수입하고 계세요. 비싼 향유는 아니고 물에 희석해서 사용하는 평범한 향유요."

아아, 그래서 늘 좋은 향기가 났구나.

그녀의 고민이 무색하게도 그런 사소한 물건은 제약이 걸리지 않는다.

"걱정 마세요. 아버지께 들은 바로는 현재 루트가 끊기고 있는 물건들은 대부분 사치품이라고 하셨어요. 귀족들이 사용하는 사치품이요."

"정말인가요? 그렇다면 다행이네요! ……앗, 이런 말을 하면 실례가 될지도 모르겠네요. 죄송해요."

아리아가 로스첸트 백작가의 영애인 만큼, 그녀가 제 아비에게 얻었다는 정보는 영애들에게 단비와도 같았다. 하지만 로스첸트 백작가가 상당한 타격을 입고, 또 입게 될 거라는 소문이 암암리에 퍼져 있었기에 솔직하게 기뻐할 수 없는 모양이었다.

'저런……. 누가 누구를 걱정하는 건지.'

백작의 사업이 모두 망한다 하더라도 로스첸트 백작가에는 대단히 큰 영지가 버티고 있다. 아마 제국이 멸망하지 않는 이상, 백작가가 기우는 일은 절대 없을 것이다.

아리아가 웃으며 고개를 저었다.

"괜찮아요. 항상 어떻게든 헤쳐 나가셨으니 이번에도 잘하시리라 믿으니까요."

퍽 다정한 말투에 영애들의 마음이 동했다. 가장 피해를 볼 가문은 로스첸트가 분명하거늘, 오히려 다른 영애들을 위해 마음을 쓰지 않는가. 정말로 그녀가 대수롭지 않게 생각함에도 불구하고.

여기 모인 영애들의 집안은 귀족들의 사치품에 손을 댈 수 있을 만큼의 재력이 뒷받침되지 않기에 아무런 피해도 입지 않을 것이다. 게다가 귀족들의 사치품은 귀족파가 독점하고 있었다. 수익이 많이 나는 만큼 권력을 쥔 자가 자연스레 독점하게 되었다.

즉, 이번 사건으로 피해를 보는 것은 귀족파라는 얘기였다. 권력과는 거리가 먼 그녀들의 가문에는 하등 관련이 없는 이야기였다.

'잠깐, 귀족파의 귀족들만 타격을 입는다고? 그럼 이 일의 주동자는 황태자파라는 이야긴데…….'

단순히 차액을 노린 개입이 아닌 권력 싸움이었나. 괜히 끼어들었다가 피를 볼 수도 있겠다는 생각이 들어 절대 정체를 들키지 말아야겠다고 다시금 다짐했다.

"당분간 모임은 자제하도록 해요. 분위기가 영 좋지 않으니까요. 그리고 성인이 된 영애들께서 바쁘시잖아요?"

다들 웃으며 사라를 쳐다보았다. 그 웃음에는 부러움과 시기, 질투가 적절히 섞여 있었다. 모임이 늦어진 것도 바쁜 사라의 시간을 맞추기 힘들었기 때문이었다. 사라가 미안한 듯 사과했다.

"미안해요. 저 때문에……."

"아니에요. 사라 영애뿐만도 아닌걸요. 다들 조금씩 바쁘잖아요, 그렇죠?"

그녀의 말대로 성인이 된 영애들이 각자 수준에 맞는 영식들과 교류를 하고 있었기에 바빴다. 더 이상 그녀들과의 친분을 쌓을 필요가 없는 아리아에겐 아주 좋은 소식이었다.

모임이 파하고 돌아가려 하는데 사라가 아리아를 불렀다. 약간 상기된 뺨을 한 그녀가 할 말이 있다며 잠시 시간을 내달라고 부탁했다. 무언가 좋은 소식일 게 분명했다. 거절할 이유가 없었다.

"사실……. 최근에 후작님께서 약혼 신청을 하셨어요."

"……세상에."

짐작하고 있었음에도 아리아가 놀란 표정을 만들어 냈다. 양손으로 입을 가리며 눈을 끔뻑이자 사라의 웃음이 짙어졌다.

"후작가는 대대로 봄에 약혼과 결혼식을 해 왔다고 해서 내년이 되어야 식을 거행하겠지만, 정식으로 신청을 받아 답장도 드린 참이에요."

아주 귀찮게도 권위 있는 가문일수록 약혼을 치러야 결혼을 할 수 있었다. 허세를 떨기 위함이었다. 내년 봄에 약혼을 한다면, 결혼은 후년쯤 될 것이다.

"축하드려요! 말로는 다 표현할 수 없어 슬프네요. 뭐라 말씀드려야 제 마음이 전달될까요? 이렇게 기쁜데 고작해야 축하한다는 말밖에 할 수가 없네요."

아리아가 평생 없을 과장을 하며 그녀를 축하했다. 그녀의 과한 손짓과 표정이 사라의 마음을 춤추게 했다.

"고마워요. 이미 다 전해졌는걸요. 이게 다 아리아 영애 덕분이에요. 영애와 함께 맞춘 손수건이 후작님과의 인연을 만들어 준 것과 다름없으니까요."

생각하고 판을 짠 대로 흘러감에 배 속 깊은 곳에서부터 희열이 흘러넘쳤다. 이제 사라는 완벽하게 자신의 편이었다.

"그리고 후작님께서도 아리아 영애를 한번 만나 보고 싶은 모양이에요. 언제 시간을 내어 식사를 대접하고 싶다고 전해 달라고 하셨어요."

거기다가 후작까지 덤으로 딸려 오다니! 세상에 이렇게 기쁜 일이 또 있을까? 미엘르의 브로치에 나빠졌던 기분이 순식간에 고조되었다. 아리아가 환하게 웃었다.

"정말인가요? 이런 영광이 또 있을까요. 저는 언제든 환영이니 후작님께서 편하신 날이 좋겠어요!"

"어쩜 이렇게 다정하실까요. 아 참, 저…… 죄송하지만 아직 다른 영애들께는 말씀드리지 않으니 혼자만 알고 계셨으면 좋겠어요."

"그럼요!"

비밀은 많으면 많을수록 사이를 굳건하게 했다.

스스로 개미지옥에 빠져드는 사라의 손을 잡으며 아리아가 지옥의 입구를 아주 넓게 벌렸다.

* * *

며칠 후, 아스가 제의한 모임의 두 번째 장이 열렸고 주제는 아주 당연하게도 무역 루트가 막힌 사건이었다. 조금 특이한 점은 단순히 루트가 막혔고 어떻게 처리할지를 강구하는 것이 아닌, 이번 사건으로 누가 어떤 피해를 입을지 논하는 하는 점이었다.

"반년만 막혀도 최소 다섯 명은 파산하리라고 봅니다."

"거래 독점을 과하게 유지해 온 자의 말로라고 생각합니다. 애초에 한 가지 사업으로 가문을 이어 가려 했던 게 잘못된 거지요."

"영지라도 있으면 모르겠지만……. 기반도 없는 주제에 뒷배를 믿고 설친 탓이죠."

"로스첸트 백작이 열심히 뛰어다니는 모양이지만 역시 반년은 어림도 없다고 봅니다. 백작 또한 큰 피해를 보겠죠."

"생각보다 진행이 빨라 비게 자작을 구슬리기 쉬워질지도 모르겠습니다."

수많은 대화가 오가는 가운데, 비카가 만족스러운 웃음을 지으며 말했다. 전혀 알지 못하는 이야기가 튀어나와 아리아가 고개를 갸웃거렸다. 꾸준히 책과 신문을 읽어 나름 지식과 정보가 늘었다고 생각했는데, 비게 자작에 대한 이야기는 초면이었다.

때문에 아리아가 물었다.

"비게 자작이라니요? 그가 무슨 일이라도 저질렀나요?"

"아아, 별건 아닙니다. 그가 최근에 카지노를 인수했거든요."

"……카지노를 인수했다고요?"

"예. 황태자 전하께서 카지노를 매각했습니다. 곧 공표될 사실입니다."

왜? 카지노는 계속 황태자가 관리하는 것이 아니었나?

어째서 갑자기 매각을 한 건지 이해할 수 없었다.

"왜죠? 황태자께선 카지노를 매각하실……."

생각이 없지 않았냐고 물으려다가 황급히 입을 닫았다.

그러자 말을 잇지 않는 그녀에게 시선이 쏟아졌다. 특히 아스의 시선이 집요했다. 새파란 눈이 속을 꿰뚫을 것 같아 소름이 끼쳤다. 그가 아리아의 숨겨진 뒷말을 재촉하듯 눈을 빛냈다.

"……생각이 없으실 것 같았는데요."

그래서 서둘러 자신의 생각이었던 것처럼 말을 바꿨다. 다행히 자연스럽게 이어졌다. 하지만 내용은 그렇지 않았다.

내내 토론을 지켜보던 아스가 물었다.

"왜 그렇게 생각하셨습니까?"

그거야 과거에는 매각하지 않았으니까.

황태자는 큰 사고가 터질 때까지 카지노를 운영했다. 모두가 그런 그에게 능력이 없다 비난했고, 제국을 망친다고 욕했다. 아리아 역시 그 목소리에 힘을 보탰던 기억이 났다.

"그거야…… 루프르 자작을 대신해 관리하기 시작하신 지 얼마 되지 않았으니까요. 이렇게 빨리 처분하실 생각이었다면, 애초에 맡지 않는 게 보통 아닌가요?"

그럴듯하게 변명하자, 대부분의 이들이 그녀가 그렇게 생각한 것에 대해 납득한 듯 보였다.

하지만 아스는 아니었다. 추궁이라도 하는 것처럼 그가 다시 집요하게 물었다.

"카지노를 면밀히 조사하기 위해 잠시 관리했을 가능성도 있습니다. 그 후로 적합한 인물에게 매각했다고 보는 편이 자연스럽지 않습니까?"

"그럴 리가요. 비게 자작이라면 귀족파 중의 귀족파인데, 어떻게 그가 황태자에게 있어서 적합한 인물일 수가 있죠?"

"글쎄요……."

아리아의 물음에 아스가 대답하지 않고 입꼬리를 올려 웃었다. 그 미소에서 아리아는 자신이 무언가 잘못 생각하고 있다는 것을 깨달았다.

도대체 뭘 빠뜨린 거지? 잠시 고민하다가 이내 아스가 사용한 단어에서 그 답을 찾을 수 있었다.

"……적합한 인물이라는 뜻이 함정이었군요."

"무슨 뜻입니까?"

"카지노를 '잘 운영하기에 적합한'이라는 뜻이 아니라는 뜻이죠. 어쩌면……. 황태자 전하께서 '이용하기 적합한' 인물이라고 해석할 수도 있겠네요."

모르는 것은 아리아 혼자였던 모양이었다. 생각보다 빨리, 그리고 정확하게 의미를 파악한 그녀에게 관심과 흥미가 담긴 시선이 쏟아졌다.

"……귀족파 재정에 위기가 닥쳤으니, 카지노를 인수한 비게 자작이 분발해야겠네요. 이번에 공적을 세운다면 입지가 달라질 테니까요."

흐름은 파악했으나 한 가지 이상한 점이 있었다. 과거에는 이 사건에 비게 자작과 카지노가 들어가지 않았는데, 어째서 이번에는 들어갔는지 하는 점이었다.

과거와는 달리 누군가 황태자를 설득한 걸까? 하필 지난번 모임에서 자신이 그렇게 해야 한다고 주장한 다음에? 원인이 있어야 결과가 바뀌는 법인데, 아무리 생각해도 그 원인은 이 모임에서 했던 발언밖에 떠오르지 않았다.

'……그럴 리가.'

고작해야 열다섯의 소녀가 제안한 것이 황태자의 귀에 들어갔을 리가 없었다. 갑자기 황태자의 심경이 변한 것은 이상했으나, 예전에도 비슷한 일이 있었기에 그저 나비 효과가 아닐까 짐작했다.

게다가 귀족파의 수뇌부인 비카가 참가한 모임이 아닌가. 만약 이 모임이 황태자와 관련이 있다면, 아주 복잡하고 위험한 것으로 그 성질이 변한다.

그리고 그 가능성을 아주 낮추는 큰 이유가 있었다. 과거에 황태자는 결국 귀족파에 굴복했기 때문이었다. 만약 그가 정말 귀족파에 잠입한 황태자파라면 어떻게든 정보를 캐내 황태자를 도왔을 테니까.

"영애께선 참으로 영민하십니다."

아스의 얼굴에 감탄이 서렸다. 그는 진심으로 아리아가 홀로 여기까지 추리한 것에 놀란 듯 보였다. 때문에 모임이 끝나고 모두가 돌아간 뒤에도 아리아에 대한 칭찬은 끝나지 않았다. 철면피인 그녀가 민망해질 정도였다.

"그리 과장하며 칭찬하지 않으셔도 돼요. 모르고 있었던 저 하나

뿐이었잖아요?”

“정보를 공유하지 않았으니 모르셨던 게 당연합니다. 그런데도 혼자 추리해 내지 않으셨습니까. 그 누구도 쉽게 할 수 없는 일이라 생각합니다.”

“조금의 시간이 있다면 누구나 할 수 있는 일이에요.”

“……아뇨. 영애께서 특별하시니 가능했던 일입니다. 그러니 제가 자꾸 영애의 얼굴을 떠올리지 않습니까.”

아무렇지 않게 흘리는 말에 모래시계를 챙기던 아리아의 손이 딱딱하게 굳었다. 놀라 쳐다보자, 새파랗게 짙은 진지한 눈이 그녀를 응시하고 있었다.

“지금, 지금 뭐라고……?”

아리아가 말을 더듬으며 묻자 그제야 자신이 무어라 말했는지 깨달은 아스가 짧게 혀를 찼다.

“사실이니 달리 변명은 하지 않겠습니다.”

쿵. 누군가 심장을 내리친 것처럼 충격이 일었다.

이런 소리를 한두 번 들어 본 것도 아니건만, 아무런 대답도 행동도 취할 수가 없었다. 그저 터질 듯 빠르게 펌프질하는 심장을 진정시키려 노력하는 것밖에 할 수가 없었다.

“그럴 생각으로 접근한 건 아니지만…… 자꾸 영애께서 절 흔드시는군요.”

흔드는 것은 피차 마찬가지였다.

그는 왜 자꾸 복수심으로 다시 태어난 자신을 곤란하게 만드는가. 상자를 쥐려 뻗은 아리아의 손이 다시 움직였다. 지금의 자신에겐 이런 쓸데없는 감정은 불필요했다.

"······무슨 말씀을 하시려는 건지 잘 모르겠네요."

그것은 아스 역시 마찬가지였는지 매정하게 돌아서는 아리아에게 더 이상 닿는 목소리는 없었다.

*　*　*

혼란은 생각보다 빨리 야기되었다. 과거에는 한여름이 되어서야 조금씩 불편함을 느끼기 시작했었는데, 이번에는 그보다 빠른 초여름에 시작되었기 때문이다.

물론, 아리아가 사들인 설탕 탓이었다. 있어야 할 재고가 사라진 탓에 과거보다 빨리 진통이 왔다. 사라진 설탕 때문에 음식의 맛이 확연이 바뀌었다. 편식하지 않는 미엘르마저 식사를 주저할 정도였다. 이미 단맛에 익숙해질 대로 익숙해졌기 때문이었다.

"······세관에서 빨리 처리해 준다면 좋으련만."

식기 소리조차 나지 않던 식당에 백작의 낮은 목소리가 울렸다. 퍽 화가 난 듯한 목소리였다.

'그렇게 누가 설탕을 독점하라고 했나.'

설탕의 무역로가 막힌 뒤, 그것을 독점하던 귀족이 서둘러 다른 거래처를 찾아 설탕을 수입하려 했었던 모양이지만 이미 때는 늦었다. 어렵사리 거래처는 찾은 모양이지만 세관에서 허가를 내주지 않았기 때문이다.

"너무 융통성이 없는 것 같아요. 아무리 순서와 절차가 중요하다지만, 이렇게 불편을 겪고 힘들어 하는 사람이 많은데······."

미엘르가 불만을 토로했다. 늘 세상에서 가장 착하고 자애로운 척을 하면서도 비로소 자신의 일이 되어야 불편함과 괴로움을 느끼는 이중적인 태도에 신물이 났다.

그에 백작이 거들었다.

"세관은 황태자 전하의 소관으로 넘어간 지 오래라고 하는데, 역시 자질이 의심돼. 우선순위 하나 파악하지 못해서 어떻게 폐하의 뒤를 이으실지 걱정이야."

사뭇 제국의 앞날을 걱정하는 듯한 말투였지만, 백작의 걱정은 '자신들이 행복할' 제국의 앞날이었다. 그곳엔 해당하는 사람보다 해당하지 않는 사람이 더 많았다.

백작의 말로 비로소 이번 사건이 황태자에 의해 주도된 일이라는 사실을 확신했다. 그럼 주범이라며 잡힌 이도 황태자파의 끄나풀이었나. 그 외의 인물에 대한 언급이 없었던 것을 보면 잘 빠져나간 모양이었다.

설탕의 가격이 폭등하는 것을 기다리는 데는 조금 더 시간이 걸렸다. 처음에는 분노를 표출하지 않고 참아 내려 노력하기 때문이다. 조금 시간이 지나야 그것이 모두 부질없다는 사실을 깨닫는다.

그때가 적기였다. 그래서 때를 기다리는 시간 동안 여유를 즐기며 독서에 열중했다. 처음에는 한 페이지를 넘기는 것도 어려웠던 책들이 이제는 술술 넘어갔다. 꾸준히 읽은 덕분인 것 같았다.

아스의 모임에 참가해 견문을 넓힌 덕도 있을 것이다. 그들의 대화는 꽤 수준이 높았으니까. 가벼운 아침을 들고 난 뒤 조용히 앉아 책에 몰두하는데, 오늘따라 유난히 저택 안팎으로 소란스러웠다.

"무슨 일이지?"

내내 조용하던 아리아가 갑자기 혼잣말을 했다. 그러자 마른걸레로 깨끗한 바닥을 닦던 베리가 화들짝 놀라며 납죽 몸을 숙였다.

'얼마 괴롭히지도 않았는데, 벌써 저리 벌벌 떨어서야.'

그런 그녀에게 혀를 차며 창문을 열고 밖을 확인하자 분주히 움직이는 시종들이 보였다.

'연달아 터진 일들 때문에 백작이 저택을 자주 비워 손님이 올 리가 없을 텐데…….'

그런데 마치 대단한 손님을 맞이할 것처럼 정성을 쏟지 않는가. 의아함에 애니를 불러 그 까닭을 묻자, 그녀가 곧장 자신이 아는 정보를 쏟아 냈다.

"앗! 말씀드리는 걸 깜빡했어요. 오늘 프레데리크 공녀님께서 오신다나 봐요. 미엘르 아가씨와 티 파티를 하신다나 뭐라나."

최근에 조용히 책을 읽는 것이 즐거워 쉬라고 하며 부르지 않았더니 이런 불상사가 생긴 줄도 몰랐다. 예전에 미엘르의 입에서 직접 비슷한 이야기를 들은 것 같긴 했는데 잊어버린 모양이었다.

"프레데리크 공녀라……."

아직은 마주치고 싶지 않은 존재였다. 달리 내세울 것이 없는 지금의 자신과 그녀가 마주친다면 좋지 못한 꼴을 당할 것이 분명했다. 오스카와의 소문이 퍼진 적이 있어 더욱이 그러했다. 그래서 피하려고 했는데, 아주 불행히도 프레데리크 공녀는 그럴 생각이 없었던 모양이었다.

"저…… 아가씨, 밑에서 기다리고 계세요…….'

인사를 나누고 싶다며 시종을 보내왔는데 어떻게 피할 수가 있을까. 감히 천박한 매춘부의 딸 주제에. 그녀를 피했다간 터무니없는 소문이 퍼질지도 모른다. 물론 만난다고 하여 좋은 소문이 퍼질지는 미지수이지만, 여지를 주지 않는 편이 나았다.

"……알겠다고 전해 드려."

이를 악문 탓에 형편없는 발음이었지만 그렇게 대답하는 것이 최선이었다.

"예, 아가씨."

사라지는 시종을 보며 한숨을 쉰 아리아가 거울 앞에서 제 모습을 확인했다. 아주 짜증스러웠지만 절대로 그 어떤 것으로도 책잡힐 일을 만들지 말아야 했다.

* * *

비게 자작이 카지노를 인수했다는 소식이 공녀의 귀에 들어간 것은 이미 인수가 끝나고 조금 지난 뒤였다. 비게 자작에게 인수가 완전히 끝날 때까지 그 누구에게도 말하지 말라 입단속 했기 때문이다.

비게 자작에게는 어리석은 황태자를 속여 싼값에 팔게 설득했다며 비밀을 강조했다. 누군가 알게 되면 분명 인수에 어려움이 생길 거라는 경고를 덧붙였다.

전대 자작이 성공시킨 사업을 그대로 물려받았을 뿐이었던 비게 자작은 아주 우습게도 그 말을 한 치의 의심 없이 믿었고, 덕분에 소수의 관련자들을 제외한 외부에는 알려지지 않은 채 카지노의 인수가 끝이 났다.

때문에 뒤늦게 이 사실을 알게 된 공녀와 몇몇 귀족들은 그가 한 멍청한 짓에 대해 분노를 터뜨리지 않을 수 없었다. 당장의 이익에

급급해서 황태자를 목을 죌 수 있는 큰 무기를 버린 셈이었기 때문이다.

'……어쩜 이렇게 운이 좋을까.'

목을 죄기 위한 판을 짜는 족족 불행을 피해 가는 황태자의 그 운을 사고 싶을 정도였다. 이 아슬아슬한 줄다리기의 끝이 보일 것도 같은데, 있는 힘껏 줄을 당겨 이긴 듯싶어 힘을 빼면 다시 줄이 끌려갔다.

'평민들에겐 지장이 없는 사치품들만 골라 무역 루트를 막아 놓은 것도 황태자 짓이 분명해.'

자금줄을 끊을 모양인지는 모르겠지만, 로스첸트 백작가가 있는 이상 그리 간단하진 않을 거라며 이시스가 고소를 띠었다.

"이시스 공녀님! 먼 길 오시느라 고생하셨어요!"

"반가워요, 미엘르 영애."

로스첸트 백작가에 도착한 이시스는 환하게 웃으며 자신을 반기는 미엘르를 보며 안정을 되찾을 수 있었다. 최근 좋지 않은 일이 연달아 터져 식욕마저 잃었던 참이었는데, 자신을 보고 꼬리라도 흔들 것처럼 살랑거리는 태도를 보니 숨통이 트였다.

얼마 전, 자신의 생일에 있었던 불미스러운 일 때문에 황태자와 그녀를 의심한 적도 있었지만, 면밀히 조사한 결과 그녀와 황태자 사이에 달리 접점을 찾지 못해 다시 미엘르에게 오롯이 호의를 가질 수 있었다.

"늦어서 미안해요."

"늦으시긴요. 신경 쓰지 마세요."

말만 그러했을 뿐, 미엘르의 대답대로 신경 쓸 일이 아니었다. 공녀를 기다리게 만들었다면 문제가 됐을지도 모르겠지만, 그녀가 타인을 기다리게 하는 것은 지극히 정상의 범위에 속했기 때문이다.

"이건 약소하지만 선물이에요. 크랑베르 지방의 홍차인데, 여름을 이겨 내기 위해 자주 마신다더군요."

"선물까지……! 정말 감사합니다."

다과가 준비된 정원으로 이동하며 공녀가 미엘르에게 물었다.

"다른 영애들은 모두 잘 계신가요? 바빠서 통 만날 시간이 없네요."

"그럼요. 다들 공녀님을 만나 뵐 날을 손꼽아 기다리고 있답니다. 하지만 그와 동시에 공녀님이 하시는 일이 모두 잘되기를 기원하고 있어요."

공녀를 지지하는 세력을 관리하는 것은 미엘르의 몫이 되었다. 공녀에게서 가장 총애를 받기 때문이었다. 공작가의 차기 안주인이 될 거라는 소문도 한몫했다. 덕분에 아무것도 하지 않았음에도 미엘르는 공녀의 다음으로 권력을 쥔 영애가 되었다.

하지만 아주 다행히도 달리 관리를 할 필요는 없었다. 대부분의 영애들이 공녀, 그리고 미엘르와 오래토록 친분을 유지하기를 바랐으니까. 자신들의 밝고 찬란한 미래를 위해서였다.

"그렇다면 참으로 기쁜 일이네요. 다들 마음이 넓고 다정해서 그런 걸까요?"

"공녀님께서 뿌리신 은덕이라고 생각해요. 다들 공녀님을 좋아하고 존경하니까요."

진정으로 미엘르는 이시스 공녀의 충실한 개였다. 그 어떤 질문과 말을 해도 대답은 공녀의 찬양으로 끝이 났다. 그에 만족스럽게 웃은 이시스가 마련된 테이블에 자리했다.

재력은 둘째 치더라도 미엘르는 역시 오스카의 배필로 적격이었다. 이시스는 자신의 비위를 맞추려 갖은 노력을 하는 미엘르를 위해 그녀가 기뻐할 만한 화제를 선택했다.

"브로치가 아주 잘 어울려요."

"오스카 님께서 보내셨어요. 너무 예뻐서 매일 차고 있답니다."

"그럴 거라고 생각했어요. 오스카도 비슷한 브로치를 가지고 있거든요."

"그게 정말인가요?"

"그럼요. 너무 아름다운 다이아몬드라서 구입했는데, 보고 있으면 미엘르 영애가 떠오른다고 말했던 기억이 나네요."

"세상에……! 그런 말씀을 하시다니……. 그럼 저는 오스카 님과 비슷한 브로치를 갖고 있는 거였네요!"

"오스카가 아주 좋아하는 브로치죠."

감격하여 눈물까지 글썽이는 미엘르를 보는 이시스의 눈빛이 따뜻했다. 아마 그녀도 알고 있을 것이다. 선물받은 브로치는 오스카가 보낸 것이 아니라는 것을. 그럼에도 모른 척 시치미를 떼며 자존심을 지키는 것일 테지. 아주 바람직한 귀족 영애의 태도였다.

오스카는 브로치나 보석 따위를 사들이는 법이 없었다. 그런데 그런 오스카가 브로치를 소지하고 있었다. 그에 미심쩍어 추궁해 보니, 감히 그 천박한 매춘부의 딸이 나오지 않는가.

시궁창에 버리려고 하다가 생각을 달리하여 다시 오스카의 손에 쥐여 주었다. 그리고 그와 비슷한 브로치를 만들어 미엘르에게 선물로 보냈다.

'자, 이제부터 이 브로치는 더러운 매춘부의 딸에게서 받은 것이 아닌, 너와 미엘르가 맞춘 것이 되는 거야. 알겠니?'

차라리 부숴 버리겠다는 오스카의 손을 꼭 잡은 이시스는 겨우 귀족 사회에 발을 들인 매춘부의 딸이 평화롭게 살아가게 도와주자며 작게 경고했다. 그러자 순순히 말을 듣는데 어찌 귀여워하지 않을 수가.

"그러고 보니, 백작가에 새로이 들어온 그 사람을 아직 만나지 못했네요."

"아아……. 그 사람을 말씀하시는 거군요."

미엘르가 주변을 의식하며 목소리를 낮췄다. 제 이미지를 생각한 모양이었다.

"그래요, 그 사람이요. 아무리 출신이 천하다고 해도 인사조차 하러 내려오지 않는 건 어느 나라의 법도인지 모르겠군요. 입에 올리기도 싫은 곳에서 살았던 사람들은 모두 그런 건가요?"

"아무래도…… 그런 것 같아요."

차마 이름조차 부르기 싫었던 탓에 아리아를 부르는 호칭은 어느새 그 사람이 되어 있었다. 그럼에도 얼굴을 한번 보고 싶었다. 자신의 무뚝뚝한 남동생을 홀려 놓은 여우 같은 계집이 어떤 얼굴을 하고 있는지 궁금했다.

이시스가 시종 중 한 명에게 아리아를 불러오라고 지시했다. 그러자 미엘르가 어색한 웃음을 지으며 다시 생각해 보는 것이 어떻겠느냐고 제안했다.

"왜죠? 인사가 없으니 부르려는 것뿐인데."

"공녀님께서 만나실 그런 사람이 아니에요. 분명 기분만 나빠지실 거예요."

"그래요? 그렇다면 더욱더 만나 봐야겠네요. 그런 자라면 미엘르 영애께 독이 될 테니까 말이죠."

미엘르가 퍽 난처한 얼굴로 입술을 깨물었다. 어지간히 아리아와 이시스를 만나게 하고 싶지 않은 모양이었다. 그녀가 저리도 과민하게 반대하는 일은 처음이었던 탓에 이시스의 머릿속이 의문으로 가득 찼다.

그리고 그 의문은 시간이 조금 흐른 뒤, 아리아가 나타나자 깔끔하게 해결되었다.

"인사가 늦어 죄송합니다, 프레데리크 공녀님. 아리아라고 합니다."

우아하게 무릎을 굽히는 몸짓에는 흠잡을 곳이 하나도 보이지 않았다. 패악을 부린다는 소문을 토대로 오자마자 트집을 잡아 호되게 혼을 낼 생각이었는데, 실제로 마주하니 무어라 혼을 내야 할지 아무것도 떠오르지 않았다.

게다가 저 얼굴, 꽤 수려하지 않은가. 과연 백작을 유혹해 백작 부인의 자리까지 꿰찬 매춘부의 딸다웠다. 그렇게 머리부터 발끝까지 아리아를 훑는 이시스를 멈추게 만든 것은 아리아의 찻잔을 새로 내온 시녀였다.

그녀가 낸 아주 미세한 소음에 정신을 차린 이시스가 태연한 척 입을 열었다.

"……반가워요. 몸이라도 좋지 않았던 모양이죠?"

피할 수 없는 질책에 아리아가 고개를 조아리며 대답했다.

"그런 것은 아닙니다만, 감히 미천한 몸으로 공녀님을 먼저 찾아

뵙기 어렵다고 판단했습니다."

매춘부의 딸 주제에 대처가 꽤 능숙했다. 이시스의 입꼬리가 올라갔다.

"그랬군요. 내 불찰이네요. 먼저 불렀어야 했는데. 앉아요."

아리아가 왜 가져왔는지 모를 상자를 내려놓으며 앉았다. 불필요한 움직임이 추가되었음에도 우아하고 깨끗한 동작에 이시스가 눈매를 좁히며 그것을 유심히 관찰했다.

'언제 저렇게 배운 거지?'

고작 2년 만에 저리도 우수한 예법을 익혔다고? 천박한 매춘부의 딸 주제에?

믿기 힘들었다. 아리아를 뚫어져라 관찰하는 이시스의 모습에 미엘르의 안색이 조금씩 창백해졌다. 그럴듯하게 귀족을 흉내 내는 아리아에 대한 평가가 올라갈지도 모른다고 생각하는 모양이었다.

하지만 이시스는 그럴 생각이 전혀 없었다. 겉보기에는 그럴싸해 보일지 모르겠지만 속은 텅텅 비었을 게 분명했다. 출신이 천박하고 더러운데 입고 먹는 것이 달라졌다고 하여 그 근본이 바뀌는 것은 아니다.

"백작가에는 적응이 되셨나요?"

"노력하는 중입니다."

"벌써 2년이나 되어 가니 노력만으론 부족해요. 백작가에 오명이 생기면 안 되니까요."

"명심하겠습니다."

"이미 세간에 들끓는 소문들로 백작가를 안 좋게 보는 이들이 많으니 서두르셔야 할 거예요."

물론, 그 소문들 중 대부분이 이시스를 통해 세상으로 나간 참이었다. 미엘르를 통해 들은 것이 반이라면, 나머지 반은 그녀의 상상으로 이루어진 것이었다. 만나 보지는 않았지만 소문과 크게 다르지 않을 거라 생각했다.

그녀는 미엘르에게서 백작이 재혼을 할 것 같다는 이야기를 들었을 때 크게 분개했다. 훗날 공작가와 사돈을 맺을 가문에 매춘부라니! 단순한 평민이라고 해도 내키지 않건만, 그보다도 못한 더러운 출신이라니⋯⋯!

때문에 무슨 수를 써서라도 백작의 재혼을 그냥 둬선 안 된다고 미엘르를 종용한 이도 이시스였다. 가문의 수치라고, 네 이름에 먹칠을 할 거라고 일러 주었다. 너까지 모욕을 당할지 모른다고 일러 주었다. 그래서 그녀가 매춘부 모녀를 알아서 없애 주기를 바랐다.

하지만 백작은 세간의 눈치를 보면서도 매춘부를 들이는 짓을 멈추지 못했고, 결국 백작가엔 더러운 돌이 굴러 들어와 뿌리를 단단히 내리고야 말았다. 주제도 모르고 질책하는 말에 또박또박 대답까지 해 가며 말이다.

"최선을 다하겠습니다."

이번에도 얼굴색 하나도 변하지 않은 채 또랑또랑한 목소리로 대답을 하여 이시스의 심기가 불편해졌다.

아리아가 찻잔을 들어 내용물을 한 모금 마셨다. 이시스가 가져온 크랑베르 지방의 홍차였다. 지금 자신이 마시는 차가 얼마나 귀한 것인지는 알까. 아마 여타 홍차와의 차이점을 구분하지 못할 것이 분명했다.

"차는 어떤가요?"

묻는 이시스의 눈에 여러 가지 감정이 담겼다. 개중 가장 큰 것은 아리아를 욕보이게 할 무언가를 찾는 눈빛이었다. 홍차를 한 모금 더 음미한 아리아가 서두르지 않고 천천히 대답했다.

"특유의 쓴맛이 입 안에 맴도네요. 시큼하기도 하고……. 혹시 크랑베르 지방의 홍차인가요?"

뜻밖의 대답에 이시스의 눈매가 딱딱하게 굳었다. 미엘르 역시 마찬가지였다. 구하기도 어려운 홍차이거늘, 어떻게 고작해야 매춘부의 딸 주제에 몇 모금 차를 음미하는 것으로 이름까지 맞힌다는 말인가.

"……그래요. 잘 아시는군요."

이시스의 떨떠름한 대답에 아리아의 대답이 이어졌다.

"여름을 나기 위해 마시는 홍차로 유명하다고 들었습니다. 설탕을 반 스푼 넣었다면 더 좋았겠지만…… 넣지 않고 마시는 것도 방법 중 하나죠. 슬슬 더워지려 하던 참에 이런 귀한 차를 마시게 되어 영광이네요."

나무랄 데 없는 대답에 정적이 흘렀다. 홍차 하나도 제대로 모른다고 타박을 할 셈이었는데, 도대체가 어디 하나 책잡을 곳이 없었다. 마치 작정이라도 하고 온 것처럼 틈을 보이지 않았다.

그 뒤로 아리아를 욕보이게 할 목적으로 몇 마디 더 질문을 던졌으나, 태연하고 잔잔한 대답이 돌아왔다. 결국 아무런 질책도, 타박도 하지 못한 채 이만 물러가 보라는 말이 떨어졌다.

"불러 주셔서 감사합니다, 공녀님."

테이블 위에 올려져 있던 모래시계를 챙긴 아리아가 공손히 인사를 마치고 사라졌다. 언제 모래시계를 꺼냈는지는 모르겠으나, 그 행동조차 눈치채지 못할 정도로 물 흐르듯 자연스럽고 우아했던 아리아를 떠올리며 이시스가 미간을 좁혔다.

* * *

　제 방으로 돌아온 아리아가 깊은 한숨을 내쉬며 소파에 앉았다. 무릎 위에 내려놓은 모래시계가 퍽 무거웠다.

　'모래시계가 아니었다면 정원을 떠나기 전 마지막으로 들은 목소리는 공녀의 비웃음이었겠지.'

　과연 평민 출신이라 그런지 차에 대해 잘 모른다며 비난하던 이시스의 목소리가 머릿속에 울렸다. 옆에서 거드는 미엘르도 퍽 신이 나 보였다. 모래시계를 되돌려 그녀들이 했던 말을 반복하는데, 차갑게 식은 손이 떨려 와 테이블 밑으로 내려 감췄다.

　모래시계를 사용해 몰려오는 피곤함에 눈가를 매만지며 차를 내오라 지시했다. 한껏 경직된 상태로 잠이 들었다간 다음 날 고생할 것이 분명했다. 곧 베리가 가져다준 재스민 차를 마시자 조금이나마 기분이 긴장이 풀어지는 기분이 들었다.

　'프레데리크 공녀…….'

　오스카와의 소문 때문일까. 그녀만큼 순수한 악의에 가득 찬 눈빛은 처음이었던 탓에 꽤 긴장을 하고야 말았다. 아무쪼록 책잡힐 일은 없었던 것 같아 안심하며 침대에 누웠다. 눈을 감자, 순식간에 쏟아지는 잠에 시야가 까맣게 물들었다.

* * *

　얼마 뒤, 예상대로 설탕이 모두 동이 나 괴로움에 허덕이는 이들이 생겨났고, 그에 아리아가 자비를 베풀었다.

　그녀가 가장 처음 손을 내민 곳은 귀족들이 자주 찾는 카페, 플라워 마운틴이었다. 애니와 제시를 데리고 아리아가 찾아갔던 곳이기도 했다. 그리고 여러 가지 재료들로 멋과 맛을 낸 음료들이 많아 가장 큰 피해를 본 곳이기도 했다.

　아리아는 그곳에 앤드류를 보내 가게의 주인에게 설탕을 공급할 수 있다고 넌지시 언급하라 지시했다.

『플라워 마운틴의 주인이 관심을 보였습니다. 가격은 기존의 열 배를 부른 참입니다.』

　애니를 통해 전달받은 편지를 확인하며 아리아가 만족스러운 웃음을 흘렸다.

　시작은 열 배. 플라워 마운틴은 대부분의 귀족들이 즐겨 찾는 곳이니, 곧 소문이 퍼질 것이다. 그럼 어둠 속에서 한 줄기 빛을 찾은 것처럼 도대체 어디서 설탕을 구했냐는 물음이 쏟아져 나올 것이고, 어떻게든 설탕을 구하려 혈안이 될 것이다. 그것이 설령 기존 설탕 가격의 스무 배가 넘는 가격이라고 하더라도 말이다.

　아리아의 예상대로 플라워 마운틴에 설탕을 공급하자 소문은 금세 수도 전역으로 퍼졌다. 여유를 즐기는 것이 주목적이었던 플라워 마운틴에는 수도의 귀족들이 가득 차 발 디딜 틈이 없었고, 공급한 설탕은 금방 동이 나 아리아를 즐겁게 했다.

　"도대체 어디서 난 거지?"

　"여분이 있다면 내게도 팔게!"

수도로 들어오는 모든 마차와 사람들에 대한 조사가 강화된 탓에 아주 극소량을 제외하곤 허가받지 않은 설탕은 들여올 수 없었다. 애초에 귀족들 외에는 구할 일이 없는 귀한 재료였고, 독점을 위해 재배 자체를 막았던 것이 문제였다. 그것만 아니었어도 이렇게 혼란에 빠질 일은 없었을 것이다.

품위마저 잃은 채 소리를 치는 귀족들에게 플라워 마운틴의 주인이 난처한 얼굴로 대답했다.

"죄송합니다만, 저도 우연히 구한 것이라 대답해 드릴 수가 없습니다."

그는 카페로 성공한 하급 귀족이었으나 그 이전에 장사꾼이었다. 아무리 상대가 귀족이라고 하더라도 지금 이 판국에 설탕을 들여온 곳을 쉬이 말할 리가 없었다.

거기다가 앤드류가 다시 방문하겠다고 한 날까지 아직 시간이 조금 남아 있었다. 그가 얼마나 더 설탕을 공급해 줄지 모르는 상황에서 섣불리 설탕을 공유하는 것은 멍청이나 하는 짓이었다. 그는 매일같이 몰려들어 설탕을 팔라고 재촉하는 이들에게 죄송하다며 몇 번이나 고개를 숙였다.

다시 플라워 마운틴을 찾아 설탕을 판매한 앤드류는 발 디딜 틈 없이 가득 찬 카페를 한 번 둘러보았다. 그러곤 아리아가 시킨 대로 지난번 가격의 두 배가 아니면 설탕을 팔지 않겠다고 말했다.

"너, 너무 비싼 것 아닙니까? 기존 가격의 스무 배가 되는 셈인데……."

애초부터 비쌌던 설탕을 스무 배나 비싼 가격에 팔겠다는 말에 주인의 얼굴이 창백해졌다.

"그렇다면 한 가지 제안을 드리죠. 가격을 올린 만큼 설탕을 대량으로 공급해 드릴 테니, 그 이후의 사용처는 마음대로 하셔도 됩니다."

그 말인즉, 스무 배의 가격으로 구입해 그에 몇 배에 달하는 가격에 되팔아도 상관하지 않겠다는 말이었다. 단, 설탕을 얻은 곳을 밝히지 않아야 한다는 제약이 붙었다. 하지만 스무 배라는 가격에 부담이 된 주인이 잠시 고민하는 사이, 앤드류가 미련 없이 자리에서 일어났다.

"싫으시다면 어쩔 수 없겠지요. 다른 분들에게 파는 수밖에."

"자, 잠시만 기다리십시오!"

같은 조건에 설탕을 판매하겠다고 하면 살 사람이 광장을 모두 채우고도 남을 것이다. 그 역시 지금 이 기회를 놓친다면 광장에서 줄을 서야 할지도 모른다. 그리고 분명 이후의 사용처에 대해서는 상관하지 않겠다고 했으니, 잘만 이용하면 막대한 돈을 긁어모을 것이 분명했다.

주인이 소매를 잡고 늘어진 탓에 앤드류가 다시 자리에 앉았다. 아리아의 지원으로 멀끔하게 차려입은 옷에 구김이 졌다. 하지만 손등으로 가볍게 털어 내자, 언제 그랬냐는 듯 다시 제자리를 찾는 것이 그 값어치를 증명했다.

"……저, 얼마나 가지고 계신지는 모르겠지만, 그만한 자금을 구하는 데는 시간이 조금 걸립니다."

"그럼 두 번에 나눠서 드리겠습니다. 가격도 두 번에 나눠서 받도록 하죠. 그사이에 예약이라도 받아서 자금을 모으심이 어떻겠습니까?"

예상한 바였기에 아리아에게서 지시받은 대로 대답했고, 주인은 이게 웬 떡이냐 싶어 목이 빠져라 고개를 끄덕였다.

"소량이니 제게서 구입하신 몇 배를 더 받으셔도 문제없으실 겁니다."

앤드류의 그 말은 사실이었다. 설탕 기근이라고 해도 무방한 상태였기에 얼마가 들던 살 사람은 넘쳤다. 앤드류의 말을 참고 삼아 플라워 마운틴의 주인은 설탕을 찾는 손님들에게 소량이라면 판매가 가능하다는 말을 전했고, 곧장 예약이 들어차 순식간에 설탕이 바닥났다.

물론, 비난의 목소리는 있었다.

"너무 비싼 거 아닌가? 기존 가격의 서른 배에 가깝지 않나!"

"죄송합니다. 저도 싸게 드리고 싶지만, 들여온 가격이 본디 그렇습니다. 워낙 설탕이 귀해져 어쩔 수가 없습니다."

실제로 서른 배의 가격에 판다고 해도 살 사람은 줄을 섰다. 다른 사치품을 살 돈을 아껴 설탕을 사는 데 투자했다. 단맛에 익숙해진 귀족들에겐 설탕이 없는 하루하루가 지옥과도 같았기 때문이다.

순식간에 동이 난 창고와 두둑해진 잔고를 확인한 아리아가 까르르 웃음을 흘렸다. 그 높은 미성에 차를 따르던 베리가 흠칫 놀라며 불안에 떨었고, 제시가 고개를 갸우뚱거렸으며, 사정을 아는 애니만이 마주 웃었다.

"아가씨, 그 돈으로 뭘 할 셈이세요? 아니면 그대로 저축할 생각이신가요?"

"아니, 저축을 할 생각은 없어."

번 만큼 다시 투자할 생각이었다. 그렇게 계속 투자하고 주변인들을 끌어들여 세력을 넓혀야 했다. 공녀를 등에 업은 미엘르를 상대하려면 그렇게 해야 했다. 그렇지 않으면 이번에도 목이 잘리는 것은 자신일 게 분명할 테니까.

과거 이 시기의 아리아는 아직 어린 데다가 미엘르가 보낸 시녀들의 놀음에 조금씩 물들어 가고 있었던 탓에 그리 세간에 관심이 없었다. 고작해야 사람들이 크게 떠드는 일만 단편적으로 기억하고 있을 뿐이었다. 그 대신 그만큼 자극적이고 제국민 모두가 관심을 가지는 일들이었다. 이를테면 황태자의 활약상이라든가 평범한 자작 영애의 신분 상승에 관한 이야기, 혹은 당장 입에 들어가는 음식 재료에 관한 이야기였다.

그리고 또 하나 기억하는 것이 있었다. 사치품 대란이 일어나 설탕과 꿀이 사라진 뒤, 그 대체품으로 한참 떠올랐던 향유였다.

꽃에서 채집한 달콤한 향을 가둔 향유가 한동안 유행하게 된다. 먹는다고 달콤한 맛을 내진 않지만 그럴듯한 향기가 났다. 그래서 설탕이 다시 공급될 때까지 향기를 맡자는 유행이 퍼지고, 그 유행은 꽤 오래가게 된다.

'그걸 판매했던 자가…… 누구였더라. 버붐 남작이라고 했던가.'

귀족이기는 했지만 존재감이 없는 자였다. 가업이라고 했는데 자금이 부족한 탓에 향유를 제때 공급하지 못했고, 얼마 뒤 새로이 나타난 사업가에 의해 점유율을 모두 빼앗기고 만다. 처음 유행이 시작되었을 때 곧장 구입하러 갔던 기억이 났다.

'그자에게 투자해야겠군.'

지금 와서 새로운 사업을 일으키기에는 경험과 인력이 부족했다. 그러니 투자를 하고 이익을 나눠 받는 편이 나았다. 더불어 지속적으로 정보라는 먹이를 주고 길들여 뒷배로 키우는 것도 나쁘지 않았다.

'아무것도 없는 내가 세력을 늘리려면 그 수밖에 없어. 일단은 버붐 남작에게 접근해 볼까. 그가 쓸 만한지 알아봐야겠어.'

아리아는 곧장 앤드류에게 편지를 보냈다. 버붐 남작을 만나 보라는 이야기였다. 향유 사업에 지대한 관심이 있으니 투자를 하고 싶다는 편지를 동봉했다. 얼마 뒤, 돌아온 답장에는 제안에 감사하며 이를 흔쾌히 응하겠다는 내용이 적혀 있었다.

그렇게 계약은 단기간에, 그리고 순조롭게 이루어졌다. 수익의 30퍼센트를 아리아에게 지불한다는 파격적인 조건이 붙었지만 이미 향유 유행의 바람이 조금씩 불기 시작했기에 원활한 공급을 위한 자금이 필요했던 버붐 자작은 거절할 수 없었다.

투자를 받은 버붐 남작은 인원을 확충해 사업을 확장시켰고, 아리아의 조언을 받아 서둘러 향유를 만들어 냈다. 덕분에 유행이 제대로 불어오기 전에 향유를 넉넉히 준비하는 것이 가능했고, 그는 아리아에게 감사 편지와 함께 선물을 동봉했다.

『**진심으로 감사드립니다. A 님의 선견지명으로 최대한의 이익을 낼 수 있었습니다. 약소한 선물이지만 감사의 표시이니 받아 주시기를 바랍니다.**』

애니가 가져다준 편지를 읽은 아리아의 입매가 호선을 그렸다.

그가 동봉한 선물을 풀어 보자, 크라바트가 들어 있었다. 물결치는 고급 실크 사이사이로 보이는 자수가 퍽 아름다웠다.

'그럴 거라곤 생각했지만, 나를 남자로 생각했군.'

셔츠 목 부분에 멋을 내기 위해 착용하는 크라바트는 남성용이었다. 꽤 비쌌겠지만 받은 이에게 하등 쓸모가 없는 물건이었다. 그것을 다시 상자에 넣은 아리아가 애니를 불렀다.

"외출해야겠어."

"정말요? 오랜만에 외출이네요! 사실 저도 슬슬 나가고 싶었거든요."

잔뜩 신이 나 화려하게 꾸민 애니와 함께 도착한 곳은 버붐 남작이 향유를 파는 가게였다. 그간의 투자와 수익으로 가게가 상당한 크기로 확장되어 있었다.

거치적거린다는 이유로 기사 둘을 밖에 세워 둔 아리아가 내부로 들어갔다. 마음에 드는 향유를 고르라는 말에 눈을 반짝인 애니가 가게를 휘저으며 사라졌다.

그리고 오롯이 혼자가 된 아리아가 내부를 훑으며 감상했다. 고급스러운 인테리어와 더불어 향유의 높이가 적절했다. 남성들에 비해 키가 작은 여성들이 여유롭게 손을 뻗어 닿을 위치에 모두 놓여 있었다.

색의 배치도 그러했다. 이따금 센스가 없는 자들은 알 수 없는 기준으로 색을 배치하곤 했는데, 이곳은 그렇지 않았다. 밝은색부터 시작해 점점 색을 더해 가장 마지막엔 짙은색이 자리했다. 색의 조합은 다르지만 마치 은하수를 보듯 눈이 즐거웠다.

'생각보다 더 괜찮은 자일지도 모르겠어.'

감상을 마친 아리아가 카운터로 향했다. 대기 중이던 직원이 공손한 태도로 인사했다.

"도와 드릴까요?"

"버붐 남작님을 뵙고 싶은데."

"……남작님이요?"

직원이 눈을 동그랗게 떴다. 난데없이 나타나 남작을 찾겠다는 말에 어리둥절한 얼굴이었다.

직원은 아주 조심스럽게 아리아의 복장을 살펴보더니 잠시만 기다려 달라는 말과 함께 사라졌다. 꽤 부유한 귀족으로 보인 모양이었다.

잠시 뒤, 직원과 함께 나타난 버붐 남작은 꽤 젊은 영식이었다. 많이 쳐 줘야 스물다섯에서 여섯 정도로밖에 보이지 않았다. 그럼에도 단정하게 갖춰 입은 복장과 깔끔하게 넘긴 머리가 그를 꽤 그럴듯한 사업가로 보이게 했다.

직원과 대화를 하며 2층에서 내려오던 그는, 직원의 손짓에 따라 카운터 앞에서 기다리고 있던 아리아를 확인하고 잠시 넋이 나간 듯한 얼굴로 말을 잇지 못했다.

"버붐 남작님, 드릴 말씀과 전할 물건이 있어서 찾아왔습니다."

그는 아리아가 누구인지 확인도 하지 않은 채 딱딱하게 굳은 얼굴과 손짓으로 2층을 가리켰다. 이에 아리아가 눈매를 곱게 접어 웃자, 버붐 남작의 양 볼이 새빨갛게 물들었다.

"2층으로 올라가면 될까요?"

"……예? 아, 예…….."

웃음 섞인 그녀의 물음에 버붐이 망가진 인형처럼 고개를 끄덕였다. 그는 딱딱하고 어색하지만 최선을 다해 아리아를 에스코트했고, 그녀를 위해 최고급 다과를 준비하도록 지시했다. 설탕은 어디서 구한 건지, 미세하게 달콤한 차를 마시며 아리아가 물었다.

"제가 누군 줄 알고 이렇게 대접을 하시는지요?"

날카로운 질문도 아니었건만, 버붐이 심히 당황하며 말을 더듬었다.

"그, 그러게 말입니다. 성함을 여쭈어도 괜찮겠습니까?"

"로스첸트 아리아라고 해요."

소문의 그 악녀라는 말에 찻잔을 손에 쥐려던 버붐의 손이 멈췄다. 예상했던 반응이었기에 아리아가 태연하게 물었다.

"실망하셨나요?"

"아뇨, 그것보다는…… 로스첸트가의 아리아 영애시라면, 아직 열다섯 살이 아니셨는지요?"

예상치 못한 물음에 아리아의 눈이 동그랗게 커졌다.

"그런데요?"

"하! 세상에! 열다섯인데 어떻게 그런……!"

버붐이 제 얼굴을 손바닥에 감추곤 괴상한 탄성을 내뱉었다.

이해할 수 없는 반응에 아리아가 그를 빤히 쳐다보았다. 그는 이따금 손가락 사이로 아리아를 몰래 훔쳐보다 한숨을 내뱉는 행동을 반복하더니, 이내 손을 치우고 제대로 아리아를 마주했다.

"……죄송합니다! 제가 아직 어린 영애께 무슨 추태를 보인 건지 모르겠습니다."

"추태요?"

추태라니. 아무것도 하지 않았으면서 왜 저런 반응을 보이는지 이해할 수가 없었다. 도대체 속으로 무슨 생각을 했기에. 아니, 생각만으로도 저런 반응을 보인다니 참으로 이상하고 웃긴 자가 아닌가.

'오늘은 투자자로 온 것이기에 얼굴로 뭘 어쩌겠다는 생각은 없었는데……. 혼자서 저리 날뛰니 괜히 괴롭혀 주고 싶잖아?'

그리고 쓸데없이 장황한 말을 늘어놓는 편보단 그쪽이 주무르기

쉬워 보였다. 아리아가 차를 머금었다.

"정말 죄송합니다. 그런데 저에겐 무슨 용무로 오셨는지요?"

"아아, 별건 아니에요. 받은 물건을 돌려 드리러 왔어요."

"받은 물건이요?"

만약 그가 운영하는 점포가 별 볼 일 없는 상태였다면 그냥 돌아 갔을지도 모르겠지만, 그렇지 않다는 것을 확인한 참이었다. 그는 이용 가치가 있어 보였다. 아리아가 상자를 테이블 위에 올렸다.

"이건⋯⋯?"

"아무래도 제가 착용하기에는 어울리지 않는 것 같아서요."

버붐이 어디서 본 적이 있는 익숙한 상자를 열었다.

안에 들어 있는 것은 고급 실크로 만든 크라바트였다. 자신을 'A' 라 칭하며 이름을 밝히지 않은 투자자에게 보낸 선물과 같았다.

그것을 한참이나 내려다본 그가 멍청한 얼굴로 아리아에게 물었다.

"이걸, 왜 제게⋯⋯?"

그는 여전히 상황을 파악하지 못하고 있었다. 센스가 좋아 직감 이 뛰어날 줄 알았는데 눈치는 없는 모양이었다.

상자에서 크라바트를 손수 꺼내 든 아리아가 반대편에 앉은 버붐 에게 다가갔다. 시선이 그의 목 언저리에 고정된 채였다. 아리아가 갑자기 다가오는 탓에 잔뜩 긴장한 버붐이 마른침을 삼켰다.

"이 크라바트가 어울리는 건, 제가 아니라 버붐 남작님이실 테니 까요."

아리아가 버붐의 목으로 손을 뻗었다. 아리아의 하얗고 고운 손이 다가오자 버붐의 몸이 딱딱하게 굳었다. 그럼에도 피할 수 없는 것 은 지척에서 마주하는 아리아의 눈빛이 너무나도 매혹적인 탓이었다. 열다섯이라고는 생각할 수 없는 외형이 더욱 그렇게 만들었다.

"여, 영애······?"

"잠시만······."

아리아가 손을 몇 번 움직이자 버붐의 목에서 크라바트가 분리되었다. 몇 번이나 해 본 듯 아주 익숙한 손놀림이었다.

아리아의 손이 턱 끝에 스칠 때마다 버붐이 벼락이라도 맞은 듯 몸을 주체하지 못했다. 그럼에도 혹시나 제 콧김이 아리아의 고운 손에 닿을까 숨을 참았다.

'참으로 신선한 반응이야. 나이에 어울리지 않기도 하고.'

얼마 전까지 아스에게 휘둘렸던 것이 떠올라 퍽 재미있었다. 그래서 오스카 때처럼 순진한 척하며 조금 가지고 놀까 생각했지만 이내 그러지 않기로 했다. 오스카와는 달리 버붐은 아무런 노력을 하지 않아도 노예처럼 복종하며 바닥을 길 것 같았기 때문이다.

'스스로 목을 내놓는 자에게 과한 먹이를 줄 필요는 없지.'

어차피 이런 자들은 힘들여 아무것도 하지 않아도 스스로 먹이를 만들어 낸다.

새로운 크라바트를 그의 목에 걸어 준 아리아가 미련 없이 제자리로 돌아갔다. 버붐은 뭐에 홀리기라도 한 듯 말없이 제 목 언저리를 만지작댔다. 남아 있을 리 없는 아리아의 온기를 찾는 것 같기도 했다.

"남작님께서는 다음 수를 생각해 두고 계신가요?"

"······예?"

정적을 깬 갑작스러운 질문에 그가 돌연 꿈에서 깬 얼굴로 되물었다.

"향유의 유행은 꽤 오래가리라고 생각하지만, 다음을 대비하셔야 할 거예요. 필수 소비재와는 다르게 없어도 그만인 물건이니까요. 물론, 여기서 만족하신다면 더는 할 말이 없겠지만요."

아리아가 그간 공부한 것들과 경험을 토대로 말했다. 시험하는 듯한 말투에 버붐이 서둘러 대답했다.

"아……. 그게, 사실 예전부터 하고 싶었던 다른 일이 있기는 합니다. 향유의 농도를 엷게 해서 가격을 낮추는 일이죠. 향유로써의 효과가 미비하고 아주 옅은 잔향이 남을 뿐이지만, 분명 서민들에게 수요가 있으리라고 봅니다."

"향수의 대용으로 사용이 가능하겠네요."

"향이 금방 날아가는 단점이 있지만…… 그렇다고 볼 수 있습니다."

꽤 마음에 드는 대답이었다. 뒷배가 없는 그에게는 일부 귀족들을 상대로 한 사업보다는 푼돈을 넓게 긁어모을 사업이 나았다.

"성공하리라고 보시나요?"

"예, 분명히 그러리라 생각합니다. 서민들은 늘 귀족들의 삶을 부러워하니까요. 내용물은 다르다고 볼 수 있지만, 귀족들이 사용하는 향유를 자신들도 사용하고 있다는 착각을 불러일으킬 거라고 봅니다."

게다가 저 자신감도 마음에 들었다. 사업 이야기를 하자 멍청한 눈은 온데간데없이 제 주장을 펼친다. 나쁘지 않은 재목이었다. 한 가지, 단점을 꼽는다면…….

"좋은 생각이군요. 하지만 누가 묻는다고 이렇게 낱낱이 말해 줬다간 거리에 나앉고 말 거예요."

아무리 마음에 드는 상대라고 해도 자신이 생각한 사업 아이템을 빠짐없이 떠벌린다는 점이었다. 호감을 얻으려 한 행동이겠지만 아주 위험했다.

그러자 그가 절대 그런 것이 아니라며 황급히 변명했다.

"절대, 절대 평소에는 이러지 않습니다!"

"그래요? 그럼 지금은 왜……?"

다 알면서도 모르는 척 묻는 말에 버붐이 다시 얼굴을 새빨갛게 물들였다. 그에 아리아의 얼굴에 미소가 깔렸다. 일부러 길고 풍성한 속눈썹을 춤추듯 깜빡이며 웃자, 버붐의 동공이 하염없이 흔들렸다.

"그럼 그렇게 믿도록 할게요."

볼일이 끝난 탓에 아리아가 자리에서 일어났다. 확인해 볼 길은 없지만 평소에는 그러지 않는다고 하니 더 이야기를 나눌 필요가 있을까.

아리아를 따라 버붐이 허둥지둥 자리에서 일어났다. 그가 사춘기 소년이 첫사랑에 빠진 것처럼 얼빠진 행동을 반복하는 탓에 기분이 새로웠다. 마치 평범한 소녀가 된 것 같은 느낌이었다. 불행히도 과거에도 지금도 절대 그럴 일은 없겠지만.

응접실을 나서기 전, 여전히 눈치 없이 자신의 정체를 깨닫지 못한 버붐을 위해 아리아가 한마디 덧붙였다.

"그리고 다음 선물은 크라바트가 아닌 향유가 좋겠어요. 명색이 투자자인데 아직 제품을 못 써 봤거든요. 버붐 남작님께서 친히 골라 선물해 주신 향유가 갖고 싶네요."

버붐이 짙고 유혹적인 향유처럼 향기를 남기고 떠난 아리아의 흔적을 멍청히 바라보다가 아리아가 남긴 말의 뜻을 되새겼다.

'명색이 투자자인데, 아직 제품을 못 써 봤다……?'

투자자……. 투자자……?!

그제야 투자자 A가 아리아의 A를 가리킨다는 것을 깨달은 버붐이 서둘러 아리아의 잔향을 쫓았다. 그가 멍청하게 서 있었던 시간이 길었던 탓에 아리아는 어느새 합류한 애니와 가게를 떠나려 하고 있었다.

"자, 잠시만 기다려 주십시오!"

버붐이 서둘러 아리아를 불러 세웠다. 아주 큰 목소리였기에 일부러 무시한 아리아를 제외한 모든 사람들이 그를 돌아보았다. 버붐은 멈추지 않는 아리아를 쫓기 위해 걸음을 서둘렀고, 다행히 그녀가 가게를 완전히 빠져나가기 전에 불러 세울 수 있었다.

"제가 영애를 몰라 뵙고 실례를 저질렀습니다. 부디 용서해 주십시오."

버붐은 다짜고짜 아리아에게 사과를 했다. 멋대로 아리아를 남자로 오해한 점, 그리고 찾아온 그녀의 외모에 홀려 제대로 말을 알아듣지 못하고 넘긴 점 등이 그 이유였다. 너그러운 마음씨의 아리아가 작게 고개를 끄덕이자 버붐의 표정이 한결 밝아졌다.

"잠시만 기다려 주실 수 있겠습니까? 영애께 제가 만든 향유를 선물로 드리고 싶습니다."

"앗, 죄송하지만 향유라면 이미 구입한 참인걸요."

눈치 없이 대화에 끼어든 애니가 손에 든 포장을 가슴 근처까지 들어 보였다. 아리아의 허락으로 구입한 향유였다. 총 네 병이었는데, 개중 두 병은 제시의 몫, 그리고 나머지 두 병이 그녀의 몫이었다.

"이런 불찰이……!"

이미 향유를 구입한 것에 놀란 버붐이 직원을 불러 구입한 향유를 환불하고, 최고급 향유를 종류별로 포장해 가져올 것을 지시했다.

직원이 가져간 향유는 얼마 지나지 않아 고급스러운 포장에 담긴 수십 병의 향유로 다시 되돌아왔다. 애니 혼자서는 차마 들지 못할 무게였던 탓에 기사 둘이 나눠서 들게 되었다.

또한 버붐은 아리아와 애니에게 작은 꽃다발을 선물했다. 귀빈을 위해 마련해 둔 꽃다발인 듯싶었다. 한 가지 종류가 아닌 각양각색의 꽃들이 저마다의 향기를 뿜어내 후각을 즐겁게 했다.

"아, 아가씨. 도대체 이쪽 분은 누구시죠⋯⋯?"

질문은 아리아에게 했으나 시선은 버붐에게 향한 애니가 물었다. 생전 이런 취급을 받아 본 적 없던 그녀의 눈에 별이 반짝이고 있었다. 마치 왕자님이라도 만난 것 같은 얼굴에 아리아가 웃음을 참으며 대답했다.

"아아, 장래가 촉망되는 사업가시지. 버붐 남작님이시란다."

"과, 과찬이십니다."

놀란 애니의 옆에 놀란 버붐이 있었다. 서로 다른 놀람이었지만 작은 것에도 반응이 과한 것이 퍽 잘 어울리는 한 쌍이었다.

버붐이 애니에게 물었다.

"영애께선 성함이 어떻게 되십니까?"

"여, 영애요?!"

큰 뜻 없이 예의상 물은 것임에도 애니가 화들짝 놀라며 얼굴을 붉혔다.

그녀는 자신을 뭐라고 소개해야 할지 고민하는 듯 보였다. 시녀라고 정정해야 할지, 아니면 그냥 대답해도 될지 말이다. 그래서 그 결정을 아리아가 친히 내려 주었다.

"애니라고 해요. 제 소중한 아이지요."

"아아, 그러셨군요. 눈이 굉장히 아름다우십니다."

"제, 제가요?! 정말이신가요……?"

"그렇습니다. 아주 미인이십니다."

빈말이 분명함에도 애니는 어쩔 줄을 몰라 하며 이미 단정한 머리카락을 몇 번이고 쓸어 넘겼다. 그 뒤로 버붐은 아리아가 떠나가는 것이 아쉬웠는지 좋아하는 책이나 색깔 등의 쓸데없는 화제를 꺼냈지만, 결국 지루해진 아리아가 매정하게 작별 인사를 하는 것으로 만남은 끝이 났다.

* * *

"세상에……. 어쩜 그렇게 멋진 분이 계시죠?"

돌아가는 마차 안에서 애니는 여전히 꿈을 꾸는 듯 눈을 반짝였다.

그녀는 마치 아침을 밝히는 작은 새처럼 쉴 새 없이 버붐 남작의 찬양을 내뱉었다. 아리아가 조금 장단을 맞춰 주자, 졸지에는 그의 머리카락이나 피부색 따위를 언급하며 열을 올렸다.

"그렇게 마음에 들었니?"

"그럼요! 전 정말 그렇게 대단하신 분은 처음 봤어요!"

버붐 남작과 애니라. 나쁘지 않은 조합이었다. 애니는 신분 상승을 요하는 아이이고, 버붐 남작은 자신이 키울 재목이었다. 애니와 그가 이어진다면 끊으려 해도 끊을 수 없는 아주 끈끈한 사이가 될 것이 분명했다. 더불어 다른 이들에게도 좋은 본보기가 될 테고.

그렇지만 그것은 버붐 남작이 애니에게 마음이 있을 때 가능한 일이었다. 가능한 이어 주려 노력은 해 보겠지만, 버붐 남작의 반응이 신통치 않다면 어려울지도 모른다.

물론, 애니가 개의치 않는다면 비록 그녀에게 마음은 없을지언정 그녀를 이어 줄 수는 있었다. 약간의 감언이설로 설득이 가능해 보였으니까. 부디 그녀가 잘해 줬으면 좋겠는데.

백작저에 도착하고, 수십 개의 향유를 든 기사 둘이 아리아에게 물었다.

"아가씨, 모두 방으로 옮길까요?"

"아니, 1층 홀에 놓아줘. 그리고 저택의 모든 시녀들을 불러 주겠어?"

방금 전까지 싱글벙글 웃고 있던 애니가 딱딱하게 몸을 굳혔다. 눈치가 빠른 덕에 아리아가 뭘 할지 예상이라도 한 모양이었다.

"아가씨……! 설마 모두에게 나눠 주실 생각은 아니시죠? 그렇죠?"

"그렇게 할 생각이란다."

혹시나 하는 애니의 기대를 배반한 아리아의 대답이 단호했다. 그러자 애니가 곧 바스라질 것 같은 낙엽처럼 손을 바들바들 떨었다. 되묻는 목소리가 울먹였다.

"이, 이게 얼마짜린데……. 이걸 다 나눠 주신다고요……?"

"애니, 너는 하나만 알고 둘은 모르는구나."

아리아가 애니를 흘기며 말했다. 마치 아직 어린아이에게 못된 짓을 알려 주려는 소악마의 눈빛과도 같았다.

"향유가 많으면 좋은 점이 뭐겠니?"

"그거야……. 저 자신을 가꿀 수 있다는 점이겠죠?"

"그럼 그렇게 가꿔서 뭘 할 건데?"

"네? 어…… . 음…… . 그거야…… ."

스스로를 꾸미고 가꿔 얻는 만족감을 즐기는 사람이 있다면 애니는 가꾼 모습을 누군가에게 보여 주는 것에서 즐거움을 느꼈다. 아리아에게서 무언가를 선물받을 때마다 저택을 빙글빙글 돌며 모두에게 자랑했던 것이 그 근거였다.

하지만 오늘은 달랐다. 신이 나서 뛰어다니던 예전과 다르게 저리도 얼굴을 붉히며 대답을 미루는 것을 보면, 아마 이번에는 버븀 남작을 떠올렸을 것이다. 아리아가 다시 물었다.

"그럼, 향유를 모두 나눠 주어 가진 것이 없게 되면, 어떻게 해야 할까?"

"없으면…… 다시 사야겠죠?"

"어디서?"

"그거야, 당연히 버븀 남작님의 상점…… 어?!"

그제야 정답을 찾은 애니의 눈에 다시 별이 반짝였다.

"향유가 많으면 다시 갈 일이 없어질 테니 없는 편이 좋지 않겠니?"

물론 그렇게 되면 가장 좋은 것은 애니였다. 방금 전까지 그리도 찬양하던 버븀 남작을 만날 수 있을 테니까.

"네, 네!"

애니가 눈을 빛내며 고개를 끄덕였다.

"그리고 난 이제 귀찮으니 별로 가고 싶지 않구나. 필요할 때마다 네가 사 오도록 하렴. 내 이름으로 달아 놓아도 좋으니까 말이야."

"저, 정말이세요?"

"내가 언제 번복하는 것 봤니?"

"아뇨! 아니요!"

지금 이 순간이 그녀의 인생에서 가장 행복한 순간일 것이다. 너무나 멋진 사람임은 물론, 잘만 하면 신분 상승도 가능했기 때문이다.

더욱이 아리아의 지원 또한 한몫했다. 게다가 그간의 아리아의 행동을 돌이켜 보았을 때, 자신을 적극적으로 도와주리라 믿어 의심치 않았다. 이보다 더 좋은 조건이 있을까.

"아가씨! 시녀들은 제가 모아 올게요!"

애니의 목소리가 그 어느 때보다 밝고 청량했다.

"그래, 그러도록 하렴."

"번거로우실 테니 나눠 주는 것도 제가 할까요?"

할 수만 있다면 향유를 모두 깨 버릴 기세였다. 아리아가 미소 지으며 그러라고 대답하자 애니가 서둘러 저택으로 사라졌다.

저택의 시녀들을 불러 모은 애니가 온갖 생색을 내며 시녀들에게 향유를 나누어 주었다. 애니가 거만을 떨며 향유를 나누어 주었음에도 시녀들은 귀한 선물에 웃음꽃을 피웠고, 호의를 베푼 아리아의 평판이 하늘 높이 치솟았다. 그렇게 며칠이 지나, 그간 아리아의 화장품을 빌려 자신을 한껏 가꾼 애니가 아리아에게 물었다.

"아가씨, 향유가 없는데 사러 다녀올까요?"

아리아가 바람 빠진 웃음을 내뱉으며 대답했다.

"그래, 그러도록 하렴."

"몇 병이나 사 올까요?"

"알아서 하도록 해. 나는 관여하지 않을 테니까. 그저 내 향유가 끊어지지 않도록 신경만 써 주겠니?"

모든 것을 맡기겠다는 아리아의 말에 신이 난 애니가 황급히 번화가로 향했다.

그녀의 품에는 수도를 다 뒤져서 겨우 찾은 달콤한 케이크가 들려 있었다. 버붐 남작과 함께 먹을 생각을 하자 벌써부터 하늘 위를 나는 기분이 들었다.

버붐의 가게에 도착한 애니는 곧장 카운터로 향했다. 버붐을 찾기 위해서였다. 지난번에 그가 2층에서 내려왔던 것을 떠올리며 카운터를 기웃거렸다. 다행히 아무도 없었기에 카운터를 넘어 그 뒤에 자리한 계단을 올랐다

'어디 계시지?'

그냥 안내해 달라고 할걸 그랬나. 아리아의 이름을 팔았다면 손쉬운 일이었을 것이다.

애니는 하는 수 없이 2층을 돌아다니며 몇 개의 방문을 열어 본 끝에 버붐의 집무실을 찾을 수 있었다. 집중해서 서류를 검토하던 버붐을 발견한 애니는 마치 실수로 잘못 찾아오기라도 했다는 듯 서둘러 그에게 사과했다.

"앗, 죄송해요! 그만 길을 잃어서……."

향유는 모두 1층에 비치되어 있어 2층에서 길을 잃을 이유는 전혀 없었다. 그렇지만 버붐은 애니가 아리아의 동행인이었다는 사실을 기억하고 있었기에 두 팔을 벌려 그녀의 방문을 환영했다.

"그러셨군요. 영애께서 길을 잃게 만들다니……. 구조를 바꿔야 할지도 모르겠군요."

퍽 다정한 말에 애니의 양 볼이 한껏 달아올랐다. 버붐은 그녀를 집무실 오른쪽에 놓인 소파로 안내했고, 길을 잃어 놀란 마음을 진정시키기 위해 차를 준비했다.

아리아가 방문했을 때보다 간소한 대접이었지만 애니는 그것만

으로도 충분히 만족했다. 애초에 평민인 자신을 영애라고 부르며 깍듯이 대접하고 있지 않은가. 물론, 버붐은 그저 그녀가 귀족이든 아니든 상관이 없었기에 호칭을 영애라고 했을 뿐이었다.

"방금 전에 케이크를 산 참인데, 정말 잘됐네요."

애니가 케이크를 건네자, 버붐이 놀란 얼굴로 손을 내저었다.

"이 귀한 걸 어떻게 제가 받겠습니까. 후에 아리아 영애와 함께 드시는 게 어떨까요?"

"다, 당연히 아리아 아가씨의 몫은 따로 챙겨 놓았죠. 이건 제가 여분으로 구입한 것이니, 신경 쓰지 않으셔도 돼요."

아리아의 몫이 따로 있다는 말에 그제야 애니가 건넨 케이크가 테이블 위에 놓였다. 사실 따로 준비하지 않아 마음 한구석이 불편했으나, 그보다는 기쁨이 더 컸기에 금세 지울 수 있었다. 그래서 잠시 차를 즐기며 버붐과의 시간을 즐기려는데, 그것을 기다리지 않고 차를 딱 한 모금 마신 버붐이 대뜸 물어 왔다.

"그런데 오늘은 무슨 용건으로 들르셨습니까?"

"아…….. 향유를 구입하려고요."

"향유 말씀이십니까?"

버붐이 고개를 갸웃거렸다. 바로 얼마 전에 종류별로 선물했는데 왜 다시 구입하느냐는 얼굴이었다. 몇 년은 쓰고도 남을 양이었다.

"네. 아리아 아가씨께서 저택의 시녀들에게 나누어 주셨거든요. 아가씨께선 늘 그렇게 가진 것을 베푸시죠."

애니가 자랑스럽게 말하자 버붐의 표정이 오묘해졌다. 자신이 준 선물을 누군가에게 다시 줬다는 사실이 조금 찜찜한 모양이었다. 하지만 동시에 소문과는 다른 아리아의 성품에 감탄하고 있었다.

"그리고……."

"……예?"

"그리고 향유가 없어야 이렇게 다시 버붐 남작님을 뵐 수 있기도 하고요."

애니가 볼을 붉혔다. 화장이 짙어 미비하게 분홍빛이 도는 정도였지만 수줍은 소녀의 얼굴과 퍽 어울리는 봄꽃의 색감이었다. 또래 소년들의 가슴을 울리기 충분했다.

애니가 손가락을 꼼지락대며 버붐의 대답을 기다렸다. 차마 버붐을 쳐다볼 수 없음에 시선은 테이블 위에 놓인 케이크에 고정되어 있었다. 그녀로서는 꽤 큰 용기를 낸 말이었다.

"……그렇군요."

잠깐의 정적이 흐른 뒤, 그가 천천히 대답했다.

목소리가 미세하게 떨리고 있었다. 그것만으로도 버붐이 얼마나 기뻐하는지 느껴졌다. 그래서 희망에 찬 얼굴로 시선을 드는데, 이 상하게도 그의 눈이 닿은 곳은 애니가 아니었다. 그는 어딘가 먼 곳을 보는 듯한 눈빛이었다. 마치, 이 자리에 없는 사람을 보는 듯한 눈빛.

"아리아 영애께서 그렇게 생각하시는지 미처 몰랐습니다. 역시 다정하신 분이셨군요. 더욱이 저를 만나러 다시 오고 싶어 하셨다니……."

버붐은 크나큰 착각하고 있었다. 그를 만나고 싶어 한 것은 아리아가 아니라 애니였거늘. 그는 그녀에게 일말의 관심도 없었기에 전혀 그런 가능성을 생각하지 못한 듯싶었다.

"그래서, 언제 다시 오시겠다고 하셨습니까?"

버붐의 얼굴에 화색이 도는 것과 동시에 애니의 얼굴이 차갑게 식었다. 봄꽃은 시들어 겨울의 시린 눈꽃이 되었고, 눈에 반짝이던 별들은 어느새 사라져 캄캄한 어둠만이 남았다.

처음부터 그가 자신에게 관심을 주리라곤 생각하지 않았지만, 아리아에게 관심을 가지리라고는 생각하지 못했다. 아리아가 어떤 위치인데.

아리아와 버붐은 어울리지 않았다. 비록 출신이 미천하다고는 하나 백작 영애가 아닌가. 감히 버붐이 넘볼 분이 아니었다. 때문에 버붐은 평민인 자신과 어울린다고 생각했다. 그래서 억지로 웃어 보였다.

"시간이 조금 걸리실 것 같아요. 당분간은 제가 방문하게 될 것 같네요."

"그러십니까? 하긴 그럴 만도 하지요. 바쁘신 분이니까요."

착각 속에서 허우적대는 버붐은 여전히 진심으로 기뻐하고 있었다. 그런 그에게 아리아는 관심이 없다는 소리를 한다면 과연 저 표정이 그대로 남을 수 있을까. 분명 그렇지 않을 것이다.

어쩐지 싸늘하게 식어 가는 마음을 안고 저택으로 돌아갔다. 손에는 그가 선물한 향유가 들려 있었다. 몇 병 되지도 않는데 왜 이렇게도 무거운지. 발걸음이 너무나도 무거워 이대로 땅 밑으로 꺼지는 건 아닐까 착각이 들었다.

애니의 걸음이 아리아의 방 앞에서 멈췄다. 외출을 하였기에 보고를 해야 했다. 한참을 그녀의 방 앞에서 고민을 하던 애니가 결국 의무를 이기지 못하고 문을 두드리고 목소리를 높였다. 나갈 때와는 달리 칙칙한 얼굴로 돌아온 애니를 아리아가 마치 어머니의 마음으로 그녀를 반겼다.

"무슨 일이 있었기에 그리도 슬픈 얼굴이야?"

"아가씨……."

애니는 '처음으로 관심을 보인 남자가 아가씨를 좋아하는 것 같아요.'라고 말하고 싶어지는 것을 꾹 삼켰다. 아리아는 과거에도 지금에도, 그리고 미래에도 자신을 행복하게 만들어 줄 수 있는 유일한 사람이었기 때문이다.

"베리, 따뜻한 차를 가져오렴."

아리아의 배려로 애니는 차갑게 식은 마음을 녹일 차를 손에 쥘 수 있었다. 비록 정말 마음이 녹진 않았지만 무언가 손에 쥘 수 있게 되었다는 점에 한결 기분이 나아졌다.

묘한 웃음을 띤 아리아가 그런 애니를 잠시 쳐다보았다. 뭐든 다 알고 있다는 눈빛이었다. 그 눈빛에 애니가 몸을 움츠리자, 아리아가 그녀의 손을 잡으며 말했다.

"애니, 착각하면 안 돼. 너는 그런 멍청이가 아니잖니?"

"……예?"

"너는 버붐 남작이 좋은 게 아니라 그가 가진 배경이 좋은 거잖니. 그의 마음을 가지려고 한다면 행복해질 수 없을 거야."

의도를 파악할 수 없음에 애니가 눈을 끔뻑였다. 때문에 아리아가 질문을 바꾸었다.

"만약 그가 별 볼 일 없는 평민이었다면 네가 관심을 가졌을까?"

"아, 아니요……."

"그러니 버붐 남작과 그의 배경은 따로 떼어 놓고 봐야 한다. 그는 그저 널 행복하게 해 줄 배경을 갖고 있을 뿐이니까. 세상엔 다정하고 친절한 남자는 넘쳐. 하지만 널 풍요롭고 행복하게 만들어 줄 남자는 흔치 않지."

아리아는 이미 버붐과 애니 사이에 일어난 일을 꿰고 있는 듯싶었다. 예상을 하고 그녀를 보낸 것에 가까웠다. 그럼에도 그녀가 이겨 내기를 바랐다.

마치 과거와 현재, 그리고 미래의 아리아 자신처럼 말이다. 목적을 위해서 수단과 방법을 가리지 않는, 상처받기 전에 먼저 마음을 차단하는 방법으로.

"그러니 내가 널 도와줄 수 있게 너도 노력해야 하지 않겠니?"

"아가씨……."

영리한 애니는 아리아의 말을 이해한 듯싶었다. 이후, 처음 며칠은 조금 우울해 하는 듯 보였는데, 그녀는 곧 다시 활기를 되찾았다. 그러곤 한동안 가지 않았던 버붐 남작의 가게에 다시 방문하기 시작했다. 얼굴 도장이라도 찍어 두자는 속셈인 듯싶었다.

"오늘은 직접 과자까지 대접해 주시지 뭐예요? 물론 설탕이 들어가지 않아 맛은 별로였지만……. 그래도 너무 기쁜 거 있죠!"

"잘됐구나, 애니. 버붐 남작은 무뚝뚝한 성정인 것 같으니 그 정도면 꽤 발전했다고 생각해."

그녀가 과거와 같은 슬픔을 겪지 않도록 아리아가 조금씩 주의를 덧붙였고, 애니는 더 이상 슬픈 얼굴을 보이지 않았다. 목표가 확고한 만큼 똑똑한 아이였다.

'어차피 그가 나에게 관심을 보이는 건 그저 얼굴 때문이니까.'

그러니 부디 애니가 이를 능가하는 정성으로 버붐의 마음을 사로잡기를 바랐다. 과거의 경험에 의하면 얼굴만으로는 그리 오래가지 못했으니까 말이다.

게다가 정말로 애니의 바람처럼 자주 보다 보니 제법 친해진 듯도 싶었다. 자신이야 더 이상 버붐 남작과 만나지 않아 자세히는 모르지만 애니의 말에 의하면 그랬다.

　어쨌든 순조로웠다. 과거에 비해 아군이라 부를 수 있는 존재도 몇 생겼고, 미엘르의 수작에도 의연하게 대처했다. 또한 버붐 남작에게 새로이 투자를 시작했고, 그가 속한 청년 사업가 모임에서 다른 사업가를 소개받기로 했다.

　그리고 현재 가장 마음에 드는 점은 저택의 시종들이 자신만 특별하게 대우한다는 점이었다. 그것을 깨달은 것은 모두와 함께 저녁을 먹던 식사 시간이었다.

　'……왜 갑자기 드레싱의 맛이 돌아왔지?'

　달콤한 소스의 맛에 고개를 갸웃거리는데 맞은편에 앉은 미엘르가 샐러드 접시를 옆으로 치우는 것이 보였다.

　"아무래도 설탕이 다시 공급되기 전까진 샐러드를 먹지 못하겠어요. 드레싱이 너무 맞지 않는걸요."

　"설탕을 조금 구해서 넣었는데도 이 맛이라니……. 부족했던 모양이구나. 적당하게 구했다고 생각했는데 말이야. 역시 사람의 손으로 구해 오는 건 한계가 있어. 황태자 전하를 압박하고 있으니 조만간 답이 나올 거다."

　백작마저 샐러드를 치우는 탓에 아리아는 직감할 수 있었다. 그들의 음식과 제 음식의 맛이 다르다는 것을.

　그에 아리아는 몰래 입꼬리를 올려 웃었다. 아주 깜찍하지 않은가. 고작해야 향유 몇 병을 선물했다고 이렇게 태도를 바꾸다니. 아마도 그간 백작가에서 선물을 받아 본 적이 없어서 그럴 것이다.

애초에 정당한 급여를 지불하는 그들에게 선물을 할 필요가 없긴 했다. 잘 보여야 할 대상이라면 모르겠지만, 귀족들이 한낱 시종에게 잘 보일 필요는 없지 않은가?

오랜만에 먹을 만했던 샐러드를 깨끗하게 비운 뒤, 뒤를 힐끗 보았다. 무표정으로 대기 중인 시종들에게서 어쩐지 좋은 향기가 나는 것 같았다. 그것이 마치 자신의 편이라고 증명하는 것 같아 기쁨을 감출 수가 없었다.

* * *

그렇게 여름이 지나가는 듯싶었다. 과거와 동일하게 말이다.

조금 더 시간이 지나면 사치품의 공급이 시작될 테고, 음식의 맛도 다시 돌아올 것이다. 원래의 삶을 되찾고 싶은 귀족들은 막대한 돈을 지불하며 그것들을 영위하겠지.

이를 상상하며 여름 내내 만나지 못했던 영애들과 사라에게 향유와 편지를 선물로 보낸 아리아가 느긋하게 다과를 즐기며 독서에 빠져 있을 때였다. 저택이 조금 어수선한 것 같아 창밖을 내다보자, 뜻밖에도 다시는 방문하지 않겠다던 레인이 보였다.

'도대체 왜……?'

이제 올 일이 없을 텐데 왜 방문한 것일까. 안 그래도 그간 모임에 관한 편지도 오지 않아 의아해하던 참이었기에 1층으로 내려갔다. 가장 먼저 눈에 들어온 것은 함박웃음을 짓는 미엘르와 그녀의 시녀들이었다. 아리아를 확인한 레인이 반색하며 말했다.

"아리아 영애께서도 계셨군요. 마침 드릴 선물이 있었는데 아주 잘되었습니다."

"……선물이요?"

그가 손짓하자 키가 아주 큰 시종이 커다란 상자를 들고 나타났다. 어째서 시종이 후드로 얼굴까지 가린 것인지 이해가 되지 않았지만, 그다지 중요하지 않은 것 같아 무시하곤 레인에게 선물의 내용물을 물었다.

"이게 뭐죠?"

"별건 아닙니다. 주인님께서 아리아 영애께 드리는 작은 선물이지요. 이제 곧 여름도 끝나 가니까요."

작은 선물치고는 꽤 큰 상자였다. 여성 혼자서는 들 수도 없는 크기였다. 주인이라고 하면 아스일 텐데 그가 도대체 무엇을 보낸 걸까. 고민하는 사이, 미엘르의 시녀 중 하나가 묻지도 않은 그녀의 선물을 떠벌렸다.

"아가씨, 도대체 이 많은 설탕과 꿀을 어디서 구하신 걸까요? 꽤 고가였을 텐데 말이에요."

아스가 미엘르에게 보낸 선물은 설탕인 모양이었다. 마침 상자를 열어 놓은 참이었기에 확인하자, 멀리서도 알 수 있을 정도로 꽤 많은 양의 설탕이 보였다. 시녀의 말대로 구하기 힘들었을 텐데, 도대체 왜 저 많은 설탕을 보낸 걸까. 그것도 미엘르에게.

'이용 가치가 없는 것 아니었나?'

조금 기분이 나빠져 최대한 티를 내지 않고 방으로 올라가려 하는데, 레인이 키가 큰 시종에게 선물을 옮기라고 지시했다.

"방까지 옮겨다 드리겠습니다. 꽤 무거우니까요."

"……그렇게 해요. 뭔지는 모르겠지만 고마워요."

아스는 어떻게 지내는지, 왜 모임이 열리지 않는지, 그밖에 달리 용건이 없는지 얼굴색을 확인했지만 더는 할 말도, 전할 것도 없는지 레인은 미엘르의 안부를 확인하며 사람 좋은 웃음을 흘릴 뿐이었다. 미엘르 역시 오랜만에 찾아온 레인에게 달콤한 미소를 흘렸다.

"오랜만에 오셨으니 차라도 드시는 게 어떠신가요?"

"감사합니다."

응접실로 사라지는 두 사람을 확인한 아리아가 미련 없이 제 방으로 올라갔다. 커다란 상자를 든 시종이 뒤를 따랐다. 큰 상자를 들고 성큼성큼 계단을 오르는 것이 범상치 않아 보였다.

그가 도착한 아리아의 방 한곳에 상자를 내려놓고 인사도 없이 문으로 향했다. 허락도 받지 않고 말이다. 참으로 예의를 모르는 그 태도에 혀를 차려는데, 시종이 나가기는커녕 열려 있는 문을 닫았다.

"……뭐, 뭐야?"

차마 예상치 못한 일이었기에 아리아가 한껏 뒤로 물러나며 물었다. 당황하여 혀가 꼬였다. 아리아가 뭐라고 덧붙이기 전에 시종이 그녀를 향해 몸을 돌렸다.

도대체 이 무슨 망측한 일이! 화를 내려던 그때, 천천히 벗겨지는 후드 사이로 드러난 얼굴을 본 아리아는 아무런 행동도 취할 수 없었다. 이유인즉, 그녀가 익히 알고 있는 얼굴이었기 때문이다.

"……아스 님?"

"오랜만입니다."

시종의 정체는 놀랍게도 아스였다. 왜 멀쩡한 방법을 내버려 두고 상자를 들고 계단까지 오르는 기행을 펼친 것인가. 그래도 아주 모르는 사람이 아니었다는 사실에 안심한 아리아가 제 가슴을 쓸어내렸다.

"……무슨 일로 오셨죠?"

미묘하게 날이 선 말투였다. 여러 가지 감정이 섞인 까닭이다. 탓하는 느낌도 있었다. 호의적이지 않은 반응에 아스가 웃으며 아리아에게 다가갔다.

"사실 저도 잘 모르겠습니다. 그저 오랫동안 보지 못했으니…… 영애를 만나야겠다는 생각이 들었습니다. 또, 그간 사정이 있어 모임을 열 수 없기도 했고요."

"……뭐라고요?"

과하게 직설적인 그의 화법에 놀란 아리아가 뒷걸음질 쳤다. 그러나 이미 한계까지 다다른 탓에 등에 벽이 닿았다. 성큼성큼 그녀에게 다가오던 아스가 조금 떨어진 거리에서 걸음을 멈췄다. 단둘이, 그것도 아리아의 방인 탓이었다.

정적이 흐르는 동안 그가 한 말을 곱씹어 본 아리아는 이내 얼굴을 붉히지 않을 수 없었다. 만나고 싶어서 찾아왔다는 남자의 말에 얼굴을 붉히지 않을 여인이 있을까. 그 어떤 냉혈한이라도 잠시나마 얼굴을 붉힐 것이다.

"게다가 영애께서 식사에 어려움은 없으실지 걱정이 되더군요."

그러나 잠시 뒤, 아스의 입에서 나온 말은 아리아의 달아오른 얼굴을 순식간에 차갑게 만들기 충분했다. 식사에 어려움이라니. 설마 미엘르에게 선물한 그것을 말하는 것인가. 그녀에게 설탕을 선물하고자 온 참에 방문한 것인가 하는 생각이 들었다.

"……걱정되는 게, 미엘르가 아니고요?"

설탕을 선물을 받은 이는 미엘르가 아닌가. 왜 그런 말을 자신에게 하냐며 눈을 흘기며 따지는 듯 묻자, 아스가 퍽 놀란 얼굴로 물었다.

"설마, 오해하시는 건 아니겠지요."

"오해라니요?"

"미엘르 영애께 설탕을 드린 건, 그저 영애를 만나기 위해서입니다. 그래야 시간을 벌 수 있을 테니까요. 이렇게요."

오해를 했다는 창피함 때문일까, 다시금 붉어지기 시작한 아리아의 얼굴에 아스의 입꼬리가 스멀스멀 올라갔다.

"혹시 신경 쓰이셨습니까? 제가 미엘르 영애께 설탕을 보냈다고 해서?"

"그건……."

신경이 쓰이지 않았다고 하면 거짓말일 것이다. 오해로 비롯된 인연이었으면서 왜 아직까지 선물을 보내는지 신경이 쓰였다. 그것이 아스라고 생각하니 더욱 그러했다.

"……그래요."

아리아가 솔직하게 대답했다. 아니라고 부정하기에는 마치 질투하는 것처럼 보이지 않는가. 그렇다고 신경이 쓰였다고 하는 것도 이상했다. 그가 미엘르에게 더 이상 관심이 없다는 것을 아니 무언가 이유가 있다고 생각하면 끝나는 일이었다.

하지만 신경이 쓰였다. 더불어 아스에 대한 미약한 짜증마저 치밀었다. 마치 오스카의 선물을 받은 자신을 보는 미엘르와 같았다.

도대체 왜? 몇 번이나 만났다고. 그것도 만날 때마다 오늘처럼 이상한 경험만 하게 만든 그였다. 그런데 왜? 이해할 수 없는 뜻밖의 감정에 수치가 극에 달한 아리아와는 달리 아스의 입꼬리는 내내 호선을 그리고 있었다.

"……하하, 그랬군요."

아스의 말투가 퍽 부드러웠다. 표정 또한 지금껏 보았던 그 어떤 표정보다도 다정해 보이기도 했다.

그는 잠시 그 얼굴을 유지하며 아리아의 안색을 살폈다. 마치 오랫동안 보지 못해 새로이 눈에 담는 듯 보이기도 했다. 그렇게 한동안 조용히 말없는 시간을 보내는데, 문밖에서 레인의 목소리가 들려왔다. 재촉하는 목소리였다.

"……시간이 다 된 모양입니다. 다음 모임은 조금 시간이 걸릴 것 같습니다. 불행히도 제가 조금 곤란한 일이 생겼거든요. 이렇게 잠깐 나오는 것도 여의치 않군요. 일정이 잡히는 대로 연락드리겠습니다."

"……알겠어요."

말을 마친 뒤 잠시 아리아의 얼굴을 살피던 아스는 시간이 없다는 레인의 부름에 결국 아쉬움을 뒤로하고 사라졌다. 정말 보고 싶어서 온 걸까. 왜 보고 싶어 한 걸까. 그저 오랫동안 보지 못해서일까.

한참을 홀로 고민하는 사이, 제시가 문을 두드렸다. 인기척을 내자 제시가 손에 티 포트를 들고 들어왔다. 이제 그녀가 할 일이 아니거늘. 그럼에도 제시는 아주 밝은 얼굴로 그것들을 테이블 위에 늘어놓았다.

"설탕이 들어왔다고 해서 가져왔어요. 달콤한 차 좋아하시잖아요. 케이크는 지금 만드는 중이라고 하니 완성되는 대로 가지고 올게요."

미엘르가 선물 받은 것이니 기분이 나빠야 정상이거늘, 그것이 사실은 자신을 만나기 위한 방편이었다는 생각에 도리어 기분이 좋아졌다. 이렇게 쉽게 기분이 좋아져도 될지 의문이 들 정도였다.

"앗, 아가씨! 이 큰 상자는 뭔가요?"

차를 따르던 제시가 구석에 놓인 상자를 눈치채고 화들짝 놀라며 물었다.

"응? 아아. 선물이 들어왔어."

그리고 보니 당황스러웠던 터라 아직 선물을 열어 보지도 못했다. 그에 제시가 눈치껏 상자의 포장을 뜯었다.

"세상에……! 이게 다 뭐예요?!"

놀라서 입을 다물지 못하는 그녀의 옆에서 안을 확인하자, 생전 보지 못한 화려한 드레스와 장신구들이 들어 있었다. 도대체 이렇게 화려한 드레스를 입고 어디에 입고 가라고. 장소가 어디든 모인 이들의 주목을 단박에 받을 것이 틀림없었다.

'그리고 그와 동시에 시기와 질투의 대상이 되겠지.'

황실의 사람이거나 권력의 정점에 있지 않은 이상, 이토록 화려하고 눈에 띄는 드레스는 독이 될 것이다.

그럼에도 웃음이 나왔다. 그간 미엘르와 차별을 했던 것에 대한 속죄가 아닐까 하는 생각이 들어서였다. 아리아의 입매에 부드러운 미소가 걸렸다.

아스에게서 받은 선물은 드레스 룸에 상자째로 보관했다. 달리 사용할 일이 없을 것 같았고, 꺼내서 보관하다 망가질까 걱정도 되어서였다. 그의 호화로운 선물은 그렇게 조용히 보관되었다.

재수 없는 미엘르는 자신이 받은 설탕으로 케이크와 쿠키 등을 굽고는 자비인 양 아리아에게 나누어 주었으며, 매 식사 시간마다 음식의 맛이 돌아와 기쁘다며 생색을 냈다. 백작 부부도 크게 기뻐하며 그녀의 말에 장단을 맞췄다.

"그나저나 도대체 레인 님의 주인이 되시는 분은 어떤 분일까요? 이 귀한 설탕을 이만큼이나 구하시다니."

"글쎄다……. 나도 잘은 모르겠구나. 적어도 내가 아는 사람들 중에는 없는 것 같은데."

그도 그럴 것이 백작이 아는 자였다면 이 설탕은 로스첸트 백작가가 아닌 프레데리크 공작가에 먼저 전해졌을 것이다. 그들에게 있어서 우선순위는 공작가가 가장 높았다. 대화에는 참여하지 않았지만 아리아 역시 그들과 함께 아스의 정체를 상상했다.

"그렇다면 혹시…… 황태자 전하의 측근이시지는 않겠죠?"

꽤 날카로운 추측이었다. 이만큼의 재력, 인맥이 있다면 예사 인물은 아닐 것인데, 귀족파의 백작이 모르는 자라면 황태자의 측근일 가능성이 높았다.

물론 그렇다고 해도 발이 넓은 백작이 황태자의 측근을 아예 모를 리가 없을 테지만, 어쨌든 백작과 친분이 두터운 무리에 속한 자는 아니라고 생각하는 게 합당했다. 그에 백작이 동의하며 대답했다.

"그럴 가능성이 가장 크다고 보지만……. 아마도 아니겠지."

하지만 로스첸트가는 귀족파이기 때문에, 황태자의 측근이 미엘르에게 지속적으로 선물을 보낼 리가 없었다.

"역시 그렇겠지요? 제가 너무 과한 추측을 한 모양이에요."

결국 아리아가 그랬듯 아스의 정체를 가늠하는 것은 실패로 돌아갔다. 하기는 쉽게 간파할 수 있었다면 몇 번이나 마주친 아리아가 먼저 알아챘을 것이 분명했다.

'다음에 만나게 되면 반드시 정체를 물어야겠어.'

아스는 자신의 정체를 미리 알고 사람까지 보냈는데, 몇 번이나 만난 지금까지 그녀만이 아스의 정체를 모르는 채였다. 호감이 있는 것과는 별개로 그의 정체는 파악해 둬야 했다. 그것이 한 번 과거를 겪은 그녀가 무엇보다 중요시하는 것이었으니까.

다음번에 만나면 모래시계를 돌리거나 뒤를 쫓는 한이 있더라도 꼭 정체를 알아내고야 말겠다고 다짐했다.

* * *

시간은 빠르게 지나 여름이 끝나고 가을이 한창이었다. 조금만 더 시간이 지나면 추운 겨울이 올 것이다. 그사이 피노누아 지방의 하급 귀족이 푼 사치품들이 시장에 공급되었다. 여타 귀족들은 여전히 세관 절차를 기다리고 있었기에 독점으로 진행되었다.

아리아가 설탕을 플라워 마운틴에 풀었던 탓일까, 들어온 물건들이 언제고 다시 사라질지 모른다는 불안감에 공급하는 족족 전량 매입하는 사재기가 펼쳐졌다. 덕분에 대다수의 귀족들의 저택에 설탕을 비롯한 사치품들이 대량으로 쌓이기 시작했다. 과거와는 조금 달라진 부분이었다.

아리아가 제 방 창문가에서 혀를 차며 시종들이 나르는 사치품을 구경했다. 백작저에도 대량의 향신료들이 쌓이기 시작했다. 창고에는 가장 많이 사용되는 설탕이 몇 포대나 들어찼고, 꿀이나 후추

등이 뒤를 이었다.

'저만큼의 양이 필요할까. 저러다가 물량이 대량으로 풀리면 어쩌려고.'

과거와는 다른 길을 걷고 있으니 충분히 가능한 이야기였다. 이미 피노누아 지방의 하급 귀족은 엄청난 부를 축적했을 것이 분명하니 발을 빼는 것이 좋으리라 생각할지 모른다.

물론 지금 이 시점에서 발을 빼면 사치품이 엄청나게 폭등할 테지만, 그는 이미 시장을 엉망진창으로 만들어 놓은 자이니 개의치 않을 것이다.

"아가씨, 편지 가져왔습니다."

가만히 미래가 어떻게 바뀔지 상상하는데, 문을 두드리는 소리가 들렸다. 그에 들어오라 대답하자, 애니가 오늘도 여전히 밝은 얼굴로 몇 통의 편지를 손에 들고 나타났다.

"버뭄 남작님께서 주셨어요! 지난번에 말씀하셨던 분들이라고 하시더라고요. 그리고 그 외의 편지도 이만큼이나 있어요."

그의 약속대로 여름부터 그가 아는 장래가 촉망한 청년 사업가들을 소개받은 참이었다. 아직 사업에 대해 잘 모르는 아리아였지만, 향후에 어떤 물건과 사업 등이 있었는지를 떠올려다보며 투자할 사업가를 골랐다.

과거에 사업에 별반 관심이 없었던 그녀가 기억하고 있는 것들은 대부분 사교계에까지 유행을 선도하거나 대성할 물품들이 대부분이었기에 실패할 가능성이 거의 없었다. 만에 하나 실수하여 투자한 사업 중 몇 개가 망한다고 하더라도, 여타 사업이 부흥할 테니 크게 손해를 볼일도 없을 것이 분명했다.

게다가 이미 몇몇 사업은 투자를 시작하자마자 기세를 불리고 있었다. 젊은 사업가들은 행동력이 빨랐다. 투자를 받자마자 사업을 시작하거나 확장해, 과거보다 조금 빠르게 인정을 받기 시작했다.

향후를 알지 못하는 그들은 안정적이지 못한 자신들의 사업에 투자한 아리아에게 무한한 감사를 표했고, 이따금 읽기도 벅찬 장문의 편지를 보내오곤 했다.

더욱이 아리아의 투자 덕분에 일이 풀리기 시작했다고 멋대로 착각을 하는 자도 있었다. 투자를 받지 않아도 시간이 조금 걸릴지언정 언젠가는 잘될 사업들이었다.

'원래 그렇게 될 운명이거늘.'

모래시계를 되돌린 자의 특권이었다. 버붐 남작이 소개해 준 사업가들 중 인상 깊은 몇을 골라 투자하겠다는 답신을 썼다. 가만히 앉아서 돈을 벌고 세력을 불릴 수 있다니, 이보다 좋은 일이 있을까.

게다가 가능성만 보고 거액의 자금을 투자한다는 익명의 투자자 A는 이미 젊은 귀족들에겐 존경과 선망, 그리고 관심의 대상이 되어 있었다. 어쩌면 시간이 조금 더 흐르면 A에게 간택을 받은 자는 대성한다는 소문이 날지도 모르는 일이었다.

'혹시 모르지, 그렇게만 되면 귀족파에 버금가는 세력을 만들 수 있을지도.'

자금이 풍부한 이에게는 사람이 꼬인다. 그리고 그것을 베풀고 지원하는 이에게는 충성하는 이가 생긴다. 설령 그것이 모두 악녀의 짓이었다고 밝혀지더라도 악녀는 더 이상 악녀가 아닌, 성녀로 추앙받을 것이다.

그렇게 되면 지금까지 악녀에게 괴롭힘을 받았다고 소문난 자가 도리어 악녀가 될지도 모른다. 성녀를 모독하려 헛소문을 냈다고 말이다.

그랬기에 아리아는 자신의 가정 교사들을 모두 해고했다. 어차피 간을 보려 고용한 여인들이었고, 그보다 더 큰 인맥을 만들어 내고 있었기에 더는 쓸모가 없어졌기 때문이었다.

'게다가 세 부인들을 이용하려면 필연적으로 그녀들의 아들들과 인연을 맺어야 하니⋯⋯.'

어쩐지 이상한 죄책감이 들었다.

부인들과 남자들에 대한 죄책감은 아니었다. 죄책감을 느끼는 대상은 다름 아닌 아스였다. 왜인지 모르게 가정 교사 부인들을 만날 때마다 자꾸 아스의 얼굴이 떠올라 기분이 나빠졌다. 그랬기에 미련 없이 부인들을 해고할 수 있었다.

'제, 제가 뭘 잘못하기라도 했나요? 영애의 심기라도 거스른 걸까요? 그렇다면 부디, 부디 용서해 주세요⋯⋯!'

자신을 해고하겠다는 아리아의 말에 시르비 자작 부인이 눈물을 글썽이며 애원했다. 다 잡았다고 생각한 물고기가 바다로 도망치겠다고 선언을 하였기에 당연한 결과였다.

이에 아리아는 차갑게 고개를 내저으며 그녀의 무능력함을 일깨워 주었다.

'아뇨. 그저 더 많은 것을 배우고 싶어서 그래요. 아무래도 부인의 지식에 한계가 있는 것 같아서요. 괜히 시간을 낭비할 필요는

없잖아요?'

'······!'

부인들은 아리아에게 몇 번이나 더 애원하였으나, 결국 스스로의
무능함을 느끼고 눈물을 훔치며 저택을 떠나야 했다. 눈물겨운 장
면이었으나 이제는 지나간 과거가 되었다. 쓸모없는 자들은 빠르
게 정리하는 것이 나을 것이다.

악녀는 성녀가, 성녀는 악녀가 될 날이 머지않았을 테니까.

그 영광스러운 미래를 상상하자 저절로 가슴이 뛰었다. 답신을
적는 손에 힘이 들어가 글씨가 뭉그러졌다. 하지만 그것이 오히려
강인한 필체가 되어 편지지를 채웠다. 편지를 받을 젊은 사업가들
의 마음에도 강한 인상을 남길 것이 분명했다.

* * *

『늦어서 미안해요, 아리아 영애. 오랫동안 보지 못해 꼭 만나고 싶어
요. 후작님도 함께요.』

오랜만에 사라에게 편지를 받은 것은 아리아의 열여섯 살 생일을
얼마 남기지 않은 시점이었다.

내년에 있을 약혼 준비와 후작 부인의 교육을 받느라 꽤 정신이
없는 모양인지 두 계절이나 보낸 뒤에 만나자는 이야기를 꺼냈다.
그에 거절할 이유가 없었기에 아리아는 곧장 알겠다는 답장을 보
냈고, 일정은 금방 잡혔다. 미리 빼놓은 모양인지 아주 가까운 날

이었다.

과하지 않게 멋을 낸 아리아가 후작저로 향했다. 사라에게 열렬한 구애한 후작이 과연 자신을 어떻게 맞이해 줄지 무척이나 궁금해 밤새 잠도 자지 못한 채였다.

"아가씨, 도착했습니다. 내리시죠."

마차 밖에서 들려오는 목소리에 옷매무새를 정돈했다. 맞은편에 앉은 제시에게 몇 번이나 괜찮은지 확인하고 또 확인했다. 그러고 나서야 겨우 안심한 아리아가 고개를 끄덕였다. 마차의 문이 천천히 열렸다. 오랜 시간 공들인 결과물을 확인할 시간이었다.

"후작저에 오신 것을 환영합니다. 로스첸트 아리아 영애."

마차에서 내리려 걸음을 내딛던 아리아가 그대로 움직임을 멈췄다. 보통처럼 저택의 집사, 혹은 사라가 마중을 나왔을 거라 생각했는데 그녀를 맞이한 것이 아주 뜻밖의 인물이었기 때문이다.

"괜찮으십니까?"

"괘, 괜찮습니다."

퍽 걱정스러운 얼굴의 빈센트 후작이 아리아에게 손을 내었다. 손을 잡고 천천히 내리라는 의미인 듯싶었다. 이에 그녀를 에스코트하려던 기사가 한걸음 물러났고, 미세하게 떨리는 아리아의 손이 빈센트 후작의 손을 잡았다.

무뚝뚝하고 차갑다는 소문과는 다르게 그는 당황스러울 정도로 정중했고 친절했다. 후작의 뒤를 이어 마차에서 내린 아리아를 반긴 것은 그녀의 미래를 보장해 줄 사라였다.

"아리아 영애, 오시느라 고생했어요."

"사라 영애……!"

사라는 그간 정말 바빴던 모양인지 조금 살이 빠진 듯 보였다. 그 탓에 가늘어진 얼굴선 때문인지 그녀에게서 부족했던 성숙미를 찾을 수 있었다.

사라와 빈센트 후작은 아리아를 맞이하기 위해 꽤 공을 들인 듯 싶었다. 바쁜 시간을 쪼개 아리아를 위해 손수 마중을 나와 기다린 것이 그러했고, 깍듯하게 대하는 시종들이 그러했다. 또한 쉽게 볼 수 없는 진귀한 재료들로 차린 오찬들의 행렬들이 그러했다.

메인 메뉴가 나오기 전, 빈센트 후작이 아리아에게 물었다.

"입에 맞으셨을지 모르겠습니다."

"맞지 않을 리가요."

"맞으신다니 정말 다행입니다."

"이렇게 좋은 음식들을 준비해 주셔서 진심으로 감사드려요."

아리아의 식성까지 파악해 준비한 듯 모든 음식이 입에 맞았다.

아리아와 빈센트 후작이 대화를 주고받는 모습을 본 사라가 웃음 꽃을 피웠다. 자신이 가장 사랑하는 사람과 소중히 여기는 아이가 서로 친근하게 대화하는 모습은 그녀에게 있어서 더할 나위 없는 행복이었다.

"지난번에 말씀드렸다시피 후작님께서 가지고 계신 손수건은 아리아 영애와 맞춘 손수건이에요. 영애의 생일 선물을 기념해서 만든 손수건이었죠."

"아아, 사라 영애와 저를 이어 준 그 손수건 말씀이시군요."

사라에게 대답하는 빈센트 후작의 눈빛이 퍽 다정했다. 그는 진심으로 사라에게 빠져 있는 모양이었다. 그에 따라 아리아에게 돌아오는 빈센트 후작의 눈빛에도 다정함이 깃들어 있었다. 세간에 만연한 아리아의 소문 따위는 신경도 안 쓰는 눈치였다.

"진심으로 감사드립니다."

빈센트 후작이 부드럽게 웃으며 말했다. 정면에서 그 얼굴을 마주한 아리아가 몸을 딱딱하게 굳혔다.

처음 만난 이에게서 이렇게 따뜻한 대접을 받아 보았던 적이 있었던가. 항상 살얼음판을 걷는 것처럼 불안 속에서 살아온 아리아에게 이런 다정하고 부드러운 눈빛은 생소하기 그지없었다.

늘 상상하고 그려 왔던 반응이건만, 막상 이렇게 마주하니 기쁨보다는 먹먹함이 몰려왔다. 그때가 되면 있는 힘껏 마주 웃으리라 다짐했거늘. 경험한 적 없는 순간은 아리아를 혼란스럽게 만들었다.

"아리아……?"

항상 화사하게 웃던 아리아의 얼굴에 짙은 어두움이 어리자, 당황한 사라가 무슨 일이냐며 걱정스레 물어 왔다. 후작 또한 혹여 자신이 무언가 말실수를 한 것인지 염려된다는 표정으로 아리아와 사라를 번갈아 쳐다보았다.

아리아는 고개를 들어 자신을 향해 걱정 어린 빛을 보내오는 두 쌍의 눈동자를 마주 보았다. 그들은 그저 이용하기 위한 발판, 그 정도로만 생각했을 뿐인데. 한 번도 겪어 본 적 없는 생소한 감정이 밀려드는 상황은 생각보다도 어려웠다.

그렇다고 계속 울상을 지을 순 없는 일이었다. 이내 표정을 가다듬은 아리아가 한껏 입꼬리를 올려 웃는 얼굴을 만들어 냈다. 늘 사람을 홀리던 미소와는 다르게 오늘은 조금 어색함이 묻어났다.

"두 분이 꼭 행복하셨으면 좋겠어요."

어색하지만, 그럼에도 아주 순수하고 깨끗한 그 미소는 지금껏 아리아가 표현하지 못했던 진심이었다.

＊　＊　＊

　빈센트 후작은 마치 사라와 생각과 감정을 공유라도 하는 듯, 사라만큼 아리아에게 친절하고 다정하게 대했다.

　아무리 사라와 친하다고 한들 자신은 고작해야 로스첸트 백작가의 이물질이거늘. 그들은 최선을 다해 아리아가 공작저에서 불편함을 겪지 않도록 계속 노력했고, 때문에 아리아는 뜻하지 않게 수많은 감정을 느껴야 했다. 이를테면 불필요한 죄책감 따위의 감정을 말이다.

　그러나 그 감정들은 불과 일주일 만에 잊혔다. 아리아가 겪은 고통과 불행했던 나날들, 그리고 앞으로 다가올 미래에 살아남기 위해 걸어가야 할 길과 비교하면 그깟 작은 감정쯤은 공기 중에 흩날리는 먼지보다 작았다. 그래서 없앨 수 있었다.

　'어차피 그런 사소한 것들은 인생에 도움이 되지 않을 테니까.'

　그렇게 마음을 추스르고 생일을 보냈다. 열다섯을 지나 어느덧 열여섯이 된 것이다. 과거와는 다른 두 번째 맞이하는 열여섯이었다.

　생일날 사라는 바빠 얼굴만 잠시 비추었기에 그 외의 이름조차 기억이 나지 않는 별 볼 일 없는 영애들과 함께 보냈다. 혹시나 하여 오스카에게 편지를 보냈지만 아주 당연하게도 그는 나타나지 않았다. 매정하게도 답장조차 없었다.

　그리고 아리아 앞으로 익명의 화려한 선물이 도착하였는데, 내용물 속에 잘 시들지 않는 튤립이 함께 들어 있어 익명이 무색할 정도로 보낸 이를 가늠할 수 있었다.

특히나 이번 생일은 악단이라도 있었던 작년 생일과는 달리, 꽃다발을 들고 나타나 분위기를 망쳐 놓았던 미엘르가 신경도 쓰지 않을 만큼 단출한 생일이었다. 그럴 만도 한 것이 아리아의 생일 조금 뒤에 있을 미엘르의 생일에 공녀가 참석하겠다는 의사를 밝혀 아리아는 뒷전이 되어 있었다.

물론, 시종들에게 호감을 산 덕분에 단출하지만 열과 성이 더해진 생일 파티이긴 했다. 비록 방문객과 파티 규모가 아주 소박해 그 누구의 입방아에 오르내릴 만한 수준은 아니었지만 말이다.

그럼에도 아리아는 별생각이 없었다. 아직은 조용히 머무를 때였기 때문이다. 뒤에서는 젊은 귀족들과 사업가들의 열렬한 지지를 받을지언정, 표면적으로는 정체를 밝히지 못한 악녀일 뿐이었다. 날카로운 이빨을 숨긴 채 풀숲에 숨어 있는 짐승이었다.

"아가씨, 정말 내려가실 거예요?"

애니가 걱정스러운 얼굴로 물었다. 이제 곧 시작할 미엘르의 생일 파티에 정말 참석할 생각이냐고 묻는 것이었다. 아리아가 고개를 끄덕였다.

"정식으로 초대장을 받았으니 참석해야 마땅하겠지."

"그래도…… 제 생각엔 안 가시는 게 좋을 것 같아요, 아가씨."

"아니, 그럴 순 없어."

손수 초대장까지 보냈으니 분명 아주 나쁜 일이 일어날 것 같은 예감이 들었지만, 그렇다고 피할 수도 없는 노릇이었다. 모르는 것보단 아는 것이 나았다. 그래야 대비가 가능하니까.

그리고 어쩌면…… 오스카가 참석할지도 모른다. 지난번에도 참가한 데다가 공녀까지 참석한다고 했으니 그럴 가능성이 높았다. 다시 한번 얼굴을 마주하고 이야기를 나누어 보고 싶었다. 왜, 어째서 그렇게 간단히 인연을 끊었냐고 묻고 싶었다.

그리하여 미엘르에게 뒤지지 않으려 그간 사용하지 않았던 화장품까지 사용해 치장에 공을 들였다. 입술에 색을 더하고 볼에 생기를 넣는 작업이 마치 과거의 자신을 떠올리게 만들었다. 늘 자신을 화려하게 꾸며 어떻게든 주목을 끌고자 노력했던 나날을 말이다.

하지만 그 끝은 결국 비운의 악녀였다.

유일하게 미엘르보다 잘났던 예쁜 얼굴마저 독이었다. 출신이 천박한 예쁜 여자를 위한 저주의 말은 수도 없이 많았다. 이를테면…….

"세상에. 저 매춘부의 딸까지 참석한단 말이에요?"

그래, 매춘부의 딸. 이름보다 많이 불린 별명이었다.

"그러고 보니, 작년에도 참석했었죠?"

"멍청함을 떠나 눈치까지 없다니."

"가여운 미엘르 영애."

"가끔씩 있기 마련이죠. 태어날 가치가 없는 존재가 말이에요."

홀에 모인 이들은 미엘르를 위해 저주까지 마다하지 않을 기세였다. 아니, 이미 그럴듯하게 아리아를 향해 저주를 뿜고 있었다. 뒤에 선 애니가 아주 작은 목소리로 아리아에게 속삭였다.

"세상에……. 입이 쓰레기통과 다를 바가 없네요. 아가씨, 신경 쓰지 마세요."

"걱정하지 말렴. 나는 전혀 신경 쓰지 않으니까."

아리아가 코웃음을 치며 음료를 한 모금 마셨다. 알코올이 빠진 샴페인이 입천장과 목을 간질이며 내려갔다. 홀에 모인 모든 이들의 시선이 그녀의 전신을 훑었다. 그 시선들 속엔 복잡하고 미묘한 감정이 뒤섞여 있었다.

이러니저러니 해도 절대적인 아름다움은 사람들의 주목과 시선을 모은다. 이를 충분히 인지하고 있었기에 아리아는 자신을 음해하는 목소리에도 턱을 빳빳이 들고 자리를 지켰다.

하지만 과거처럼 소리를 치거나 오만상을 써 괜한 빌미를 줄 필요는 없었다. 하여 주인공이 자리를 비운 홀에서 모두의 시선을 모은 아리아가 주인공, 미엘르의 자리를 대신했다.

그리고 분명 그렇다고 생각했다. 미엘르가 오스카와 함께 나타나기 전까지는 말이다.

생전 보지 못한 그녀의 밝은 미소를 보는 순간, 피가 차갑게 식었다. 지난번 생일과는 다른 아주 화사한 미소였다. 아무리 오스카의 방문이 즐겁다고 하더라도 저렇게 기쁘게 웃는 것은 이상했다.

마치 세상 모두를 다 가진 것 같은 모습이었다. 불행히도 아리아의 불안은 맞아떨어졌다. 오스카와 미엘르가 홀의 가장 가운데에 도착하자 기다렸다는 듯 백작과 백작 부인이 중앙 근처로 자리를 옮겼다. 게다가 곁에는 오랜만에 보는 이시스 공녀도 함께였다. 그리고 조금 떨어진 곳에 처음 보는 여인이 자리했다.

'누구지……?'

아리아의 궁금증을 해소시켜 준 것은 방금 전까지 그녀를 비웃었던 어떤 영애였다. 그녀가 퍽 놀란 얼굴로 여인의 정체를 입에 담았다.

"세상에, 공작 부인이시잖아? 여긴 어쩐 일이시지?"

화려한 부채를 팔랑이는 여인은 프레데리크 공작 부인인 듯싶었다. 고작해야 백작가의 영애인 미엘르의 생일에 참석하기에는 너무나 거물이었다.

덕분에 아리아의 불안이 가중되었다. 가문을 대표하는 이들이 모인 데다가 오스카, 그리고 미엘르가 함께 홀의 중앙에 서 있는 까닭이었다. 아무런 이유도 없이 그리하진 않을 터였다.

곧 모두를 대표해 이시스가 입을 열었다.

"조금 이르지만, 이 자리에 계신 분들께 먼저 알려 드리고 싶은 소식이 있어요."

그 말에 아리아의 얼굴이 딱딱하게 굳었다.

설마, 아니겠지. 아리아는 이곳에서 유일한 자신의 편이라 생각하는 제 어미에게 필사적인 눈빛을 보냈다.

하지만 일부러인지 그녀는 아리아와 눈을 마주치지 않았다. 우아하게 웃는 그 얼굴은 태초부터 고귀한 미엘르의 미래를 축복하기 위해서만 기능했다. 아리아의 필사적인 눈빛은 신경도 쓰지 않는 듯 보였다.

이시스가 말을 이었다.

"조금 이른 감이 없지 않아 있지만, 두 사람이 이리도 좋아하니 어쩔 수 없지요."

이시스의 말에 미엘르가 행복한 얼굴로 웃었다. 이에 아리아의 심장이 쿵 떨어져 내렸다.

어째서? 이시스의 뒷말은 굳이 듣지 않아도 예측할 수 있었다. 아리아의 시선이 어느새 미엘르의 옆에 선 오스카에게 향했다. 오스카는 별다른 표정을 짓지 않고 제 누이에게 시선을 고정한 채였다.

'……정말로, 돌아서 버렸구나.'

몇 번이고 확인한 참이거늘, 여전히 미련이 남아 돌연 연락을 끊어 버린 것에 대해 무언가 다른 이유를 끊임없이 찾았다. 이시스 공녀 때문일 거라고 치부했다.

'하지만…… 정말은 그게 아니라 오스카가 원한 건 아닐까.'

아니라면 저렇게 수긍하며 받아들일 수 없을 것이다.

이제 정말로 오스카라는 패를 버려야 할지도. 과거에도 지금도 자신에게 시선을 주지 않는 이를 붙들어 무엇하겠는가. 그럼에도 그는 미엘르에게 상처 주기 가장 좋은 패였기에, 자꾸만 아쉬워 오스카의 표정을 살폈다.

"미엘르 영애께서 성인이 되면 곧장 약혼식을 거행하려고 합니다. 그에 따라 가문에서 대대적으로 내려오는 약속의 반지를 영애께 전해 드리려고 해요."

이시스의 손짓에 오스카가 움직였다. 그가 품에서 작은 반지를 꺼냈다. 장미 모양으로 세공된 다이아가 박힌 반지였다. 대대로 프레데리크 가문의 공작 부인이 소유하는 반지이기도 했다.

미엘르가 수줍게 붉힌 얼굴로 손을 내밀었다. 미래의 공작 부인이 반지를 받을 시간이었다. 차마 그 꼴을 볼 수 없어 아리아가 자리에서 일어났다. 사악한 악녀의 퇴장에 관심을 기울이는 이는 없었다.

아니, 단 한 명만 제외하고. 오스카의 시선이 계단을 오르는 아리아의 뒷모습을 좇았다. 도착했을 때부터 눈에 담은 그녀였다. 그리고 이를 눈치챈 미엘르가 멈춰 있는 오스카에게 말을 걸었다.

"정말 예쁜 반지예요. 설마 제가 약속의 반지를 끼게 될 줄은 꿈에도 몰랐어요."

이에 멈춰 있던 오스카의 손이 다시 움직였다. 약속의 반지를 미엘르의 손가락에 끼워 주기 위해서였다.

이미 정해진 미래는 어찌할 도리가 없었기에.

＊　＊　＊

"아리아 아가씨!"

뒤에서 제 이름을 부르는 애니를 무시하고 아리아가 걸음을 옮긴 곳은 2층 정원이었다. 고상한 취미를 가지려 백작 부인이 만든 정원. 그리고 그곳은 오스카와 아리아의 인연을 맺어 준 곳이기도 했다.

'왜 나는 여기에 찾아온 거지…….'

도대체 무엇을 바라고 이곳에 온 걸까. 이제 오스카를 완벽하게 놓을 때도 되었건만. 그는 이제 더 이상 아리아에게 돌아오지 않을 것이다. 시기를 당겨 약혼 발표까지 했으니까 말이다.

흔들리는 모습이라도 보여 준다면 기꺼이 이물질이 되겠지만, 오스카는 자신에게 일말의 관심조차 보이지 않았다. 정원 안으로 들어가는 아리아에게 겨우 다다른 애니가 숨을 헐떡이며 말했다.

"아가씨…… 방으로 돌아가시지 않고요."

애니는 아리아가 오스카와 편지를 주고받았던 것을 아는 소수 중 하나였기에 걱정이 된다는 듯 말꼬리를 흐렸다. 하지만 아리아는 돌아가기는커녕 정원에 마련된 의자에 자리했다.

"미안한데…… 차를 좀 가져다주겠어?"

"예, 아가씨."

이제는 그녀가 할 일이 아니었지만 애니는 두말없이 차를 준비하기 위해 정원을 빠져나갔다. 오롯이 혼자가 된 아리아가 손바닥에 얼굴을 묻어 일그러진 제 얼굴을 감췄다. 오스카에게 잘 보이기 위해 잔뜩 꾸민 얼굴이 아마도 끔찍하게 흉물스러울 거라 생각해서였다.

이제 완벽하게 놓을 때가 되어 버렸다. 아니, 어쩌면 그 시기는 오래전에 지났을지도 모른다. 그가 연락을 끊자고 했을 때가 적기였다. 괜한 미련을 가져서 이렇게 다시 괴로움에 허덕였다.

'다른 가진 것들도 많은데, 고작 오스카 따위에게.'

이제는 오스카 말고도 가진 패가 많았다. 그가 미엘르에게 처절한 고통을 선사할 수 있는 좋은 패라고 해도, 얻지 못할 패를 계속 쫓는 것만큼 어리석은 짓이 없다.

한동안 애니가 가져다준 차를 마시며 마음을 정리했다. 애니마저 보내고 오랫동안 정원에서 떠나지 않는 동안, 아리아를 찾는 이는 없었다.

주홍빛 노을이 스며드는 창문을 응시하던 아리아가 자리에서 일어났다. 시간이 늦었음에도 아직 돌아가지 않은 사람들이 많은지, 1층 계단을 통해 시끄러운 소리가 들려왔다.

그것을 한참이나 바라보다가 제 방이 있는 3층으로 발걸음을 옮겼다. 내딛는 걸음이 돌처럼 무거웠지만, 미련을 떨치기 위해 온 힘을 다했다. 그렇게 마지막 계단을 지나 방으로 향하는 복도를 지나는데, 자신의 방문 앞에 무언가 떨어져 있는 것이 보였다.

'……뭐지?'

가까이 다가가서 확인해 보니 작은 상자였다. 마치 선물이라도 되는 양 포장까지 되어 있었다. 미엘르의 생일인데 왜 자신의 방 앞에 선물이 놓여 있는 것일까. 아리아가 그 상자를 들어 포장을 뜯었다. 제 방 앞에 놓여 있었으니 자신의 것이나 마찬가지였다.

'이건……!'

내용물을 확인한 아리아의 눈이 더는 커질 수 없을 만큼 휘둥그레졌다. 그것이 바로 장미 모양의 브로치였기 때문이었다. 붉은색 다이아몬드로 만들어진 브로치는, 이전에 아리아가 오스카에게 선물했던 브로치와 아주 비슷한 디자인이었다.

색과 다이아의 모양이 달라 따로 떼어 놓았을 땐 모르겠지만 나란히 놓고 보면 분명 맞춘 것이라 느껴질 브로치였다. 도대체 왜 이걸, 누가 보냈을까.

답은 정해져 있었다. 오스카가 보낸 것이 분명했다.

하지만 도대체 왜? 자신과 눈 한 번 마주치지 않은 그였지 않은가. 브로치에 대해 달리 아는 사람이 없을 것이니, 설마 다른 사람이 보냈을 리는 없을 텐데. 왜 이런 브로치를 보낸 것일까.

아리아가 고민하며 침대 위로 풀썩 쓰러졌다. 손에 쥔 브로치가 노을빛을 받아 반짝거렸다. 의도는 알 수 없지만 그가 아직 자신에게 미련이 있다는 것만은 확실했다. 그렇지 않고서야 이렇게 손수 신경을 써서 제작해야 하는 브로치를 보낼 리가 없을 테니까.

'그래, 그렇게 갑자기 인연을 끊자는 건 말도 안 되니까.'

무언가 이유가 있었던 것이 분명했다.

비실비실 새어 나오는 웃음이 공허한 방 안을 가득 채웠다. 오스카와 미엘르의 약혼 발표가 있었건만, 하늘을 날아갈 것처럼 기분이 좋았다.

하지만 이내 시간이 흐르자 한껏 들떴던 기분이 점점 되돌아왔다. 왜 그는 선물만 달랑 두고 갔을까. 얼굴도 보지 않고, 편지 한 통도 없이. 선물을 두고 가는 것이 아니라 차라리 편지의 답장을 보내는

편이 나왔다. 그간 얼마나 마음을 졸였는지 모르는 걸까? 사람을 이
토록 전전긍긍하게 만들고선, 고작 이런 선물 하나 따위를.

미엘르의 목을 쥘 수 있는 가장 유용한 패였던 그를, 그에게서
떨치지 못한 미련을 겨우 오늘 떨쳤나 싶었는데 갑자기 이런 선물
이라니. 도대체 뭘 어떻게 하라고.

'이용해 달라고 제 목을 들이미는 건가⋯⋯.'

그렇다면 이용해 줄 수밖에. 브로치를 손에 쥔 아리아가 서둘러
아래층으로 향했다. 이것을 보냈으리라 생각되는 오스카의 얼굴을
확인하기 위해서였다.

여전히 미엘르의 생일을 축하하는 파티로 1층이 소란스러웠다. 이
따금 '약혼'이라든가 '성인'이라는 말소리가 들리는 것을 보면 참석객
들 모두가 그녀와 오스카의 미래에 대해 이야기하는 모양이었다.

'어리석게도. 그는 제 약혼녀의 생일에 몰래 다른 여인에게 선물
을 보내는 이거늘.'

역시 그가 마음에 품은 사람은 자신이 분명했다. 그렇지 않은 이상
그 오스카가 제 약혼녀의 생일에 다른 여성에게 선물을 보낼 리가.

1층으로 내려가는 계단 끄트머리에 선 아리아가 오스카의 흔적
을 찾았다. 다행히 오스카는 계단 근처에 자리하고 있었다. 이시스
공녀와 함께였는데, 생일 파티와는 어울리지 않는 굳은 얼굴로 정
면을 응시하고 있었다.

때문에 곧장 오스카에게 다가가려던 걸음을 멈추고 잠시 그들을
지켜보았다. 말소리는 들리지 않았지만, 공녀가 끊임없이 오스카
에게 무언가 말을 걸고 있었다. 대화가 지속될수록 오스카의 표정
이 점점 굳어 갔다.

'무슨 대화를 하는 걸까.'

잠시 두 사람이 대화를 하는 것을 지켜보던 아리아는 우연히도 고개를 돌리던 이시스와 눈이 마주쳤다. 태연하게 놀란 기색을 감추며 공손히 인사를 하자, 그녀가 싸늘한 눈빛으로 대답을 대신했다. 아무리 사람들의 눈에 띄지 않고, 공작가의 장녀라고 해도 무례한 대응이었다.

'저게 속내겠지.'

이미 수백, 수천 번도 넘게 저러한 반응을 겪었기에 달리 기분이 나쁘진 않았다. 오히려 그녀의 본모습을 알게 된 것 같아 웃음도 나오지 않았다. 그리고 지금은 그것보다 오스카와 대화를 나누고 싶었다.

이에 보답하듯 제 누이의 싸늘한 얼굴을 눈치챈 오스카가 고개를 돌려 시선이 닿은 곳을 확인했다. 생각지도 못하게 마주하게 된 아리아의 모습에 오스카가 적잖이 놀란 얼굴로 몸을 굳혔다.

이번에도 아리아는 우아함을 잃지 않고 오스카에게 인사했다. 거기에 늘 그를 혼란과 시련에 빠뜨렸던 고혹적인 미소를 더했다. 생일 선물에 대한 보답이기도 했다. 그가 어떻게 반응할지 참으로 궁금해지는 순간이었다. 오스카와 함께 아리아의 미소를 마주한 공녀가 티가 나지 않을 정도로 미간을 좁혔다.

'얼굴을 붉힐까? 그도 아니면 당장 자리에서 일어나 이쪽으로 다가오진 않을까?'

선물까지 두고 간 참이니 적어도 미소 정도는 지어 주지 않을까 기대하던 그때, 공녀가 오스카의 팔을 부채로 가볍게 두드렸다. 그러자 제 아랫입술을 깨문 오스카가 아무런 대답도 보이지 않은 채 아리아로부터 매정하게 고개를 돌렸다.

이에 공녀가 아주 자애롭고 부드러운 미소로 제 동생의 **뺨**을 쓸어내렸다. 마치 칭찬이라도 하듯. 아주 순식간에 일어난 일이었다.

'……도대체 왜?'

설마 선물까지 받은 마당에 오스카에게서 무시를 당할 줄은 꿈에도 상상하지 못했기에 한동안 아무런 행동을 취할 수 없었다. 아무리 공녀가 옆에 있다고 한들, 작은 미소조차 지어 주지 않는 것은 너무도 매정한 처사였다.

결국 자리를 먼저 떠난 것은 오스카와 공녀였다. 저택을 떠나려는 듯 보였다. 한참을 계단 위에서 딱딱하게 굳어 있는 아리아에게는 단 한 번의 시선도 주지 않은 채였다. 패배자의 말로였다. 아리아는 그들이 떠나자마자 이를 악물고 제 방으로 돌아갔다.

'도대체 몇 번이나 날 실망시켜야 직성이 풀릴 참인지!'

결국 비참한 기분만 느낀 채 방으로 돌아온 아리아가 손에 쥔 브로치를 응시했다.

이렇게 무시를 할 거라면 이딴 브로치 따위를 왜 보낸 것인지!

몇 번이고 농락당해 화가 나 손에 쥔 그것을 던지려 한껏 손을 치켜드는데, 시선 끝에 선명한 색상의 꽃이 닿았다.

아스가 보낸 튤립이었다. 과거에는 없었던 꽃. 받은 지 꽤 시간이 흘렀음에도 싱싱함에 변함이 없었다.

그것이 눈에 들어오자 지금 자신의 현실을 깨달을 수 있었다. 과거와는 달리 많은 것들을 이루고 있는 자신을 말이다. 튤립도 그중 하나였다. 그렇게 생각하자 분노로 가득 찼던 마음이 차갑게 식는 것이 느껴졌다.

'멍청하게도……. 이용하려 했는데, 결국 이용당한 것은 나인가.'

미엘르에게 대단한 행복을 안겨 주었으니 말이다. 성년까지는 아직 3년이라는 시간이 남긴 했지만, 반지까지 받았으니 약혼은 시간 문제였다. 약혼과 함께 결혼까지 치를지도 모르는 일이었다.

오스카에 대한 미움과 함께 이 모든 것의 원흉인 미엘르의 못된 낯짝이 떠올랐다. 브로치를 쥔 손에 힘이 들어갔다.

'악귀 같은 년.'

만약 그녀가 자신을 가만히 내버려 두었다면 고작해야 리본과 보석이 덕지덕지 붙어 화려하기만 한 드레스에 만족하는 소녀로 자랐을 것이다. 더 이상의 신분 상승을 바라지도 않은 채 적당히 현실에 만족하며 멍청하게 살았을 것이다.

하지만 결과는 어떠한가. 과거의 해일이 몰려와 다시금 그녀에 대한 복수심이 심장을 뛰게 만들었다.

'만약 미엘르에게 이 브로치를 보여 준다면…… 어떻게 받아들일까?'

그래. 아주 좋은 생각이었다. 다른 사람이라면 몰라도 그녀는 이 브로치의 정체를 알아챌 것이 분명했다. 오스카에게서 브로치를 선물받았다고 자랑을 하던 그녀였으니 분명 울화가 치밀지 않을까? 더불어 오스카에 대한 믿음 또한 금이 가겠지.

물론 금이 간다고 하여 미엘르의 일방적인 사랑이 쉽게 사라지진 않겠지만, 가슴속 깊은 곳에 응어리로 자리할 것이다. 의심이라는 응어리로.

아리아는 곧장 그것을 실행에 옮기기로 결심했다. 아주 유치한 행보였지만 지금으로서는 미엘르에게 상처를 줄 방도가 그것밖에 없었다. 원래 그렇게 아주 사소한 행보가 비수가 되어 응어리를 만들기 마련이었다. 과거의 자신이 직접 겪은 소중하고 절절한 경험이었다.

그리고 그 시일은 아주 가까웠다. 당장 생일 파티에서 그랬다간 악녀의 이미지만 더할 뿐이었기에 그녀의 생일이 지난 며칠 뒤로 결정했다. 당당히 가슴에 브로치를 단 아리아가 식탁에 앉았다.

쭉 그랬듯 아무도 그녀에게 관심을 주지 않았다. 그럼에도 위축되지 않고 때를 노렸다. 최근의 주요 화제는 미엘르의 약혼이었기에 가만히 대화에 귀를 기울였다.

"……그래서 이시스 님께서 혼인을 치르신 뒤가 적당하지 않을까 생각했어요."

"아무래도 그게 좋겠지. 황태자 전하께서 빨리 결정을 내리셔야 하는데 말이야."

"세상에……. 그렇게 되면 황태자비께서 약혼식에 참가하시겠죠? 전하께서도요."

백작 부인이 과하게 놀라며 말했다. 더 이상 아리아에게 기회가 없다는 것을 깨달은 그녀는 미엘르의 미래를 위해 온 신경을 다 쏟았다.

황가의 축복을 받은 약혼식은 그 의미가 컸다. 체면을 세우는 것에도 일조했다. 애초에 황태자와 공녀가 결혼을 한다는 시점에서 귀족파에 굴복한다는 것을 의미했다. 그리고 미엘르는 그런 가문의 안주인으로 들어갈 예정인 것이다.

"아무래도 그러시겠지요?"

"신경 써야 할 것이 한두 가지가 아니겠구나. 세상에서 가장 아름다운 신부가 되어야 할 테니까 말이야. 드레스는 어느 디자이너를 부르는 게 좋을까?"

"드레스는 대대로 공작 부인들께서 입으셨던 것을 수선하기로 했어요. 아직 백작가에 들어오신 지 얼마 되지 않으셔서 잘 모르시겠지만……. 공작가의 약혼식과 결혼식은 대대로 그렇게 치러졌거든요."

애써 아는 척하며 챙기려는 백작 부인이 민망할 정도로 미엘르의 대답이 싸늘했다. 얼굴에는 미소가 가득한데 말투에는 무지한 백작 부인을 질책하는 가시가 돋쳤다. 때문에 백작 부인이 애써 미소를 유지하며 되물었다.

"……벌써 그런 것까지 정한 거니?"

"네, 공녀님께서 여러모로 신경을 써 주시네요."

화사하게 웃는 미엘르의 얼굴에 뜨거운 수프를 내던지고 싶어졌다. 하지만 뜨거운 수프보다 훨씬 효과적으로 그녀의 얼굴을 망칠 물건이 있었다. 바로 브로치였다. 아리아가 등을 꼿꼿이 세워 가슴을 활짝 펴고 대화에 끼어들었다.

"정말 부럽구나, 미엘르. 너는 분명 제국에서 가장 아름다운 신부가 될 거야."

"……고마워요, 언니."

난데없는 아리아의 축하에 미엘르가 어색한 얼굴로 대답했다. 설마 아리아가 이 대화에 끼어들 줄 몰랐던 모양이었다.

그도 그럴 것이 며칠 동안이나 대화에 끼어들지 않은 채 조용히 식사만 했던 아리아였다. 그리고 자신 또한 일부러 대화에 끼어들지 못할 주제를 꺼냈었다.

하지만 가만히 있을 아리아가 아니었다.

"그러고 보니 이전에 오스카 님께서 브로치를 선물하셨다고 했지? 사실 얼마 전에 나도 브로치를 선물받았거든."

오스카의 이야기를 곁들여 자연스레 화제를 전환했다. 오늘도 역시 소중한 브로치를 가슴에 달고 나온 미엘르였기에 아주 그럴듯하게 대화가 연결되었다. 모두의 시선이 아리아의 가슴으로 향했다.

"장미…… 모양? 그 디자인은……!"

브로치를 확인한 미엘르의 눈동자가 한차례 떨렸다.

"참 아름답지? 레드 다이아몬드인 듯싶어."

아름답다는 그녀의 말은 사실이었기에 백작과 백작 부인도 조금의 관심을 표했다. 꽃을 형상화한 각 가문의 문장은 종종 장식으로 쓰였기에 달리 이상하게 생각하지 않는 모양이었다. 바로 며칠 전에 약혼 발표를 한 참이었기에 더욱이 그러했다.

언제나 보석에 관심이 많은 백작 부인이 물었다.

"꽤 값이 나가 보이는구나. 누구에게 받은 거니?"

"저도 잘 모르겠어요. 미엘르의 생일 파티에 참석하려고 잠시 자리를 비운 사이에 방문 앞에 놓여 있었거든요."

그녀의 생일에, 그것도 익명의 누군가에게 받았다는 말을 넌지시 흘리자 미엘르의 안색이 더욱 창백해졌다.

"어머나, 그럼 참석자 중 한 명이려나?"

"아마도 그렇겠지요?"

"생일에 전하지 못한 선물을 전하러 온 모양이로구나."

"늦어도 괜찮으니 이름이라도 밝혔으면 좋았으련만…….""

하지만 미엘르는 이 브로치를 준 이의 이름을 알지 않을까? 사색이 된 그녀의 얼굴만 보아도 알 수 있었다. 매일 애지중지 달고 산

제 브로치와 이토록 비슷한 분위기를 풍기니 말이다.

"……예쁘네요."

브로치를 확인한 그녀의 얼굴에서 밝은 기운이 사라졌다. 이후의 그녀의 식사는 순조롭게 엉망이 되어 가는 듯 보였다. 결국 반 이상이나 음식을 남긴 미엘르가 속이 좋지 않다는 핑계를 대며 먼저 자리에서 일어났다. 백작 부인이 걱정스러운 얼굴로 물었다.

"의사를 부를까?"

"아뇨, 조금 쉬면 괜찮아질 것 같아요. 피곤해서 그런가 봐요."

"엠마. 혹시 모르니 미엘르를 잘 돌봐 주기를 바라네."

"예, 알겠습니다."

백작의 허락이 떨어지자마자 서둘러 제 방으로 걸음을 옮긴 미엘르가 뒤를 따라 방 안으로 들어오려던 엠마에게 말했다.

"잠시만 혼자 있게 해 줘."

"……예, 아가씨."

오랜만의 지시였기에 엠마가 서둘러 주변을 살피며 아무도 없는지 확인했다. 잠시 뒤, 방 안에서 무언가 깨지는 소리와 함께 미엘르의 비명이 들려와 엠마가 눈을 질끈 감았다.

"아가씨……."

그렇게 전전긍긍하며 미엘르를 걱정하던 그녀는 방 안이 조용해지자마자 조심스레 안으로 들어갔다.

그러고는 서둘러 미엘르의 상태를 확인했다. 늘 그랬듯 보드라운 그녀의 피부와 비단결 같은 머리카락에는 한 점의 상처도 없었다. 때문에 그녀는 안심하며 깨져 널브러진 파편들을 먼저 치우기 시작했다.

"엠마……."

거의 다 치워 갔을 때쯤, 조용히 소파에 앉아 화를 삭이던 미엘르가 엠마의 이름을 불렀다. 치우던 파편들을 한곳에 모은 엠마가 미엘르에게 다가갔다.

"예, 아가씨."

"어떡하지? 기분이 매우 언짢아."

그건 분명 화가 날 일이었다. 평범한 사람 같았으면 천불이 날 일이었는데, 고작해야 미엘르의 입에서 나온 말은 '기분이 언짢다.'라는 정도였다.

숨어서 몰래 화를 풀어야 하는 아이. 그 가여움에 엠마가 썩어 들어가는 가슴을 부여잡고 그녀를 위로했다.

"이제 곧 공작 부인이 되실 테니 노여움을 푸세요. 그 못된 매춘부의 딸은 제가 잘 처리할 테니까요."

"엠마……."

하지만 그런 엠마의 위로에도 미엘르는 노여움을 풀지 못했다. 그 더러운 계집이 백작가에 들어온 지 2년이나 지났는데, 아직도 고개를 빳빳이 들고 다니지 않는가.

거기다가 어째서인지 오스카의 마음까지 홀려 놓았다. 첫 만남 때부터 예사롭지 않았는데, 날이 가고 해가 갈수록 자꾸 신경이 쓰일 만한 일이 일어났다. 예를 들면 그 계집의 손수건을 오스카가 가장 먼저 가져갔다든가, 생일에 그가 방문한다든가, 무엇보다 이따금 초점이 나간 눈동자로 그 못된 계집년에게 시선을 준다든가 하는 점이었다.

'게다가 그 브로치…….'

오스카가 아니라면 그런 브로치는 만들 수 없을 것이다. 마치 그의 브로치를 보고 만든 것처럼 디자인과 분위기가 흡사했다. 자신이 가지고 있는 브로치보다 훨씬 더 자연스럽게 어울리는 듯 보였다.

이시스 공녀의 도움을 받긴 했지만, 자꾸 오스카와 아리아가 엮이는 느낌이 들어 진정이 되질 않았다. 태초부터 고귀한 태생인 자신은 이토록 감정표현을 격하게 하는 사람이 아니었건만, 아리아가 나타난 뒤로는 종종 이런 못난 모습을 보이게 되어 버렸다. 그것 또한 마음에 들지 않았다.

"새로 붙인 시녀는 어떻게 됐어?"

"아……. 나름 열심히 하는 모양입니다만, 아무래도 그 못된 년이 쉽게 마음을 열지 않는 모양이에요."

베리는 꽤 영악한 아이여서 아리아에게 넘어간 애니보다 훨씬 잘해 줄 거라 믿었는데 생각처럼 그렇게 쉽지 않았다. 그녀가 해가 뜨기 전부터 해가 진 캄캄한 밤이 되도록 허드렛일에서 벗어나지 못하고 있었기 때문이다.

중간중간 보고할 짬도 없이 같은 곳을 하루 종일 닦는 일을 시킨다고 하였다. 닦고, 닦고 또 닦아도 더럽다며 트집을 잡는다고 하였다. 심지어 아리아뿐만 아니라 시녀들인 애니와 제시까지도 자신을 괴롭힌다며 울던 베리를 떠올려 난처해진 엠마가 말을 얼버무렸다.

"공녀님께 편지를 써야겠어."

미엘르가 엠마에게 편지지를 가져올 것을 요구했지만, 엠마가 그녀를 말렸다.

"아가씨, 바로 얼마 전에도 약혼 문제 때문에 공녀님과 오랫동안 편지를 나눈 참이시잖아요. 약속의 반지도 받으셨으니 이제 오스카 님을 믿으시고 기다리시는 게 어떨까요?"

공녀에게 미엘르가 굉장히 중요한 존재임이 틀림없었지만, 이렇게 매번 편지를 보내 닦달하는 것은 좋지 않을 것이다. 더욱이 최근 황태자의 움직임이 심상치 않아서 공녀의 심기가 불편해 보였다.

귀족파의 몇몇은 사업이 망해 파산했다고 들었다. 회생 가능성조차 없다며 수도를 떠날 생각까지 하고 있다 들었다. 하지만 이미 망한 자에게 손을 뻗을 공녀가 아니었기에, 그들은 그렇게 사라져 버릴 것이다.

파산한 귀족들이 귀족파의 주요 인물들은 아니었지만, 몰락했다는 그 수가 늘어난다면 분명 귀족파 내부에 불안감이 조성될 것이다. 아니, 이미 조금씩 말이 나오고 있었다. 그렇게 천천히 하나둘 곪아 가다 보면 언젠가는 터져 버릴지도 모를 일이다.

물론 예전 인맥들을 통해 들은 소문과 미엘르의 어깨너머로 본 것이 다였지만, 어쨌든 이런 사소한 걸로 공녀를 귀찮게 해선 안 된다는 생각이 들었다. 더욱이 남녀 관계의 일이니까 말이다.

"오스카 님은 당연히 믿지만, 주변에 꼬이는 나쁜 해충은 없애야 하잖아."

"아가씨, 해충은 제가 어떻게든 해 볼게요. 그러니 아가씨께선 좋은 공작 부인이 되시는 것만 생각하셔요."

엠마의 달래는 듯한 말투에 미엘르가 눈을 깜빡이며 물었다.

"……어떻게 하게?"

"차에 조미료라도 첨가할까요?"

"조미료?"

조미료를 첨가하겠다는 말에 미엘르의 눈이 반짝반짝 빛났다. 그것이 단순히 맛을 좋게 하기 위한 조미료가 아님을 알면서도 말이다.

"하지만 누가 그걸 넣겠어?"

외부에서 누군가를 고용하지 않는 이상, 그렇게 하기는 불가능했다. 내부에서 자체적으로 끝내기엔 누군가 한 명이 희생해야 했다. 이미 작년에 있었던 마차 사건으로 쉽게 나설 이를 구할 수 없을 것이다.

"제가 한번 구해 볼게요, 아가씨. 그러니 아가씨께선 마음 놓으시고 공작 부인이 되실 미래만을 바라보세요."

어차피 미엘르를 진정시키기 위한 입바른 말에 불과했다. 말을 꺼내 놓고 제대로 마치지 못한다고 하더라도 미엘르는 너그러이 용서할 것이다. 엠마는 미엘르를 아주 어릴 때부터 돌본, 어미와 다를 바 없기 때문이다.

그리고 정말 미엘르에게 방해가 된다면 자신이 나설 생각도 있었다. 제 한 몸을 희생해 미엘르의 안녕을 도모한다면 분명 뜻깊은 일이 될 터니까. 다만, 아직은 그렇게 할 필요성을 느끼지 못할 뿐이었다.

"그것보다는 최근 눈에 띄는 세력이 생긴 모양인데, 그쪽과 친분을 쌓아 보시는 게 어떨까요?"

엠마는 최근 젊은 귀족들을 중심으로 새로운 파벌이 생긴 것을 떠올리며 그들과 접촉할 것을 권했다. 지금까지는 존재조차 몰랐던 별 볼 일 없는 이들이었는데, 갑자기 어느 시점을 기점으로 이름을 떨치기 시작했다. 아직 나이가 어려 경험이 부족한 이들이 태반이거늘, 어떻게 된 일인지 일으키는 사업마다 대성하여 모두의 지대한 관심을 갖고 있는 바였다.

딱히 대단한 자가 중심에서 이끄는 것도 아닐 텐데, 어째서인지 그들은 무언가를 중심으로 한 것처럼 똘똘 뭉쳐 있었다. 심지어 종종 그들끼리 모임을 가질 정도로 친분이 대단했다. 미엘르 또한 그들의 존재를 알고 있었기에 좋은 생각이라며 고개를 끄덕였다.

"좋은 생각이야, 엠마. 공녀님도 분명 좋아하시겠지?"

"그럼요. 우리 쪽의 자금줄이 위험한 상황이니, 새로운 세력을 끌어들여 친분을 쌓아 놓는 게 좋겠지요. 지금은 중도를 지키고 있다지만, 분명 그들도 어딘가에는 소속되고 싶어 하지 않을까요?"

"그렇겠지?"

"하물며 저희는 공녀님과 미엘르 아가씨께서 계시는 쪽이니, 들어오고 싶어서 안달이 났을지도 모르는 일이지요."

"내가 왜 그 생각을 못했지? 공녀님께서도 분명 좋아하실 거야. 그들의 부인들과 함께 식사라도 가져야겠어."

"예! 아가씨께서 함께 점심이라도 들자고 하시면 쌍수를 들고 환영하리라고 생각해요."

"그럼 연락을 좀 취해 주겠어?"

"걱정 마세요, 아가씨!"

드디어 밝아진 미엘르의 얼굴에 엠마가 가슴을 쓸어내렸다. 젊은 귀족들을 귀족파로 끌어들인다면 지금보다 더 공녀의 신임을 얻을 수 있을 테고, 미엘르의 가치도 오를 것이다.

아무리 사업에 성공했다고 한들, 하급 귀족은 하급 귀족이었다. 훗날을 위해선 뒤를 받쳐 줄 인맥이 필요하겠지. 그리고 그 인맥으로는 미엘르가 아주 적절했다.

* * *

해가 바뀌고 얼마 지나지 않아서부터 계속 저택이 소란스러웠다.

과거에도 본 적이 없던 처음 보는 부인들이 백작저를 드나들었기 때문이다. 이유인즉 미엘르가 주최한 티 파티 때문이었다. 늘 자신에게 이득이 될 고위 귀족들만 초대했던 그녀였기에, 아리아로선 이해하기 힘든 일이었다.

그것은 애니 역시 마찬가지였는지 아래층에 내려가 몰래 모임을 훔쳐보고선 어리둥절한 얼굴로 다시 아리아의 방으로 돌아왔다.

"이해할 수가 없어요. 어떻게 미엘르 아가씨께서 남작 부인들과 어울릴 수가 있죠? 심지어 평민도 있었다고요!"

화를 내는 그녀는 꽤 실망한 듯한 표정이었다. 금은보화에 홀려 아무리 아리아의 편에 섰다고는 하나, 그간 동경해 마지않던 미엘르의 갑작스러운 변화에 퍽 충격을 받은 모양이었다.

반대편에 앉는 애니의 가슴에 달린 브로치가 빛을 받아 반짝였다. 오스카에게서 받은 장미 브로치였다. 미엘르를 실컷 농락한 그 브로치는 결국 애니의 손에 떨어지게 되었다.

버릴 패는 확실하게 버려야 했다. 더는 오스카를 잡지 않을 생각이었다. 처음 과거로 되돌아왔을 때만 해도 그에게 미래를 걸었던 아리아였지만, 이제는 아니었다.

지금의 그녀는 이룬 것이 꽤 많았고, 앞으로 그보다 좋은 패들을 손에 쥘 것이다. 그것들을 하나하나 정리하며 오스카 하나만으로는 아무 의미가 없다는 것을 납득했다. 때문에 이제는 애니에게 선물할 정도밖에 가치가 남아 있지 않은, 마주해도 아무런 생각이 들지 않는 그것을 힐끗 쳐다본 아리아가 애니에게 물었다.

"무슨 이야기를 나누던?"

"사업 이야기 같았는데…… 잘 모르겠어요. 누구 부인의 남편분이 무슨 사업을 어쩌고저쩌고 하던걸요?"

"그래?"

한두 번이라면 모를까, 하루가 멀다 하고 열리는 모임에 아리아마저 궁금증이 일었다. 과거에는 평민은 고사하고 하급 귀족과도 절대로 어울리지 않던 미엘르였건만 도대체 무엇이 그녀를 이렇게 바꾸었을까.

호기심을 이기지 못한 아리아가 산책을 하는 척 아래층으로 내려갔다. 겨울인 탓에 2층 정원에서 모임을 가진 모양이었다. 정원의 문은 열려 있었기에, 아리아는 정말 산책을 하듯 아무렇지 않게 그 안으로 들어갔다.

안에는 열댓 명의 젊은 여성들과 미엘르가 차를 마시며 도란도란 대화를 나누고 있었다. 정원을 천천히 걸으며 얼핏 들은 것에 불과하지만, 주된 내용은 사업에 관한 이야기였다. 중간중간 까르르 웃는 소녀와도 같은 웃음소리가 들렸다.

"앗, 아가씨……!"

이를 유심히 듣고 있는데 정신없이 그녀들의 시중을 들던 시종하나가 아리아의 방문을 알아챘다. 아리아가 그녀들의 테이블에 가까이 다가간 탓이기도 했다. 수십 개의 눈동자가 새로이 등장한 인물에게 호기심을 보였고, 그녀들의 궁금증을 해소하기 위해 미엘르가 아리아의 이름을 불렀다.

"아리아 언니."

"미엘르."

미엘르는 브로치에 관한 일은 몽땅 잊어버린 얼굴이었다. 그녀는 모인 여성들과 어우러져 미소를 짓고 있었다. 가식인지 아닌지는 알 수 없었지만 그녀가 웃고 있다는 사실 자체가 기분이 나빴다.

도대체 이들의 무엇이 그녀를 이렇게 즐겁게 만들어 준 것일까. 하나하나 눈에 담아 보았지만 전혀 기억에 없는 잔챙이들에 불과했다.

"제 언니예요."

미엘르가 모인 여성들에게 아리아를 소개했다. 별다른 수식어가 없는 아주 간단한 소개였지만, 모두들 아리아를 알아본 듯 저마다 다른 표정을 지으며 인사했다. 익숙한 상황이었다. 아리아가 여러 가지 감정이 담긴 시선을 한 몸에 받으며 허리를 꼿꼿이 세웠다.

"즐거워 보이는군요. 동석해도 될까요?"

초대받지 못한 이가 동석까지 하겠다고 나선 마당이었다. 게다가 소문도 좋지 않은 그녀였다. 보통의 영애들이라면 속눈썹이 흔들릴 정도로 부채질을 하며 비웃을 것이다.

그러나 여기 모인 여성들은 모두 신흥 사업가의 부인들이었다. 하급 귀족이 대부분인 데다가 평민도 있었다. 그녀들에겐 아리아의 등장이 불쾌하다기 보단 흥미로움에 가까웠다.

"그렇게 해도 되지 않을까요? 사람이 많이 모일수록 재미있는 이야기가 나올 테니까요."

테이블 가운데에 앉은 한 여성이 말했다. 눈을 빛내는 것을 보아하니 그녀가 아리아에게 가진 감정은 호감에 가까운 호기심인 듯 보였다.

'소문의 그 악녀가 어떤 사람인지 궁금하겠지.'

더욱이 악녀에 관한 소문이 여러 갈래로 갈리는 시점이었기에 궁금하기도 할 것이다. 다행히 그녀는 이 무리에서 꽤 영향력이 있는 인물인지, 여타 부인들 또한 그러는 것이 좋겠다며 고개를 끄덕였다.

정작 여기서 가장 신분이 높은 미엘르의 의견은 전혀 반영되지 않은 상태였다. 늘 미엘르의 심기를 살피며 찬성 의견만 냈던 여타 영애들과는 다른 모습이었다.

'평민이 있다고 하더니, 그래서인가.'

뜻밖의 상황에 느릿하게 눈을 깜빡이며 여인들을 주시하던 아리아가 매력적인 웃음을 지었다. 아주 재미있는 모임인 듯싶었다.

아리아의 자리는 미엘르의 바로 맞은편에 자리해서 테이블 중앙에 가까웠다. 고개를 들면 미엘르의 얼굴이 보여 아주 적당한 곳이었다. 아리아는 자신이 자리하자마자 순서대로 소개하는 그녀들에게서 한 가지 특징을 찾을 수 있었다.

'내가 투자한 가문의 부인들이잖아?'

바로 그녀가 투자해 성공한 사업가들의 부인들이었다는 점이었다.

그 사업가들은 모두 소개와 소개를 거듭해 아리아에게서 투자를 받은 이들이었기에 서로 간의 연대가 꽤 돈독했다. 그들과의 연락을 중개하는 앤드류에 의하면 아리아에게서 투자를 받은 이들끼리 정기적으로 모임도 가지고 있다고 했다.

물론, 자발적으로 이루어진 모임은 아니었고 아리아가 그렇게 하는 것이 좋겠다고 제안하여 시작된 것이었다. 익명의 투자자 A로부터 투자를 받은 젊은 사업가들끼리 사이를 돈독히 했으면 하는 바람에 시작된 관계였다.

'그런데 그런 그들의 부인들이 모두 모여 있다니.'

미엘르의 꾀를 알 것도 같았다. 자본을 바탕으로 한 신흥 세력이니 자신들의 무리로 끌어들이려는 작정이겠지. 현재 귀족파에는 파산하는 귀족이 나오고 있을 테니, 부를 축적하고 있는 그들에게 지대한 관심을 갖고 있을 것이다. 비록 대부분이 하급 귀족과 평민이기에 그들의 수준에는 맞지 않겠지만, 자금은 필요할 테니까 말이다.

'하지만 과연 그렇게 될까? 그들이 충성을 다하고 있는 자는 익명의 투자자 A, 바로 나인데?'

그들을 한순간에 제국의 떠오르는 별로 만든 이는 다름 아닌 아리아였다. 그들은 얼굴 한 번 본 적 없는 아리아에게 수도 없이 편지를 보내며 그 충성심을 표현했다. 만날 수만 있다면 무릎을 꿇고 발에 입맞춤이라도 할 구구절절한 내용이었다.

그런데 그런 그들이 소모품으로 쓰이고 버려질 게 뻔한 귀족파에 들어가려고 할까? 신분과는 별개로 그들은 사업가이다. 똑똑한 이들이니 절대 그렇게 하지 않을 것이다.

한 명씩 소개가 끝난 뒤, 끊겼던 대화가 다시 시작되었기에 아리아가 고고하게 차를 마시며 그녀들의 대화에 귀를 기울였다.

"그런데 만날 때마다 투자자님의 이야기를 하게 되는 것 같네요. 아무래도 받은 은혜가 크니까요. 아무런 조건 없이 사업 계획서만 보고 투자를 하시는 분은 세상에 그분밖에 없으실 거예요."

"맞아요. 만약 투자자님께서 투자해 주지 않으셨다면 사업이 망했을지도 모르는 일이었어요. 마침 기술을 사겠다는 분이 계셨거든요. 그이가 한참을 고민했었어요."

"저도 그래요. 투자를 받지 않았다면 분명 저택을 팔아야 했을 거예요. 천만다행이었죠."

"어머, 저 또한 그랬어요. 이미 가지고 있던 보석들을 모두 처분해 남편의 사업에 보탠 참이었죠."

그녀들은 쉴 새 없이 투자자에 대한 칭송을 늘어놓았다. 제때 투자를 받아 참변을 막았다는 내용이 대부분이었다. 오늘 처음 본 부인들이 자신에 대한 존경을 늘어놓은 것에 기분이 이상해졌다. 대놓고 욕을 들은 적은 많았지만 칭찬이라니. 배 속 저 어딘가가 간지러우면서도 벅찬 느낌이라 표정 관리가 어려웠다.

그래서 손수건으로 입매를 닦는 척하며 올라간 입꼬리를 내렸다. 어쩌면 늘 글로만 전해 받았던 감정을 현실에서 마주했기 때문일지도 모른다.

내내 미소를 지으며 대화에 귀를 기울이던 미엘르가 물었다.

"저도 꼭 한번 그 투자자라는 분을 뵙고 싶네요. 그런데 그 보석들은 지금 어떻게 되었나요? 되찾으셨나요?"

"아뇨, 되찾지 않았답니다. 정확히는 그런 싸구려 보석을 되찾을 필요가 없었죠."

남작 부인이 자신감 넘치는 목소리로 대답했다. 고작 몇 달 만에 기울어진 가세까지 회복했기에, 몇 푼 되지 않는 지나간 보석 따위에 관심을 줄 필요가 없었다는 뜻이었다.

"그건 정말 다행이네요."

"그리고 지금은 그런 사소한 것에 신경을 쓸 때가 아니기도 하고요. 그이의 사업이 안정될 때까진 전력을 다해 도울 생각이랍니다."

남편의 사업을 돕겠다는 그녀의 눈에서 불꽃이 이는 것 같았다. 그것은 이미 모든 것을 가지고 태어난 귀족들에게선 찾아볼 수 없는 열정이었다.

그에 미엘르가 고개를 갸웃하며 물었다.

"그런가요? 그래도 알아서 잘하시지 않을까요? 지금까지 그러셨으니까요. 전문가를 고용하는 편이 낫지 않을까 싶은데요."

역시 미엘르에게 있어선 그녀들이 남편의 사업을 적극적으로 돕는다는 것이 이해되지 않는 모양이었다. 분위기를 맞추기 위한 조언을 몇 마디 하는 것이라면 모를까, 저리도 열과 성을 다할 필요가 무엇이 있겠냐는 물음이었다.

"아뇨. 지금까지 같이 일궜는걸요. 전문가는 아직 조금 먼 이야기일지도 모르겠네요."

활활 타오르는 눈빛만큼이나 대답이 단호했다. 재력과 권력의 차이가 하늘과 땅만큼 있었지만, 제 의견을 피력하는 데 어려움이 없었다.

"같이 일구셨다니, 흥미로운 이야기군요. 부인께선 어떤 일을 돕고 계시죠?"

아리아의 물음을 기다리기라도 했다는 듯 남작 부인이 자신의 역할에 대해 열변을 토했다.

"그이는 외부 일이 바빠서 내부 일을 세세히 관리하기에는 부족함이 많아요. 그래서 제가 주로 내부 관리를 담당하고 있죠. 수입한 재료의 관리와 회계 쪽을 처리하고 있답니다. 아직은 어렵지 않아 혼자서도 가능하거든요."

그녀는 자신이 하는 일에 대해 자부심을 갖고 있는 듯 보였다.

정말로 저 일들을 홀로 처리하고 있다면 대단한 일임이 틀림없었다. 그들은 단순히 자신이 투자를 하여 성공한 것이 아니라는 걸 깨달은 아리아가 순수하게 감탄하며 대답했다.

"꽤 많은 일을 담당하고 계시군요. 남에게 맡기기 불안한 업무를 부인께서 처리하고 계시니, 남작님께서 마음 편히 일에 몰두하실 수 있으시겠어요."

금전이 오가는 영역에 사람을 배정할 때는 신중에 신중을 가해야 한다고 강조했던 서적을 떠올리며 그리 대답하자, 남작 부인이 슬그머니 뺨을 붉혔다.

"……감사합니다. 물론, 후에 사업이 더 번창하면 미엘르 영애의 말씀대로 사람을 고용해야겠죠."

"네, 그러는 편이 좋겠어요. 지금은 어쩔 수 없다고 하더라도, 역시 부인께선 가문에 신경 쓰셔야 할 테니까요. 전문가에게 일을 맡기는 편이 효율적일 거예요."

남작 부인의 입에서 제 이름이 거론되자, 미엘르가 회심의 미소를 지었다. 그녀는 어디까지나 귀족 여성은 가문을 지키는 데 힘써야 한다고 생각하는 여성이었기에 제 주장을 굽히지 않았다.

"아니. 내 생각은 그렇지 않아, 미엘르. 후에 사람을 고용한다고 하더라도 부인께서 그들을 감시하는 역할을 하는 게 좋지 않을까 생각해. 능력을 썩힐 필요는 없지 않겠니?"

하지만 주장을 굽히지 않는 것은 아리아 역시 마찬가지였다.

"언니의 주장도 일리는 있지만…… 그렇게 되면 가문은 누가 돌보죠? 안주인인 부인께서 돌보셔야 남작께서도 안심하고 바깥일에 전념하실 수 있으실 거예요."

"가문의 일도 물론 중요하지. 그래서 사업에 계속 매달려 있으라는 소리는 아니야. 혹시 모르니 감시역을 맡으라는 거지. 부인께선 충분히 그럴 만한 능력이 있으시니까."

"아아, 그 얘기셨군요? 하지만 앞으로는 남작 부인께서 가문을 돌보고 입지를 다지시는 데 많은 시간을 소비하셔야 할 거예요. 오늘처럼 많은 사람을 자주 만나야 하겠죠. 그러니 사업에 도움을 주실 시간이 없지 않을까요?"

"벌써 그렇게 단언할 필요가 있을까? 이미 충분히 잘해 내고 계시니 앞으로도 그러실 거라 생각하는데."

미엘르와 아리아는 서로 주장을 굽히지 않았다. 서로의 의견을 절대 수용할 수 없음이 가장 큰 이유였다. 물론 말투가 부드러웠고 표정이 온화했기에 두 사람의 관계를 잘 모르는 사람들에게는 그저 의견을 교환하는 것으로만 비춰졌다.

"어머, 두 분 모두 말씀 감사해요. 아직까진 사업을 돕고 싶은 마음이 크네요. 보람도 있고요. 물론 시간이 지나면 제가 할 일이 사라질 테니 가문을 부흥시키는 데 온 힘을 써야겠지만요."

결국 현명한 남작 부인이 아리아와 미엘르 양쪽 의견을 모두 수용하는 것으로 끝이 났다. 하지만 미엘르는 그 결론이 마음에 들지 않았는지, 쓸데없는 한마디를 덧붙였다.

"좋은 생각이에요, 부인. 가문을 통솔하기 위해선 굉장히 할 일이 많거든요. 중요하기도 하고요. 그렇지만 앞으로 제가 천천히 알려 드릴 테니 걱정하지 않으셔도 돼요. 다음 주에 있을 제 모임에 함께 참석하는 건 어떠세요?"

미엘르가 눈을 곱게 접으며 사뭇 자애롭게 말했다. 훗날 공작 부인이 될 영애라서 그런지 그 모습이 퍽 믿음직해 보였다.

그녀가 손을 내밀었으니 잡기만 한다면 앞날이 평탄할 것이다. 투자자 A보다 로스첸트 백작의 지원이 훨씬 클 테니까. 더불어 미엘르와 친분을 쌓는다면 그 누구도 남작 부인을 우습게 보지 못할 것이다. 하지만 남작 부인은 조용히 고개를 저었다.

"말씀은 감사하지만, 이제 막 물이 들어오기 시작한 시점이라 그건 조금 어렵겠네요. 아직은 제가 필요하거든요. 오늘도 겨우 시간을 뺀 참이에요. 다음에 다시 불러 주시면 참석하도록 노력할게요."

"……그래요? 그럼 어쩔 수 없죠. 다른 분들은 어떠세요?"

여기서 미엘르의 손을 잡는 것이 그녀들의 안녕을 위한 선택임이 틀림없었다. 남편의 사업이 성공하는 것보다 더 큰 무언가를 얻을 수 있을지도 모르는 일이었다.

하지만 다들 눈치만 볼 뿐, 그렇게 하겠다고 나서는 이가 없었다. 사업이 뜨기 시작한 지 얼마 되지 않아 티 파티를 몇 날 며칠에 걸쳐 나눠야 할 만큼 다들 시간이 맞지 않을 정도로 바쁜 탓도 있었다.

"아직은 조금 이르지 않나요? 영애께 이렇게 대접을 받는 것으로도 충분히 과분한걸요."

"저 같은 평민이 참석하기엔 부담스러운 자리이기도 하고요."

"주제 파악을 해야 하지 않겠어요?"

까르르 웃으며 한 젊은 부인이 말했다. 평민 출신이라서 그런지 말에 거침이 없었다. 어쩌면 이미 자신들끼리 견고한 친분을 다져서일지도 모른다. 미엘르를 어려워하지 않고 어느새 자신들끼리 함박웃음을 띠며 대화를 나누는 것을 보면 그러했다.

그녀들은 고위 귀족의 초대이니 호기심 때문에 참가했을 뿐, 지속적으로 인연을 맺거나 아부를 떨 생각은 없어 보였다. 거절당할 줄은 꿈에도 생각 못했는지 미엘르의 입꼬리가 남들은 눈치채지 못할 정도로 미세하게 떨렸다.

　'저런, 새로운 세력을 끌어들이려 만든 모임에서 도리어 외톨이가 되어 버려 어쩌나.'

　그런 미엘르를 보며 아리아가 찻잔을 입에 가져가며 부드럽게 웃었다.

　그러게 상대를 잘 알아보고 골랐어야 했다. 몇몇 부인들은 관심이 있는 듯 눈치를 보며 미엘르에게 대화를 걸기는 했지만, 대다수의 부인들은 사업 이야기에 열을 올릴 뿐이었다.

　그리고 그것들에 대해 수박 겉핥기식으로만 아는 미엘르는 자연스레 소외당했다. 끌어들이려는 이들에 대한 정보도 준비하지 않았다니, 어쩜 이렇게 어리석을까. 그리 생각한 아리아가 찻잔을 내려놓으며 말했다.

　"그러고 보니, 클린 남작님께서 최근에 새로운 향신료를 수입하셨다면서요?"

　미엘르와 달리 아리아는 그녀들의 부군이 어떤 사업을 하는지 모두 파악하고 있었기에 자연스레 녹아들 수 있었다. 설마 아리아가 그런 것을 알 줄 몰랐던 모양인지 클린 남작 부인이 눈을 동그랗게 뜨며 긍정했다.

　"벌써 소문이 난 건가요? 아직 시판되지는 않았는데……."

　"개인적으로 관심이 있어서 알아보던 와중에 알게 되었어요. 값이 싸고 음식의 맛을 풍부하게 한다는 소리를 들었죠. 분명 성공하실 거라 생각해요."

"그렇게 봐주신다니 기쁠 따름이에요. 잘 팔릴지는 아직 의문이지만요."

"의문 가지실 필요는 없어요. 제국만큼 향신료에 열광하는 나라는 없으니까요. 더욱이 귀족들만의 전유물에 가까웠던 향신료를 서민에게도 제공할 수 있게 되었으니 실패할 이유가 없죠."

"……투자자님과 같은 말씀을 하시네요. 그분께서도 편지로 응원의 말씀을 주셨거든요."

"분명 누구나가 좋아하는 향신료가 될 거예요."

미래는 정해져 있었기에 아리아는 여타 부인들에게도 사업이 성공할 거라며 조언을 늘어놓았다. 꽤 상세하게 내용을 알고 있어 조언이 적절했고, 투자자가 했던 말과 겹치는 부분이 상당수 있었기에 부인들이 모두 그녀의 말에 귀를 기울였다.

어느새 모임의 흐름은 미엘르에서 아리아로 기울고 있었다. 하지만 모임의 주체가 아리아로 흐르는 것을 가만히 보고만 있을 미엘르가 아니었다. 애초에 자신이 초대한 이들이거늘, 어째서 모두 천박한 악녀의 말에 현혹되고 있는가.

"정말…… 획기적인 아이템들이네요."

그러나 미엘르가 할 수 있는 말은 고작해야 이 정도였다. 자세한 내용을 모르는 그녀에게 있어선 부인들과 아리아가 나누고 있는 대화는 다른 세계의 언어처럼 들렸다.

하지만 그렇다고는 해도 그녀에겐 늘 든든한 아군인 엠마가 있었다. 미엘르의 눈짓에 그녀가 준비한 물건을 내왔다. 귀족, 평민 가리지 않고 모두가 좋아할 크리스털 공예품이었다.

엠마의 지시에 따라 미엘르의 시녀들이 그것들을 부인들에게 나누어 주었다. 덕분에 아리아와 부인들의 화기애애한 분위기가 깨졌고, 주도권은 다시 미엘르에게 돌아갔다.

"세상에, 이게 뭔가요?"

장미 모양의 크리스털 브로치에 부인들의 눈이 휘둥그레졌다. 한눈에 보아도 예사 물건이 아니었다. 더군다나 장미 모양이라니. 그녀들이 영문을 모른 채 조심스레 그것의 용도를 물었다.

"아, 별다른 건 아니고 작은 선물이에요. 진작 드렸어야 했는데, 조금 늦어 버렸네요."

"……이 브로치를 저희에게 주신다고요?"

"방문 기념이라고 생각해 주시면 돼요."

방문 기념치고는 선물이 너무 과했다.

크리스털이라니. 크기는 작았지만 그 존재감은 여느 보석에 견줄 바가 아니었다. 부인들이 떨떠름한 얼굴로 미엘르를 힐끗댔다. 단순한 방문 기념 선물이 아니라는 것을 어렴풋이 느꼈기 때문이다.

그리고 그녀들의 표정을 읽은 아리아가 헛웃음을 삼켰다. 브로치로 일체감을 주려 한다는 술수라니. 과거엔 이런 일이 없었기에 혹시 자신의 영향인가 싶었다.

'게다가 장미 모양이라니.'

백작가의 영애가 어째서 벌써 장미 모양으로 장난질을 치는가. 아무리 약속을 했다고 한들 오스카와의 결혼까지는 아직 3년의 시간이 남아 있었다. 아직 그녀는 프레데리크가의 안주인도 아니거늘.

'정말 저게 통하리라 생각하는 걸까.'

이미 손을 잡지 않겠다고 언급한 그녀들이었다. 인맥을 과시하며 사교계의 꽃이 되기보단 손수 남편의 사업을 돕겠다고 말했다. 그런 그녀들이 고작해야 크리스털 브로치 따위에 넘어갈 리가 없지 않은가.

생각할 줄 아는 것이 그것뿐이니, 세상 모든 이가 그럴 거라 생각하는 듯했다. 우물 안 개구리도 이보다는 현명하리라.

"마음은 감사하지만, 제게는 너무 과한 선물인 것 같아요. 평민인 제가 어떻게 감히 귀족분들 사이에 끼어들 수 있을까요."

그때, 제일 구석에 자리한 부인이 크리스털 브롯치를 테이블 위에 내려놓으며 말했다. 그러자 그녀에 이어서 옆에 앉은 다른 부인도 테이블 위에 크리스털 브롯치를 내려놓았다.

"죄송하지만 저도 마찬가지예요. 제가 이 브로치를 달았다간 고귀하신 미엘르 영애께 큰 모욕이 될 것 같네요."

뒤를 이어 부인들이 차례차례 브로치를 내려놓자, 미엘르의 얼굴이 창백해졌다. 개중에는 눈치를 보며 몰래 챙기는 이도 몇 있었지만 대부분이 받을 수 없다는 표시를 했다.

'그러게 처음 거절했을 때 얌전히 보내 주지 그랬어, 미엘르.'

미련이 과하면 추할뿐이었다. 참으로 우스운 꼴이었다. 얼마 가지 않아 공작 부인이 될 미엘르는, 한낱 평민 여성의 마음조차 얻지 못했다.

그래, 이게 원래 미엘르가 가진 능력의 전부일지도 모른다. 로스첸트 백작가라는 배경 없이는 아무것도 할 수 없는 어린아이 말이다. 그녀가 할 줄 아는 건 고작해야 가면을 쓰고 고고한 척을 하는게 전부였다.

사실 미엘르가 이 까짓것밖에 안 된다는 게 화가 날 정도였다.

과거에 자신이 얼마나 어리석었으면 고작 이 정도에 불과한 여인에게 죽임을 당했을까. 물론 앞으로는 제가 당한 모든 수모를 미엘르가 당할 테지만.

오늘의 승자가 된 아리아가 부채를 접어 애니에게 건네며 말했다. 의기양양한 표정이 그녀가 얻은 기쁨을 표현하는 듯 보였다.

"미엘르, 이만 모임을 끝내는 게 좋을 것 같아. 시간이 꽤 많이 흐른 참이니까 말이야. 이제 막 발돋움을 하기 시작한 부인들을 이렇게 긴 시간 잡아 두는 건, 실례가 아닐까?"

아리아의 말을 기다리기라도 했다는 듯, 부인들이 괜히 시간을 확인하는 척하며 난처한 표정을 지었다. 이끌어 주겠다는 제안도, 같은 무리에 속하자는 제안도 거절당한 마당에 이 이상 그녀들과 함께 차를 마실 이유는 없을 것이다.

"……그러는 게 좋겠네요."

미엘르의 말이 떨어지자마자 부인들이 돌아갈 준비를 서둘렀다. 그리고 그 말을 꺼내기를 기다렸다는 듯 부인들 또한 분주하게 움직였다.

하지만 수많은 여인들 앞에서 모욕을 당한 미엘르는 그녀들을 방금처럼 화사한 미소와 함께 보내 주지 않았다. 언제 미소를 그렸냐는 듯, 차갑게 식은 표정을 지은 미엘르가 돌아가려던 그녀들에게 충고를 덧붙였다.

"모임은 오늘로 끝이겠네요. 그동안 즐거웠어요. 다음에 볼 때는 이렇게 마주 앉아 도란도란 이야기를 나누지는 못할지도 모르겠네요."

그것은 자신을 업신여긴 미천한 것들에게 보내는 경고에 가까웠다. 반드시 가만두지 않겠다는 협박이었다.

'미엘르가 본심을 내비치다니.'

늘 웃는 얼굴로 고상을 떨던 그녀가 아닌가. 아리아는 목이 베이기 전까지 미엘르의 본모습을 전혀 알지 못했다. 그녀가 꽁꽁 감췄기 때문이다. 그런데 지금 이 정도에 속마음을 내비칠 줄이야.

어쩌면 늘 하고 싶은 대로 했던 과거와는 달리, 제 마음대로 되지 않는 일이 넘쳐 폭발한 걸지도 모른다. 원래부터 썩은 속내를 감추기엔 역부족이었을지도.

'성녀의 가면을 벗었으니, 환영할 일이겠지.'

미엘르의 경고에 부인들이 불안한 기색을 내비쳤다. 자애롭기로 소문이 난 미엘르가 저런 태도를 취할지 몰랐던 탓이었다. 그녀가 부드럽게 웃으며 자신들을 대접한 탓에, 너무 속마음을 그대로 털어놓은 것을 후회하고 있는지도 모른다.

그런 부인들의 불안을 해소할 이는 아리아였다. 정체를 숨기고 있다 하더라도, 그녀가 거둬들인 그녀의 사람들이었다. 마치 미엘르의 얼굴에서 사라진 부드러운 표정을 훔친 것처럼, 아리아가 자애롭고 부드러운 미소를 띠며 부인들에게 작별 인사를 전했다.

"그럼 다음 티 파티는 제가 주최해도 될까요? 귀한 인연들을 이렇게 쉽게 끝낼 순 없으니까요."

아리아가 미엘르가 위협한 그녀들을 자신이 품겠다는 뉘앙스를 풍겼다. 겉으로는 모든 면에서 미엘르에 비할 바가 못 되는 아리아였지만, 그래도 백작가의 장녀였기에 부인들은 그것만으로도 꽤 안심한 눈치였다.

"……그, 그럼 이만 돌아가 봐야겠어요. 초대해 주셔서 감사했어요."

"부디 미엘르 영애의 앞날에 행복이 가득하기를 바라요."

작별 인사를 남기는 부인들에게 차가운 미소로 답한 미엘르가 가장 먼저 정원에서 사라졌다. 미련 하나 없는 쌀쌀맞은 뒷모습이었다. 그런 그녀를 뒤따른 엠마가 아리아가 눈치채지 못하게 매서운 눈초리로 그녀를 흘기며 사라졌다.

"그럼, 조심히 돌아가시기를."

바라던 바를 이루었기에 아리아도 자리에서 일어났다. 더 이상 그들을 탐내는 고위 귀족이 없도록 주의를 줘야겠다고 생각했다.

"아리아 영애!"

그렇게 자리를 떠나려는데, 클린 남작 부인이 그녀의 이름을 불렀다. 시선을 주자, 그녀가 퍽 흥분한 얼굴로 말을 이었다.

"혹시 시간이 괜찮으시다면 다음에 있을 저희 모임에 참가하시는 게 어떠세요? 정확히는 저희들의 모임은 아니고, 투자자님께 지원을 받은 분들의 모임이지만……. 영애께서 꼭 모임에 참석하셔서 조언을 해 주셨으면 하는 바람이에요."

그녀의 주변에 앉은 부인들이 밝은 얼굴로 고개를 끄덕이는 것을 보아하니 그 짧은 시간 동안 저들끼리 이야기가 끝이 난 모양이었다. 그에 아리아가 아주 만족스러운 미소를 지으며 답했다.

"어머, 제가 참석해도 될 자리일지 모르겠네요."

"무슨 말씀이세요! 여기 있는 그 누구보다 박식하신데요! 게다가 투자자님과 통하시는 부분도 있으니, 분명 다들 아리아 영애의 조언에 도움을 받으리라 생각해요."

"맞아요. 투자자님께서도 언제든 새로운 인물을 받아들이라고 하셨는걸요."

그 투자자가 자신이라는 것을 알면 이들은 얼마나 놀랄까. 그런 우스운 상상을 하며 아리아가 고개를 끄덕였다.

사실 그동안 참석하고 싶었으나 아직 정체를 밝힐 타이밍이 아닌 것 같아 미뤄 왔던 참이었다. 자연스레 참가하여 그들이 어떻게 지내는지 확인하는 것도 나쁘지 않을 것 같았다.

"말씀 감사해요. 그럼 그렇게 하도록 하지요."

아리아의 긍정적인 대답에 기뻐하며 가볍게 박수까지 쳐 대는 부인들에게 정중히 인사한 아리아가 정원을 빠져나갔다. 그간 제 정체를 숨기느라 고생했을 버붐과 앤드류가 거품을 물고 기절하는 것은 아닐지, 상상한 그녀의 입매가 호선을 그렸다.

* * *

"아스테로페 님, 지난번에 말씀드렸던 버붐 남작을 중심으로 한 세력 말씀입니다만."

퍽 피곤해 보이는 얼굴의 아스가 서류를 내려놓으며 고개를 끄덕였다. 그는 현재 수도에서 멀리 떨어진 작은 소도시에 와 있었다. 귀족파의 농간으로 제국의 변방을 전전한 탓이다.

아스의 허락이 떨어지자, 레인이 서둘러 말을 이었다.

"그…… 사실 제 친척 중 한 명이 그 제의를 받은 모양입니다."

제 볼을 긁적이며 말하는 레인은 꽤 당혹스러운 얼굴이었다. 아스가 되물었다.

"네 친척?"

"예. 매번 방에만 틀어박혀 이상한 망상만 하던 녀석이었는데…… 어떻게 제의를 받은 건지 잘 모르겠습니다."

"아무나 끼워 주진 않는 모양이니, 무언가 대단한 능력이 있어 그런 것이겠지."

아직 귀족파에 비하면 보잘것없는 세력이었지만, 더는 무시하지 못할 정도로 커진 탓에 아무나에게 제의를 하진 않을 것이라며 아스가 덧붙였다.

"흠흠, 가서 눈물이나 쏙 빼고 오진 않기를 바랄 뿐이죠."

아스의 칭찬에 민망해진 레인이 목을 가다듬으며 대답했다. 본론을 제외한 쓸데없는 이야기를 늘어놓는 통에 아스의 눈빛이 살벌해졌다.

"그래서, 본론은 그게 아닐 테고."

"아, 네. 모임에 한번 참여해 분위기를 파악하는 게 어떻겠냐는 제안을 함께 받았다고 합니다. 그래서 제 친척 대신 아스 님께서 참여하시는 게 어떨까 하는 생각에 말씀드렸습니다."

"아아, 그 얘기였군."

줄곧 주목했던 세력이었다. 한낱 남작이 만든 것치고는 그 규모가 꽤 컸다. 수많은 젊은 사업가들의 사업을 지지하기에도 금액이 너무 컸다. 분명 뒤에 상당한 권력자가 있을 게 틀림없다며 내내 뒤를 캐던 참이었다. 만약 중도파라면 이쪽으로 끌어들여야 할 터.

어차피 일도 거의 마무리 단계에 접어들었다. 수도로 돌아갈 날도 머지않았으니, 접근하기에 아주 좋은 기회였다.

"좋아, 그렇게 하지."

"아, 그리고 공작이 너무 과하게 압박을 보내와 사치재를 그만 풀어야 할 것 같습니다. 폐하께서도 더는 참지 못하시겠는지, 아스 님을 데려오라 불같이 화를 내셨다고 합니다."

생각보다 반발이 빨랐다. 빠르게 올라가는 시세 때문일지도 모른다. 이렇게까지 시세가 급등할 거라고는 계산하지 않았는데, 아마도 초반에 누군가가 장난을 치듯 설탕을 푼 것 때문이라 추측했다.

"몇이나 파산했지? 수도에서 나간 이는?"

"열셋 정도가 파산했습니다. 수도에서는 다섯이 나갔고요. 어차피 무역로가 끊겨, 나머지 여덟도 회생이 불가능하니 곧 수도에서 나가야 할 겁니다."

"좋아? 그럼 풀도록 해. 어차피 대어가 남아 있으니 잔챙이는 그만 풀어 줘도 괜찮겠지."

"알겠습니다. 비게 자작은 정말 제정신이 아닌 것 같습니다. 아무리 뒤에 공녀가 있다고 해도 저리 망나니처럼 뛰다니. 줄줄이 엮어 최소 열은 더 파면시킬 수 있을 것 같습니다."

"공녀는 모르겠지. 알면 가만히 두지 않았을 거야."

이에 대해서는 아리아의 공이 컸다. 그녀가 카지노를 매각하라고 말하기 전에는 전혀 그 방법을 떠올리지 못했으니까. 물론, 그 덕에 무능하다며 온갖 모욕을 듣긴 했으나 결과적으로 대어를 낚을 수 있었다.

나름 귀족파에 닥친 위기를 기회로 삼으려 했던 모양이지만, 그를 카지노에 소개시켜 준 이가 적이라는 것도 모르고 날뛰었다. 그들의 세력을 한 번에 흩트려 놓은 최선의 선택이었다.

"그러고 보면 정말 아리아 영애의 선구안이 뛰어났던 것 같습니다. 잠깐의 모욕을 견뎌 대어를 낚았으니까요."

레인도 그렇게 생각하는지 아리아의 이름을 입에 담으며 칭찬을 늘어놓기 시작했다. 아스 역시 공감하는 바였기에 가만히 고개를 끄덕이며 남은 서류를 눈에 담았다. 그의 입꼬리가 슬쩍 올라가 있는 것은 아리아의 이름이 언급되어 그녀의 얼굴이 떠올랐기 때문이었다.

오랜만에 기분이 좋아 보이는 아스의 모습에 레인이 괜히 오버하며 쓸데없는 소리를 늘어놓았다. 이유는 잘 모르겠지만 그가 아리아와 관련된 일에선 늘 즐거운 기색을 표출했기 때문이다.

"그러니까 잠시 머리도 식히실 겸, 영애를 만나고 오시는 게 어떠십니까?"

"……뭐?"

"아리아 영애 덕에 일이 잘 풀리기도 했고, 어차피 마무리만 남은 상태라 잠깐 다녀오시는 것 정도는 괜찮지 않을까 싶습니다만. 오래 걸리지도 않을 테고요."

일반적으로 수도까지는 마차를 타고서도 열흘 넘게 걸리는 먼 거리였지만, 그건 일반적인 이들에게만 해당될 뿐, 아스에게는 해당되지 않았다.

눈동자를 굴린 아스가 잠시 생각하는 듯싶더니 이내 고개를 저었다.

"됐어. 오가는 시간은 순식간이라고 해도 거리가 상당하니 그 후 폭풍을 견딜 자신이 없어."

그제야 힘을 사용한 뒤, 거동이 불편할 정도로 내리 앓았던 아스를 떠올린 레인이 쓸데없는 소리를 했다며 서둘러 고개 숙여 사과했다. 최근에는 장거리를 이동한 적이 없어 그가 고생하는 것을 보지 못해 잊고 있었던 탓이다.

"어차피 돌아갈 날이 머지않았으니, 가서 보면 돼."

하지만 결론적으론 조금 늦긴 하겠지만 아리아를 만나러 간다는 소리였다. 그에 레인이 아스 모르게 쓰게 웃었다. 그는 아주 어릴 때부터 황태자로서의 교육을 받아 온 터라 제 나이 또래의 아이다운 면이 하나도 없었는데, 지금은 아리아 덕에 그 모습을 보게 되었다.

"그럼 전력을 다해 일을 빨리 마치겠습니다. 밤이라도 새야 될지 모르겠습니다."

"……설마 지금까지 편히 자고 지낸 건 아니겠지."

"저, 절대 아닙니다! 그간 열심히 불편한 생활을 보냈습니다!"

레인은 피로가 쌓여 제 잘생긴 얼굴이 다 망가져간다고 덧붙일 뻔한 것을 간신히 참아 냈다. 여기서 한마디만 더 했다간 남의 일까지 떠맡아야 할지도 모른다. 아리아의 이야기로 쌓은 탑을 무너뜨릴 수는 없었다.

"큼큼, 그럼 최대한 빨리 처리하겠습니다."

이후, 아스에게 보고한 대로 레인은 재빨리 사치재를 시장에 풀었다. 물론 그간 사치재를 공급하던 이는 정체가 드러나지 않도록 신중하게 발을 빼게 만들었고, 당분간 휴양을 하라며 국외로 휴가를 보냈다.

드디어 세관에서 새로운 사치재들의 허가가 나자, 드디어 황태자가 귀족파에 굴복했다며 비웃는 소리가 널리 퍼졌다. 귀족파는 신이 나서 그를 모욕했고, 중도파와 일부 황태자파 역시 정말 전세가 기울어진 것이냐며 고민하는 눈치였다.

하지만 이도 잠시였다. 급락하는 사치재의 가격을 따라잡을 수 없었기 때문이다. 무리하게 사치재를 구입한 탓이었다.

더욱이 시장에 잔뜩 풀렸기에 이제는 그들의 독점이 아니기도 했다. 더 이상 귀족파에겐 과거처럼 시세를 마음껏 제어할 수 있는 수단이 없었다. 아스는 귀족파로부터 빼앗은 무역로를 몇 세대 동안 중도파를 지켜 온 빈센트 후작에게 넘겼다.

후작에게 처음 사치재의 관리를 맡아 달라 부탁했을 때 '안 그래도 여러모로 바쁘니 이런 귀찮은 일을 떠넘기지 말라.'고 차갑게 거절했으나, 이내 귀족파의 독주가 못마땅하긴 했는지 투덜거리면서도 그 일을 받아들였다.

"후작님, 피노누아 님께서 편지를 보내왔습니다."

빈센트 후작이 편지를 가져온 제 집사를 잠시 노려보다가 한숨을 쉬었다. 귀족파의 독주가 마음에 들지 않아 받긴 했지만, 안 그래도 바쁜데 괜히 무역로를 받았나 하는 생각이 들어서였다. 게다가 마음대로 하랄 땐 언제고…… 간섭이 하늘을 찌를 듯 심했다.

"이리 줘."

보내온 편지는 꽤 간결했다.

『사치재들을 기존 시세의 반값 이하로 팔 것.』

그리고 건방졌다. 때문에 손에 저절로 힘이 들어가 이 편지를 보낸 이는 피노누아가 아니라 황태자일 것이라고 중얼대며 겨우 참아 냈다.

그의 의도를 알 것 같았다. 어차피 반값 이하로 판다고 해도 원래 가격이 비싼 탓에 귀족 이외의 구매층이 늘어나지는 않을 것이다. 아무리 사치재의 가격이 떨어져도 평민들에겐 까마득히 비싼 가격이었다. 그러니 아무리 시세에 장난을 친다고 하더라도 그들의 평화를 해치는 일은 없을 것이다.

'귀족파를 가만히 두지 않으실 생각이시군.'

귀족파가 독점하고 있던 사치재를 빼앗고 절차를 운운하며 새로이 허가를 내주지 않아 몇이나 파산시킨 것도 모자라, 이제는 시세까지 급격하게 폭락시킬 모양이었다.

아마도 무리해서 서둘러 새로운 거래처를 터 왔을 테니 시세가 폭락하면 이익을 남길 수 없을 것이다. 황태자가 가로챈 무역로보다 몇 배나 비싼 가격에 거래를 성사시켰을 가능성이 컸다.

'그런데 여기서 내가 시세를 내려 버린다면⋯⋯.'

그동안 엄청난 가격에 사치재들을 구입해 손해를 보았던 귀족들은 눈치를 보면서도 싼 것을 구입하려 할 것이다. 겉으로는 아닌 척하면서도 싼 것을 구입하겠지. 만약 귀족파의 이들이 이에 맞춰 가격을 내린다면 팔리는 만큼 손해가 발생할 것이다.

'제값에 팔면 팔리지 않을 테고, 내려서 팔면 손해를 볼 테니 그 어느 쪽을 선택해도 망하는 건 시간문제겠군.'

줄곧 귀족파에 밀리고만 있다고 생각했는데, 꽤 하지 않는가. 성인을 목전에 두고 있어서 그런지 공격에 거침이 없었다. 거기다가 피해를 입는 것은 오로지 귀족들뿐이다. 그리 생각을 정리하자 황태자가 하는 행동이 꽤 마음에 들었다. 빈센트 후작이 입꼬리를 올려 웃었다.

"편지를 써야겠군. 펜과 종이를 가져다줘."

답장을 쓰는 손에 망설임이 없었다. 매끄럽게 작성한 편지는 총 두 통이었는데, 하나는 피노누아 레인에게 보내는 답장이었고, 나머지 하나는 사치재를 관리하는 수족에게 보내는 편지였다.

후작은 황태자의 지시를 받들어 사치재의 가격을 내렸고, 덕분에 귀족파의 몇몇 귀족들이 또다시 파산을 면치 못했다.

＊　＊　＊

"세상에……! 아가씨, 그 소식 들으셨어요?"

애니가 방정을 떨며 아리아를 불렀다. 마침 신문을 읽고 있었던 참이었기에 그녀가 무엇을 말하고자 하는지 금세 알 수 있었다.

"카지노 건을 말하는 거야?"

"맞아요! 어떻게 또다시 카지노에서 비리가 발생할 수 있죠? 저주를 받은 게 아닐까요? 카지노를 경영하는 자에게 내리는 저주 말이에요!"

나이와 맞지 않은 너무나도 아이 같은 발상에 아리아의 한쪽 입꼬리가 올라갔다. 이에 애니가 얼굴을 붉히며 서둘러 변명했다.

"아, 아니, 뭐…… 그, 그렇다는 얘기지요. 진짜 그런 저주가 있겠어요?"

"있을지도 모르지."

저주라면 저주일지 모른다. 황태자의 저주 말이다.

카지노를 운영하던 자작 둘이 황태자에 의해 엄벌을 받았다. 전자는 스스로 잘못을 저질렀겠지만, 후자는 글쎄. 아마 황태자가 깐 판에 놀아난 건 아닐지 의심이 되었다.

"애초에 황태자가 소유하고 있던 카지노를 산 귀족파가 멍청하다고 볼 수밖에."

"맞는 말씀이세요! 한두 푼 하는 것도 아닌데 너무 경솔하게 인수 받은 것 같더라고요. 줄줄이 엮인 모양이던데, 참 어리석었죠.

정말 귀족이 맞는지 의심스러울 정도예요!"

서민들도 상점을 인수 받을 때 그리 짧은 시간에 거래하지 않는다. 하지만 비게 자작은 그 시간이 너무 짧았다. 카지노에 관련된 서류를 살펴보기나 한 건지 의심이 될 정도였다.

"뭐, 어찌 되었든 잘된 일이지."

"예? 잘된 일이라니요! 그 때문에 백작님께서도 꽤 골머리를 썩이고 계시던데요?"

귀족파가 망하면 망할수록 좋았다. 그래야 멍청한 미엘르를 철저히 망가뜨릴 수 있지 않겠는가. 자칫하여 로스첸트 백작가가 파산한다고 해도 괜찮았다. 아니, 파산한다면 더는 공녀가 미엘르를 돌보지 않겠지.

어차피 로스첸트 백작가는 자신에게 도움을 주지 않았다. 게다가 이제 더는 그런 허울뿐인 백작가의 칭호 따위 필요 없었다. 지금은 수많은 젊은 사업가들이 자신에게 충성을 맹세하고 있지 않은가.

더불어 투자자 A가 이끄는 모임에 눈도장이라도 찍으려 괜히 기웃대는 이가 수도 없이 많다고 들었다. 그러니 차라리 로스첸트 백작가가 망해서 눈물 콧물을 짜내는 걸 보는 편이 나았다. 유쾌할 것 같기도 했다. 낡은 옷을 입고 거리에 나자빠져 울먹이는 미엘르라…….

아리아가 웃으며 대답했다.

"그래, 내가 실언을 했네. 아버님의 마음이 불편하실까 봐 걱정이 되네."

진심이라고는 한 방울도 섞이지 않은 그 말투에 애니와 제시가 고개를 갸웃댔다. 그러거나 말거나 아리아는 미소를 유지하며 차를 입에 머금었다.

"차가 참으로 맛이 없구나. 뭘 어떻게 만들면 이렇게 쓰고 아릴까? 응? 베리."

오늘도 역시나 돌아온 화살에 베리가 몸을 사시나무처럼 떨었다. 달리 때리지도 않았건만 어쩜 저리도 겁을 먹는 것인지. 아주 귀엽지 않은가.

"그러게 말이에요. 저래서 어떻게 백작가에 취직했는지 아직도 이해가 되지 않아요."

애니가 거들자, 베리의 얼굴색이 오색찬란하게 변했다. 화를 참고 있는 것도 같았다. 이에 애니가 부채로 베리의 팔을 때리며 주의를 주었다.

"설마 화를 내고 있는 건 아니겠지? 애초에 화가 난다는 게 이상하지만 말이야."

"아, 아닙니다……."

대답은 그러했으나 무척이나 자존심이 상해 보이는 얼굴이었다. 이제 익숙해질 때도 되었건만 왜 아직도 자존심을 세우는지. 그 모습이 보기 싫었던 아리아가 들고 있던 찻잔을 바닥에 떨어뜨렸다.

쨍그랑! 장인이 만들었을 게 분명한 고급 크리스털 찻잔이 바닥에 부딪혀 산산조각이 났다. 애니와 제시 또한 놀란 모양인지 눈을 끔뻑이며 크리스털의 잔해를 쳐다보았다.

"치우고 다시 내와. 목이 마르니 5분 이내로."

말도 안 되는 요구였지만 무어라 변명할 수가 없었다. 출신이 어떻든 신분의 차이란 그런 것이었다. 눈을 질끈 감았다 뜬 베리가 제 손에 상처가 나는 것도 무시한 채 서둘러 잔해를 치워 방을 나갔다.

"아가씨, 이제 곧 저녁 시간이 가까운데, 다시 내온 차를 드실 생각이신가요?"

"그럴 리가. 이제 저녁을 먹어야 하지 않겠니? 하지만 차는 아까우니…… 베리에게 모두 마시게 하도록 하는 게 좋겠어."

과거 아리아가 당했던 것에 비하면 먼지만큼도 되지 않는 아주 작은 괴롭힘이었다. 최소한 살아 있지 않은가. 이 정도도 견디지 못할 것이라면 어째서 그리도 잔인하게 한 사람을 매도했는지.

5분을 지나 10분이 되었을 무렵에 나타난 베리는 곧 닥칠 엄벌을 상상하기라도 한 듯 잔뜩 질린 얼굴이었다.

"아가씨…… 차를 새로 내왔습니다……."

바들바들 떠는 손이 퍽 애처로워 보였다.

"그래? 어쩜 좋지. 5분이 지나 버려 저녁을 먹으러 가야 할 것 같은데, 아까우니 네가 다 마시렴."

자리에서 일어난 아리아가 등을 꼿꼿이 세우며 우아한 걸음걸이로 제 방을 빠져나갔다. 애니와 제시 또한 뒤를 따랐기에 베리만이 아리아의 방 안에 홀로 남겨졌다.

"천박한 주제에……."

이제는 두려움이 아닌 울분으로 전신을 떠는 그녀는, 마치 과거에 아리아의 죄를 낱낱이 고했던 때처럼 흉포함을 담고 있었다.

* * *

오늘따라 무거운 저녁 식사 분위기에 아리아가 속으로 큰 웃음을 터뜨리며 식사를 이었다. 장례식장의 분위기가 이보다는 밝을 것이다. 백작이 어두운 얼굴로 말했다.

"벌써 몇 명째인지 모르겠어. 이토록 쉽게 파산할 줄이야……."

"……여보."

귀족 사회에 달리 지식이 없는 백작 부인은 한껏 안타깝다는 표정을 지으며 극도로 말을 아꼈다. 현명한 선택이었다. 괜한 말을 하여 백작의 심기를 거스르지 않는 편이 그녀로선 오래 살아남을 수 있을 테니까.

"사치재의 가격을 폭락시킨 게 빈센트 후작님이시라면서요? 그분은…… 중도파가 아니셨나요?"

미엘르의 얼굴 역시 밝지 않았다.

"그랬지. 그렇다고 생각했는데, 왜 갑자기 돌아선 건지 모르겠어. 가격을 올리라는 말에도 꼼짝도 하지 않아. 싸게 얻은 것을 싸게 팔 뿐이라며……."

"후작님께서 그럴 분이라곤 생각하지 못했어요. 지금 시장이 얼마나 엉망인데……."

"나 역시 마찬가지란다. 차갑지만 올곧은 인물이라고 생각했는데, 어떻게 이럴 수가."

"거기다가 비게 자작님은 또 어떻고요."

비게 자작의 이름이 나오자 백작의 안색이 시체처럼 파리해졌다. 사치재가 단순한 자금 문제라면, 비게 자작은 귀족파 내부를 뒤흔드는 큰 문제였기 때문이다.

"……지금 그 얘기는 하고 싶지 않구나. 그 때문에 청렴한 귀족들이 날뛰고 있거든. 게다가 어떻게 된 건지 부정을 기록한 장부가 황태자의 손에 떨어졌더구나. 이름까지 상세하게 적혀 있는 장부가."

장부가 있다는 말에 아리아가 귀를 쫑긋 세워 이야기에 집중했다. 백작 부인 역시 관심이 있는 듯 눈에 총기가 서렸다. 누군가가 몰락한다는 얘기만큼 재미있는 일이 또 있을까.

"세상에……. 당장 제명해야 돼요. 어떻게 그런 부정을 저지를 수가 있죠? 저까지 수치스럽네요."

단호하게 내쳐야 한다는 미엘르의 대답에도 백작은 한숨만 내쉴 뿐이었다. 그조차 건드리기 어려운 존재가 끼어 있는 모양이었다. 가령…… 공녀라든가.

귀족파가 이렇게 쉽게 망할 리는 없겠지만, 이번 사건은 귀족파의 근간을 뒤흔들긴 했을 것이다. 단순히 황권에 반대하여 모인 이들일 뿐, 비리를 저지르고자 모인 이들이 아니었기 때문이다.

개중에는 청렴하고 올곧은 인물 또한 있을 것이다. 로스첸트 백작 역시 악행을 저지르는 이는 아니었다. 분명 이번 일을 통해 수치를 느낀 자들이 수두룩할 것이다.

그런 이들이 귀족파를 떠날 가능성이 있었다. 그랬기에 이전에는 황태자보다 조금 우세했다고 한다면 이제는 황태자에게 약간 밀리는 정도일지도 모른다.

'부디, 황태자가 귀족파를 엉망으로 만들어 주었으면.'

그렇게 되면 복수가 아주 빨리, 그것도 손쉽게 이루어질 것이다.

과거에는 달리 접점이 없어 이름조차 제대로 기억하지 못하는 그였다. 그도 그럴 것이, 과거의 그는 자신의 위치에 이름이 묻혀 버린 인물이었으니까 말이다. 더욱이 아무리 황족이라고 하더라도 공녀보다 존재감이 없기도 했다. 그저 귀족파에 끌려다니는 못난 황족이라고만 생각했었다.

게다가 일부 고위 귀족이 아닌 이상 그를 볼 기회는 없었고, 볼

수 있다고 하더라도 아주 먼 발치에서 작은 모습이나 볼 수 있었
다. 그랬기에 그에게는 별다른 가치를 두지 않았는데.

그랬을 텐데. 갑자기 순풍을 맞은 돛단배처럼 이렇게 귀족파를
몰아치다니. 도대체 그에게 무슨 변화가 생긴 것일까. 마치 전혀
다른 인물이 된 양 거침이 없었다.

'내가 해 온 행동들이 무언가 나비 효과가 되었을 것 같기는 한
데…….'

하지만 너무도 높고 먼 존재라 도무지 접점을 찾을 수가 없었다.

굳이 하나 들어 보자면 아스의 모임 정도일까. 그가 범상치 않은
인물인 것은 사실일 테니, 그를 통해 황태자에게 전해졌는지도 모
른다. 그래서였다. 아리아가 아스의 정체를 다시금 추측하기 시작
했다.

'설마 황제의 숨겨 둔 자식이라든가…… 뭐 그런 건 아니겠지?'

미치지 않은 이상 귀족파의 압박을 받고 있는 황태자가 수도 여
기저기를 혼자 돌아다닐 수는 없을 테니, 그의 재력을 생각해 보면
황제의 숨겨 둔 자식이라는 가설이 그나마 그럴듯했다. 황가에서
공개되지 않은 숨겨 둔 자식이 한둘이 아니라는 것은 공공연한 사
실이었기 때문이다.

사소한 권력 다툼으로 쫓겨난 이도 많다고 들었다. 정체를 숨기
고 밖에서 평민과 다름없이 살고 있다는 소문도 돌았다. 그래서 아
스가 혹시 그들 중 하나가 아닐까 고민하는데, 갑작스레 백작이 그
녀의 이름을 불러 왔다. 퍽 다정한 목소리였다.

"아리아."

"……예?"

창고 건으로 몇 번 칭찬을 받은 뒤, 백작에게 달리 불릴 일이 없었던 탓에 깜짝 놀란 아리아가 눈을 동그랗게 뜨며 대답했다. 맞은편에 앉은 백작의 얼굴이 무척이나 어두웠다. 갑자기 자신의 이름을 왜 부른 것인지 의아해하는 아리아에게 백작이 조금 머뭇거리더니 이내 본론을 꺼냈다.

"……네 생각은 어떤지 궁금하구나. 이번 사건을 좋게 빠져나갈 방도가 없는지 말이야."

"빠져나갈 방도요?"

"그래. 너는 영리한 아이이니 무언가 방도를 생각해 보지 않았을까 싶어서 물어보았단다."

아아, 그런 뜻이었구나. 모피 사업부터 시작해 창고까지. 두 번이나 그에게 성공을 가져다주었으니, 다시금 자신에게 도움을 요청하려는 모양이었다.

'이제 와서? 모피 사업의 공을 미엘르의 것인 양 오해하는 레인을 그대로 내버려 두곤?'

만약 그때 백작이 레인의 오해를 정정하기만 했더라도 이토록 그를 외면하는 일은 없었을 것이다. 아니, 어쩌면 백작에게 잘 보이려 노력했을지도 모르는 일이었다. 미엘르의 자리를 빼앗기 위해서 말이다.

하지만 모두 끝난 일이었다. 그는 친딸이 아닌 자신을 품어 줄 자가 아니라는 것을 깨달았고, 아무리 노력해도 변함이 없다는 것을 알았다. 모든 것은 친딸인 미엘르를 위해 존재했고, 수많은 영광 또한 그녀에게 넘어갔다.

그런 과거를 바로 얼마 전에 겪었는데, 지금 와서 백작을 도울리가. 애초에 도우려 했다면 일이 이렇게 되기 전에 언질을 했을 것이다. 백작의 물음에 아리아가 조금 멍청한 얼굴로 고개를 갸웃거리다가 이내 모르겠다는 듯 고개를 저었다.

"글쎄요……. 제게는 너무 어려운 문제인 것 같아요. 저는 지금 아버님께서 하시는 말씀을 하나도 이해하지 못했거든요. 미엘르가 한 말도 마찬가지고요."

"그래도 조금이나 네 생각이 있지 않겠느냐."

"아뇨, 불행히도 저는 아무런 생각이 없어요."

"……그래, 그렇구나. 내가 너무 너를 과신한 모양이야. 아직 잘 모를 만도 하지."

아리아의 단순한 대답에 백작의 얼굴에 실망한 기색이 역력했다.

힐끗 흘린 미엘르의 얼굴에는 '그럼 그렇지'라는 표정이 깔려 있었다. 제가 필요할 때만 찾는 아비라니. 아무리 친딸이 아니라고 해도 너무하지 않은가.

'만약 내가 이렇게 모난 성격이 아니었다면 방에 틀어박혀 눈물을 짜냈을지도.'

그렇지 않아도 없는 정이 모두 떨어져 나가 역겨움만이 남았다. 입으로 넘어가는 음식물에서 시궁창 맛이 날 정도였다.

"죄송하지만, 속이 좋지 않아서 이만 일어나 봐야 할 것 같아요."

이 자리에 계속 있었다간 토악질을 할 것 같았다.

점점 창백해져 가는 아리아의 얼굴에 백작이 허락의 말을 꺼냈고, 아리아는 곧장 식당을 빠져나가 제 방으로 사라졌다.

"의사라도 불러야 할까 봐요."

백작 부인이 걱정스러운 듯 아리아가 사라진 곳을 힐끗대며 말했다. 그러자 시선을 백작에게 둔 미엘르가 입을 열었다.

"시녀들이 붙어 있으니 정 안 좋으면 부르지 않을까요? 그것보단 이제 얼마 뒤에 카인 오라버니께서 돌아오실 텐데 큰일이에요. 이 어수선한 분위기를 정리하지 않으면 오라버니께서 큰 짐을 떠맡으실 테니까요."

"그도 그렇겠구나. 카인도 참 할 일이 많겠어. 더불어 미엘르 너도 말이다."

속이 좋지 않다는 아리아를 걱정하는 이는 백작 부인 혼자였다.

그녀는 몇 번 더 식당 출입구를 힐끗대다가 이내 자신이 모르는 이야기에 열중한 부녀 사이에 불청객처럼 끼어 꽃 같은 웃음을 피웠다.

—

12. 비밀

12. 비밀

　며칠 뒤, 투자자 A가 모은 이들의 모임에 참여하기 위해 아리아가 분주히 단장을 했다. 아스의 모임에 참여할 때처럼 너무 과하지 않게 치장했다.

　"아가씨, 목걸이라도 하시는 게 어떠세요? 너무 단출하셔요."

　그런 아리아에게 애니가 화려한 목걸이를 보이며 착용할 것을 종용했다. 제시 또한 너무 간소한 복장이 마음에 들지 않는지, 아리아에게 귀걸이와 팔찌를 들이대고 있었다.

　"이야기만 듣고 올 자리이니 그럴 필요는 없어."

　"하지만……."

　애니가 제 화려한 복장을 내려다보며 울상을 지었다.

　아마도 주인보다 더 화려한 제 모습에 부담을 느끼는 모양이었다. 버붐 남작을 만나러 가는 길이니 어련할까. 아리아가 웃으며 그녀의 머리카락을 넘겨 주었다.

"나는 화려한 복장을 하지 않아도 눈에 띄는 외모이니 괜찮단다."

스스로를 한껏 추켜올리는 듯한 말투였지만, 그러니 애니가 그 복장을 해도 괜찮다는 속뜻이 있었다. 아리아의 그런 말투에 익숙해진 애니가 어느새 표정을 펴고 밝은 얼굴을 되찾았다.

"그럼 어서 가요, 아가씨! 베리 넌 복도까지 싹 다 청소해 놓도록 해. 알겠니?"

"……네."

대답하는 베리의 목소리가 퍽 가여웠다. 그녀는 마치 곧 죽음을 앞둔 사람처럼 말과 표정 없이 일에만 열중했다. 그 모습이 조금 신경이 쓰였지만 달리 까닭을 물을 방도가 없었기에 무시하며 버붐 남작의 가게로 향했다.

"오셨군요!"

마차에서 내리자마자 반기는 이는 클린 남작 부인이었다. 그녀 또한 방금 도착한 모양이었다. 하여 함께 가게 안으로 들어가자, 눈을 크게 뜨고 어리둥절한 표정을 짓는 버붐 남작을 마주할 수 있었다.

"……아리아 영애?"

"초대를 받아서요."

부인이 보내 준 초대장을 꺼내 들어 보이자, 버붐 남작이 오만상을 쓰며 제 이마를 짚었다.

"뭐가 어떻게 된 겁니까?"

"버붐 남작님!"

그는 아리아에게 까닭을 물으려 했지만, 다짜고짜 제 팔을 붙들며 이름을 부르는 애니 때문에 무산이 되었다. 버붐 남작은 아주 자연스럽게 팔짱을 끼며 몸을 붙이는 그녀를 어쩔 줄 몰라 하며 쳐다보았다. 아리아가 있어서였다.

'친해진 것 같다는 말이 사실이었나 보네.'

저돌적인 애니의 행동에 남녀 관계에 서툰 버붐 남작이 흔들리고 있는 모양이었다. 저대로만 간다면 달리 도움을 주지 않아도 알아서 제 남자로 만들 수 있을 듯 보였다.

"아주 잘 어울리는 한 쌍이네요. 그렇죠, 부인?"

"어머나, 그러게요."

"아리아 영애……! 이건……!"

그가 필사적으로 변명하려 하였기에 아리아가 모르는 척 클린 남작 부인에게 대화를 걸었다.

"어디로 가면 되죠? 안내를 부탁해도 될까요, 부인?"

"그럼요. 저만 따라오세요."

"다른 부인들은 벌써 도착하셨을까요? 몇이나 오셨을지 궁금하네요."

"오늘은 친목 도모가 아니라 사업에 관한 이야기를 나누기 때문에 몇 명 오지 않았을 거예요. 일부 사업에 적극적으로 관여하는 부인들만 오셨겠죠."

"그런가요? 아쉽네요."

도란도란 대화를 주고받으며 위층으로 올라가는 아리아와 클린 남작 부인을 향한 버붐의 시선이 퍽 애처로웠다. 그럼에도 제 옆에 딱 붙은 애니를 쳐 낼 수 없어 그저 한숨을 쉬는 것이 전부였다.

이를 얄궂게 쳐다보던 애니가 두른 팔에 힘을 주었다. 그제야 버붐 남작이 눈을 돌려 그녀를 응시했다. 미엘르의 표정을 훔친 애니가 사르르 녹을 것처럼 달콤한 미소를 지으며 버붐 남작에게 물었다.

"제가 만든 타르트를 좀 드셔 보시겠어요?"

"타르트…… 말씀이십니까?"

"오늘 구운 거라서 분명 입에 맞으실 거예요!"

묻는 애니의 눈이 반짝반짝 빛나고 있었다. 그 모습이 마치 작은 고양이 같아 버붐 남작은 입가에 옅은 미소를 걸치며 결국 고개를 끄덕이고야 말았다.

"회의가 일찍 끝나시면 함께 연극이라도 보러 가시는 게 어떠세요? 굉장히 재미있는 연극 표를 구했거든요. 제 지인이 보았다고 하는데, 매일 밤 꿈에 다시 나올 정도로 재밌었다고 하더라고요. 바쁘시면 내일도 괜찮아요. 그다음 날이라도요!"

쉴 새 없이 말을 잇는 애니를 쳐다보는 버붐 남작의 얼굴이 어느새 곤란함에서 부드러움으로 바뀌었다. 종달새처럼 이야기하는 것이 퍽 귀여웠기 때문이다.

게다가 처음에는 그녀로부터 아리아의 이야기를 듣는 것이 목적이었는데, 시간이 반년을 지나자 그녀와 이야기를 나누는 것 자체가 즐거워진 참이었다.

젊은 사업가들과 아리아의 사이를 중재하며 자신의 사업 키우는 것에 벅차 여타 여인들을 만나지 못해 그런 것일지도 모른다는 생각이 들었지만, 이러니저러니 핑계를 가져다 대도 결론은 애니가 귀여워서였다.

게다가 애니는 충분히 좋은 여성이었다. 아니, 이토록 밝고 명랑한 데다 다정하기까지 하니, 신분을 뛰어넘어 자신에게 조금은 과분하게도 느껴졌다.

'그래, 아리아 영애께는 더 대단한 인물이 어울리시지.'

그녀가 비현실적으로 아름답고 대단했기에 보통의 남성은 그녀를 감당할 수 없을 것이다. 설령 그녀에게서 마음을 받는다고 하더라도 열등감이나 불안감에 늘 시달리지는 않을까 생각했다.

비로소 마음의 정리가 끝이 난 버붐 남작이 고개를 끄덕였다.

"언제든 좋습니다. 시간을 만들어서라도 가야겠죠."

"정말이요? 정말이시죠?!"

기뻐하는 애니의 허리에 손을 두른 버붐이 그녀와 함께 가게로 들어가려던 찰나였다. 언제 지척까지 다가온 것인지, 애니의 오라비인 앤드류가 밝은 얼굴로 그에게 인사했다.

"남작님! 지난번에 말씀드렸던 피노누아 님을 모셔 왔습니다."

"아아, 그 피노누아 영식을 말하는 거군."

앤드류의 옆으로 시선을 돌리자, 키가 아주 크고 귀티가 흐르는 잘생긴 청년이 눈에 들어왔다. 그에 버붐 남작이 고개를 갸웃거리며 말했다.

"얘기 들은 것과는 조금 다르시군요."

"저도 직접 보지는 못하고 건너서 들은 거라 중간에 오해가 생긴 모양입니다."

분명 피노누아 영식은 늘 저택에만 틀어박혀 지내 얼핏 보아선 여성으로 오해할 만큼 선이 가늘고 연약해 보인다고 했다. 숨을 쉬는 것조차 귀찮아 하는 성격이라서 아주 여리다고.

그런데 그런 소문과는 달리 눈앞에 나타난 이는 어딜 어떻게 보아도 큰 키에 튼튼해 보이는 몸을 가진 남성이었다. 더욱이 호전적인 미소를 지은 얼굴은 보기 드문 미남이었다.

자신보다 어린 것이 분명함에도 사람을 휘어잡는 분위기 또한 존재했다. 범인이 아닐 것이라는 생각이 버붐 남작의 머릿속에 스쳐 지나갔다.

　"소문이 이상하게 돈 모양입니다. 수도에서 멀리 떨어진 지방이기도 하고, 외출을 잘 하지 않아서였겠죠. 피노누아 루이라고 합니다."

　한 치의 망설임도 없이 자신을 피노누아 루이라고 소개한 아스가 손을 내밀었다. 원래 이 자리에 참석했어야 할 레인의 친척의 이름이었다. 그가 너무도 아무렇지 않게 웃으며 넘긴 탓에 소문과는 판이하게 다른 외형임에도 그 누구도 정체를 의심하지 않았다.

　게다가 이미 아리아가 실제와 소문이 전혀 다르다는 것을 경험한 뒤였다. 소문이란 믿을 만한 것이 못 된다는 것을 실감한 버붐 남작이 아스의 말을 그대로 믿고 손을 맞잡아 인사를 나누었다.

　"그랬군요. 소문의 왜곡이란 생각보다 자주 있는 일이지요. 이리도 잘생긴 분께 그런 소문이라니 안타깝습니다. 먼 길 오시느라 수고가 많으셨을 텐데, 어서 들어가시죠."

　버붐 남작이 아스를 안으로 안내했다. 애니가 앤드류의 복장이 너무 과하다고 지적하며 뒤를 따랐다. 그런 애니와 앤드류를 아스가 힐끗댔다.

　"그럼 저는 집무실에서 기다릴게요!"

　그가 바쁜 날의 집무실은 애니의 차지였다. 처음에는 당황했던 버붐 남작이었으나, 지금은 그를 비롯한 가게의 직원들까지도 자연스럽게 여기게 되었다. 이제 애니는 거의 버붐 남작가의 안주인에 가깝다고 볼 수 있었다.

　버붐 남작이 고개를 끄덕이자 애니가 집무실 안쪽으로 사라졌다.

이제는 아주 사라져 버린 그녀이건만, 아스의 시선이 오랫동안 집무실 앞에 머물렀다.

"무슨 볼일이라도 있으십니까?"

묻는 버붐 남작의 얼굴이 사뭇 진지했다. 이에 대충 그들의 사이를 짐작한 아스가 바람 빠진 소리를 내며 웃었다.

"아닙니다. 어디서 많이 본 듯한 인상이어서요. 제 착각이었던 모양입니다."

"아아, 착각이시라니 다행이군요. 그럼 가시죠."

집무실을 지나 조금 더 걷자 회의실이 나타났다.

모임을 위해 특별히 개조한 회의실이었다. 아스와 버붐이 안으로 들어가자 순식간에 수십 개의 눈동자가 쏠렸다. 이미 작은 세력이라고 하기엔 너무나도 커져 버린 그 인원에 아스가 마른침을 삼키며 참석자들을 훑어보았다.

'불과 작년 초까지만 하더라도 같은 제국에 사는지조차 몰랐던 이들이거늘.'

지금은 저리도 눈을 빛내며 열기를 뿜어내고 있지 않은가. 젊고 건강한 데다가 긍정적인 기운이었다. 고이고 고여 썩어 문드러진 기존의 귀족들에게선 찾을 수 없는 모습이기도 했다.

그래서 꼭 자신의 편으로 끌어들이고 싶다고 생각하며 하나하나 얼굴을 담는데, 문득 어떤 얼굴이 눈에 한가득 들어왔다.

"······!"

그건 상대방도 마찬가지였는지 믿을 수 없다는 얼굴로 아스를 응시했다. 아리아가 눈에 들어오자마자 방금 전까지 호평을 내렸던 주변이 모두 흑백으로 변했다. 젊은 열기로 가득 찬 회의실 안에 마치 그녀 홀로 존재하는 것 같이 느껴졌다.

보지 못한 기간이 길어서일까. 그간 만나지 못한 그리움이 겹쳐 두근대는 심장을 주체할 수가 없었다. 저리도 아름다운 이를 눈앞에 두고 그 어떤 말을 꺼낼 수 있을까.

"……피노누아, 영식?"

잔뜩 놀란 얼굴로 말없이 서로를 응시하는 탓에 이를 의아하게 여긴 버붐 남작이 아스를 불렀다. 그럼에도 아스는 한참이나 그에게 대답을 할 수가 없었다.

*　*　*

'도대체 왜 아스가, 여기에……?'

아리아가 믿을 수 없다는 듯 아스를 응시했다. 자신의 투자를 받은 이들이 모이는 장소에 왜 아스가 있는 것일까. 아스라는 이름을 가진 이에게 투자를 한 기억은 없건만.

나름 격식 있는 자리라고 그럴듯한 복식을 차려입은 것이 꽤 잘 어울렸다. 깔끔하게 넘긴 머리가 그럴듯해 보여 젊은 사업가의 외형같이 보이기도 했다.

'살이 조금 빠졌나.'

어쩌면 이제 어른이라고 보아도 무방해 보였다. 젖살이 빠진 탓일지도 모르겠다. 그의 베일 듯 날렵해진 턱선과 콧날에 자꾸 시선이 갔다. 아스와 아리아가 한참이나 말없이 서로를 응시하는 탓에 결국 아스를 데리고 나타난 버붐 남작이 침묵을 깨고 아스의 소개를 했다.

"처음 뵙는 얼굴일 거라 생각합니다. 이번에 새로이 투자를 받게 되신 피노누아 영식입니다. 간단히 소개하시죠."

피노누아 영식이라고? 아스가? 그리 작은 가문은 아니지만 고작해야 피노누아 가문의 영식이 그런 큰 선물을 보냈다고? 믿기지 않음에 아스를 뚫어져라 쳐다보자 그가 퍽 곤란한 표정을 지었다.

"피노누아 영식?"

소개를 하라고 판을 깔았음에도 아스가 아무런 말도 하지 않아 버몸이 의아한 듯 물었다. 그제야 머뭇거리던 아스가 헛웃음을 지으며 제 소개를 시작했다.

"피노누아…… 루이라고 합니다. 투자자님의 지원을 받아 이렇게 모임에 참석하게 되어 영광입니다."

그의 소개가 끝나기도 전에 아리아가 미간을 구겼다.

피노누아 루이라니. 아스가 아니고?

확실히 피노누아 루이는 그녀가 이번에 투자를 하게 된 이의 이름이 맞았다. 하지만 그게 아스일 거라고는 꿈에도 생각하지 못했다. 애초에 알려 준 이름이 달랐다.

모든 이들의 박수를 받은 그가 회의실 구석에 자리했다. 늘 자신만만하게 시선을 피하지 않았던 그가 자신과 눈을 마주치지 못하는 것을 보니 괜히 화가 났다.

도대체 그의 진짜 이름이 뭘까. 처음부터 이름을 속인 것일까, 그도 아니면 지금 이름을 속인 것일까. 뭐가 어찌 되었든 이름을 속였다는 사실에 괜히 짜증이 치밀었다.

'……나에 관한 것은 사람까지 붙여 알아보았으면서.'

심지어 자신을 시험하기까지 했다. 억울하기 그지없어 아스에게 눈을 흘기는데, 옆에 앉은 클린 남작 부인이 손을 번쩍 들며 목소리를 높였다.

"여기도 새로 오신 분이 계세요! 영애, 소개를 부탁드려도 될까요?"

입을 쩍 벌리는 버뭄 남작에게서 고통과 혼란이 느껴졌다. 지금까지 열심히 아리아의 정체를 숨겼건만, 이렇게 공개되는 것인가 하는 고뇌였다. 아스에게서 시선을 거둔 아리아가 언제 못마땅한 얼굴을 했냐는 듯 부드럽게 웃으며 자리에서 일어났다.

"로스첸트 아리아라고 합니다. 투자자님께 투자를 받은 것은 아니지만, 제국의 미래를 짊어지실 대단한 분들이 계신다고 하여 실례를 무릅쓰고 참석했습니다."

로스첸트 백작가의 아리아라는 이름에 회의실에 한차례 동요가 일었다. 소문은 둘째치고 생각지도 못한 인물인 탓이었다.

술렁이는 사람들 속에서 버뭄 남작이 우왕좌왕했다. 그녀가 투자자라는 것을 굳이 밝히지 않았기에 어떻게 설명을 해야 할지 난감한 모양이었다. 이를 진정시킨 것은 클린 남작 부인을 비롯한 여타 부인들이었다.

"지난번에 로스첸트 백작저에 방문한 적이 있었어요. 부인들이 남편의 내조를 해야 한다는 것을 아리아 영애께서 단호하게 반대하셨죠. 능력이 있다면 그것을 활용해야 한다고 말씀하셨어요. 거기에 우리 모두가 공감했고 감동을 받은 참이었어요."

누가 그랬다고 말하지는 않았지만, 그 주어가 누구인지 이 자리에 있는 모두가 알고 있었다. 백작가의 미엘르 영애에게서 연락을 받았다는 것은 공공연한 사실이었기 때문이다. 모두가 기뻐하며 그 사실을 털어놓았다.

혹여나 다정하고 자애로운 미엘르 영애가 모임에 관심을 주어 도움을 주는 것은 아닌지 기대했던 참이었다. 결과는 아니었지만 말이다. 미엘르는 도리어 자신들에게 도움을 받고 싶어 했다.

"물론 내조도 중요하지요. 어쩌면 가문을 지탱하는 것이 더 중요할 수도 있어요. 하지만 그렇게 하고 싶다고 말하지도 않았는데 강요하는 것은 여성들의 선택권을 빼앗는 것과 마찬가지라고 생각해요. 귀족 영애께서 그리 생각하시기 쉽지 않은데, 아리아 영애께선 저희를 존중해 주셨죠."

이 자리에서 그녀가 평민 출신이라는 것은 그다지 중요하지 않았다. 평민들 중에서도 미엘르와 같이 생각하는 자들이 수두룩했기 때문이다. 부인의 설명에 모인 사업가들이 분통을 터뜨렸다.

"아직도 그렇게 구시대적인 발상을 하는 이가 있었군요!"

"참으로 답답합니다. 부인들께서도 대단한 능력을 갖춘 이들이 수두룩한데 말입니다."

"모임의 사업들 중 절반 이상이 부인들이 일군 것이라고 해도 과언이 아니죠."

"어쨌든 그것뿐만 아니라, 저희들의 사업을 모두 정확하게 꿰뚫고 계신 점과, 도움이 될 만한 조언을 해 주신 점에 감동하여 이렇게 초대를 하게 되었으니 부디 납득해 주시기를 바라요."

"맞아요. 그 조언들이 투자자님께서 해 주신 부분과 상당 부분 겹쳐서 깜짝 놀란 참이에요. 저희들께 도움이 되실 분이 틀림없어요."

"부인들께서 아무나 데려오실 인물들이 아니시니 당연히 납득하고 말고요."

투자자와 조언이 겹친다는 말에 버붐 남작이 표정을 관리하지 못했으나, 이내 자신이 굳이 변명하지 않아도 정체를 밝히는 일 없이 좋게 넘어가 안심한 표정으로 변했다.

그 대단한 변화를 옆에서 처음부터 끝까지 지켜본 아스가 이상하다는 듯 고개를 한쪽으로 기울이며 생각에 빠졌다. 어째서 버붐 남작이 아리아에 관한 일에 일희일비하는지 의아한 모양이었다.

더불어 아까부터 아리아에게 향하는 버붐 남작의 눈빛에 기분이 나빠져 그에게 향하는 눈길이 사뭇 날카로웠다. 한동안 구시대적인 발상을 가진 이들에 대한 험담이 이어졌고, 괜히 버붐 남작에게 힘을 쏟는 아스를 바라보던 아리아가 괘씸함을 이기지 못하고 입을 열었다.

"제 소개는 끝이 났으니 피노누아 영식의 소개를 더 듣고 싶네요. 생각해 놓으신 사업 계획에 대해서요."

피노누아 영식이 보내왔던 사업 계획서는 꽤 그럴듯했다. 그래서 미래에선 본 적 없는 사업이었지만 투자를 결정했다. 독특하고 재미있어 보였기 때문이다.

하지만 엉뚱하고 제멋대로였기에 허점이 많아 지적하려면 한도 끝도 없이 지적이 가능했다. 그러니 그가 무슨 대답을 하든 얼마든지 지적해 엉망으로 만들 자신이 있었다.

그 도전적인 아리아의 모습에 아스가 눈을 빛내며 시원한 미소를 얼굴에 담았다. 지금까지 시선을 피하던 모습은 온데간데없었다. 자신의 사업에 대해 늘어놓을 준비를 한 젊은 사업가만이 자리했다.

"영애께서 궁금하시다면 당연히 자세하게 설명해 드려야겠지요."

"그래요. 어디 한번 기대해 보겠어요."

턱 끝을 빳빳이 치켜든 아리아가 아스를 심판하겠다는 양 고고하게 대답했다. 갑작스레 시작된 두 사람의 은근한 기싸움에 모인 이들이 마른침을 삼키며 주목했다.

"제가 구상한 사업은 '신분과 나이에 관계없이 입학이 가능한 학교'를 만드는 것입니다."

그 말에 잔뜩 쏘아붙일 준비를 하던 아리아가 얼굴을 딱딱하게 굳혔다.

학교를 사업으로 제안하다니? 도통 감이 오지 않는 사업이었다. 게다가 그가 보내온 사업 계획서와는 전혀 다른 내용이었다. 하지만 아리아는 지금 정체를 숨기고 있었기에 그 부분은 지적할 수 없었다.

"……그게 무슨 사업이죠? 그게 사업으로서 가치가 있나요?"

"물론 가치가 있습니다. 사업가들에게 투자를 받을 예정이기도 하고요."

"피노누아 님, 그게 무슨 말인지 잘 이해가 되지 않는군요."

젊은 남성이 말했다. 모두가 같은 생각인지 어리둥절한 얼굴을 하고 아스에게 시선을 던졌다. 이에 아스가 여유롭게 설명을 더했다.

"수도에 학교를 만들 계획입니다. 귀족들만 다니는 아카데미와는 다른 학교를 말이죠. 평민들이 주요 대상이 될 예정입니다. 상단이나 사업 등에 필요한 지식을 가르치는 게 목적이죠."

그가 이해를 돕기 위해 친절하게 그림까지 그려 가며 설명했다. 이에 머리 회전이 빠른 젊은 사업가 중 한 명이 이해했다는 듯 목소리를 높였다.

"아아! 그래서 상단이나 사업체에 투자를 받아 인재를 육성하고, 직업까지 소개시켜 준다는 말씀이시군요!"

"그렇습니다. 투자 금액에 따라서 인재를 연결시킬 계획입니다. 많이 투자하는 이에게 똑똑한 인재를 제공하는 거죠."

"하지만 그걸로 수익을 내기에는 너무 시간이 오래 걸리겠네요."

차라리 이전에 자신에게 보낸 계획서가 더욱 그럴 듯했다. 실망스러움에 아리아가 싸늘한 얼굴로 말했다.

사람을 키우는 데는 최소 반년 이상의 시간이 필요했다. 배움이 처음인 사람일수록 더욱 그러했다. 상단에 일할 수 있는 인재를 만들기 위해선 평균적으로 2년에서 3년 정도의 시간이 걸릴 것이다.

"게다가, 학비는 어떻게 감당하죠? 애초에 오랫동안 학비를 감당할 수 있는 평민들이라면 집안의 도움을 받아 공부를 깨우쳤을 거예요. 일자리도 문제없겠죠. 정말로 도움이 필요한 사람들은……."

그래, 과거의 아리아와 같은 불쌍한 이들이었다. 교육의 기회조차 없어 앞을 분간할 수 없을 정도로 아프더라도 억지로 몸을 이끌고 일을 하러 나가야 하는 처지에 놓인 이들.

그러다가 불의의 사고로 목숨을 잃어도 단지 그들의 명은 그것밖에 되지 않았던 거라며 안타깝다는 소리조차 듣지 못한다. 지금은 살아 있지만 과거에는 신문을 대여했던 한스 또한 그렇게 목숨을 잃었다.

그것을 회상하며 아리아가 느릿하게 눈을 깜빡였다. 그것이 그녀를 연약한 소녀처럼 보이게 했다. 그런 그녀를 아스가 조용히 지켜보았다.

"……학교가 생긴다고 해도 다닐 수 없을 거예요. 지금 당장 가족을 먹여 살리기 바쁠 테니까요."

그것이 현실이었다. 아스가 말하는 바는 이해했지만 그것은 허황된 꿈일 뿐이었다.

아리아의 말에 공감하는 이들이 고개를 끄덕였다. 어려움 끝에 자수성가를 이룬 이들이 대부분이었기에 정말 가난한 이의 삶은 아는 자들이 꽤 있었다.

"그러니 참으로 논할 가치가 없는 사업이라는 걸 잘 알았어요."

회상하고 싶지 않은 과거에 잠시 울적해진 기분을 털어 낸 아리아가 다시 도도한 가면을 썼다. 차갑게 내치는 그녀의 말에 아스에게 향하는 시선이 곱지 않았다. 투자자 A님이 왜 저런 아이디어를 뽑았을까 하는 기류마저 흘렀다.

그런 비난 일색의 분위기 속에서도 아스는 여유를 잃지 않았다. 아니, 오히려 자신을 향한 가시가 쏟아지는 것이 일상인 양 아무렇지 않아 보였다. 아스가 품에서 서류를 몇 장 꺼냈다. 글자가 빼곡히 적힌 서류였다. 그는 그것을 손에 들어 사람들에게 보이며 설명을 이었다.

"걱정하지 마십시오. 그들에겐 학업과 더불어 일자리를 제공할 예정이니까요."

요약하면 이러했다. 학교를 건설해 따로 근로자를 고용하는 일 없이 근로 장학생이라는 명목으로 일정 시간씩 일을 부여하고, 급여를 지불한다는 계획이었다. 학업에 지장이 없도록 하루에 네 시간 이하, 간단한 일을 여러 명이 나누어서 한다는 설명도 덧붙었다.

"그리고 외부에서 전문적인 일을 의뢰받아 능력이 되는 학생들에게 시킬 예정입니다. 성적에 따라 학비를 면제해 주고, 외부 투자를 받을 예정이죠. 아, 이미 투자를 하고 싶다는 의사를 밝힌 분이 몇 있습니다."

그는 꽤 그럴듯하게 설명을 이어 갔다. 아리아가 아니더라도 투자를 할 사람이 있는 듯 보였다. 게다가 이전에 그가 미엘르에게 보냈던 재물을 생각하면 굳이 투자가 없더라도 그 홀로 해낼 수 있을 것 같았다. 그의 이야기를 듣던 누군가가 물었다.

"학교는 새로 건설할 생각이십니까?"

"그렇습니다. 이미 금액을 확보해 놓은 참입니다."

필요하다면 황실에서 예산을 편성하면 되는 일이었고, 그렇게 하지 않아도 이미 작년에 벌였던 일로 큰돈을 축적한 뒤였다.

건물을 새로 짓기 위해선 꽤 큰 금액이 들어갈 텐데, 그것을 이미 확보했다는 말에 회의실이 한차례 술렁였다. 자신들처럼 시작이 절박하지 않았기 때문이기도 했다. 의아함에 클린 남작 부인이 아스에게 물었다.

"그 정도의 자본이 있으시다면 왜 굳이 이 사업을 하려고 하시는 거죠? 취지는 굉장히 좋은 것 같지만 사업이라기보단 결국엔 평민들에게 기회를 주고 싶으시다는 말씀 아니신가요? 개인적으로는 다른 사업에 투자를 하시는 편이 더 나을 것 같은데요."

"그건……."

그녀의 물음에 대답하려던 아스의 시선이 아리아에게로 향했다. 그녀를 직시하는 그의 눈동자가 점점 짙어지는 것처럼 보였다. 그럼에도 부드러운 눈매에는 감정이 깃들어 있었다.

때문에 아리아의 어깨가 한차례 떨렸다. 왜 질문에 대답하지 않고 자신을 쳐다보는 것인지. 당혹스러웠지만 한편으론 짐작 가는 부분이 있어 얼굴이 달아올랐다.

'설마, 나 때문은 아니겠지.'

실망은 이내 기대로 변했다. 평민 중에서도 천한 위치였던 자신을 과대평가하던 아스였다. 자신에게 총명하다 칭찬했고 모임에 초대해 주었다. 투자자라는 사실은 모르겠지만, 어쨌든 무턱대고 업신여기는 다른 사람들과는 달랐다. 길고 긴 침묵을 깨고 아스가 질문에 대답했다.

"때 묻지 않은 인재들이 필요하기 때문입니다. 권력욕에 물들지 않은 신선한 인재가 말이죠."

하지만 아스의 입에서 나온 답변은 그녀가 기대한 것과는 다른 답변이었다. 은근한 기대로 부풀었던 아리아의 마음이 차갑게 식었다. 눈빛이 싸늘함을 띠었다. 다른 부인이 다시 물었다.

"자본이 있으신 것 같은데, 굳이 투자를 받으시려는 의도는 뭐죠? 얼마 없는 수익에서 다시 수수료만 떼일 텐데요."

"어쩌면 적자가 날지도 모르겠네요. 수수료를 감당하실 수 있으신가요?"

아무리 여기 모인 자들이 아리아의 도움으로 사업이 번성했다고 한들, 그녀에게 지불하고 있는 수수료는 일반적인 기준보다 훨씬 많았다.

그럼에도 이들이 아리아를 찬양하고 존경하며 계속 투자를 받는 이유는 미래가 불투명한 자신들의 사업에 아무것도 묻지 않고 지원을 해 주었기 때문이었다. 그런데 자본이 튼튼하고 아리아 외의 투자자가 있는 아스가 굳이 투자를 받을 필요가 있을까. 모두의 머릿속에 의문이 떠올랐다.

"투자자님과 이 모임에 관심이 있습니다. 이렇게 젊고 열정적인 사업가들을 그 어디에서 뵐 수 있을까요. 분명 손해를 보진 않으실 겁니다. 평민들을 구제했다며 명예까지 드높아지시겠죠. 더불어 여러분들의 사업에도 큰 기여를 하리라 생각합니다."

제대로 된 인재를 구하기 어려워 가족까지 동원하고 있었기에 모두들 공감하는 얼굴이었다. 거기에 필요하다면 이미 직업을 가진 자도 부족한 지식을 배우러 단기간에 걸쳐 수업을 들을 수 있다는 설명을 덧붙이자 대부분의 이들이 큰 흥미를 표했다.

"자세한 설명은 투자자님을 만나 뵙고 말씀드리고 싶군요. 아직 말씀드리지 못한 부분이 많거든요."

"……아."

만나서 이야기를 하고 싶다는 아스의 말에 반응이 떨떠름했다. 투자자 A는 버붐 남작 이외에 아무도 만나지 못한 미지의 인물이었다. 연령, 신분을 비롯한 아무런 정보도 알려지지 않았다. 물어도 알려 주지 않았거니와 버붐 남작이 크게 화를 냈기에 물을 수도 없었다.

"뭐……. 잘되실 거라 생각해요."

클린 남작 부인의 한마디를 끝으로 모임이 본격적으로 시작되었다. 각자 현재 하고 있는 사업에 대해 근황 보고를 하거나, 어려움을 토로했다. 서로 머리를 맞대고 해결책을 찾거나 응원을 해 주는 모습이 퍽 보기 좋았지만 아리아는 이유를 알 수 없는 실망감에 조용히 자리를 지킬 뿐이었다.

그렇게 첫 번째 모임이 끝나고 달리 기분이 좋지 않아 서둘러 저택으로 돌아가려는데, 지척에서 아스의 목소리가 들려왔다.

"영애, 오랜만에 뵙습니다."

돌아보자 은은한 미소를 짓는 아스가 보였다. 처음 들어왔을 때만 해도 참으로 잘난 얼굴이라 생각했는데, 지금은 그렇지 않았다. 어쩐지 태연한 그의 표정에 미미하게 짜증이 일었다.

"찾아뵈려고 했는데 이렇게 운명처럼 만나게 되었군요. 잠시 시간을 내주실 수 있으십니까?"

내미는 아스의 큰 손에 옆에서 아리아를 기다리던 클린 남작 부인이 양 볼을 붉히며 말했다.

"저는 먼저 가 볼게요. 다음 모임 때 다시 연락드리도록 할게요."

아스와 자신의 사이를 오해한 듯 보여 아리아가 변명하려 했지만 이미 남작 부인은 사라진 뒤였다. 어느덧 사람들이 모두 빠져나간 회의실 입구에서 버붐 남작이 초조하게 둘을 지켜보았다.

"혹시 제가 이름을 숨겨서 기분이 상하셨습니까?"

그의 말에 당연하다고 대답을 하려 했는데, 문득 그것뿐만이 아니라는 생각이 들었다.

만약 이름을 숨겨서 기분이 상했다면 그에게 먼저 진실을 물었어야 했다. 하지만 그녀가 느낀 감정은 단순히 기분이 상했다고 표현하기에는 부족했다. 원인 모를 실망감이 함께였기 때문이다.

"산책이라도 함께하며 이야기를 나누지 않으시겠습니까?"

그가 아리아의 손을 잡으며 물었다. 퍽 다정한 얼굴로 그리 물어 오니 거절할 수가 없어졌다. 게다가 그간 그의 안부가 궁금하기도 했다. 잘 지내고는 있는지, 바쁘다고 했는데 어려움은 없는지. 그리고 진짜 정체가 무엇인지.

"……이 이상 숨기는 것 없이 제가 묻는 것에 솔직히 대답해 주실 수 있으시다면요."

눈을 흘기며 대답하는 아리아에게 작게 웃어 보인 아스가 그러겠노라 고개를 끄덕였다.

아리아와 아스가 손을 잡고 나가는 것을 처음부터 끝까지 지켜본 버붐 남작이 퍽 당황한 표정을 지었다. 겉보기엔 잘 어울릴지 모르겠으나 그는 아리아가 너무도 아깝다고 생각했기 때문이다.

"투자자님께 꼭 뵙고 싶다고 전해 주시기를 바랍니다. 후회하지 않으실 거라고요."

그런 버붐 남작에게 의미심장한 말을 남긴 아스가 아리아와 함께 가게를 빠져나갔다. 사람들의 시선이 닿는 곳으로 나오자마자 매정하게 손을 뿌리치는 아리아의 모습에 아스가 쓴웃음을 지었다.

"사실 오늘 말씀드릴 생각은 없었습니다."

"……뭐라고요?"

도대체 뭘 어쩌겠다는 것인지. 설마 일을 이렇게 만들어 놓고 아직도 숨길 요량인가 싶어 눈을 흘기는데, 아스가 서둘러 말을 이었다.

"애초에 영애를 만날 거란 생각도 못했으니까요. 하지만 언젠가는 반드시 얘기해 드리려 했습니다. 물론 예상한 날은 아니었지만……."

처음 보는 그의 자조적인 표정에 아리아의 마음이 흔들렸다. 그럼에도 금세 마음을 다잡을 수 있었던 건, 그에 대한 연민보단 궁금증이 컸기 때문이다.

"얼마나 대단한 비밀을 감추고 계시기에 그리도 꺼리시는지 모르겠네요."

그래서인지 대답하는 말이 사뭇 차가웠다. 그러면서도 한편으로 의심은 확신이 되어 갔다. 그가 숨겨진 황족일지도 모른다는 것. 그렇지 않고서야 이렇게까지 정체를 숨길 리가 없으니까.

"조금 멀지만 제가 아는 조용한 곳으로 안내해도 되겠습니까?"

"……그렇게 해요."

아리아는 에스코트하는 그를 따라 걷기 시작했다. 이렇게 될 거라고 예상한 것은 아니었지만, 간소한 복장으로 나와 다행이라고 생각했다. 그렇게 골목을 몇 번이나 돌고 돌아 생각보다 많은 걸음을 걸은 탓에 어지러워 비틀대자, 아스가 서둘러 그녀를 부축했다.

"이 모퉁이만 돌면 되니, 조금만 부축하겠습니다."

"……너무 먼 것 아니에요?"

투덜대면서도 이미 멀리까지 와 버린 탓에 고개를 끄덕였다.

더 멀리 갈 것도 없이 그의 말대로 모퉁이를 돌자 아주 조용하고 한적한 공간이 나왔다.

"골목길 사이에 숲……?"

방금까지 인적 드문 도시 골목 사이를 거닐고 있었는데, 골목을 돌자마자 믿기 힘들게도 웅장한 숲이 눈앞에 펼쳐졌다.

수도 밖으로 나가는 문을 통과하지도 않았는데 갑자기 숲이라니. 당황하여 걸음을 멈추고 주변을 둘러보는 아리아에게 아스가 아무렇지 않게 대답했다.

"수도에서 조금 벗어났으니까요."

"……그렇게 많이 걸었다고요?"

수도에서 가장 가까운 숲까지는 말을 타고도 한참이나 걸리는 거리였기에, 오래 걸었다고는 해도 절대 숲에 도착할 수 있는 시간이 아니었다.

그때, 문득 지난번에도 비슷한 일이 있었던 것을 떠올렸다. 광장에서 아스의 손을 잡고 도망쳤던 때였다. 그때도 아스를 따라 한참을 달리자, 생전 듣지도 보지도 못한 공터에 도착했었다. 그리고 돌아오는 길에 마치 신기루처럼 사라졌던 그 공터.

당황한 아리아가 왔던 길을 다시 확인하고자 뒤를 돌아보려는데, 아스가 어깨에 두른 손에 조금 힘을 줘 그녀를 앞으로 나아가게 만들었다.

"시간이 부족해서 말입니다. 돌아가는 길은 나중에 알려 드릴 테니, 걱정하지 마십시오."

때문에 조금 걷다가 고개를 돌리자, 어느새 어두컴컴한 숲만이 그곳에 자리했다. 결국 하는 수 없이 지금 자신에게 닥친 불가사의에 대해 이런저런 의문을 품으며 아스를 따라갔다. 어차피 모두 말해 준다 했던 그였다.

"앉으시죠."

얼마 지나지 않아 도착한 목적지에서 아스가 의자를 빼 주며 말했다.

"수도 근처 숲에 이런 저택이 있었다니……."

아담하지만 꽤 그럴듯하게 꾸며진 저택, 그리고 그 앞에 자리한 작은 정원에 비치된 테이블. 마치 동화 속에 나오는 요정의 집 같았다. 믿을 수 없는 광경을 말없이 잠시 구경하고 있자, 어느새 저택에서 나온 머리가 하얗게 센 노인이 따뜻한 차를 테이블 위에 놓아주었다.

"……누구죠?"

"제 측근입니다. 저택의 관리를 담당하고 있죠."

마치 신기루처럼 나타났다 사라지는 노인의 뒷모습을 하염없이 쫓던 아리아가 따뜻한 녹차를 한 모금 마시고 제정신을 차렸다. 이해하기 어려운 아주 이상한 상황이 반복되고 있었다.

"도대체 여기가 어디예요?"

"제 도피처입니다. 가끔 생각에 잠기고 싶을 때 오는 곳입니다."

"그걸 묻는 게 아니에요. 어떻게 골목 사이에 이런 숲이 있냐고 묻는 거예요."

"한참을 걷지 않으셨습니까. 그래서 도착한 겁니다. 수도 근처의 숲에 말이죠."

"저를 농락하시는 건가요? 거기까진 말을 타고도 오랜 시간 달려야 한다고요! 어떻게 사람이 말을 이길 수가 있죠?"

처음 한 번이라면 착각이라고 넘겼을지도 모르겠지만, 이렇게 두 번이나 겪으니 일반적인 일이 아니라는 것을 깨달았다. 아리아의 단호한 얼굴에 아스의 표정이 곤란함으로 물들었다.

자신이 가진 '능력'은 설명한다고 해서 쉽게 납득되는 것이 아니었다. 더군다나 오늘 그녀에게 정체까지 밝히게 될 텐데, 이 능력까지 설명한다면 과연 자신을 어떻게 생각할까. 하지만 아리아는 그리 쉽게 넘어가 주지 않았다.

"뭐라고 설명 드려야 이해하실지 모르겠지만…… 제 가문의 특징이라고 보시면 됩니다."

"가문의 특징이요?"

"예. 드물게 각기 다르게 나타나는 능력인데, 저는 먼 곳까지 빨리 이동할 수 있는 은혜를 입었습니다. 신체가 발달했다고 생각하시면 됩니다. 조금…… 특이한 내력이죠."

그가 최대한 대수롭지 않게 설명했다. 하지만 먼 곳까지 빨리 이동할 수 있는 은혜라니……. 마치 마법 같지 않은가. 더 정확히 설명해 달라는 말에 아스가 고개를 저었다.

"저도 이 이상은 잘 모릅니다. 타고난 은혜라고밖엔."

일반적인 일이 아니었기에 더는 물을 수가 없어졌다. 마치 자신에게 모래시계가 생긴 것처럼 설명할 수 없는 일일지도 모른다고 납득했기 때문이기도 했다.

만약 자신에게 모래시계가 생기지 않았다면 지금 그가 하는 말들을 절대 믿지 못했겠지만, 이보다 더한 일이 그녀에게 생겼기에 쉬이 납득할 수 있었다. 한편으론 그런 마법 같은 일이 이렇게 자주 생겨도 되는 것인지 의문이 들었다.

그는 자신의 능력이 가문의 특징이라고 했다. 그렇다면 자신이 살아난 것도, 모래시계의 능력도 그와 비슷한 것일까? 어쩌면……어머니는 보잘것없는 매춘부였으니, 이름 모를 아비가 그중 하나가 아니었을지. 수만 가지 생각이 머릿속을 지배했다.

"그럼…… 피노누아 자작가에 내리는 은덕인가요? 아니, 피노누아 루이가 본명이신가요? 아스라는 이름은 가명이고요?"

그럴 리가 없다고 생각했지만, 그가 정식으로 자신을 소개하는 것을 들은 것은 그것이 처음이었기에 그리 묻자 아스가 고개를 저었다.

"아닙니다. 피노누아 자작가는 그저 저를 돕고 있을 뿐입니다. 모임에 참여하기 위해 이름을 빌렸을 뿐입니다."

"그럼, 역시 황가의……."

"네, 영애가 생각하는 게 맞습니다. 아스테로페 프란츠라고 합니다."

"……세상에."

그동안의 그의 행보를 보았을 때 가장 합리적일 거라 생각해 그리 추측하긴 했지만, 실제로 그렇다는 확언이 돌아오니 머리가 멍해졌다.

심지어 황태자. 이름을 들으니 기억이 났다. 황태자가 아스테로 페라는 이름이었던 것을. 황가의 사람과 연이 생길 줄은 꿈에도 상상하지 못한 탓도 있었다. 그것이 그간 무례하게 굴었던 아스라니.

그가 건넨 꽃을 비웃으며 짓밟은 적도 있었다. 그것은 제국을 상징하는 튤립이었다. 그런 꽃을 그 앞에서 짓밟았었다. 그 탓에 내심 그의 정체를 의심하면서도 제가 그에게 해 왔던 행동들 때문에 아닐 수도 있다고 생각했건만!

아리아가 떨리는 손으로 차를 마셨다. 한 모금 음미하는 것이 아니라 냉수를 들이켜듯 몇 모금이나 들이켜 잔을 깨끗하게 비웠다. 그러자 손짓으로 아리아에게 새로운 차를 가져다주도록 지시한 아스가 조심스럽게 물어 왔다.

"괜찮으십니까?"

"……그동안 제가 무례를 범한 건 아닌지 모르겠습니다."

자리에서 일어나야 할지 말아야 할지 고민하며 급격하게 공손한 태도로 돌변한 그녀에게 아스가 쓴웃음을 내 보였다.

"이러실까 봐 말하지 못한 것도 있습니다. 저는 영애께서 제게 부담을 가지지 않으셨으면 하니까요. 평소처럼 대해 주셨으면 하는 바람입니다."

그렇게 하고 싶었지만 그렇게 할 수 없었다. 생각했던 것을 확인했을 뿐인데 갑자기 그가 너무 멀고 높게만 느껴졌다. 왜 자신에게 관심을 표했을까. 그리고 왜 자신이 이끄는 모임에 참석한 것일까. 그것도 이름까지 빌려서.

침묵이 흐르는 숲속에서 가만히 그것을 생각했다. 아스 역시 아리아가 생각을 정리할 시간이 필요하다고 생각한 모양인지, 더 이상 말을 잇지 않은 채 생각하는 그녀를 응시했다.

황태자라니. 그런데 어째서 황태자인 그가 신분을 속이고 있었던 걸까? 생각이 깊어질수록 아리아의 얼굴색이 사색이 되어 가는 것을 가만히 지켜본 아스가 쓴웃음을 머금고는 말을 꺼냈다.

"아무래도 오늘은 이만 일어나는 것이 좋겠군요."

"하지만, 더 물을 것이……!"

아직 묻고 싶은 것이 산더미처럼 있었다. 하지만 아스가 고개를 저었다.

"당분간 계속 수도에 있을 예정이니 언제든지 만날 수 있습니다. 그때 다시 이야기를 나누죠. 편지를 보내겠습니다. 먼저 해야 할 일도 있고요."

그는 이런 곳에 시간을 허비할 사람이 아니었다. 이렇게 시간을 빼앗는 것조차 죄스러울 인물이었다. 돌아가는 길은 올 때보다 빨랐다. 숲을 빠져나가자마자 버뭄 남작의 가게 바로 옆 골목이 나타났기 때문이다.

"다음에 만날 때는 영애께서 저를 어려워하시지 않았으면 합니다."

골목을 나서기 전, 그가 아리아의 손등에 가볍게 입을 맞춘 뒤 조만간 다시 만나자는 말과 함께 사라졌다. 오늘 일어난 그 모든 것이 마법 같아, 아리아는 한참이나 그 자리에서 미동도 할 수 없었다.

＊　＊　＊

그 후로 며칠 동안이나 생각에 잠긴 아리아는 이내 '피노누아 루이'라는 가명으로 아스가 보내온 편지에 투자를 하겠다는 의사를 표명했다. 상대가 아스인 것은 둘째치더라도 황가와 인연을 맺을 수 있는 기회였기 때문이다.

이 이상 완벽하게 기반을 쌓을 수 있는 기회는 없었다. 후에 투자자 A가 바로 자신이라는 것을 밝히면 어떤 반응을 보일까. 아마 조금만 더 키운다면 백작가를 넘볼 정도의 세력이 될 것이 틀림없었다.

그가 어느 정도 정체를 털어놓았음에도 자신은 정체를 숨기며 이용하는 것에 양심의 가책을 느꼈지만, 지금은 그런 것을 가릴 때가 아니었다. 미엘르의 최후가 가까워져 오고 있었기 때문이다. 어떻게 하면 미엘르를 지옥으로 떨어뜨릴 수 있을까 고민하며 샐러드를 입에 넣었다.

"그래서 후작님의 약혼식에 어떤 드레스를 입을지 고민이 되네요."

얼마 뒤에 있을 빈센트 후작의 약혼식에 대한 이야기였다.

물론 백작과 백작 부인 또한 참가할 예정이었다. 아무리 최근에 황태자의 손을 들었다고는 하나, 후작이 아직 중립을 고수하고 있는 만큼 파벌을 가리지 않고 여러 귀족들이 참가할 것이 틀림없었다.

"아리아, 너도 드레스를 한 벌 맞춰야 하지 않겠니?"

백작 부인이 물었다. 온갖 귀족이 다 모이니 최대한 아름답게 꾸미고 가라는 뜻인 모양이었다. 하지만 그럴 필요는 없었다. 그 어떤 화려한 드레스와도 견줄 수 없는 대단한 것이 이미 그녀의 손에 있었기 때문이다.

"아뇨, 전 이미 준비해 뒀어요."

얼마 전 사라가 보내온 드레스가 있었다. 자신과 맞춰서 입는 것이 어떻겠냐는 제안이었다. 신부만큼 화려한 드레스는 아니지만,

그녀의 곁에 서기 부족함이 없는 디자인이었다.

"그래도 너와 가장 사이가 좋은 영애의 약혼식이잖니."

백작 부인의 얼굴에 웃음꽃이 만개했다. 세기의 신분 상승이라며 이미 사라에 대한 소문이 널리 퍼진 뒤였다. 아직 그 사라가 아리아의 가정 교사였던 사라임을 인지하지 못했는지, 미엘르가 무슨 소리냐며 물어 왔다.

"아리아 언니…… 와 사이가 좋은 영애라뇨? 무슨 말씀이세요, 어머니?"

"어머나, 미엘르 너도 몇 번 본 적 있지 않니? 아리아의 가정 교사였던 사라 말이야. 그녀가 빈센트 후작님의 약혼 상대자란다."

"……뭐라고?"

백작 또한 아리아의 가정 교사에게 관심이 없었던 탓에 처음 들은 사실인지, 쥐고 있던 포크를 내려놓으며 되물었다.

이에 아리아가 제 입매를 닦으며 대답했다.

"빈센트 후작님께서 사라 영애의 고운 마음씨에 반하신 모양이에요. 지난번에 방문했을 때도 어찌나 잘해 주시던지."

평소처럼 수줍어하는 모습은 없었다. 신분을 제외하곤 저 못난 미엘르에게 더는 밀릴 것이 없다고 생각했기 때문이다. 그 당연하다는 듯한 반응에 백작 부인의 미소가 짙어졌다. 오랜만에 보인 진심이 담긴 미소였다.

* * *

아리아가 사라와 인연이 있다는 것을 알게 된 그날부터, 백작은 집요하리만치 아리아에게 사라와 빈센트 후작의 안부를 물었다. 그리고 그때마다 아주 대단한 우연이라며 기뻐하기까지 했다. 얼마 전까지 자신에게 신경도 쓰지 않더니, 이리도 갑작스럽게 돌변하는 것을 보면 계산 빠른 상인은 상인이다 싶었다.

하지만 그가 간과한 것이 하나 있었는데, 과거의 그녀라면 새로운 아비의 관심에 기뻐 주절주절 늘어놓았을지 모르겠지만, 지금은 아니라는 점이었다. 저를 이용할 대상으로밖에 생각하지 않는 자에게 줄 것은 없었다. 이용하는 것은 온전히 자신뿐이어야 했다.

"오랜 시간 출장을 나가 있어 네 가정 교사일 때 인사 한 번 못한 것이 한스럽구나."

출장을 가지 않았어도 관심을 가지지 않았을 게 뻔한데 백작이 괜한 소리를 늘어놓았다.

"그래도 아리아 네가 있으니 천만다행이구나. 공작님을 뵐 낯이 생겼어."

백작이 안심한 듯 와인을 들이켜며 말했다.

그 모습을 보며 아리아가 부드럽게 입꼬리를 올렸다. 그는 어리석게도 아리아에게 조금의 의심도 없이, 제 소원을 이룰 수 있는 제 편으로 생각하는 모양이었다. 그 속은 황태자와 내통하고, 자신의 세력을 만들며 언제든 목숨을 끊을 빈틈을 노리고 있는 적임을 모르고.

"그러게 말이에요. 언니에게도 좋은 인연이 생겨 다행이에요."

미엘르는 그다지 신경을 쓰지 않는 척을 했다. 후작 부인이 될 사라에게 지대한 관심을 갖고 있을 게 분명한데도 말이다.

'아니, 미엘르라면 내 도움은 필요 없다고 생각하겠지.'

그도 그럴 것이 대부분의 귀족 여성들이 미엘르와 친해지기를 바라고 있으니 무리도 아니었다. 아리아의 가정 교사였던 사라가 후작 부인이 된 것에는 상당히 놀란 눈치였으나, 그렇더라도 곧 황태자비가 될 이시스 공녀의 전폭적인 지지를 받고 있는 그녀였기에 달리 초조해 하는 눈치는 아니었다.

"아가씨, 편지가 도착했어요."

백작과의 유난스러웠던 식사 시간을 마치고 방으로 올라가자, 제시가 기다렸다는 듯 편지를 건넸다.

"어디서 온 편지야?"

"저도 잘 모르겠어요. 아스라는 분께서 보내셨다는 것밖에요."

"……아스라고?"

깜짝 놀란 아리아가 소파에 앉으려던 엉거주춤한 자세로 제시에게서 편지를 받아 들었다. 편지를 보낸다고는 하였으나 이렇게 빠른 시일에 보낼 줄은. 서둘러 열어 내용을 확인하자, 이전에 보냈던 간결한 편지와는 다르게 꽤 다정한 말이 담겨 있었다.

『날이 추워 영애께서 감기에 걸리시진 않을지 걱정이 됩니다.』

세상에. 만물상에서 처음 만났을 때를 제외하곤 꽤 다정한 말투이긴 했으나, 그의 정체를 알고 난 뒤라서 그런지 무어라 반응해야 좋을지 망설여졌다.

"아가씨?"

길지 않은 편지를 손에 든 채 편지를 읽고 또 읽는 그녀에게 제시가 의문을 표했다. 혹여나 이상한 내용이라도 적혀 있는지 걱정이 되는 모양이었다.

아스와는 몇 번이고 편지를 주고받았다. 더욱이 바로 며칠 전에 사업에 관한 이야기도 나누었건만 이게 뭐라고 이리도 얼굴에 열이 오르는지. 아리아는 고개를 저어 평정심을 되찾으려 노력했다.

"답장은 다음 주에 받으러 온다고 하셨어요."

"……누가?"

"글쎄요? 심부름꾼인 것 같았어요."

바쁜 그가 여기까지 찾아올 리가 없겠지.

당연하다는 생각이 들자, 조금 평정심을 되찾아 주었다. 그래서 미룰 것 없이 담담하게 소소한 일상과 아스에 대한 안부로 가득 찬 답장을 작성할 수 있었다. 작성한 답장을 서랍에 고이 넣은 아리아가 제시에게 말했다.

"심부름꾼이 도착하면 알려 줘."

"예, 아가씨."

그사이에 빈센트 후작과 사라의 약혼식날이 다가왔다. 백작 부인에게도 보여 주지 않은 연분홍색의 드레스를 입은 아리아가 거울을 보며 제 차림을 확인했다.

"아가씨! 이 목걸이를 걸치시는 게 어떨까요?"

아리아 못지않게 치장을 한 애니가 화려한 목걸이를 들고 나타났다. 사라의 취향에 맞춘 아리아의 드레스가 심심해 보였던 탓이다. 아리아의 머리카락을 만지던 제시가 눈을 동그랗게 뜨며 장단을 맞췄다.

"어라? 이런 목걸이가 있었나? 정말 잘 어울리실 것 같아요!"

"이건……."

드레스 룸 저 구석에 숨겨 놓았던 아스에게서 받은 목걸이였다. 드레스와 여타 장신구들도 함께였는데, 너무도 화려한 탓에 입지 못할 것 같아 숨겨 둔 것이었다.

"한번 대 보기라도 해 보셔요!"

멋대로 아리아의 목에 목걸이를 대 본 애니가 작게 비명을 질렀다. 옆에서 구경하던 제시 역시 손뼉을 치며 잘 어울린다고 호들갑을 떨었다.

"세상에나. 어쩜 뭘 걸치셔도 이리 잘 어울리시죠?"

"이렇게 화려한 목걸이는 자칫 잘못하면 붕 떠 보이는 경우도 많던데 말이에요."

확실히 원래 가지고 태어난 외모가 화려해서인지 자칫 부담스럽거나 튀어 보일 수 있는 목걸이가 자연스럽게 어우러졌다.

표면적으로는 아직 나댈 만한 위치가 아닌 데다가 오늘의 주인공은 신부인 사라였기에 화려하게 꾸밀 생각은 없었는데, 막상 목걸이를 대 보니 꽤 어울려 자꾸 시선이 따라갔다.

"……그럼, 이 목걸이만 착용할까?"

"목걸이 하나만으론 아쉽지만……. 아무것도 안 하는 것보단 그게 좋겠어요!"

목걸이를 착용한 후, 마지막으로 머리카락에 반짝이는 보석 가루를 뿌려 마무리를 지었고, 보는 이들의 숨을 멎게 할 만큼 매혹적인 모습으로 치장한 아리아가 1층으로 내려갔다.

"……세상에나, 아리아. 어쩜 이렇게 아름다울 수가 있을까."

"흠흠. 네 어미를 닮아서 그런지 아주 아름답구나."

미리 준비를 마치고 저택 현관 근처에서 시종들에게 지시를 내리고 있던 백작과 백작 부인이 아리아를 보고 감탄을 금치 못했다.

마지막으로 내려온 미엘르 역시 아리아의 미색에 얼굴을 굳혔다. 나름 열심히 꾸민 모양인데, 그녀는 본디 타고난 외형이 화려함과는 멀었기에 아리아의 옆에 서자 존재감이 흐려졌다.

"미엘르, 그렇게 구석에 앉아 있으면 불편하지 않니?"

아리아가 마차 벽에 붙어 창밖만을 응시하는 미엘르에게 물었다.

"……아뇨. 오랜만의 외출이라서 밖을 구경하고 싶어서요."

고고한 백합 같은 미엘르는 금가루를 뿌려 놓은 듯 반짝이는 장미 같은 아리아의 옆에 다가가는 것을 극도로 꺼렸고, 후작저에 도착한 뒤에도 아리아와 멀찍이 거리를 유지했다.

"사라!"

늘 그랬듯 사라의 앞에서는 아이의 흉내를 내는 아리아가 이제는 엇비슷해진 키임에도 그녀의 허리를 껴안으며 반가움을 표했다.

그리고 사라의 눈에는 아리아가 언제나 어린아이로만 보이는 모양인지, 사랑스럽다는 얼굴로 맞이해 주었다. 서로를 응시하는 눈빛이 아직 오지 않은 봄볕처럼 따스했다.

"어서 와요, 아리아. 기다리고 있었어요."

"이렇게 축하하러 와 주셔서 기쁠 따름입니다."

빈센트 후작 역시 지난번과 다를 바가 없는 다정한 얼굴과 말씨로 아리아를 환영했다.

"작지만 선물이에요. 두 분께서 오래토록 행복하시기를 바라는 마음에 준비했어요."

그래, 가능하다면 평생 말이다. 그래야 평생 제 뒷배가 되어 줄 수 있을 테니까. 아리아의 손짓에 뒤에서 대기하던 애니가 들고 있던 선물을 조심스레 건넸다.

"……세상에! 이 귀한 걸 어떻게 받을까요."

아리아가 준비한 것은 크리스털로 만든 새 한 쌍이었다. 금실이 좋다고 알려진 새였다. 눈에는 다이아몬드가 박혔고 받침은 황금이었다. 그곳에는 빈센트 후작 부부의 앞날에 행복이 가득하기를 바란다는 문구가 새겨져 있었다.

"이런 귀한 선물은 저도 처음 받아 봅니다. 이렇게 큰 크리스털이 있다니요."

후작 역시 감탄을 금치 못하며 아리아의 선물을 조심스레 관찰했다.

보석상에 부탁해 특별히 제작한 그것은, 가격도 가격이거니와 큰 크기의 크리스털을 구하기 쉽지 않아 주문조차 어려운 물건이었다. 후작은 마음에 들어 하는 눈치였으나, 사라가 너무나도 부담스러워 하는 얼굴이었기에 아리아가 수줍어하는 얼굴로 덧붙였다.

"가장 사랑하는 친구이자 선생님인 사라의 약혼이니, 꼭 대단한 선물을 준비하고 싶었어요. 마음에 들어 했으면 좋겠네요."

그제야 자신을 향한 아리아의 마음을 읽은 사라가 눈시울을 붉히며 고개를 끄덕였다. 아직 식은 시작하지도 않았건만, 벌써 울 기세였기에 아리아가 서둘러 그녀의 어깨를 끌어안았다. 그 훈훈한 장면을 지켜보던 백작이 목을 울리며 그들의 사이에 자연스럽게 끼어들었다.

"오랜만에 뵙습니다, 빈센트 후작님."

"이렇게 와 주셔서 감사합니다."

아리아의 부친인 덕에 백작에 대한 태도 또한 정중하기 그지없었다. 백작에 이어 백작 부인까지 살갑게 인사를 나눈 뒤, 아리아를 피해 조금 떨어져 있던 미엘르가 사라와 빈센트 후작에게 인사했다.

"축하드려요. 사라 영애께선 마음씨가 고우시니, 분명 자애로운 후작 부인이 되시겠지요."

"감사해요, 미엘르 영애."

곱디고운 미엘르의 웃음에도 사라는 형식적인 미소만 지어 보였다. 그런 그녀를 빈센트 후작이 의아한 눈으로 힐끗댔다.

"아리아 언니를 저리도 우아한 영애로 교육시키셨으니, 분명 모두에게 귀감이 되실 만한 분이 틀림없겠지요? 저도 꼭 영애와 차를 마시며 여러 가지 이야기를 나누어 보고 싶네요."

"……시간이 닿으면 그렇게 하도록 해요."

"사라 영애와 이야기를 나누고 싶어 하는 영애들이 많을 테니, 근 시일 내로 이루어졌으면 하는 바람이에요."

"그러시군요."

"그럼 연회를 즐겁게 보내시기를 바랍니다, 로스첸트 영애."

사라가 불편해 하는 것을 느낀 빈센트 후작이 대화를 끊었고, 갑작스럽게 축객령을 당한 탓에 잠시 표정을 가다듬은 미엘르가 부드러운 미소와 함께 사라졌다.

"어디 불편하시기라도 하십니까?"

빈센트 후작의 물음에 사라가 가볍게 고개를 저으며 부정했다.

"아니에요. 긴장을 해서 그런가 봐요."

"그렇다면 다행이지만…… 걱정이 되는군요. 잠시 쉬시는 게 어떻겠습니까?"

사라의 이마를 짚은 그가 걱정이 담긴 얼굴로 말했다. 하지만 미엘르가 떠난 지금은 정말로 아무렇지도 않았기에 사라가 다시금 고개를 저었다.

한껏 나아진 표정으로 웃어 보이기까지 하는 탓에, 빈센트 후작은 그녀에게 쉬라는 말을 하는 대신 시종에게 달콤한 과일 주스를 가져오라고 지시했다. 그의 친절함과 다정함에 아리아의 출신을 운운하던 미엘르에 대한 감정이 사라진 사라가 다시 진심 어린 미소를 지으며 빈센트 후작의 손을 잡았다.

* * *

백작은 사라와 깊은 우정을 나눈 아리아를 자신의 무리에 소개시켜 주었다. 아직 사교계에 데뷔하지 않았기에, 여타 귀족들과 처음으로 정식 대화를 나누는 자리였다.

과거에는 성인이 된 자신을 수치스럽게만 여길 뿐, 그 누구에게도 소개시키지 않았기에 수만 가지 감정이 교차하는 마음을 부여잡고 부드러운 미소를 유지했다.

"······아이라고 들었던 것 같은데, 이렇게나 아름다운 영애일 줄은 꿈에도 몰랐습니다."

"이토록 아름다운 영애를 지금 만나 뵙게 되어 대단히 안타깝습니다."

개중에서 호의적인 반응을 표한 것은 미혼의 남성 귀족들이었다.

이곳에 있는 그 누구보다 빛나고 아름답게 치장한 그녀에게 호감을 표하지 않을 남성은 없었다. 여성들 또한 아리아의 아름다움에 자꾸 시선이 가는 것을 막으려 부채를 팔랑이며 여유로운 척을 했다. 미엘르와 사이가 좋지 않다는 것을 알기에 애써 무시하고 싶어

하는 모습들이었다.

아주 익숙하고 당연한 반응에 아리아가 속눈썹을 팔랑이며 매혹적인 웃음을 더했다. 그러자 맨 앞에서 아리아의 그 모습을 직면한 남성이 양 볼과 귀까지 빨갛게 물들인 채 말을 더듬기 시작했다.

"호, 혹시 백작님께선 아, 아리아 영애의 피앙세를 정하셨는지요……?"

"하하, 글쎄요. 아무래도 아직 어리지 않습니까. 천천히 좋은 짝을 찾아야겠지요."

사라와의 친분을 시작해 아리아를 써먹을 곳이 꽤 많다는 것을 이제야 알아차린 백작이 그간 소중히 보듬어 키운 양 그녀의 가치를 높이기 시작했다. 모인 남성들 중에 꽤 만족스러운 가문이 있었는지, 백작 부인 역시 아리아의 어깨를 감싸며 짙은 웃음을 흘렸다.

이에 애가 탄 남성들이 백작의 환심을 사려 없는 말까지 지어내 자신들의 가문과 재력을 과시했고, 이 익숙하고 지겨운 모습을 지켜보던 아리아의 눈에 저 멀리 익숙한 뒷모습이 들어왔다.

'아스……?'

보기 드문 큰 키에 새카만 머리카락. 사라지는 뒷모습밖에 보지 않아 확언할 순 없었지만, 그녀의 직감이 아스라고 말했다.

'도대체 그가 여기에 왜……?'

생각해 보면 그리 이상한 것은 아니었다. 시장을 엉망으로 만들었던 사치재가 결국 빈센트 후작의 손에 떨어지지 않았는가. 그 때문에 중립을 지켰던 그의 위치가 한차례 흔들렸다고 들었다.

겉으로는 여전히 중립을 고수한다고 했으나 사치재 일은 분명 황태자의 일에 가담한 것이니 그런 그의 약혼을 축하하려 아스가 방문한 것일지도 모른다. 그는 아직 성인이 되지 않아 공식 석상에 모습을 드러내진 않았지만, 빈센트 후작이라면 사치재의 일로 황태자와 안면을 텄을 가능성이 컸다.

"아리아 영애?"

"영애? 무슨 일이신가요?"

그래서 그를 뒤쫓고 싶어진 마음에 급히 자리에서 일어나 무리를 벗어나려 하자, 깜짝 놀란 남성들이 그녀의 이름을 불렀다. 백작과 백작 부인 역시 마찬가지였다. 이 중요한 순간에 어디를 가냐는 눈빛이 뒤따랐다.

"죄송하지만, 조금 어지러워서 잠시 바람을 쐬고 와야 할 것 같아요."

"그럼 제가 동행할까요?"

"저는 어떻습니까?"

"위험하니 듬직한 제가 동행하는 것이 낫겠지요."

은연중에 이 자리가 불편하다는 기색을 보였건만 돌아온 것은 눈치 없는 자들의 신경전이었다. 과거처럼 그들을 모두 손아귀에 넣어 굴리고 싶은 마음은 없었기에 아리아가 이를 거절했다.

"아니요, 괜찮아요. 여자란 이따금 혼자만의 시간이 필요할 때도 있으니까요."

게다가 이미 사라진 아스의 뒤를 서둘러 쫓아야 했다. 쓸데없는 남성들과 말장난을 할 시간이 없었다. 하지만 그리 대답하는 아리아의 표정이 꽤 은근했기에, 자리에 있던 이들이 괜히 목을 큼큼 울리거나 얼굴을 붉히며 과하게 동조했다.

"흠흠, 그러셨군요."

"다, 다녀오십시오!"

"서둘러 다녀오렴."

"그럴게요."

백작 부인에게 대답을 마친 아리아가 귀족치고는 조금 빠른 걸음
으로 아스가 사라진 곳으로 향했다. 누가 이를 본다면 지적을 하리
라는 것을 인지했지만, 서두르는 발걸음을 멈출 수가 없었다.

한참 겨울인 탓에 정원 쪽에는 아무런 준비가 되어 있지 않건만,
그가 사라진 곳은 정원으로 통하는 복도였다.

'이곳에서 밖으로 나가는 길이 있었던가.'

생각하며 그 복도를 한걸음에 지난 아리아가 정원으로 통하는 문
을 열었다. 불행히도 그곳에 아스는 없었다. 그럼에도 쉬이 돌아갈
수 없었던 것은 밀려드는 아쉬움 때문이었다.

때문에 정원을 거닐며 그의 흔적을 찾는데, 겨울의 차가운 공기
가 폐에 들어차 작게 기침이 나왔다. 그리고 그때, 어느새 다가온
누군가가 그녀의 어깨에 아직 온기가 남은 외투를 걸쳐 주었다.

"여기까진 무슨 일이십니까, 영애."

"……아스테로페 님."

설마 꿈은 아니겠지.

마치 자신을 쭉 지켜보고 있었다는 듯 바람에 나부끼는 아리아의
머리카락을 넘기는 아스의 손길엔 다정함과 걱정이 묻어 있었다.

세찬 겨울바람이 아리아의 체온을 녹이는 것을 막기 위해 걸음을
옮겨 그녀에게 불어오는 바람을 막은 아스가 자신의 이름에 불만
을 표했다.

"아스라고 불러 주십시오."

"제가 감히 어떻게……."

"영애와 제 사이가 멀어진 것 같아 마음이 아픕니다."

그가 아픈 제 마음을 표현하기라도 하듯 미간을 좁혔다.

방금 전까지 수많은 남성들을 들었다 놓았던 것이 누구인지, 반쯤 장난인 것을 분명 알고 있으면서도 고개를 끄덕일 수밖에 없었다. 돌이켜보면 그의 앞에선 늘 평정심을 유지할 수 없었던 것 같았다. 그제야 아스가 미간을 펴고 다정한 미소를 머금었다.

"목걸이가 아주 잘 어울리십니다."

"아……."

가녀린 목에 닿은 짙은 시선에 아리아의 어깨가 움츠러들었다. 그에게 보이기 위해 착용한 것이 아닌데, 괜히 그렇게 보일까 봐 시선을 피하며 작게 고개를 끄덕이곤 화제를 돌렸다.

"여긴 어쩐 일이시죠?"

"빈센트 후작의 약혼식이니 축하하기 위해 잠시 들렀습니다."

그런 아리아의 속셈을 간파한 아스가 귀엽다는 듯 작게 웃으며 대답했다.

"……갑자기 나타나신 것 같았는데, 또 그 능력이라는 것을 사용하셨나요?"

"아뇨, 그리 자주 사용하진 않습니다. 대가가 있거든요."

"대가……."

대가라는 말에 아리아의 머릿속에 모래시계를 사용한 뒤 하루 꼬박 일어나지 못했던 자신이 떠올랐다. 몇 번 사용해 익숙해진 것인지 처음 사용했을 때처럼 곧장 피로가 쏟아지는 것은 사라졌으나, 필사적으로 참으려 해도 몇 시간을 넘기기 어려웠다.

"몸을 빠르게 움직이니까요. 조금 지쳐 쉬어야 합니다."

역시 아스와 자신은 능력을 사용하는 대신에 대가를 치러야 하는 비슷한 은혜를 입은 듯싶었다.

문득 궁금해졌다. 아스는 황족이니 신의 가호를 받았다고 생각하면 되는 일이었지만, 도대체 자신은 무엇의 은혜를 입어 모래시계를 사용할 수 있게 된 것일까.

대대로 가난함만을 물려받은 어머니와는 관련이 없을 테니, 정체 모를 친부와 관련이 있을 것 같은데……. 하지만 그 수많은 남자 중 자신의 친부가 누구일지 알 수가 없을 터이니, 아마도 그 정체는 영원히 알 수 없을 것이다.

"그러셨군요. 이렇게 방문을 할 정도인 걸 보면, 후작님과 사이가 좋으신 모양이에요."

그와 빈센트 후작의 사이를 모르는 척 지나가듯 묻자, 아스의 눈매가 조금씩 가늘어졌다. 무언가를 가늠하는 듯한 눈빛이었다. 숨길 수 있음에도 굳이 드러낸 그 표정에는 이미 다 알고 있지 않느냐는 의미가 숨겨져 있었다.

"제가 굳이 설명을 드리지 않아도 영애께선 아실 거라고 생각했습니다만."

그는 진심으로 아리아의 통찰력을 높게 치고 있었다. 과거부터 쭉 의심할 여지가 없는 부분이기도 했다.

'그라면 솔직히 대답해 줄지도.'

아직 정식으로 공식 석상에 모습을 드러나지 않았음에도 자신에게 정체까지 밝힌 아스였다. 이에 아리아가 더는 주눅 들지 않으며 자신이 의심하는 것을 솔직하게 물었다.

"혹시, 지난번 사치재를 넘긴 뒤로 빈센트 후작님께서 아스 님의 힘이 되어 주신 건가요?"

이번에도 어김없이 정곡을 찌르는 아리아의 물음에 아스의 웃음이 짙어졌다. 그것이 비록 정답은 아니지만 정답에 가까웠기 때문이다.

물론, 세간에 널리 퍼진 소문이었기 때문에 정보가 빠른 이라면 누구든 생각할 수 있는 수준이었지만 아리아에 대한 평가가 극도로 높아져 있는 그에겐 그녀가 무슨 말을 하든 모두 총명하고 지혜롭게 들렸다. 이를 인지하고 있으면서도 그녀에 대한 평가가 올라가는 것을 멈출 수 없었다.

"아직 거기까지 도달하진 못했지만, 그렇게 되도록 노력하는 중입니다."

뼛속까지 귀족파 집안의 장녀인 아리아에게 이토록 속마음을 털어놓는 것은, 그녀가 그간 보였던 행보와 더불어 배신하지 않을 것이라는 근거 없는 믿음이 있기 때문이었다.

어쩌면 믿고 싶은 것일지도 모른다. 만약 아리아가 자신을 배신한다면, 한동안 재기할 수 없을 만큼 큰 상실감에 시달릴 것이라는 걸 예감했기 때문이다.

만족스러운 웃음을 띤 아스의 손이 아리아의 얼굴 근처로 천천히 다가왔다. 닿을 듯 닿지 않는 손을 피하지 않음에 아스의 손바닥이 아리아의 보드라운 피부를 쓸었다.

"잠깐 얼굴만 보고 가려고 했는데……."

그의 눈빛이 사뭇 아련했다. 이곳에 아리아가 도착했다는 사실을 알았기에 멀리서 잠깐 얼굴만 보고 가려고 했는데, 주변 남성들에게 미소를 짓는 그녀의 얼굴을 보자 그렇게 할 수가 없었다.

그래서 일부러 흔적을 남기듯 아리아의 시선을 잡았다. 하지만 이렇게 만나 감촉을 느끼니 더욱 돌아갈 수 없게 되어 버렸다. 약간 후회하는 듯한 아스의 말에 골이 난 아리아의 물음에 날이 섰다.

"이렇게 만나서 이야기를 나누면 안 되는 이유라도 있나요?"

이렇게 찬기가 매서운데도 불구하고 아리아가 잔뜩 달아오른 붉은 눈매로 자신을 응시하자, 배 속 저 깊은 곳에서부터 열이 올라 그녀의 뺨을 감싼 손바닥에 저절로 힘이 들어갔다.

"영애께서 이렇게 늘 저를 당황하게 하시니까요."

그런 그녀를 보고 가만히 있을 수 있는 남성이 그 어디에 있을까. 그저 웃어 주기만 해도 순식간에 시선을 빼앗겨 미동도 할 수 없게 만드는데.

새파란 안광이 아리아의 얼굴을 훑었다. 수많은 남성의 애간장을 태운 연녹색의 요염한 눈을 집요하게 훑은 그의 시선이 내려가 사랑스러운 코를 지나 요염한 입술에 도달했다.

붉게 여문 입술이 하얀 입김을 토해 내고 있었다. 그 모습에서 눈을 뗄 수 없는 것은, 그것이 너무나도 매혹적인 자태로 자신을 유혹하고 있기 때문일 것이라 납득했기 때문이었다.

"아스 님……."

갑자기 변한 분위기와 뚫어질 듯 응시하는 그 시선에 아리아의 목소리가 떨렸다. 흔들리는 눈동자가 아스의 의도를 알아차린 듯 보였다. 그럼에도 피하지 않고 눈을 맞춰 오는 아리아를 보며 그녀의 허리에 손을 감은 아스가 천천히 허리를 숙여 시선을 낮췄다.

그렇지 않아도 가까웠던 거리가 조금씩 줄어들며 서로에게 입김이 닿을 정도가 되었을 때쯤, 매섭게 불어닥친 차가운 바람에 아리아의 머리카락이 한 차례 휘날렸다.

흩뿌린 보석 가루 덕분에 반짝반짝 빛나는 머리카락이 눈이 쌓인 정원과 어우러져 마치 신기루처럼 보였다. 그와 더불어 잔뜩 긴장하여 흔들리는 아리아의 모습이 신비로움을 더했다.

그 모든 아름다운 것들을 눈에 담던 그가, 이내 느릿하게 눈을 깜빡이며 작게 한숨을 내쉰 후, 아리아의 머리카락을 조심스레 넘겨주며 그녀의 보드라운 이마에 살짝 키스했다.

"날이 춥습니다. 이제 그만 들어가시는 게 좋을 것 같군요."

사실 추위를 느낄 여유는 없었지만, 이제 그만 그녀를 보내 주어야 할 것 같았다. 아직 성인이 되려면 2년이나 남은 그녀에게 이 이상 파렴치한 짓을 할 순 없었다.

이마에서 입술이 떨어져 나갔음에도 잠시 홀린 듯 아스를 응시하던 아리아가 작게 고개를 끄덕였다. 자신 또한 자리를 비운 지 오래되었으니 슬슬 돌아가야 했다.

들어가라는 말을 전하고도 한참이나 지난 뒤에야 아리아의 허리에 감은 손이 떨어졌다. 그러자 조금 머뭇거리던 아리아가 이내 몸을 돌려 아주 천천히 정원 밖으로 걸음을 옮겼다.

어째서 이리도 만나도 헤어짐이 반복될 때마다 그리움이 커져 가는 것인지. 아스는 복도 저 끝으로 사라지는 아리아의 흔적이 꽤 아쉬워, 이미 사라지고 없는 복도를 뚫어져라 응시했다.

'모든 비리를 공론 가능한 지금이라면……'

차라리 곁에 두는 편이 낫지 않을까. 더는 귀족들에게 끌려다니지 않을 지금이라면 아리아를 곁에 두어도 괜찮을 것이 분명했다. 물론, 그녀가 받아들여야 한다는 큰 문제가 남아 있었지만 말이다.

혹시 모르니 자신이 아는 가장 뛰어난 기사를 그녀의 옆에 붙여주어야겠다는 생각을 하며 돌아가려는데, 아리아가 사라진 복도 끝에 거슬리는 얼굴이 들어왔다.

"······공녀?"

늘 귀족들의 귀감이 되도록 품행에 주의를 기울이던 그녀가 경악을 금치 못하는 얼굴로 아스가 있는 정원 쪽으로 다가왔다. 서두르는 발걸음이 그녀의 상태를 대변하는 듯 보였다. 믿기지 않는다는 얼굴로 정원으로 나온 그녀가 아스를 향한 인사를 생략한 채 말했다.

"그 못된 계집이 얼굴을 붉히며 나오기에 또 누굴 홀렸나 싶어 얼굴만 확인하려 한 것이었는데······. 설마 전하께서 계실 줄은 꿈에도 몰랐습니다."

귀족 영애의 입에서 나오기엔 퍽 거칠고 경박스러운 말에 아스가 미간을 찌푸렸다. 이시스의 시선이 아스가 나온 정원 쪽으로 향했다. 여성의 발자국이 분명한 작은 구두 발자국이 아스의 주변에 찍혀 있었기 때문이다.

"전하께서 어떻게 이러실 수가 있으시지요?"

자신을 타박하는 그녀의 언사에 어처구니가 없어진 것은 아스였다. 그간 귀족파의 권세를 등에 업고 뛰어놀아 정신이 나간 것이 아닌지 의심이 될 정도였다.

"왜 그것이 공녀가 마음 상해 할 부분인지 이해가 되지 않는군."

"전하께서 '그 여자'와 추문을 일으키시면 ······당연히 제 얼굴에까지 먹칠이 되니 그렇지요!"

그녀는 진정으로 수치를 이기지 못하겠다는 듯 목소리를 높였다. 답지 않게 잔뜩 흥분한 모습이었다. 평소와 다르게 거친 언사를 서슴지 않는 것이 제정신이 아닌 듯싶었다. 한 번도 아닌 두 번이나 제 주변의 사람을 하등 가치가 없는 여자에게 빼앗긴 탓이었다. 이에 아스가 헛웃음을 뱉었다.

"그래? 어째서 전혀 상관도 없는 내 여성 관계가 그대의 얼굴에 먹칠이 되는지 모르겠는데."

"진정으로 모르는 척하실 생각이십니까? 설마…… 그 여자를 첩으로 들일 생각이신지요? 그것이 가능하리라고 생각하신 건 아니시겠지요?"

아주 당연하게 자신의 허락이 필요하다는 듯 말하는 그녀에게 아스가 비릿한 웃음을 지었다. 지금 제 위치가 어떤지나 알고 그딴 소리를 지껄이는가.

"공녀께서 과대망상병이라도 걸린 게 아닌지 걱정이 되는군."

"……저, 전하? 지금 뭐라고……?"

같은 수준의 저급한 언사를 내뱉자 공녀가 당황하며 미간을 좁혔다. 잔뜩 흥분하여 그녀 자신이 쏟아 낸 말은 잊은 것인지, 설마 아스가 그런 말을 할 줄 몰랐다는 듯 충격을 받은 모습이었다.

그간 귀족파가 어떻게 날뛰든 내버려 두었던 그였기에 충격은 배가 되었다. 그것이 때를 노려 잔뜩 웅크린 맹수였다는 것도 모르고.

"내가 왜 그따위 허락이 필요하지?"

"그, 그거야 전하께선 저와 약혼을 하실 분이시니……!"

"저런, 공녀께선 큰 착각을 하고 계시군. 아주 안타까운 일이야."

"전하……!"

그녀와 약혼에 대한 말이 오간 것은 사실이나 기정사실이 되진 않은 상태였다. 단지 그간 쭉 우세를 유지하던 귀족파에서 주장하던 것일 뿐이었다.

하지만 지금은 제 세력을 견고히 쌓으며 귀족파를 흐트러뜨릴 능력을 갖추어 가고 있는 아스였기에 더 이상 그들의 존재가 큰 위협이 되지 않았다. 여기에 학교를 건설하고 투자자의 모임까지 흡수한다면, 신분과 연령을 아우르는 거대한 세력을 구축할 수 있을 것이다.

물론, 그렇게 되지 않는다고 해도 큰 문제는 없었다. 그 모임에 손을 뻗은 것은 자신이 어떤 여성을 황태자비로 선택하더라도 감히 뒷말이 나오지 않게 배경을 만들기 위함이었기 때문이다. 그리고 자신이 선택할 여성은 눈앞에 있는 표독스러운 악녀가 아니었다.

"공녀와 혼인을 할 바엔 평생 혼자 사는 편이 나을지도 모르겠어."

"어, 어떻게 그런 무례한 말을 하실 수가……!"

생각지도 못했던 반격에 공녀의 얼굴이 방금 내린 눈처럼 새하얗게 변모했다. 반드시 올 거라 믿어 의심치 않았던 미래가 부정당했기 때문이기도 했다.

"그건 내가 할 말이야. 더 이상 허황된 말로 내 심기를 거스르지 않았으면 좋겠군."

"허황된 말이라니요……!"

아스의 말이 믿기지 않음에 이시스가 사뭇 떨리는 목소리로 되물었다.

"정말 몰라서 묻나? 공녀와 내가 약혼을 할 거라는 허황된 말을 뜻하는 거야. 나는 단 한 번도 긍정의 뜻을 내비친 적이 없어."

다시금 쏟아진 아스의 차갑고 명확한 대답에 이시스의 얼굴이 무너져 내렸다.

반드시 이뤄야만 하는 목표를 부정당한 탓이었다. 황태자비가 되지 않는다면 더는 그 누구도 그녀를 따르지 않을 것이다. 모두가 그녀를 추앙하고 따랐던 것은 미래의 황태자비가 될 인물이었기 때문이다.

이시스는 그렇게 잠시 동안 아무런 말도 잇지 못한 채 석상처럼 서 있다가 이내 이를 악물고 저주하듯 아스에게 말했다.

"전하께선…… 방금 하신 말을 분명, 후회하게 되실 겁니다."

일말의 후회조차 없는 저주였다. 반드시 그렇게 만들어 주겠다는 경고와도 같았다. 정말 그렇게 할 수 있을 거라 생각하는 모양이었다. 그 어리석은 모습에 아스가 피식 웃었다.

그간 얼마나 얕보인 것인가. 고작해야 공작가의 여식인 주제에 감히 황족을 향해 주제넘는 말과 행동을 서슴지 않는 그녀가 참으로 가엽고 안타까웠다. 앞으로 어떤 일이 들이닥칠지도 모르면서. 그래서 그가 선심 쓰듯 작은 경고를 덧붙였다. 어차피 대처하지 못할 걸 알기 때문이다.

"공녀야말로 아직도 상황 파악이 안 되는 모양이지? 비게 자작의 장부에 적혀 있던, 세간에 퍼져 있는 그 이름들이 장부에 적힌 전부가 아니라는 소문이 있는데 말이야."

"……그게 무슨 말씀이시죠?"

이시스의 눈동자가 흔들렸다. 계속해서 자신을 비롯한 귀족파를 흔드는 것이 그일 거라고는 생각했지만 잠시뿐이라고 치부했기 때문이다.

그런데 이리도 자신만만하게 자신을 위협하다니……. 차갑게 식은 파란 눈이 마치 그녀를 집어삼킬 것처럼 일렁였다.

"글쎄. 내 친절은 여기까지이니, 나머지는 공녀가 알아서 알아보도록 해."

언제나 그랬듯 미련 없이 돌아서는 그 등에 이시스가 제 입술을 깨물며 바들바들 떨었다. 분을 삭이지 못한 탓이었다. 철이 들었을 때부터 제 것이라고 생각했던 황태자는 성장하면 할수록 자신과 거리가 멀어졌고, 지금은 이따금 스치는 눈길 하나하나에 혐오감을 내보였다.

'분명 허세일 것이 틀림없어. 제아무리 날뛰어 보라지. 당신에게 힘을 실어 줄 이는 단 한 명도 존재하지 않을 테니. 다시는 그런 끔찍한 말을 생각도 못하게 만들어 주겠어.'

애써 불안감을 떨쳐 보려 근본 없는 허세라 치부하고 넘겼지만, 그것은 이시스의 오산이었다. 아스는 그녀가 견고하다고 생각하는 귀족파를 망가뜨릴 마지막 패를 가지고 있었고, 그것은 곧 그녀도 알 수 있었다.

"말도 안 돼! 어째서, 어째서 내가 거기에 연루되어 있다는 거야!"

이후, 세간에는 비게 자작의 장부에 이름이 적혀 있진 않았으나 그녀가 이번 일을 지시했다는 소문이 돌았다. 혹시 모를 상황을 대비해 공녀의 이름만을 지운 것이 아니냐는 소문이었다.

증거 없는 소문은 입과 입을 타고 순식간에 수도 전역을 뒤덮었다. 명망 있는 자의 추락은 그만큼 재미있는 일이었기 때문이다. 물론, 그것은 증인이 있었기에 신빙성을 더한 것이었다.

"도대체 그 머저리가 뭘 안다고!"

이시스가 던진 유리잔이 벽을 맞고 산산조각이 났다. 선물을 바쳐 몇 번 차를 마신 게 고작인 지방의 소귀족이 증인이랍시고 황태자의 편에 붙었다. 익명의 카지노의 직원들까지 입을 모아 없던 일을 기정사실이라며 떠들어 댔다.

겉으로는 태연한 얼굴로 아니라 변명을 했지만, 믿는 이는 소수에 불과했다. 분명 황태자의 계략일 것이 분명함에도 이미 한차례 귀족파 내부 분열이 일어난 터였기에 의심은 커져만 갔다. 개중 몇몇은 황태자의 편에 붙어 귀족파와 공녀에 대한 험담에 살을 붙였다.

어차피 증인만으로는 아무런 처벌도 받지 않을 것이 틀림없으니 훗날 죄가 없음이 밝혀지겠지만, 그사이에 추문은 계속 따라붙을 것이다. 그렇게 견고하게 쌓은 성탑은 무너질 테고.

황태자는 그것을 노린 것이 분명했다. 그런 그녀의 눈치를 보던 시종이 더 이상 미룰 수 없음에 조심스레 미엘르의 도착을 알렸다.

"저…… 아가씨, 로스첸트 영애께서 도착하셨습니다."

사실은 도착한 지 꽤 시간이 지났지만, 준비를 한다는 핑계로 기다리게 만든 참이었다. 도무지 그녀에게 태연히 말을 걸 수 없는 상태였기 때문이다.

"……아아, 그랬지 참. 미엘르 영애를 부른 참이었어."

다행히 그녀는 사리 분별이 가능한 지성인이었기에 이내 괜한 화풀이를 멈추고 본연의 모습으로 돌아왔다. 지금은 이렇게 화만 낼 때가 아니었다.

표정을 바로 하고 매무새를 정돈한 이시스가 응접실로 향했다. 훗날 공작 부인이 될 미엘르는 그에 걸맞은 우아한 자태로 차를 음미하고 있었다.

이시스가 응접실에 들어서자, 조용히 자리에서 일어나 맞이하는 것이 항간에 흐르는 소문에 그녀의 심기를 건드리지 않으려는 듯 조심스러워 보였다. 그것이 아주 마음에 들어 한껏 나빠졌던 기분이 조금 나아졌다.

"그렇게 서 있지 말고 앉아요, 미엘르 영애."

이시스가 반대편에 앉자, 그제야 엉덩이를 붙인 미엘르가 조심스레 그간의 안부를 물었다. 빈센트 후작의 약혼식에서 만난 것이 얼마 전이지만 달리 꺼낼 화제가 없는 모양이었다. 이에 이시스가 표정을 꾸미지 않은 채 대답했다.

"아시다시피 별로 좋지 않았어요. 헛소문이 퍼졌기 때문이죠."

"그 소문이라면 저도 들었어요. 도대체 누가 그런 헛소문을 퍼뜨린 건지…… 반드시 진상이 밝혀지도록 저 또한 최선을 다해 도울게요."

"그래요?"

하지만 미엘르가 할 수 있는 일은 별로 없었기에 이시스의 표정은 나아지지 않았다. 말로만 돕겠다고 한 것이 사실이었기에 미엘르 역시 별다른 말을 덧붙이지 않은 채 차를 손에 들었다. 영애들의 대화란 모름지기 그런 것이었다.

"굉장히 마음이 든든해지네요."

그럼에도 이시스가 애써 믿음직스럽다는 말을 덧붙였다. 차례차례 아군을 잃어 가는 상황에서 가장 큰 재력을 가진 미엘르를 홀대할 순 없었기 때문이다. 게다가 그녀가 해 줘야 할 일이 있었다. 그래서 이 바쁜 와중에 부른 것이었다.

"그럼, 하나 부탁을 해야겠어요."

"뭐든 말씀만 하세요."

그게 무엇이 되었든 당장이라도 해치우겠다며 의지로 가득 찬 미엘르가 대답했다. 이시스가 따뜻한 녹차를 한 모금 넘긴 뒤 말했다.

"예전부터 누누이 말했던 거예요. 조금 늦어 버린 감이 있지만 이번에야말로 '그 여자'를 눈에 띄지 않게 해 줬으면 좋겠어요."

바로 황태자와 밀회를 가졌던 아리아를 없애라는 말이었다.

황태자를 없앨 순 없으니, 그녀를 없애는 것이 바람직했다. 어차피 아무짝에도 쓸모가 없어 살 가치도 없는 존재이니 사라진다 하더라도 슬퍼할 이는 몇 없을 것이다.

"아……. '그 여자' 말씀이시군요."

이시스가 지칭하는 것이 아리아라는 것을 깨달은 미엘르가 슬그머니 시선을 피했다.

그녀가 백작가에 들어오기 전부터 가문의 수치가 될 테니 처리해야 한다고 강조했던 그녀였다. 하지만 아직 어렸던 미엘르로서는 어떻게 할 방도가 없었고, 이후 엠마의 도움을 받았지만 실패로 돌아갔다. 그 후에도 무언가를 해 보려 노력했지만 아리아는 아무런 타격도 입지 않은 듯 보였다.

게다가 이제는 아비인 백작을 비롯해 시종들까지 아리아에게 호의를 보내고 있는 판이었다. 그 모습에 밤에 잠도 이루지 못해 어떻게 아리아를 망가뜨릴지 수없이 고민했지만 도무지 답이 나오지 않았다. 그래서 아무런 대답도 하지 못하자, 짐짓 심각한 표정을 한 이시스가 말을 덧붙였다.

"그런 근본 없는 자는 앞으로 공작 부인이 될 미엘르 영애께 큰 오점이 될 거예요. 제게 이런 헛소문이 난 것처럼요. 영애께서도 그런 불행한 일은 바라시지 않으시겠죠?"

그것은 그녀가 늘 강조했던 말이었고, 공감하는 바였기에 이번에도 미엘르는 고개를 끄덕이지 않을 수가 없어졌다. 실제로 그 못된 매춘부의 계집이 집안의 명예를 실추시킬 것이 분명했기 때문이다.

'……그래. 엠마라면 어떻게든 해 줄 거야.'

미엘르가 제 뒤에서 대기 중인 엠마를 힐끗대며 생각했다.

그녀에겐 죽은 어미를 대신하여 지극정성을 쏟는 엠마가 있었다. 과거에도 슬퍼하는 그녀를 달래기 위해 부품이 빠진 마차로 아리아를 골려 주자 권하지 않았던가.

지난번에 그녀가 약간의 조미료를 첨가하는 방법도 있다고 한 것을 떠올리곤, 이내 밝은 표정으로 그렇게 하겠다고 재차 대답했다.

"꼭 걱정을 덜어 드리도록 노력할게요!"

"고마워요. 미엘르 영애의 미래를 위한 길이 될 테니 꼭 부탁드릴게요."

다짐한 미엘르가 씩씩하게 응접실을 빠져나가는 것을 보며 이시스가 한시름 놓인 얼굴로 차를 음미했다. 부디 자신의 소중한 존재들의 마음을 어지럽히는 그 못된 악녀를 없애 주기를 바라며.

13. 복수(Ⅱ)

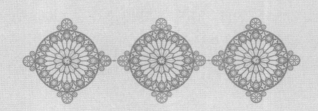

13. 복수(II)

차를 따르는 베리에게 아리아의 시선이 쏠렸다. 한동안 무표정을 고수하던 그녀였건만, 최근 들어 다시 긴장감과 불안감에 떨었기 때문이다. 이따금 숨기지 못한 분노마저 보였다.

사라의 약혼식 날, 아스와 만난 이후 며칠 동안 마음이 들뜨고 멍한 상태였기에 처음에는 눈치채지 못했다. 그리고 그날 이후 꽃과 선물을 안고 쓸데없이 방문을 하기 시작한 귀족 남성들 때문에 바빴던 탓도 한몫했다.

그러나 이토록 알아 달라는 듯 감정 변화를 보인다면 자연스레 베리에게 시선이 갈 수밖에 없었다. 그만큼 감정 변화가 극단적인 탓이었다.

과거의 자신이었다면 그저 드디어 고분고분해졌구나 하고 넘어갈 수도 있는 정도이긴 했지만, 실제 베리의 성격이 못돼 먹었다는 것을 알기에 그녀가 이상하다는 것을 눈치챌 수 있었다.

'설마, 무슨 나쁜 짓을 꾸미는 건 아니겠지.'

충분히 가능한 일이었다. 자신이 이토록 기세가 등등한데 가만히 있을 그녀가 아니었기 때문이다. 분명 무언가 꾸미고 있음이 틀림 없었다.

그렇게 잠시 동안 차를 따르고 과자를 준비하는 베리에게서 시선을 떼지 않고 주시하는데, 버봄 남작에게 다녀온 애니가 밝은 얼굴로 돌아왔다. 손에는 늘 보았던 편지가 들려 있었다. 애니는 늘 외출하면 해가 지기 직전에 돌아오곤 했는데 조금 빠른 귀가였다. 때문인지 베리가 흠칫 놀란 표정을 지었다.

"아가씨! 편지를 가져왔어요! 밑에 또 처음 뵙는 귀족분이 와 계시던데요? 슬쩍 들어 보니 아가씨의 이야기를 하고 계셨어요! 성인이 되셔서 사교계에 데뷔하시면 제국의 귀족 남성분들께서 모두 저택에 찾아올지도 모르겠어요! 지금도 이렇게 아름다우신데, 성인이 된 아가씨는 얼마나 아름다우실까!"

"소란 떨지 말고 이리 주렴."

애니가 가져온 것은 아스에게서 온 편지였다. 정확하게는 투자자에게 보내는 편지였지만, 그 안에는 흥미로운 내용이 가득했기에 기대가 되는 것 중 하나였다. 받자마자 곧장 편지를 뜯어 내용물을 확인하는 아리아에 애니가 생글생글 웃는 얼굴로 혼잣말을 했다.

"도대체 어떤 분이시기에 이렇게 아가씨를 즐겁게 만드시는 걸까요?"

"아주 대단한 분이시지."

과거와는 달리, 이토록 적대 세력을 잘 부수고 있으니 대단하지 않을 리가. 하나를 알려 주면 열을 해내는 자였다. 귀족파가 반토

막이 날 지경이 되었으니 말이다. 게다가…….

'자신의 사업에 대한 모든 공을, 투자자인 내게 돌리겠다니.'

정작 그에게 투자하는 금액은 그리 크지 않음에도 공을 돌리겠다는 내용을 읽은 아리아가 쓰게 웃었다. 그 어떤 투자자가 이토록 달콤한 제안을 거절할 수 있을까. 최상급의 아부였다. 더욱이 지난번 편지에는 황태자의 투자와 황실의 예산까지 유치했다고 적혀 있었다.

물론 유치했다고 하기 보단 지난번 사치재로 벌어들인 돈을 투자한 것에 불과할 것이다. 어쨌든 덕분에 그의 목적을 알 것도 같았다.

'젊은 사업가들이 모인 신흥 세력마저 자신과 관련이 있다는 소문을 내고 싶은 거겠지. 모든 공을 가로챈 투자자 A는 불만을 표하지 않을 테고.'

그는 과연 어디까지 몸집을 불릴 생각인 걸까. 귀족파를 철저히 무너뜨릴 생각인 걸까? 과거와는 다른 그의 행보를 보면 지금도 충분히 가능하리라 보는데, 왜 이렇게 몸집을 불려 가는 것일까. 마치 아무도 범접할 수 없는 존재로 거듭나고 싶어 하는 것처럼 말이다.

그 모습이 마치 다시 과거를 되풀이하지 않으려는 자신과도 닮았다. 아주 필사적인.

그렇게 생각에 잠겨 있는데 반대편에 앉은 애니가 베리에게 차를 따르라고 시키는 것이 눈에 들어왔다. 그런데 웬일인지 베리는 그녀의 찻잔에 차를 따르는 것을 주저하고 있었다.

"너 이제 귀까지 어떻게 된 거니? 말을 못 알아듣겠어?"

"……."

평소와 달라도 너무 다른 그 어설픈 모습을 지켜보던 아리아가 눈을 가늘게 뜨고는 모래시계의 위치를 확인하며 제 앞에 놓인 차를 애니에게 건넸다.

"난 목이 마르지 않아 됐으니, 이거라도 마시렴."

"아가씨?"

애니가 베리를 혼내야 마땅한 상황에서 자신의 앞에 놓인 차를 건네는 아리아를 이상하다는 듯 쳐다보았다. 그리고 그에 베리의 얼굴이 사색이 되었다.

"그, 그러시다면야 뭐……. 감사해요, 아가씨."

아리아가 건넨 찻잔을 멀뚱멀뚱 쳐다보던 애니가 이내 그것을 받아 들었다. 그러곤 방금 전까지 아리아의 몫이었던 찻잔을 들어 입가에 가져갔다. 아주 순식간에 일어난 일이었다.

"자, 잠깐……!"

그리고 예상대로 베리가 서둘러 손을 뻗었다. 그 이유야 뻔했다. 그 차를 마셔야 할 사람은 애니가 아니었기 때문이었다. 그 모습을 관찰하던 아리아의 눈매가 더욱더 가늘게 좁혀졌다.

"안 돼!"

하지만 이미 때는 늦은 뒤였다. 애니가 차를 몇 모금 마셨기 때문이다. 뒤늦게 뻗어 나간 베리의 손이 애니의 찻잔을 쳤고, 그 바람에 찻물이 몽땅 애니의 옷에 쏟아졌다.

"……무슨 짓이야?!"

찻잔이 깨지는 소리와 함께 애니가 잔뜩 성이 난 목소리로 베리를 다그쳤다. 예상과 달리 멀쩡한 모습이었다.

"애, 애니……!"

계획이 어긋났음에 사색이 된 베리가 애니의 이름을 불렀다. 차한 잔에 저리도 격한 반응을 내 보인다는 것은…….

'설마, 독약인가.'

자신을 대신해 차를 마신 애니에게는 미안하지만, 만약 아무런 의심도 하지 않았다면 차를 마신 이가 자신이 되었을 것이란 생각에 입 안이 바싹 말랐다.

'괜찮아. 모래시계로 되돌리면 돼. 그럼 애니도 원래대로 돌아올 수 있어. 내가 마셔서 그대로 죽는 것보단 훨씬 나은 상황이야.'

그럼에도 아직 확실하게 예측할 수 없는 상황에 잔뜩 긴장한 아리아가 애니에게서 눈을 떼지 않은 채 모래시계가 있는 서랍장 쪽으로 뒷걸음쳤다. 애니는 자신이 처한 상황을 모른 채 여전히 베리에게 화를 내고 있었다.

"어서 닦지 않고 뭐해?!"

"괘, 괜찮은 거야……?"

"언제 그렇게 말을 놔도 된다고 했어?"

"애, 애니……!"

"너 정말 크게 혼이 나야……! 윽!"

주변 상황이 인지되지 않은 듯, 한참이나 사소한 시빗거리에만 열을 내던 애니가 돌연 눈을 크게 뜨더니 하던 말을 잇지 못했다. 무언가의 효과가 나타난 모양이었다.

"……애니?"

"……!"

그러더니 방금 전까지 베리를 닦달하던 그녀가 갑자기 테이블 위로 퍽 쓰러졌다. 그 바람에 테이블 위에 놓인 식기 몇 장이 바닥에 떨어져 요란한 소리를 냈다. 기괴한 모습이었다.

이를 똑똑히 지켜본 아리아와 베리가 돌이라도 된 듯 딱딱하게 굳은 채 쓰러진 애니를 잠시 응시했다. 그리고 이내 베리가 전신을 오들오들 떨며 바닥에 철퍼덕 주저앉았다.

"너……! 도대체 차에 뭘 넣은 거야?"

다그치는 아리아의 목소리에 더욱더 힘이 빠진 베리가 전신을 와들와들 떨며 혼잣말을 중얼거렸다.

"이, 이러려던 게 아닌데……. 어, 어쩌면 좋지……? 설마 애니가 마실 줄은……."

"도대체 뭘 넣은 거냐니까!"

"나, 난 이제 어, 어떻게 하면……."

아리아가 정신을 놓은 듯 중얼거리는 베리의 머리채를 잡아 들어 올렸다. 시선을 맞추려 했지만 그녀는 이미 정신이 나간 듯 눈동자가 황량했다. 이렇게나 공포에 질릴 정도라면, 차에 탄 것은 사람을 죽이는 독약이 틀림없을 것이다.

역시 본래 인성이 바뀔 리가 없다며 아리아가 짧게 혀를 차고는 상자에서 모래시계를 꺼내 되돌렸다. 자칫 1초라도 지체했다간 돌이킬 수 없는 결과를 초래할 수 있었다.

"어서 차를 따르지 않고 뭐해?"

순식간에 시야가 바뀌고 멀쩡한 모습의 애니가 나타났다. 차를 따르라며 베리에게 화를 내는 것을 보니 아직 마시지 않은 모양이었다. 다행히 늦지 않아 그제야 한시름 놓고 가슴을 쓸어내리는데, 방금 전까지 테이블에 앉아 있던 아리아가 서랍장 쪽에 서 있는 것을 본 애니가 의문을 표했다.

"어? 아가씨, 언제 자리에서 일어나셨어요? 모래시계는 또 언제 꺼내셨어요. 저를 시키시지."

과연 네게 시켰다면 해낼 수 있었을까? 죽다 살아난 그녀를 잠시 응시하던 아리아가 대답 없이 제자리에 앉았다.

"어디 아프세요?"

"……아니."

누가 누굴 걱정하는 건지. 자신에게 일어났던 일을 꿈에도 모르는 애니가 도리어 아리아를 걱정하고 있었다. 비릿한 미소를 감춘 아리아가 천천히 찻잔을 들었다. 이 모습을 지켜보는 베리의 눈이 다시 흉흉하게 빛나고 있었다.

도대체 누가 악녀고 누가 성녀인지 모를 일이었다. 성녀에게 목숨을 위협받는 악녀가 과연 세상천지에 또 있을까? 아리아는 찻잔을 쥔 손을 입으로 가져가며 베리의 표정을 훑었다.

마치 어서 그 차를 마시라는 듯 재촉하는 얼굴이었다. 방금 전까지 공포에 질려 눈물을 흘린 주제에. 그것이 제대로 된 목적지에 도달하려 하자, 그녀의 눈이 환희의 빛을 띠었다.

그녀의 목을 뎅강 잘라 성벽에 효수하는 것이 마땅하겠다고 생각하며 잔에 입술을 댔다. 그리고 한 모금 마시는 척을 하며 잔을 다시 내려놓자, 주체하지 못할 만큼 밝은 표정을 짓고 있는 베리가 보였다.

'역시, 저 나쁜 년은 정말로 죽여 버리는 게 좋겠어.'

다시금 다짐한 아리아가 머리를 짚으며 말했다.

"베리…… 차 맛이 이상한데 도대체 뭘 넣은……."

풀썩. 채 말을 끝내지 못한 채 테이블 위로 쓰러지는 아리아에 애니가 찢어지는 비명을 질렀다. 이에 베리가 서둘러 도망쳤다.

"아가씨!"

그 뒤로 그녀의 비명을 들은 여타 시종들이 방 안으로 들이닥쳤고, 쓰러진 아리아를 발견한 몇몇 시종들이 다시금 비명을 질렀다.

"세상에……! 아리아 아가씨!"

"어서 의사를 불러!"

"어쩌면 좋아……!"

차마 손도 대지 못한 채 발을 동동 구르며 목소리를 높이는 꼴들이 퍽 경박스러웠지만, 이따금 울먹이는 목소리가 들려 기분이 이상했다. 비록 엎드린 탓에 보이지는 않았지만 그 충격이 고스란히 느껴졌다.

과거에는 온몸을 난도질당했음에도 비웃음과 혐오만이 가득했거늘. 누군지 모를 사람들이 줄지어 방 안으로 들어오는 소리가 들렸다. 하필이면 외부에서 손님까지 와 있던 탓에 상황은 생각보다 훨씬 크고 심각해지기 시작했다.

"아리아!"

비명을 지른 백작 부인이 아리아의 가녀린 몸을 안아 들었다. 아리아는 전신에 힘을 빼고 있던 상태였기에 마치 죽은 사람처럼 축 늘어졌다. 이에 다시금 작게 비명이 이어졌다.

"뭐해! 빨리 침대로 옮기지 않고!"

답지 않게 백작의 다급한 목소리도 들렸다. 그러자 지금까지 아무런 행동을 취하지 못했던 이들이 일사불란하게 움직이며 아리아의 몸을 침대 위로 눕혔다.

"의사는?"

"부, 부르러 갔습니다! 곧 도착할 겁니다!"

"세상에…… 도대체 이게 무슨 일이야!"

백작 부인이 울먹이며 아리아의 손을 잡았다. 정말 독에 당한 것은 아니었기에 따뜻한 체온이 느껴졌다. 이에 조금 안심한 것인지 백작 부인이 재차 누구의 소행이냐고 목소리를 높였다.

"베, 베리예요!"

그에 답한 것은 애니였다. 그녀는 이 상황을 똑똑히 보았기에 망설임 없이 베리를 범인으로 지목했다.

"베리가 내온 차를 마시고 아가씨께서 쓰러지셨어요! 바로 저 차요!"

역시 애니는 영특하고 쓸모가 많은 아이였다. 일부러 곱게 올려 놓고 쓰러진 참이었는데, 그것을 알아주니 웃음이 나올 것만 같았다. 그녀가 테이블 위에 아직 남아 있는 찻잔을 가리켰고, 백작이 그것을 서둘러 챙기라며 시종들에게 지시했다.

"어서 베리를 찾아! 의사는 왜 아직 안 오는 거야!"

소란의 한복판에서 눈을 감고 있으니 어쩐지 잠이 오는 것 같기도 했다. 모래시계를 사용했으니 그럴 만도 했다. 앞으로 한 시간에서 두 시간 정도는 더 버틸 수 있을 것 같긴 했지만, 주치의가 와서 진찰을 시작하면 곤란해질 테니 이쯤에서 자는 편이 나았다.

모래시계가 있어 참으로 다행이었다며 안심한 아리아가 잠에 빠져들었다.

* * *

"역시 다시 검사해도 중독되었다고 보기는 어렵습니다. 소량만 섭취하여 증상이 미비한 걸지도 모르겠습니다만, 참으로 천운이군요."

하루를 꼬박 잔 뒤 일어난 아리아는 자신을 진찰하는 의사의 말에 퍽 기뻐하는 표정을 내비쳤다. 그러나 옆에서 진단을 같이 들은 백작 부인은 그렇지 않았다.

"그런데 왜 이렇게 잠을 오래 잤던 거지?"

"소량이지만 독을 해독하시느라 그런 거라고 생각합니다."

"그럼 이제 괜찮다는 말이야?"

"아마도 그렇지 않을까 싶습니다만……."

아리아에게 모두의 걱정 어린 시선이 쏠렸다. 아직 괜찮은 척을 할 생각은 없었기에 꽤 병약한 미소를 지어 보인 그녀가 전혀 멀쩡하지 않은 모습으로 대답했다.

"……정말 괜찮은 것 같아요. 아직 힘은 없지만……. 그리고 조금 졸려요. 기운이 없고."

"세상에……!"

그 안타까운 모습에 백작 부인의 눈시울이 붉어졌다. 아리아가 깨어났다는 소리에 부리나케 달려온 백작의 얼굴에도 진한 걱정이 묻어 나왔다. 미동도 하지 않았던 지난밤을 회상한 듯싶었다.

이에 아리아가 제 머리를 짚으며 아직 낫지 않음을 표현했다.

"그리고 머리가 조금…… 아픈데, 이것도 나아 가는 과정이겠죠?"

조금 흐트러진 머리카락이 그녀의 병약함을 더욱 돋보이게 했다. 진료해 본 결과, 피로 외의 다른 증상이 없었기에 의사가 퍽 난처한 얼굴로 대답했다.

"음. 아직 다 나은 것이 아닐지도 모르니, 한동안 쉬시는 게 좋겠지요. 식사를 든든히 하시고 마음도 편히 가지셔야 합니다. 정신적인 충격도 무시하지 못하니까요."

"아……!"

의사의 말에 사건 당시를 떠올린 모양인지 아리아의 안색이 창백해졌다. 오랜 시간 가면을 쓰고 생활해 온 덕에 꽤 그럴듯한 모습이었다.

불안해 보이는 그녀에게 옆에서 대기하던 제시가 서둘러 꿀을 탄 물을 건넸다. 제시는 잠도 못 자고 걱정한 듯, 눈 밑이 새카맣게 변해 있었다. 역시 처음부터 끝까지 변함없을 이는 그녀뿐이라는 것을 다시금 체감한 아리아가 입술을 깨물며 물었다.

"저…… 베리는 어떻게 되었죠?"

"경비대에 신고도 했고 사람도 풀었으니 금방 잡힐 거야. 걱정하지 말거라."

단언하는 백작의 대답에도 아리아의 표정은 어두웠다.

"……정말 그녀가 한 게 맞나요? 그…… 독약이요."

"더 조사를 해 봐야 알겠지만, 지금으로서는 그렇게 볼 수밖에 없구나."

믿기지 않는다는 그 모습에 그녀를 지켜보는 이들의 안색 또한 어두워졌다. 곁에서 시중을 들던 시녀가 제 주인에게 그런 끔찍한 짓을 저질렀다는 사실에 통탄하는 눈빛이었다.

'아주 오랫동안 잡히지 않아야 할 텐데 말이야.'

아리아는 이 상황이 기뻐 춤이라도 추고 싶은 심정이었다. 그녀가 도망치는 기간이 길어질수록 자신에 대한 연민이 쏟아질 것이다. 이참에 이번 일이 미엘르와 관련이 있다는 소문까지 나면 금상첨화겠지.

"미엘르, 넌 괜찮아?"

조용히 문을 열고 들어와 구석에서 몰래 아리아의 상태를 확인하던 미엘르에게 말을 걸자, 그녀가 화들짝 놀라며 고개를 끄덕였다. 그래, 마치 범인 같은 모습이었다.

"괘, 괜찮아요……."

"다행이야. 나한테만 그런 거라면 좋겠어. 너까지 이런 끔찍한 일을 당한다면, 나는 정말로 견딜 수 없을 거야."

그 말은 진심이었다. 같이 당했다면 책임을 그녀에게 떠넘길 수가 없지 않겠는가? 물론, 그녀가 사주한 일일 테니 스스로 독을 마시는 멍청한 짓은 하지 않겠지만.

'아, 그러고 보니 과거에는 반대였지.'

사주하여 독을 마시는 척했던 것은 미엘르였다. 범인으로 몰린 것은 자신이었고. 물론 베리의 유혹에 독을 넣는 것이 좋겠다고 한 것은 사실이지만 해당 사건의 첫 지시자는 미엘르였다. 지금처럼 말이다. 그 때문에 아리아의 인생이 끝났었다.

어리석은 미엘르, 차라리 그때처럼 독을 마시는 척하는 게 나았을 텐데. 괴롭힘을 당한 병자에게 연민과 동정이 뒤따르는 것도 모르고.

"……곧 좋아지실 거예요."

그대로 죽기를 바란 건 아니고?

평소와는 달리 유쾌해 보이지 않는 미엘르의 미소에 아리아가 마주 웃었다.

"정말 고마워, 미엘르. 네가 응원해 주니 기운이 나네."

병약해 보이기는 하지만 결코 죽을 것 같진 않은 그 모습에 미엘르의 눈동자가 떨리는 것이 눈에 들어왔다. 지금 당장 이곳에서 도망치고 싶기라도 하는 듯 보였다.

"……그래도 이렇게 깨어난 걸 보니 마음이 놓이네요. 방해하는 것 같으니 이만 나가 볼게요."

그리고 정말로 도망치겠다는 말을 내뱉었다. 죽이려던 이가 살아서 웃는 모습이 꽤 보기 힘들었던 모양이었다. 뒤도 돌아보지 않고 서둘러 방을 나서는 모습에서 미엘르가 느끼는 감정을 읽을 수 있었다.

"그럼 저도 가 보겠습니다. 언제든 필요하실 때 부르십시오."

"그래. 푹 쉬는 편이 좋겠구나. 나도 이만 나가 보마."

미엘르가 나가 보겠다는 말을 꺼내자, 다른 이들도 푹 쉬는 것이 좋겠다며 하나둘 자리를 비웠다. 마지막까지 남은 것은 애니와 제시였다. 애니는 놀란 가슴이 아직도 진정되지 않은 듯 아리아의 침대에 엎드려 서럽게 울음을 터뜨렸다.

"저는…… 저는 아가씨께서 돌아가시는 줄만 알고……!"

지금은 이리도 눈물을 흘리는데 과거에는 그녀 또한 자신을 죽이는 편에 서 있었다고 하면 과연 그 누가 믿을 수 있을까. 그 복잡한 기분에 애니의 머리카락을 쓸어 넘기는 아리아의 손길이 퍽 거칠었다.

"제시, 이러다가 애니의 눈이 통통 붓겠구나. 차가운 수건이라도 가져다주겠니? 내가 마실 차도 말이야."

이제 더는 시중을 들 시녀가 없었기에 자연스레 다시 제시와 애니에게 그 몫이 돌아갔다. 특히 제시는 응당 자신이 해야 할 일이라고 생각한 모양인지 조용히 대답하며 방을 나섰다.

"바깥 분위기는 어떻니?"

아리아의 의도를 단박에 파악한 애니가 울음을 그치고 훌쩍이며 대답했다.

"말도 마세요. 저택이 발칵 뒤집혔어요. 그리고 그날 손님이 계셨잖아요? 그분이 하필이면 마당발이신 버리 자작님이셔서 이미 소문이 쫙 퍼진 모양이에요."

"그래? 어떤 소문?"

"시녀가 아가씨를 그…… 독살…… 하려고 했다고요."

그 이외에는 주절주절 떠벌리는 것이 없는 것을 보니, 아직 사실 외에는 달리 퍼진 소문이 없는 모양이었다.

'아직은 때가 아닌가.'

사건이 일어난 지 이틀밖에 되지 않았기에 사실 이외에는 떠벌리기 쉽지 않을 것이다. 그저 독살을 당할 뻔했다는 것만으로도 단맛의 여지가 있었다.

"어쨌든, 저택의 시종들은 다들 분노하고 있어요! 베리가 돌아오면 찢어 죽이겠다고 으름장을 놓은 시종도 있었죠."

"그래, 그렇구나."

그것만으로도 괜찮은 수확이었다. 그간 뿌린 씨가 싹을 틔우고 자라, 달디단 열매까지 맺힌 정도라고 볼 수 있었다. 대체로 외부로의 소문은 내부에서 나가기 마련이었으니까.

"애니, 네게 할 일이 생겼구나."

"할 일이요?"

"그래. 조금 바빠질지도 모르겠어."

아리아가 짙은 웃음을 띠었다. 방금 전까지 아프다며 머리를 짚었던 모습은 온데간데없었다. 이에 심상치 않음을 느낀 애니가 마른침을 꼴깍 삼켰다.

"소문을 정정해야 하지 않겠니? 저택의 상황 또한 궁금해하는 이들이 많을 거야."

"아……."

그것만으로도 애니는 아리아가 무엇을 원하는지 눈치챌 수 있었다. 애니가 고개를 세차게 끄덕였다.

"거, 걱정 마세요 아가씨! 그런 건 제가 전문이잖아요."

"그래. 너만 믿을게, 애니. 아 참, 너와 사이가 좋은 버붐 남작도 궁금해할 것 같으니 꼭 알려 주기를 바라."

버붐 남작은 자신에 대한 호감과 충성도가 하늘을 찔렀다. 그라면 분명 애니보다 훨씬 소문을 잘 내 줄 것이 틀림없었다. 판이 깔렸으니 이제 남은 것은 기다림뿐이었다.

그렇게 애니라는 패를 던지고 병문안도 불가능할 정도로 아프다며 방에 틀어박혀 아픈 척을 이어 나가던 도중, 뜻밖에도 거절할 수 없는 방문객이 있었다. 바로 사라와 빈센트 후작이었다.

"아리아……!"

"사라."

사라는 퍽 수척해진 아리아의 얼굴을 보자마자 엉엉 울음을 터뜨렸다. 더욱 그럴듯하게 보이기 위해 식사를 제대로 하지 않은 탓이었다. 그런 사라의 뒤에서 빈센트 후작이 안타까워하는 얼굴로 인사를 했다.

"바쁘실 텐데, 어떻게……?"

아리아의 물음에도 사라는 쉬이 대답을 할 수 없었기에 후작이 그것을 대신했다.

"영애께서 큰 봉변을 당하셨다고 들어 약속도 잡지 못하고 이렇게 방문하게 되었습니다."

굉장히 아파 보인다며 후작이 괴로운 얼굴을 했다. 더불어 자신의 일인 양 우는 사라를 마주하자 아무런 대꾸도 할 수가 없었다. 그저 같이 조용히 그 모습을 바라보는 수밖에 없었다.

"아직 범인이 잡히지 않았다고 들었습니다."

"제가 쓰러진 다음에 바로 도망친 모양이에요."

"빠른 시일 내에 잡을 수 있도록 저도 사람을 풀겠습니다."

사람을 찾는 데 단련된 자들이 있다는 설명에 아리아가 눈을 끔뻑이며 가만히 고개를 끄덕였다. 고작해야 시녀 한 명이 도망친 것인데 그런 자들까지 고용해야 할까 싶었지만, 그가 꽤 진지하게 설명을 보태는 탓에 가만히 듣고만 있었다.

그때, 어느새 눈물을 그친 사라가 아리아의 손을 잡으며 말했다.

"걱정 마요, 아리아. 저는 아리아 영애의 편이니까요."

"사라?"

"그리고 후작님도요. 그렇죠?"

"맞습니다."

사라의 물음에 후작이 고개를 끄덕였다.

'정말 내가 지금과는 달리, 사람들이 생각하는 소문 악녀처럼 행동해도 과연 내 편이 되어 줄까.'

어쩌면 사라라면 그럴지도 모른다는 생각이 들었다. 정말 악녀라고 해도, 못된 짓을 했다고 해도 이유가 있을 거라며 믿어 줄 것 같은 생각이 들었다. 어미에게도 받아 보지 못한 무한한 신뢰였다.

"……고마워요."

때문에 원치 않게 눈시울을 붉히며 대답하자 사라가 아리아를 꼭 껴안고 다시 울기 시작했다. 결국 사라는 눈이 퉁퉁 붓고 나서야 울음을 그쳤고, 그대로 돌아갈 수 없어 아리아의 모자를 하나 빌려 눈을 감춘 뒤에야 돌아갔다.

사라가 편이 되어 주겠다는 말은 빈말이 아닌 모양이었는지, 그녀는 자신이 직접 겪고 알아 온 '아리아는 악녀가 아니라 착한 소녀일 뿐'이라며 공식적으로 제 의견을 피력하기 시작했고, 빈센트 후작 또한 '가여운 로스첸트 영애의 사건이 빨리 해결되기를 바란다'며 편을 들었다.

입에서 입으로만 전해지던 근거 없는 소문보다는 권력이 있는 자의 지지가 훨씬 큰 효과를 발휘했다. 마침 바로 얼마 전에 사라의 약혼식에 참석한 덕에 아리아에게 호감과 관심을 가진 이가 상당수 있었다. 때문에 출처를 알 수 없는 소문보다는 그녀를 직접 보고 그 외모와 성품을 체험한 이들이 하나둘 의견을 피력하기 시작했다.

애니의 공헌 또한 크게 작용했다. 그녀가 여기저기 소문을 퍼뜨리고 다녀 준 덕분에 아리아는 진정으로 아무런 잘못 없이 불행한 일을 당한 가여운 소녀로 입지가 굳어져 갔다.

저택의 시종들은 수군댔고, 가문의 수치라고 백작은 분노했으며, 백작 부인은 눈시울을 붉혔다. 그리고 점점 바뀌어 가는 소문에 몇 날 며칠을 방에서 나오지 못한 미엘르는 다시금 공녀의 편지를 받게 되었다.

＊　＊　＊

그렇게 소란스러운 겨울이 한창인데, 베리는 여전히 잡히지 않았다. 그녀의 가족들과 친척, 지인들까지 모두 수색해 보았지만 찾은 것은 아무것도 없었다.

고작해야 십대 후반의 아무것도 가진 것이 없는 작은 소녀이건만 어째서 이토록 찾을 수가 없는지 의문이었다. 사안을 크게 받아들여 수도를 출입하는 경비도 강화했는데 말이다. 의문과 의혹은 점점 커져 갔고, 때맞추어 아리아가 애니를 이용해 그 불씨에 한바탕 기름을 부어 주었다.

'그녀의 뒤에 누군가 있지 않은 이상, 이 추운 겨울을 홀로 나는 것은 불가능할 것이다!'라고 말이다. 아주 그럴듯하고 실제로도 그러했기에 베리가 누군가의 도움을 받은 게 분명하다는 소문이 확산되었고, 몇 번이나 경비대가 저택을 방문하여 시종들을 탐문했다.

"저는 정말 아닙니다! 제가 아리아 아가씨를 얼마나 좋아하는데요!"

"저도 아닙니다! 애초에 같은 시종 나부랭이가 도망자를 도와 봤자 얼마나 돕겠습니까?"

그들은 진정으로 자신들의 억울함을 토로했고, 같은 시종끼리 도와 보았자 그리 오래가지 못한다는 것은 사실이었기에 시종들을 향한 탐문은 곧 종료되었다. 연이은 주장 중 가장 신빙성 있는 주장이 나온 덕분이기도 했다.

"저택에서 아리아 아가씨를 싫어하는 사람은 엠마 님밖에 없을 걸요? 엠마 님은 평민 출신인 아리아 아가씨를 고깝게 여겼으니까요. 늘 천박하다는 말을 서슴없이 하셨죠."

바로 애니의 증언이었다. 그녀는 아리아가 독이 든 차를 마시던 순간을 함께했고, 엠마의 밑에서도 일한 경험이 있기에 발언에 신뢰도가 높았다.

물론 그녀 한 명만의 증언은 아니었다. 여타 시종들도 그렇게 느꼈다는 말들이 덧붙으며 더욱더 신뢰감이 높아져 갔다. 더불어 아리아의 눈물 섞인 경험담도 한몫했다.

"엠마요? 글쎄요⋯⋯. 엠마는⋯⋯ 아무래도 제가 미엘르의 명예를 더럽힌다고 생각하는 모양이에요. 물론 맞는 말이기는 하죠. 보시다시피 저는⋯⋯ 출신이 변변치 않고, 아직 미엘르와 나란히 서기에는 미숙한 점이 많으니까요."

물음에 답하는 아리아에게 경비대 기사들의 몽롱한 시선이 향했다. 이따금 눈시울을 붉힐 때마다 안타까움의 탄식 또한 함께했다. 아무런 무늬가 없는 순백의 실내용 원피스 위에 눈처럼 보드라워 보이는 연분홍 겉옷을 걸친 그녀는 마치 하늘에서 내려온 천사처럼 보였기 때문이다.

조곤조곤 대답을 할 때마다 깜빡이는 연녹색 눈동자와 사르르 넘어가는 빛을 뿌린 듯 눈부신 금발은, 경비대 기사들의 얼굴을 붉히기에 충분했다.

"혹시, 미엘르와는 대화를 나누어 보셨나요?"

"아, 아니요. 미엘르 아가씨께선 적잖이 충격을 받으신 것 같아 아직 뵙지 못했습니다."

"그렇군요⋯⋯. 몸이 약한 아이니까요. 그렇지만 미엘르는 엠마와 가장 친분이 두터우니, 무언가 알고 있을지도 모르겠어요."

그러니 어서 미엘르를 취조하게끔 정보를 흘리며 한참이나 그들의 질문에 답을 하던 아리아가 점점 식어 가는 차를 보고는 대기 중이던 제시와 애니를 불렀다.

"제시, 그리고 애니. 기사님들의 차가 식어 가는구나. 출출하실 테니 과자와 과일도 내주렴."

"아, 아닙니다. 저희는 금방 가 봐야 합니다."

퍽 당황하며 손사래를 치는 기사의 손을 잡은 아리아가 부드럽게 웃으며 고개를 저었다.

"아직 날이 찬데 저 때문에 이리도 고생을 하시니 죄스러워서 그래요. 부디 조금이나마 휴식을 취하셨으면 하는 바람이니, 거절하지 말아 주셨으면 해요."

"……저, 정 그러시다면 잠시만 실례하겠습니다."

작정하고 유혹하는 그녀를 뿌리칠 수 있는 이는 없었다. 덕분에 아리아를 실제로 접한 그들은 이토록 아름답고 순수한 영애가 그런 끔찍한 일을 당했다는 것에 분노를 감추지 못했고, 조사에는 점점 사심이 깃들어 갔다. 때문에 엠마를 이번 사건의 배후로 몰아가는 것에 어려움이 없었다.

"아가씨께선 정말 엠마 님이 범인이라고 생각하세요?"

애니가 테이블 위를 정리하며 물었다. 물을 갈아 다시 가져다 놓은 튤립이 방금 꺾은 듯 퍽 싱싱해 보였다. 그것을 힐끗 쳐다보다가 다시 책으로 시선을 돌린 아리아가 대답했다.

"관련은 되어 있을 거라 생각해."

"저도 그렇게 생각해요! 아무렴요. 저 또한 엠마 님의 지시로 아가씨께 왔으니까요."

그리 대답한 애니가 이내 실수했다는 것을 깨닫고 잠시 아리아의 눈치를 보다 변명을 시작했다.

"그, 그렇다고는 하지만 금방 사이가 틀어졌어요! 잘못되었다는 걸 금세 깨달았죠! 지금은 전혀 상관이 없답니다. 전 아리아 아가씨뿐이에요!"

괜히 찔려서 열을 내는 모습이 가소로워 웃음을 머금자, 애니가 얼굴을 붉혔다.

"아, 아무튼, 베리가 잡히면 진범도 밝혀지겠죠? 엠마 님께서 경비대의 감시를 받고 계시니 더는 도망치기도 힘들 테고요."

"그래, 진범이 어서 밝혀져야 할 텐데 말이야."

엠마의 뒤에 있는 진짜 진범 말이다.

하지만 아마도 그녀가 범인이라는 것을 밝히기는 어려울 것이다. 미치지 않는 이상 미엘르가 베리에게 직접 지시를 내렸을 리가 없을 테니, 베리 또한 증언할 수 없을 테지.

'그렇다고는 해도, 엠마가 범인으로 몰리면 미엘르 또한 무사하지 못할 거야.'

어미처럼 따르던 그녀가 아닌가. 분명 아주 조금이라도 미엘르도 한패가 아니냐는 의심이 생길 것이다. 죽이려 했던 자를 죽이지도 못한 데다, 아군의 평판까지 깎이고 있으니 얼마나 속이 문드러질까.

만족할 만큼 시간을 끌어 얻고 싶은 것도 얻었다. 이제 남은 것은 꼭꼭 숨어 있는 베리가 잡히는 일뿐이었다. 아스가 권한 책을 다 읽은 아리아가 테이블 위에 책을 내려놓으며 애니에게 말했다.

"그런데, 이 겨울에 튤립을 어디서 가져오는 거니? 달리 좋아하는 꽃도 아니니 이렇게 매일 갈 필요는 없는데 말이야."

"튤립이요? 제가요? 아가씨께서 받으신 선물이 아니고요?"

"뭐? 그런 선물을 받은 기억은 없는데…….."

"그래요? 그럼 도대체 누가 가져다 놓은 거지? 제시인가? 벌써 몇 번이나 바뀌었는걸요?"

잘 시들지도 않는 튤립을 누가 이렇게 자주 바꿔 놓는지 모르겠다는 애니의 덧붙임에 그제야 누가 이 꽃을 가져다 놓았는지 추측할 수 있었다.

'설마…… 아스?'

그 외엔 생각할 수 없었다. 갑자기 어디론가 이동하는 능력을 가졌으니 충분히 저택까지 올 수 있었을 것이다.

도대체 언제 다녀간 것일까. 대가가 있다고 했는데, 자주 능력을 사용한 거라면 몸은 괜찮은 걸까. 끔찍한 일을 당해 아프다는 소문이 자자한데도 코빼기도 비추지 않아 섭섭한 마음이 있었건만, 실은 그렇지 않았다는 사실에 섭섭한 마음이 눈처럼 사르르 녹아내렸다.

'얼굴이라도 보고 가지.'

무엇이 그리 급해서 꽃만 놓고 갔단 말인가. 아무도 보지 못했다니 새벽에 다녀간 것일까. 당분간 잠을 자지 말고 기다려 볼까 고민하다가 괜한 아쉬움에 꽃잎을 만지는데, 문득 들려오는 거친 발소리에 몸을 일으켰다.

누가 저택에서 이리도 경박스럽게 돌아다닌다는 말인지. 시종들은 늘 행동 하나하나에 주의를 기울였고, 백작 부부와 미엘르는 말할 것도 없었다. 더욱이 3층에는 아리아의 방밖에 없었기에 필시 들려오는 발소리는 그녀에게 볼일이 있는 자일 텐데, 어째서 저렇게나 움직임이 과한 것일까.

이윽고 발소리가 자신의 방 앞에서 멈추자, 애니와 아리아가 잔뜩 긴장한 얼굴로 몸을 굳혔다. 더구나 안 좋은 일이 일어난 지 얼마 지나지 않은 때였기에 긴장에 한몫을 더했다. 그러나 멈춘 지 한참이 지났음에도 아무런 소리가 들려오지 않아, 결국 하는 수 없이 먼저 누군지 확인하는 수밖에 없었다.

"……누구시죠?"

떨리는 애니의 목소리에도 문밖의 사람은 대답이 없었다. 그저 무언가 망설이는 듯 멀어졌다 다시 가까워지는 발소리만 들릴 뿐이었다.

도대체 누구일까. 이렇게 소란을 떠는 것을 보면 외부인은 아닐 텐데. 애니 또한 그렇게 생각한 것인지 아리아에게 조심스레 물었다.

"나가 볼까요?"

아리아가 고개를 끄덕이자 애니가 곧장 밖에 있는 이를 확인했다. 그리고 애니는 뜻밖의 방문객에 작게 비명을 질렀다.

"카인 님……?"

카인이라고? 놀란 아리아가 몸을 일으켰다. 어째서? 아직 돌아오려면 조금 시간이 남지 않았던가. 천천히 열리는 문밖으로 보이는 얼굴은 정말로 카인이었다. 이제는 완전한 어른이 된 그가 잔뜩 찌푸린 얼굴로 아리아를 쏘아보고 있었다.

전혀 생각지도 못한 카인의 등장에 아무런 말도 하지 못한 채 굳어 있자, 한참을 아리아를 쏘아보던 카인이 천천히 입을 열었다.

"……큰일을 당했다고 들었는데."

그의 물음에 아리아가 천천히 고개를 끄덕였다. 그 바람에 어깨에 걸쳐 있던 보드라운 담요가 바닥으로 떨어졌다. 오랫동안 식사를 제대로 하지 못해 야윈 모습을 직면한 카인이 마치 괴롭다는 듯 설핏 인상을 쓰며 제 아랫입술을 깨물었다.

그 모습이 아주 생소하고 의아해 아리아가 멀뚱멀뚱 그를 쳐다만 보고 있자, 무어라 말을 하려는 듯 몇 번 입을 달싹이던 카인이 이내 깊은 한숨을 내쉬더니 발길을 돌려 사라졌다.

"……도대체 뭐지?"

아리아의 물음에 애니 또한 고개를 갸웃거리며 답을 주지 못했다.

*　*　*

연락도 주지 않고 일찍 돌아온 카인 때문에 아리아가 오랜만에 식당으로 내려갔다. 힘들면 굳이 내려오지 않아도 된다고는 했지만, 그가 왜 이렇게 빨리 돌아왔는지 궁금했기 때문이다.

다들 같은 마음이었는 듯, 이번 일이 원인인 것인지 한동안 방에 틀어박혀 있던 미엘르와, 창고 사업이 본격화되어 근교에 나가 있던 백작도 한걸음에 달려왔다. 하지만 카인은 예정보다 빨리 돌아온 이유를 구체적으로 말해 주지 않았다.

"졸업식에 참여하려고 의복도 새로이 마련했는데, 아쉽구나."

"모여서 연설만 듣고 끝날 텐데요, 뭘."

아쉬워하는 백작 부인의 말에 카인이 시큰둥하게 대답했다.

그는 과거에도 지금도 그리고 미래에도 백작 부인에 대한 관심이 일절 없었고, 없을 예정이었다. 그저 아버지가 재혼한 여자, 그 이상도 이하도 아니었다.

어차피 곧 후계자 수업을 받고 가문을 이어받게 될 테니, 더럽혀진 가문의 명예는 그의 행보로 만회하면 되는 일이었기 때문이다.

"미엘르, 눈이 부은 것 같은데 너마저 무슨 일을 당한 건 아니겠지?"

"……아니에요, 오라버니."

독살을 당할 뻔한 것은 자신인데 어째서 미엘르가 더 아파 보이는가. 잔뜩 부은 눈과 불안해 보이는 분위기가 평소의 그녀를 떠올릴 수 없을 정도였다. 범인이 아니고서야 저리도 불안해할 필요가 없거늘.

남들보다 천천히 식사를 하며 자리한 이들의 안색을 살피는데, 문득 시선을 돌리다가 카인과 눈이 마주쳤다. 훔쳐보다 걸리기라도 한 듯 황급히 시선을 돌리는 그 모습이 아주 익숙했다.

'……설마.'

예전부터 조금씩 느끼고는 있었지만, 설마 자신이 걱정이 되어서 빨리 돌아온 것은 아니겠지. 홀로 생각하거나 쳐다보는 것에 그치지 않고 이렇게 극단적인 행동까지 할 정도면 너무나도 예상치 못한 변화가 아닌가.

'피는 섞이지 않았다고 하더라도 제 여동생이거늘.'

아비는 매춘부에, 그 후계자는 여동생이라. 진정으로 손가락질을 받아야 할 이는 자신과 어미가 아닌 저 부자임이 틀림없었다. 최소한 백작 부인은 자의로 매춘부가 된 것은 아니었으니 말이다.

'나도 태어나고 싶어서 매춘부의 딸로 태어난 것이 아니니.'

마지막으로 카인의 심중을 파악하고자 식사를 하는 내내 그의 동태를 살폈다. 그가 너무 빨리 돌아온 것 같다며 걱정하는 백작 부인에게 차갑게 응대했다.

"졸업장은 후에 시종을 보내 받아 오면 되는 일입니다. 그것보다는……."

대답하던 카인의 시선이 다시금 아리아에게 향했다. 시선이 마주치자, 일렁이는 그 눈빛에 확신이 들었다.

"집안에 큰일이 닥쳤으니 그것이 더욱 중요하겠죠."

"경비대의 기사들이 온 힘을 다하고 있으니 금방 잡히겠지."

"글쎄요. 그런 것치고는 벌써 봄이 지척까지 다가와 있지 않습니까."

카인의 차갑고 날카로운 대답에 미엘르의 표정이 딱딱하게 굳었다. 제 오라비가 어째서 그깟 매춘부의 딸을 위해 저리도 열을 내나는 얼굴이었다.

'어쩌면 카인을 이용해 이 시궁창 같은 가문을 파탄 낼 수 있을지도.'

그것은 제 목을 내려치라 명했던 카인에 대한 복수이기도 했다.

"괜찮아요. 그리 신경 쓰지 않으셔도 돼요. 보시다시피 치명상은 피했고, 회복되어 가고 있는 중인걸요."

대답은 그러했지만 표정은 비 맞은 강아지보다 더욱 가여워 보였다. 이 저택에 기댈 이 하나 없는 불쌍한 소녀처럼 보였다. 애매하게 일그러진 표정으로 아리아를 한참이나 주시하던 카인이 작게 혀를 차며 먼저 일어나 보겠다고 식당을 나섰다.

'어쩜 이리도 유쾌할 수가!'

아리아가 터져 나오는 함박웃음을 속으로 애써 삼켜 가며 식사를 계속했다. 오랜만에 가지는 식사 자리가 흡족하기 그지없었다.

* * *

떨어져 있던 사이 무슨 심경의 변화가 있었던 것인지, 카인은 생각보다 더 아리아에 대한 마음을 주체하지 못했다.

그는 어디서 구했는지 아리아가 빨리 몸을 회복할 수 있도록 귀한 약재를 가져다가 문 앞에 놓았으며, 종종 아직도 범인이 잡히지 않았냐며 목소리를 높였다.

겉으로는 가문에 큰 오명이 생겨 이렇게 행동할 뿐이라고 둘러댔지만, 그런 것치고는 이따금 정원을 산책하는 아리아를 좇는 눈빛이 음험했다. 이를 지켜보는 미엘르의 속이 썩어 들어갔다.

"……정말 공녀님께 다녀오실 생각이세요?"

묻는 엠마에게 미엘르의 차가운 시선이 닿았다.

"그럼 지금 이 상황에서 뭘 어떻게 할 수가 있겠어?"

처음에는 당연히 죽으리라 생각했다. 이름은 모르지만 한 모금만으로도 즉사한다는 대단히 끔찍한 독약이라 들었다. 그래서 그렇게 믿어 의심치 않았는데 어떻게 된 것인지 숨이 붙은 아리아는 이튿날 멀쩡히 깨어나기까지 했다.

그래서 곧장 수도 밖으로 보내려던 베리를 잠시 잡아 두었다. 까닭을 묻기 위해서였다. 하지만 베리는 영문을 모른다 하였고, 엎친 데 덮친 격으로 뜻밖의 소문이 퍼진 데다가, 고작해야 매춘부의 딸 하나를 위해 수많은 사람들이 움직였다.

이에 화가 난 이시스 공녀가 무슨 수를 써서라도 맡은 일을 끝내라는 편지를 보내왔으나, 달리 대처할 방도가 없었다. 악녀에 대한 동정으로 가득 찬 소문에 지레 겁을 먹은 베리가 어딘가로 도망쳤기 때문이다. 최악도 이런 최악이 없었다.

"도대체……. 도대체 이게 뭐야! 공녀님께 죄송하다는 편지를 몇 통이나 보냈지만 답장도 없으시다고!"

"죄, 죄송합니다, 아가씨. 제가 빨리 베리를 찾아서 어떻게든 해 볼 테니, 조금만 기다려 주셔요."

필사적으로 진정시키려는 엠마의 노력에도 돌아가는 것은 미엘르의 싸늘한 시선뿐이었다. 그도 그럴 것이 벌써 엠마가 이와 같은 변명을 한 것이 두 자릿수가 넘어갔기 때문이다.

아무리 어미처럼 따르던 엠마일지라도 이번만큼은 쉽게 넘어갈 수 없었다. 아니, 가만히 있을 수가 없었다. 갑자기 정신이라도 나간 것인지 카인까지 들이닥쳐 사건을 해결하겠다고 나선 것도 한몫했다.

"나갔다 올게."

우물쭈물하는 엠마에게 지시하지도 않은 채 스스로 겉옷을 찾아 걸친 미엘르가 준비된 마차를 타고 프레데리크 공작저로 향했다. 그 뒤를 창백한 낯빛의 엠마가 서둘러 따랐다.

"송구스럽습니다만, 공녀님께선 지금 바쁘셔서 만나 뵙기 어렵다 전해 달라고 하셨습니다. 후에 연락을 드린다고 하셨으니, 저택에서 기다리심이 어떨지요?"

하지만 청천벽력처럼 공작저에서 공녀를 만날 수 없었다. 약속을 잡지 않고는 바쁜 공녀를 만나기는 쉽지 않았기 때문이다. 사색이 되어 당장이라도 쓰러질 듯한 미엘르를 부축한 엠마가 공작저 입구 앞을 단단히 막아선 집사에게 빌 듯이 애원했다.

"공녀님께서 조금이라도 시간이 나실 때라도 괜찮으니, 기다려도 되겠습니까?"

"……글쎄요. 오래 걸리실 텐데요."

"시간이 어떻게 되든 괜찮습니다. 그렇지요, 아가씨?"

"으, 으응……."

의사를 여쭙겠다는 집사의 뒷모습을 보며 엠마가 늘 그랬듯 다 괜찮아질 거라며 미엘르를 달랬다. 언제나 행운의 여신은 미엘르 의 곁에 함께했기 때문이다.

그것은 그녀의 신분과 가문이 가져다준 것이었다. 다행히 차갑게 내칠 생각은 없었던 모양인지, 공녀는 실내 정원에서 기다릴 것을 허락했다.

"조금 오래 걸리신다고 하셨습니다만, 괜찮으시다면 들어가시지요."

"……고마워."

그제야 한숨 돌린 미엘르가 언제 화를 냈냐는 듯 엠마의 손을 꼭 붙잡으며 저택 안으로 들어갔다. 다행히 저택의 시종들이 성심성 의껏 미엘르를 대접했다. 따뜻한 차를 마셔 불안감을 조금 누그러 뜨린 미엘르가 엠마에게 물었다.

"공녀님께서 화가 많이 나셨을까?"

"아닐 거예요, 아가씨. 이렇게 불쑥 찾아왔는데도 정원까지 허락 해 주셨잖아요."

"그렇겠지? 공녀님은 늘 친절하셨으니까 이번에도 분명 그러시 겠지?"

"그럼요. 게다가 아가씨께선 이미 약속의 반지까지 받으신 미래 의 공작 부인이신걸요."

"그래, 맞아."

누군가에게 미움이나 거절을 받아 본 적이 없었던 미엘르였기에 엠마의 말을 의심 없이 믿었으나, 공녀는 해가 기울어 노을이 내려 앉기 직전이 되어서야 모습을 드러냈다.

"……이, 이시스 님!"

생각보다도 기다림이 길었던 탓에 그녀의 이름을 부르는 미엘르의 낯이 퍽 그늘져 있었다. 하지만 이를 신경도 쓰지 않은 이시스가 간소하게 인사하며 미엘르의 맞은편에 앉았다. 그녀는 아주 바쁜 티를 내고 싶었던 모양인지, 시종에게 시간을 확인하며 미간을 찌푸렸다.

"조금 바빠서 기다리게 만들었군요. 약속이라도 잡으셨다면 좋았으련만. 이리도 갑자기 찾아오시다니…… 무슨 용건이시죠?"

"아……. 그게……."

찾아오기는 했으나 달리 전할 말이 있었던 것은 아니었기에 미엘르가 말을 얼버무렸다. 이에 겨울바람만큼이나 시리고 매서운 이시스의 시선이 한참이나 미엘르를 향했다.

늘 자애롭게만 굴었던 그녀의 변화에 눈시울을 붉히는 미엘르를 본 엠마가 그녀를 대신해 정원 바닥에 납죽 엎드렸다. 이에 놀란 미엘르가 작게 엠마의 이름을 불렀다.

"뭐지?"

"죄, 죄송합니다! 모두 제 불찰입니다! 일을 완벽하게 마칠 때까지 곁에서 지켜보고 확인을 했어야 했는데, 너무 성급했습니다!"

엠마의 돌발 행동에 잠시 엎드린 그녀를 무표정으로 지켜보던 이시스가 이내 입꼬리를 올려 부드러운 미소를 얼굴에 담았다. 설마 용서를 한 것인가 싶어 미엘르가 눈을 빛내며 이시스를 응시했다.

"알아. 그러니 굳이 용서를 구할 필요는 없어."

자애로운 그 목소리에 감격에 찬 엠마가 작게 흐느꼈다. 그간 마음고생이 심했던 탓이었다. 미엘르 역시 이시스의 다정한 얼굴에 흘려 언제나처럼 그녀가 이번 일을 대수롭지 않게 넘길 것이라 믿어 의심치 않았다.

"하지만 시작한 일은 깨끗하게 처리해야 하니, 엠마가 끝을 내면 되겠네."

"……예?"

"베리는 이미 도망쳐 찾을 길이 없다고 편지에서 본 것 같은데……. 아닌가요, 미엘르 영애?"

하지만 이시스의 입에서 나온 말은 미엘르가 받아들이기 힘든 내용이었다. 엠마가 끝내게 하다니. 도대체 어떻게?

대답 없는 그녀들에게 이시스가 친절히 그 방법을 설명해 주었다.

"본래의 목적을 달성한다면야 더할 나위가 없겠지만, 지금 이 분위기 속에서 그렇게 했다간 긁어 부스럼만 되겠죠. 그러니……."

이시스의 시선이 미엘르에게서 잠시 머물렀다가 엠마에게로 이동했다. 설마, 아니겠지. 놀란 엠마가 입을 쩍 벌리고 바들바들 떨었다.

"누군가 진범이라고 나서는 수밖에요."

"이, 이시스 님!"

놀란 미엘르가 자리에서 벌떡 일어나 이시스의 옆에 붙었다. 아무리 이번 일을 그르쳤다고는 하지만, 어미처럼 따르던 그녀를 이렇게 보낼 순 없었다.

기회를 노리듯 황성에서까지 지독히도 끔찍한 일이라며 사건을 조속히 해결하도록 성명을 발표한 참이었다. 만약 진범이라고 나선다면 곱게 죽진 못하리라.

"다른 방도가 있지 않을까요? 엠마는…… 엠마는 안 돼요."

미엘르는 당장이라도 울 것 같은 얼굴을 하고 있었다.

"그래요? 이미 항간에는 엠마의 이름이 떠도는 것 같은데, 다른 방도라니요?"

마지막으로 주어진 기회인 것 같아 미엘르가 서둘러 머리를 굴렸다. 분명 다른 무언가가 있을 것이다. 그렇게 잠시 초조하게 고민하던 미엘르가 이내 좋은 생각이 떠올랐다는 듯 입을 열었다.

"화, 황태자 전하를 압박하는 건 어떨까요?"

그 어리석은 대답에 이시스가 입술을 비틀며 대답했다.

"영애께선 아직도 제게 그런 힘이 남아 있다고 보시는군요."

그제야 바로 그 황태자의 계략으로 귀족파가 엉망진창이 되었다는 사실을 상기시킨 미엘르가 서둘러 사과했다. 엠마를 구해야겠다는 마음이 급해 상황 판단이 제대로 되지 않은 탓이었다. 누구 때문에 공녀가 이렇게 바쁜지 알면서도 그런 멍청한 말을 내뱉었다.

게다가 이시스가 이번 일을 입 밖으로 꺼내는 순간, 고작해야 시녀 한 명의 희생으로 끝날 수 있는 문제를 일부러 키우겠다고 선전하는 꼴이 되어 버릴 것이다.

"가볍게 기분을 전환하려 부탁한 일인데, 제 고민 중 하나가 되어 버려 마음이 아프네요."

미엘르 또한 그렇게 생각했다. 선뜻 나서는 이가 없어서 실행하지 못했을 뿐, 언제나 그 못된 년을 죽이고 싶다는 생각을 해 왔기 때문이다.

그리고 그 일은 굉장히 쉬울 거라 자만했었다. 고작해야 대단할 것 없는 매춘부의 딸이 아닌가. 더욱이 만에 하나 실패했을 시엔 칼로 찔러서라도 해치우겠던 베리의 다짐을 들었다는 엠마를 믿었다.

하지만 성공한 줄 착각한 베리가 그대로 도망을 쳐 버렸고, 일은 이리도 엉망진창이 되어 버렸다. 그 망할 년이 괜히 쓰러지지만 않았어도 성공했을 일이었다.

"그, 그럼 다른 누군가를 구해 볼게요. 엠마는, 엠마는 도저히……."

과연 구할 수 있을까 하는 의문이 들었지만 차마 엠마를 이대로 보낼 수는 없었기에 그렇게 둘러대자, 이시스가 알았다며 흔쾌히 고개를 끄덕였다.

"좋아요. 그렇게 하세요. 엠마에게 유감이 있는 것도 아니고, 단지 이번 일이 잘 끝났으면 하는 바람만 있을 뿐이니까요."

이시스 또한 엠마 외에 이 일을 깨끗하게 해결할 수 있는 이가 없으리라 생각할 것이 분명하겠지만, 더 이상 미엘르에게 괜한 화풀이를 할 마음이 사라진 모양인지 어느새 다정한 얼굴로 돌아와 있었다.

"영애께서도 잘 아실 거예요. 이런 일로 오점을 남겨서는 안 된다는 걸요."

"네……."

"괜찮아요. 자주 있는 일이죠. 곧 오스카도 돌아올 테니 어서 귀찮은 일은 털어 내야겠죠?"

달래고 어르듯 묻는 말에 미엘르가 대답하며 천천히 고개를 끄덕였다. 그녀의 말대로 오스카가 돌아오기 전에 일을 해결해야 했다. 마지막 기회를 얻은 그녀가 서둘러 저택을 빠져나갔다. 베리가 도망간 지금, 일을 마무리할 대역을 구해야 했다.

미엘르가 사라진 정원에서 잠시 차를 음미하는 사이, 집사가 이시스에게 한 통의 편지를 가져다주었다. 금을 녹여 만든 화려한 인장이 찍힌 편지였다. 제국에선 볼 수 없는 인장이었다. 그것을 건네는 집사의 표정이 사뭇 불안감에 휩싸여 있었다.

"기다렸던 편지네. 황태자가 이리도 거칠게 반항하니, 나로서도 어쩔 수 없는 선택이야."

"아가씨……."

집사가 이시스에게 무어라 말을 하려다가, 이내 차가운 그녀의 표정에 입을 닫고 정원을 나섰다.

개봉한 편지를 읽는 이시스의 입꼬리가 천천히 올라갔다.

* * *

미엘르가 답지 않게 서두르며 외출을 했다는 소리를 들은 아리아가 곧장 사람을 붙였다. 몇 번 미엘르의 감시로 붙였던 기사 존이었다. 그는 아리아를 지키기엔 능력이 턱없이 부족했으나, 미엘르의 행방 정도는 손쉽게 알아와 주었다.

"프레데리크 공작저……?"

"예. 확실히 공작저로 향했습니다. 한참이나 기다렸는데도 나오시지를 않는 걸 보면, 꽤 중요한 이야기를 하시는 모양입니다."

왜 이렇게 늦었냐는 타박을 듣기 싫었던 모양인지, 존이 선수 쳐 늦은 까닭을 말했다. 이에 아리아가 그에게 금화 한 개를 건네며 수고를 보상했다.

"다시 가서 나오실 때까지 대기할까요?"

짭짤한 보상에 만족한 존이 물었다.

나쁘지 않겠지. 생각한 아리아가 고개를 끄덕이자, 그가 다시 공작저로 향했다.

'도대체 왜 공녀를 만나러 간 것일까.'

단순히 조언을 구하려고? 아니면 기분 전환?

아니, 그녀가 원하는 대로 돌아가지 않는 이 상황에서 그럴 여유는 없을 것이다. 이유가 어찌 되었든 이번 일에 공녀가 관계되어 있을지 모른다는 생각이 들었다.

'하지만 왜? 그녀는 지금 눈코 뜰 새 없이 바쁠 텐데.'

귀족파가 찢어지고 황태자가 몸을 불리고 있는 이 상황에서 고작해야 평민 출신의 계집을 처리하는 데 시간을 허비한다는 말인가. 그 까닭을 고민했지만 답이 나오지 않았다. 그저 아주 높게 느껴졌던 공녀가 그리 대단하지만은 않은 것 같다는 생각이 들었다.

'미엘르, 공녀의 도움까지 받은 네가 어떤 해결책을 가져올지 참으로 궁금하구나.'

한결 가벼워진 마음으로 도착한 수많은 편지들을 읽는데, 누가 도착한 것인지 마차 소리가 들렸다. 벌써 미엘르가 돌아온 것인가 싶어 창문을 열고 밖을 확인하자, 그곳에는 백작과 함께 외출했던 카인이 있었다.

"……?"

어째서인지 그가 마차에서 내리자마자 곧장 아리아의 방이 있는 곳으로 시선을 준 탓에 의도치 않게 그와 눈이 마주쳤다. 설마 창가에 아리아가 있을 줄은 꿈에도 상상하지 못했던 것인지 카인이 서둘러 시선을 돌렸다.

그럼에도 저택으로 들어가지 않은 채 미묘하게 치켜든 얼굴로 미동도 하지 않는 것을 보니, 곁눈질로 계속 자신을 확인하는 듯싶었다.

'잘만 구슬린다면 이번 일에서 그가 미엘르를 몰아세우는 장면을 볼 수 있을지도.'

그렇게 생각하며 입가에 미소를 띠운 아리아가 창문을 닫으려 과하게 팔을 뻗었다. 그러자 몸이 반쯤 창문 밖으로 빠져나갔고, 그 바람에 어깨에 걸치고 있던 실내용 외투가 겨울바람에 펄럭이며 창밖으로 떨어졌다.

그 모습이 퍽 부자연스러웠으나, 아리아에게 시선을 주고 있던 이는 카인밖에 없었기에 아무도 이를 눈치채지 못했다.

"어쩌지……?"

아리아가 곤란해 하며 손바닥으로 제 입매를 가렸다. 달리 부탁을 하지도 않았는데 시종보다 먼저 외투가 떨어진 곳으로 서둘러 걸음을 옮긴 카인이 아직 온기가 조금 남은 그것을 천천히 주워 들었다.

"그건…… 아리아 아가씨의 의복이 아닙니까. 제가 세탁하여 가져다드리겠습니다."

카인을 따른 시종이 말했다. 눈밭 위로 떨어진 탓에 세탁이 필요했지만, 외투를 손에 들고 잠시 말없이 고민에 잠겨 있던 카인이 이내 고개를 저으며 대답했다.

"아니. 됐어. 내가 가져다주지."

외투를 벗어 시종에게 건넨 카인이 조금 더딘 걸음으로 계단을 올랐다. 손에는 아리아의 외투가 들려 있었다. 이제 완전히 차가워진 그것은 이상하게 달아오른 카인의 손이 닿은 부분만이 온기를 가졌다.

'몇 계단만 더 오르면 3층이건만.'

이 외투를 전하고 나면 다시 내려가야 한다는 사실에 점점 걸음이 느려졌다. 하지만 아리아의 방까지 그리 멀지 않았기 때문에, 곧 그녀의 방문 앞에 다다르고야 말았다.

"오라버니."

혹여 자신을 기다리고 있었던 걸까. 카인이 문 앞에서 걸음을 멈추자마자 아리아가 문을 활짝 열며 그를 반겼다.

"일부러 가져다주시다니, 정말 다정하시네요."

만날 때마다 놀라울 정도로 아름답게 성장하는 그녀는, 이제 가벼운 웃음만으로도 남자의 시선을 빼앗는 요사한 분위기를 풍겼다. 이를 몇 번이나 떨쳐 내려 노력했으나, 이따금 귀가해 아리아를 마주하면 떨쳐 내기는커녕 홀린 듯 따라가는 시선을 돌리기 위해 이를 악물어야 했다.

'절대 아버지처럼 되지 않겠다고 다짐했거늘…….'

아름다운 껍데기에 마음을 빼앗겨 어머니의 자리까지 내준 아버지를 수치스럽다 생각했다. 하지만 핏줄은 속일 수가 없었던 모양인지, 결국엔 자신 또한 그녀의 요사하고 아름다운 외모에 현혹된 어리석은 존재가 되어 있었다. 그것이 세간에서 악녀라 불리는 제 새로운 여동생임에도 불구하고.

"……그리 몸을 내밀었다간 다음에는 의복이 아니라 네가 떨어지게 될 거다."

그대로 외투만 전해 주고 돌아가기 아쉬워 무뚝뚝함을 가장해 그리 말하자, 뜻밖에도 아리아가 퍽 감동한 표정을 지었다.

"지금 저를 걱정해 주신 거예요?"

마치 처음으로 누군가의 걱정을 받아 본 듯한 얼굴이었다.

내뱉고도 혹여 너무 무뚝뚝해서 실수한 건 아닌지 걱정이 된 말투였는데도 감동이라니. 이에 그간 아리아가 저택에서 받았던 대우를 떠올린 카인이 딱딱하게 굳은 얼굴을 조금 풀며 대답했다.

"누군가 떨어지는 모습을 보긴 싫으니까."

"고마워요, 오라버니."

솔직하게 감사 인사를 전하는 아리아에게 잠시 시선을 빼앗긴 카인이 이내 목을 큼큼 울리며 외투를 건넸다.

더러워진 외투를 건네며 자신이 지금 무엇을 하고 있는 것인가 자괴감이 밀려왔지만, 이제 아리아와 대화를 할 필요와 기회가 사라졌다는 실망감이 더욱 컸다. 그렇다고 생각했는데…….

"마침 무료하던 참이었는데, 혹 시간이 되신다면 같이 차라도 드시는 게 어떤지요?"

뜻밖에도 카인에게 다시 기회가 주어졌다. 외투를 쥔 그의 손 위에 자신의 손을 포갠 아리아가 수줍게 웃었다.

그럴 필요가 없으니 거절해야 한다고 이성이 지시했지만……. 겹쳐진 손 위로 전해져 오는 온기와, 빛을 머금은 듯한 그녀의 눈동자를 보고 거절할 수 있을 리가 없었다.

어쩐지 얼굴이 뜨거워진 것 같다고 느끼며 말없이 고개를 끄덕이자, 아리아가 잠시만 기다려 달라며 문을 닫고 방 안으로 사라졌다.

* * *

다시 방문을 열고 나타난 아리아는 새로운 외투를 걸치고 있었다. 실내용 의복 또한 하늘하늘하여 은근히 몸에 달라붙는 소재의 드레스로 갈아입었다. 외투를 걸친 탓에 몸의 선이 전부 드러나진 않았지만, 움직일 때마다 슬쩍슬쩍 달라붙어 카인의 애간장을 녹였다.

2층 정원에 마련된 테이블에 자리한 아리아가 따뜻한 홍차를 한 모금 머금었다. 평소에는 몰래 훔쳐보던 그가 이제는 아주 대놓고 아리아를 훑어보았다. 자신이 유도한 것이긴 했지만 기분 나쁜 시선이었다.

"그러고 보니……."

그래서 침묵을 깨고 아리아가 입을 열자, 계속 아리아를 훑어보던 카인이 놀라 몸을 한차례 떨었다. 무뢰한이나 할 법한 천박한 행동이었기 때문이다. 그는 자신의 행동에 수치심을 느꼈는지 괜히 옷매무새를 다듬었다. 아리아가 이를 보지 못한 척 말을 이었다.

"괜히 저 때문에 저택이 시끄러워졌네요. 죄송해요."

"……왜 사과를 하지? 그게 너 때문이라고 볼 순 없는데."

아리아가 꽤 슬픈 얼굴로 자책하자, 어느새 담담한 표정으로 돌아온 카인이 그녀를 위로했다. 과거, 아니 불과 작년과 비교해 봐도 너무나도 다른 그의 태도에 저절로 비웃음을 머금을 뻔했지만, 가까스로 그것을 참아 낸 아리아가 재차 말을 이었다.

"제가 못나서 그런 건 사실이니까요……."

"누구에게나 못난 점은 있어. 그렇다고 해를 끼치려 했던 것이 정당화되는 건 아니지."

그 못난 점이 평생 고칠 수도, 개선할 수도 없는 치명적인 단점임에도 카인이 꽤 그럴듯한 연장자의 얼굴로 말했다. 그 역시 아리아의 출신을 증오하고 있으면서도 말이다.

그런 카인의 위로에도 아리아는 처연한 표정을 고수했다. 그러곤 찻잔을 두 손으로 감싼 채 눈을 내리깔았다. 그 모습이 그녀를 퍽 어미를 잃은 가여운 초식 동물처럼 보이게 했다.

"고마워요, 오라버니. 하지만 아무래도 성인이 되면 곧장 저택을 나가는 게 좋을 것 같아요. 이런 일이 또 생길지도 모르니까요. 분명 가문에 누가 될 거예요."

"……뭐라고?"

뜻밖의 출가 소식에 놀란 카인의 목소리를 높이며 반문했다. 성인이 되면 약혼을 하고 결혼을 하여 출가하는 것이 보통이긴 했지만, 그것은 보통 결혼을 한 뒤의 일이었다.

하지만 혼인도 하지 않은 귀족 여성이 독립을 하는 것은 아주 드문 일이었고, 그런 경우는 대부분 가문에서 쫓겨난 이들이었다. 그래서인지 카인이 서둘러 말을 덧붙였다.

"다시 말하지만 네가 죄를 지은 게 아니니 그렇게까지 할 필요는 없다고 생각하는데."

그는 미약하게나마 짜증과 분노를 표출했다. 찻잔을 들어 입에 가져다 대는 손이 꽤 거칠었다. 여전히 처량한 얼굴을 고수하는 아리아를 힐끗대며 이따금 무어라 혼자 중얼거리기까지 했다. 아리아가 나간다는 말이 꽤 충격이었던 모양이었다.

'대놓고 유혹을 한 적도 없는데, 알아서 그물에 걸려 주니 이보다 더 이용하기 쉬울 수가.'

이런 성정을 과거에는 어떻게 숨겼던 것일까. 참으로 쉬운 길이 있었음에도 알아차리지 못하고 가시밭길을 전전한 어리석었던 과거를 애도하며 품에서 손수건을 꺼내 눈가를 닦았다.

"오라버니께서라도 그리 생각해 주셔서 기쁠 따름이에요."

"다들 그렇게 생각할 거다. 그러니 괜한 생각은 말도록."

"……정말 그럴까요?"

그에 반문한 아리아가 자리에서 일어났다. 천천히 그에게 다가오는 아리아에, 카인의 시선이 저절로 그녀에게 따라붙었다. 움직일 때마다 몸에 달라붙는 의복에 다시금 시선을 빼앗긴 카인이 마른침을 삼켰다.

그런 카인의 음험한 눈을 빤히 응시하며 다가간 아리아가 가녀린 제 손을 뻗었다. 목적지는 카인의 목 근처였다. 생각지도 못한 상황에 미세하게 몸을 움츠린 카인의 눈매가 경련하듯 떨렸다. 이에 눈을 살포시 내리깐 아리아가 부드럽게 웃으며 카인의 타이를 바르게 고쳐 주었다.

"조금 비뚤어져 있어서요."

"……아아."

놀란 카인이 제대로 된 대답을 하지 못했다. 타이가 바로 되었음에도 아리아의 손이 한동안 카인의 목덜미 주변을 배회하며 그의 정신을 빼놓았다. 별것 아닌 가벼운 스킨십임에도 카인이 넘어갈 듯 숨을 삼켰다.

그렇게 그의 옷매무새의 정돈을 마친 아리아가 마지막으로 머리카락에 붙은 보이지 않는 먼지를 떼어 내며 카인에게 말했다. 그는 흡사 넋이라도 나간 얼굴이었다.

"이리도 다정하시니…… 저택에서 믿을 분은 오라버니밖에 없네요."

의미심장한 말을 남기고 다시 제자리로 돌아가는 아리아를 좇는 시선이 흐리멍덩했다. 조금 식은 차를 한 모금 마신 아리아가 마지막 쐐기를 박았다.

"하지만 저는 여전히 불안하니, 어쩌면 좋을까요?"

부디 카인이 직접 엠마를 엄벌해 주기를. 그리고 미엘르를 추궁하기를 바라며 티타임의 끝을 알렸다.

"앞으로도 종종 이렇게 오라버니와 함께 차를 마셨으면 좋겠어요. ……제가 성인이 될 때까지, 그리 많은 시간이 남진 않았지만요."

제 아비와 마찬가지로 아주 쉽게 미색에 홀린 카인은 당장 아리아의 열렬한 아군이 되었다. 혹시나 하는 마음에 내려가 본 식당에서 그가 베리를 찾는 인원을 배로 늘리자고 제안하고 있었기 때문이다.

"이 이상 늦어졌다간 가문의 능력마저 의심을 받을 겁니다."

이에 백작이 흔쾌히 동의를 표했다. 그에게 꽤 유용한 패가 된 덕분이었다. 부정적인 의견을 낸 것은 미엘르 혼자였다.

"이미 많은 사람들이 베리를 찾고 있는데, 여기서 사람을 더 늘린다고 뭐가 달라질까요?"

그녀의 말을 들은 아리아가 퍽 쓸쓸한 얼굴로 '그건 그렇지.'라며 동의하자, 미간을 찌푸린 카인이 미엘르를 쏘아붙였다.

"그러고 보니 미엘르, 이번 사건에 관련자로 엠마의 이름이 언급되는 것 같던데."

그러자 미엘르가 답지 않게 화들짝 놀라며 목소리를 높였다.

"오, 오라버니께서도 설마 엠마를 의심하시는 건 아니시겠죠?!"

"아니 땐 굴뚝에 연기가 나진 않겠지. 실제로 베리는 엠마의 밑에서 오랫동안 일을 해 왔으니 말이야."

"절대 아니에요! 그녀는 그런 끔찍한 일에 관련될 사람이 아니에요!"

무엇이 그리도 찔리는 것인지, 얼굴을 붉힌 채 소리를 지르며 부정을 하는 그녀의 모습이 생소했다. 지금까지 단 한 번도 본 적 없는 그 추한 모습에, 그녀가 얼마나 엠마를 지키고 싶어 하는지 알 수 있었다.

'그러니, 반드시 엠마를 이번 일의 주동자로 만들어야겠어.'

미엘르가 엉엉 울며 실신하는 꼴을 보게 될지도 모르지 않은가. 어째서 지금까지 엠마라는 아주 좋은 먹이가 있었던 것을 깨닫지 못했을까. 아리아가 미엘르를 달래듯 말했다.

"정말 죄가 없다면 금방 사라질 소문이잖아, 미엘르. 그러지 걱정하지 말렴. 그렇죠, 카인 오라버니?"

"……그렇지."

하지만 그녀에겐 죄가 있으니 끔찍한 처벌을 받게 될 것이다.

친남매인 자신보다 더 친근하게 대답을 주고받는 모습을 본 미엘르의 낯빛이 새하얗게 변모했다. 직감적으로 무언가 잘못되어 가고 있다고 느낀 모양이었다.

* * *

카인은 베리를 찾는 인원을 더욱 늘리고 직접 시종들에게서 베리에 관한 이야기를 듣는 등, 이번 일을 해결하기 위해 과할 정도로 적극적인 태도를 보였다. 그리고 이따금 진척 사항을 늘어놓으며 의도치 않게 미엘르를 위협했다.

"아가씨, 또 엠마 님께서 외출을 하신 모양이에요!"

염탐해 온 애니의 보고를 들으며 아리아가 비릿한 미소를 머금었다. 미엘르의 곁에 찰싹 붙어 있을 때는 언제고 카인이 조사에 힘을 쏟자마자 홀로 외출을 일삼는가.

이제 슬슬 이 지겨운 일을 끝낼 시기가 다가왔기에, 아리아 역시 일찌감치 사람을 풀어 베리의 흔적을 찾았다. 수도에서 대기 중이던 대부분의 용병들에게 의뢰를 해 놓았으니, 잡는 것은 시간문제였다.

혹시 몰라 베리의 가족들에게 흘려 놓은 말도 있었기에 조만간 제 발로 나타날 가능성도 있었다. 밤이 깊어 아리아가 하품을 하자, 애니가 주변을 정리하며 물었다.

"이제 주무시겠어요?"

"아니. 매일매일 도착하는 편지가 많아서 다 읽고 자야 할 것 같아. 내일 또 이만큼 오지 않겠니?"

"그건 그렇긴 하지만…… 누군가를 시켜 한 번 거르게 하시는 게 어떨까요? 아무리 아가씨의 명성이 드높아졌다고는 하지만, 너무 과한 양인 걸요."

테이블 위에 수북이 쌓인 편지를 보며 애니가 혀를 내둘렀다. 하지만 그렇게 할 수 없음에 아리아가 가만히 웃으며 생각해 보겠노라 짧게 대답했다.

"그럼, 여기서 대기할까요?"

"아니, 들어가 봐. 편지만 훑고 알아서 잘 테니까."

"네, 아가씨. 그럼 안녕히 주무세요."

방을 나서는 애니를 힐끗 돌아본 아리아가 다시 편지를 훑는 작업에 몰두했다. 제국 밖의 일은 잘 모르건만 소문이 어떻게 난 것인지 타국의 사업가들에게서도 제안서가 쏟아졌다.

그것들은 미래를 아는 것에 의존하지 않고 순수하게 그녀의 지식과 안목으로만 평가해야 했기에 조금 머리가 아팠다. 그럼에도 대충 보지 않고 하나하나 세심하게 살폈다. 그게 벌써 며칠째인 탓에 하품이 끊이지 않았다.

'……세상에나. 오늘따라 유독 눈이 아프다 했더니, 벌써 시간이 이렇게 되었다니.'

너무 몰두를 한 탓일까. 자신도 모르는 사이 동이 틀 시간이 지척까지 다가와 있었다. 아직 편지는 조금 더 남았지만, 이대로 계속 읽었다간 아침이 되어 버릴 것 같아 서둘러 정리하고 침대에 몸을 뉘였다.

'왜 이렇게 정신이 멀쩡한 것 같지…….'

과하게 지치거나 피로할 때에는 도리어 잠에 들지 못하는 경우가 있다더니, 하필이면 그 상황이 지금 닥친 것인지 가만히 눈을 감고 있음에도 쉽게 잠을 잘 수가 없었다. 그래서 그 상태로 가만히 한참을 침대에 누워 있는데, 문득 이상한 기시감이 느껴졌다.

뭘까. 잠에 든 것 같지 않았는데. 설마, 꿈을 꾸는 걸까? 하지만 고민할 새도 없이 갑자기 아주 작은 발자국 소리가 들렸고, 목덜미에 타인의 체온이 닿는 것이 느껴졌다.

'……꿈이, 아니야!'

아리아가 눈을 번쩍 떴다.

"……아."

"……!"

한밤중의 침입자는 바로 다름 아닌 아스였다.

창문으로 스며드는 환한 달빛에 당황해 하며 한걸음 물러나는 그가 확연히 보였다. 그의 짙푸른 눈동자가 천천히 색을 흐렸다.

"놀라게 할 생각은 없었는데…… 죄송합니다."

그가 서둘러 사과했다. 하지만 한밤중의 갑작스러운 방문에 얼이 빠진 아리아가 아무런 대답도 하지 못한 채 아스를 빤히 응시했다. 두고 간 튤립 때문에 그가 간혹 다녀간다는 건 알고는 있었지만, 직접 마주하니 심히 당혹스러웠다.

"아리아 영애……?"

놀란 눈으로 자신을 말없이 올려다보는 아리아의 모습에, 아스가 걱정을 담아 조심스럽게 그녀의 이름을 불렀다. 두 번이나 더 이름을 불린 뒤에야 느릿하게 눈을 깜빡인 아리아가 천천히 고개를 끄덕여 반응을 표했다.

"……괜찮으십니까? 얼굴이 창백한데, 살도 너무 많이 빠지셨습니다."

평소와는 사뭇 다른 반응에 걱정한 아스가 아리아의 이마에 손을 짚었다. 그렇게 잠시 체온을 가늠하던 아스가 이내 얼굴을 찌푸리며 아리아가 덮은 이불을 여며 주었다.

"열이 나지 않습니까."

아스의 목소리에는 걱정과 안타까움이 섞여 있었다. 그가 해열제라도 먹는 게 좋겠다며 혼잣말을 하는 사이, 정말로 지금 이 상황이 꿈이 아니라는 것을 깨달은 아리아가 그제야 꽉 닫혀 있던 입을 열었다.

"이게 도대체…… 무슨 상황이죠? 분명 여긴 제 방이고…… 지금은 새벽이고…… 저는 잠을 자려 했던 것 같은데…….."

아리아의 걱정이 앞섰던 탓일까. 그제야 자신이 얼마나 큰 무례를 저질렀는지 깨달은 아스가 한 발짝 뒤로 물러서며 시선을 회피했다.

"아스 님?"

대답이 없는 그의 이름을 부르자, 그제야 다시 아리아의 눈에 시선을 맞춘 그가 변명하듯 대답했다.

"그게…… 걱정이 되었습니다. 큰 봉변을 당하셨다고 들어서요. 결단코 영애에게 나쁜 짓을 하려는 속셈은 전혀 없습니다. 믿기 힘드시겠지만…… 정말 결백합니다."

달리 의심을 한 것은 아니었지만 제 잘못을 들킨 아스가 허둥지둥 변명을 했다.

분명 그 이유밖에 없다는 것을 알면서도, 직접 그의 입에서 걱정이 되었다는 말을 들으니 가슴속 어딘가가 뿌듯하게 차오르는 기분이 들었다. 시간과 장소, 그리고 상황이 아주 이상했으나 그저 신경을 써서 만나러 와 주었다는 사실이 아리아를 기쁘게 했다.

그러니 그에게 순수하게 고맙다고 말을 전하고 괜찮다는 것을 보여 주면 끝날 일이건만. 푸르스름한 달빛에도 그의 귀가 붉어진 것이 여실히 보여 괜히 놀리고 싶은 마음이 생겼다.

"그래서 이렇게 새벽에 불쑥 찾아오셨나요?"

혼인도 하지 않은 여성의 방에?

덧붙이며 은근하게 묻자, 아스가 제 입매를 가리며 고개를 돌렸다. 아주 작은 장난이었는데 저리도 부끄러워하니 놀린 자신마저 부끄러워지지 않는가.

오히려 정말로 미혼의 소녀의 방에, 그것도 새벽에 찾아온 그를 보고 부끄러워해야 하는 것은 아리아였다. 하지만 아주 우습게도 정작 불쑥 찾아온 이가 부끄러워하고 있었다.

아리아의 작은 타박에 아스가 서둘러 변명을 시작했다.

"그…… 낮에는 누가 있을지 몰라 방문하기 어려웠습니다. 그래서 새벽에 잠깐 들러 괜찮으신지 확인만 하고 돌아갈 참이었는데…… 지난번에도 그렇고 오늘도 안색이 좋지 않으셔서 그냥 돌아갈 수가 없었습니다."

"……어째서죠?"

돌아올 대답이 어느 정도 직감했음에도 아리아가 굳이 그것을 되물었다.

"……영애께서 곤히 자는 얼굴을 보니 그렇게 할 수가 없었습니다. 걱정이 되어서요. 그리고…… 아프신데 죄송한 말씀이지만, 달빛을 받은 머리카락이 아름다워 그냥 지나칠 수가 없어 손을 뻗었습니다."

그에게서 비슷한 말을 들은 기억이 났다. 그는 늘 자신의 얼굴을 마주하면 생각했던 대로 되지 않는다고 말했었다.

심지어 아름답다니. 충분히 오해할 만한 대답이었다. 한낱 매춘부의 딸에겐 과한 대답이었다. 그는 자신과 이러한 대화를 나누기엔 너무나도 고귀한 존재가 아닌가. 고귀한 척을 하는 미엘르와는 달랐다. '감히'라는 수식어가 붙을 정도로 범접할 수 없는 존재였다.

그래서 대답을 망설이자, 침대 맡에 걸터앉은 아스가 어느새 부끄러운 기색을 지우고 아리아의 눈을 지그시 바라보며 말을 이었다.

"영애께서 이렇게 고통받는 모습을 보고 싶지 않습니다."

보고 싶지 않다고 해서 그가 무언가 해 줄 수 있는 것은 없었다.

이렇게 새벽에 찾아와 몰래 얼굴을 보고 가는 정도가 아닌가. 자신은 지금이 어떻든 출신은 매춘부의 딸이었다. 친분이 있다는 사실만으로도 괜한 억측과 소문에 휩쓸릴지도 모르는데, 그는 왜 자신에게 이런 말을 하는 걸까.

"예전부터 여러 가지 생각은 하고 있었지만…… 이번 사건으로 절실히 깨달았습니다. 영애께 무슨 일이 생겼는데도 쉽게 만날 수 없었음에요."

거기까지 들은 아리아가 천천히 몸을 일으켰다. 침대 헤드에 몸을 기대는 아리아의 얼굴에는 당혹스러움이 역력했다. 과거, 수많은 남성들과 만남을 가져 온 그녀는 아스의 뒷말을 홀로 짐작하고 자신의 가정이 말도 안 된다며 애써 부정했다.

하지만.

"그러니 언제든 만날 수 있게, 그리고 그 누구도 영애를 해칠 수 없게 곁에 두고 싶다는 생각이 들었습니다."

아스가 들려준 말은 아리아가 생각한 그것이었다. 대답을 들은 아리아의 눈동자가 갈피를 잡지 못하고 쉼 없이 흔들렸다.

그는 그저 생각만 한 것일까. 아니면 그렇게 하겠다는 말일까.

그 어느 쪽이 되었든 자신은 아스의 앞날에 걸림돌이 될 것이 분명했다. 지금처럼 남들은 모르는 채로 관계를 유지하는 것이 그와 저에게 있어서 최선이었다.

"제가 어떻게 감히 아스 님에게 그런 존재가 될 수 있을까요."

그래서 그리 대답하고 시선을 돌렸다. 하지만 아스는 겨우 내뱉은 말을 이대로 끝내고 싶지 않았던 모양인지 쉽게 굴하지 않았다.

"혹시…… 영애께선 제가 불편하시다거나 마음에 들지 않으십니까?"

"아뇨, 그런 것은……."

그럴 리가. 그녀는 지금껏 그 어떤 남성에게도 틈을 내 보인 적이 없었다. 늘 자신의 입맛대로 구워삶았으며, 최대의 무기인 미모를 이용해 혼이 빠지게 만들었다. 이는 아리아가 상대방에게 조금의 마음도 가지지 않았기에 가능했던 일이었는데, 유일하게 아스에게는 그것이 불가능했다.

첫 만남부터 예사롭지 않았던 그였기 때문일지도 모른다. 예측할 수 없는 여러 가지 상황과 만남이 쌓이다 보니, 지금까지 그녀가 만났던 여타 남성들과 같은 선상에서 놓고 판단할 수가 없었다.

어쩌면 처음부터 본심을 내비친 채 만남을 이어 왔던 탓일지도 모른다. 그 시작이, 과정이 어떻든 아스가 싫지 않았다. 아니, 오히려 그가 자신을 걱정해 주거나 우연치 않게 만나게 되었을 때는 기쁘기까지 했다.

"하지만 제가 아스 님께 도움이 되지 않으리라는 건 분명하겠지요. 저는 아스 님과는 어울리지 않는 미천한 출신이니까요. 모두가 욕을 할 거예요."

그것은 명명백백한 사실이었다. 아무리 아리아에 대한 세간의 평판이 조금씩 달라지고는 있다고는 하나, 매춘부의 딸이라는 오명은 평생 지워지지 않을 낙인이었다.

하지만 아스는 그렇게 생각하지 않는 모양이었다.

"그런 쓸데없는 기준으로 사람을 판단하는 것만큼 어리석은 일이 또 있을까요. 저는 그렇지 않습니다만, 영애께선 출신으로 사람을 판단하십니까?"

"그건 아니지만……."

"그리고 지금의 저는 그런 하찮은 소문에 휘둘릴 만큼 약하지도 않습니다."

아무렇지 않게 대답하는 그 눈동자엔 자신감이 깃들어 있었다. 이미 오랜 시간 귀족파에게 억압받고 시험을 당해 온 그에겐 아리아가 걱정하는 일 따위는 사사로운 문제에 불과한 듯 보였다.

"게다가 영애께선 그런 소문을 무용지물로 만들 만큼 총명하신 분이 아니십니까. 적어도 제가 보아 온 영애는 그런 분이셨습니다만."

쉽게 전할 수 없는 말을 부드럽게 웃으며 이어 가는 그는 그간 아리아가 이룬 것의 대부분을 모르면서도 신뢰와 믿음으로 가득했다. 이에 말문이 막힌 아리아를 잠시 응시하던 그가 다시금 부끄러움을 느꼈는지 귀를 붉혔다.

"생각만 했을 뿐 이렇게까지 털어놓을 작정은 아니었는데⋯⋯. 영애와 마주하면 늘 이렇게 되는군요. 답을 바라고 한 말은 아닙니다."

갑자기 나타나 놀라운 발언을 한 탓에 부담을 덜어 주려 한 모양인지, 아스가 크게 신경 쓰지 말라고 덧붙였다. 하지만 신경을 쓰지 않을 수 없는 내용이었기에 아리아는 아무런 반응을 내 보이지 못했다.

"그리고 이건 편지로 전할 생각이었습니다만, 이렇게 기회가 되었으니 직접 말씀드리는 게 좋겠군요."

내내 부드러운 표정을 짓고 있던 그가 진지한 얼굴로 아리아를 마주했다. 순식간에 바뀐 분위기에 아리아가 마른침을 삼키며 그의 뒷말을 기다렸다.

"영애를 시해하려 했던 범인을 잡았습니다. 개인적으로 사람을 풀어놓았었거든요. 어떻게 할까 고민하다가 영애께 먼저 알리는 것이 도리일 것 같아 편지를 놓고 가려던 참이었습니다."

그가 품에서 편지를 꺼내 보이며 말했다. 아리아가 그 편지를 받아 들자 아스가 설명을 덧붙였다.

"편지에 그녀를 구금한 장소가 적혀 있습니다. 어떻게 하실지는 영애께 맡기겠습니다."

"……절 해치려 했던 시녀예요. 제가 그녀에게 무슨 짓을 할 줄 알고요."

"무슨 짓을 하시든 이유가 있어서 그리하시는 거겠지요."

그렇게 말한 아스는 볼일은 이것이 전부라며 아리아의 손등에 부드러운 키스를 하고 사라졌다. 마치 신기루와도 같이 모습을 감춘 그의 흔적을 한참이나 눈으로 좇았다.

'내가 무슨 짓을 하든, 이유가 있어서 그렇다…… 라.'

늘 불순한 생각과 마음을 가져 마음속 어딘가가 불편했었는데, 그의 그런 말을 듣자 마치 갑자기 정당성이 부여된 듯 마음이 편해졌다. 아마도 그는 자신의 전부를 모르기에 그렇게 말할 수 있는 것일지도 모르겠지만, 덕분에 마음의 짐을 하나 내려놓을 수 있었다.

애초에 아스는 훗날 공녀와 혼인을 치르게 될 이였기에 그와 특별한 관계가 되고 싶다는 생각은 해 본 적이 없었으나, 어쩌면 과거와는 다른 행보를 걸어 이룬 것이 많은 지금은 무작정 피하지 않아도 될 것 같다는 생각이 들었다.

* * *

아스가 다녀간 뒤, 한숨도 자지 못한 아리아는 날이 밝자마자 그가 알려 준 장소로 출발하러 채비를 서둘렀다. 웃으며 대화를 하러 가는 자리가 아니었기에 간소하고 눈에 띄지 않게 준비했다. 시녀 중 누구를 데려갈까 고민했지만, 달리 좋은 꼴을 보일 것 같진 않아 기사인 존만 데리고 외출했다.

"혼자 있고 싶으니 밖에서 대기해 줘. 어디 멀리는 가지 말고."

존에게 그리 전한 아리아는 카페 주인을 통해 새로운 마차를 빌려 홀로 베리가 구금된 장소로 향했다. 만에 하나를 대비해 아스가 알려 준 곳에서 조금 떨어진 상점에 마차를 대기시킨 뒤 한참을 걸었다.

그렇게 도착한 곳은 사람의 발길이 끊긴 지 오래된 허름한 창고였다. 원래부터 감시가 없었던 것인지, 그도 아니면 아리아가 올 거라 생각해 비워 놓은 것인지는 알 수 없었지만 그곳에는 아무도 없었다.

끼이익. 낡은 문을 열고 안으로 들어가자, 짚이 널브러진 창고 구석에 널브러진 베리가 눈에 들어왔다. 기세 좋게 도망친 것치곤 볼품없는 몰골이었다.

그러게 왜 그런 나쁜 짓을 했을까. 뭣도 없는 주제에.

문이 열리는 소리에 고개를 든 베리는, 자신이 독살하려 했던 천하의 악녀가 등장함에 당장이라도 졸도할 듯 흰자위를 내 보였다.

"아, 아, 아……!"

무슨 말을 하고 싶은 걸까. 자해를 막기 위함인지, 목구멍 깊숙이 천을 밀어 넣은 탓에 베리의 입을 통해 흘러나오는 것은 추악한 신음뿐이었다.

"오랜만이야, 베리. 한참을 찾았잖니. 그간 어디서 어떻게 지낸 거야?"

그리 물으며 아리아가 천천히 베리에게 다가갔다. 지척까지 다가
간 그녀가 베리의 머리채를 휘어잡았다.

"죽인 줄 알았던 악녀가 살아 돌아오니 기분이 어떠니?"

아리아가 환하게 웃으며 묻자, 베리가 구슬 같은 눈물을 뚝뚝 흘
렸다. 입에서는 여전히 뜻을 알 수 없는 신음이 쏟아졌다. 곧 닥칠
거라 생각되는 죽음에 대한 공포로 미친 듯 보였다.

"그러게 왜 그런 나쁜 짓을 했어? 악녀를 처단하겠다는 생각이라
도 했던 거니? 어리석게도 애초에 가만히 있던 내게 나쁜 생각을
품고 내 시녀로 들어온 건 너잖아?"

한참이나 씻지 못한 듯 머리카락을 잡은 손바닥에 기름기가 묻어
나와 손을 털었다. 저 더러운 계집을 흠씬 두드려 패 주리라 생각
했건만, 너무 더러워 그럴 생각이 사라졌다.

'어차피 일이 모두 마무리되면 없애 버리면 그만이니, 굳이 지금
괴롭힐 필요는 없겠지.'

서두를 필요는 없었다. 어차피 곧 모두 망할 테니까. 그러게 진
즉 베리를 외국으로 빼돌렸어야지, 왜 자신에게 이런 귀중한 기회
를 주는가. 여느 때와 같이 화사한 미소를 띤 아리아가 구석으로
기어 들어가 벌벌 떠는 베리를 보며 입을 열었다.

"제안을 하나 할게. 네게 나쁘지 않은 제안일 거야. 일이 모두 끝
나면, 널 외국으로 도망치게 만들어 줄게. 물론, 어디 하나 다치는
곳 없이 성한 몸으로 말이야."

그리 말하자 벌벌 떨던 베리의 몸이 거짓말처럼 굳었다. 천천히
들어 올리는 얼굴에는 의문이 가득했다. 이에 햇살 같은 미소를 담
은 아리아가 다시금 친절한 설명을 덧붙였다.

"어차피 날 죽이는 데 실패한 네가 살길은 이제 없을 텐데, 내 말에 순순히 따르는 게 좋지 않겠니?"

그렇게 말한 아리아가 한참을 우물쭈물하는 베리의 대답을 기다리다가 물었다.

"왜 대답이 없니?"

"으……."

입이 틀어막혀 있어 제대로 된 말을 할 수 없던 탓에 베리가 고개를 끄덕여 의사를 표시했다. 그제야 그녀를 포박한 줄을 풀고 입을 틀어막은 천을 빼 자유를 선사한 아리아가 그녀가 해야 할 일을 읊어 주었다.

"아주 간단해. 너는 그냥 몇 마디 사실을 고하면 되는 일이거든."

"네, 네……!"

그녀는 지금 당장 이곳에 있는 더러운 흙들을 다 핥아 먹으라고 시켜도 그렇게 할 기세로 고개를 끄덕이며 대답했다.

이에 만족한 아리아가 웃으며 말을 이었다.

"내일 아침이 되자마자 저택으로 돌아와. 와서 누가 네게 그런 일을 시켰는지 낱낱이 고해."

하지만 결국에는 자백을 하라는 말에 베리의 낯빛이 새파랗게 변모했다.

"……예? 하, 하지만 그랬다간……."

자신이 한 일을 자백했다간 당장 경비대에 끌려 갈 것이 틀림없었다. 어쩌면 그 자리에서 당장 참수를 당할지도 모르는 일이었다. 그녀의 눈빛에 불신이 떠올랐다. 자백을 하면 그대로 진범과 함께 감옥으로 보내질 것이라 생각하는 모양이었다.

어리석기는. 그녀가 하고 있는 생각이 뻔하다는 듯, 아리아가 비웃으며 대답했다.

"베리, 널 죽일 생각이었다면 이렇게 나 혼자 오지 않았겠지. 뭐하러 널 하루 더 살려 놓겠니?"

그러자 잠시 고민하던 베리가 아주 작은 목소리로 대답했다.

"지, 진범을 함께 잡으려고요……?"

독살을 실행했던 아이답게 아주 당돌한 대답이었다. 이에 까르르 웃은 아리아가 이토록 현명한데 왜 그런 어리석은 행동을 했냐고 물었다.

"맞아, 진범을 잡고 싶어서 그래. 그것도 진범 혼자 모든 죄를 뒤집어쓰기를 바라고 있지. 공범인 너 혼자 유유히 빠져나가 아주 억울하게 말이야."

베리의 눈동자가 떨렸다. 아직까지도 아리아가 자신을 살려 줄지 의문인 모양이었다. 아리아가 제 머리카락을 손가락에 꼬며 장난스럽게 말했다.

"믿지 않겠다면 어쩔 수 없지. 하지만 생각해 보렴. 이렇게 수배가 걸린 채로 도망만 친다고 해결될 문제가 아니잖아? 과연 언제까지 도망쳐 살 수 있을 거라 생각해?"

이미 겁을 먹고 엠마를 배신해 도망을 친 참이었다. 베리를 도와줄 이는 아무도 없었다. 이대로 계속 도망을 친다고 해도 얼마 가지 않아 잡힐 것이다.

"그러니 내가 네게 주는 마지막 기회를 잘 이용해야 할 거야."

그렇지 않으면 무사하지 못할 거라는 말은 생략했으나, 베리는 그것을 알아들은 듯 마른침을 꼴깍 삼켰다.

"그럼 선택은 네게 맡길게. 그 어떤 변명을 해도 좋아. 가족이 인질로 잡혀 있었다는 동정을 사는 것도 나쁘지 않겠지. 그리고 무엇보다 내가 죽지 않았잖아? 알아서 잘 이야기를 만들어 보렴. 네 마지막 선택이 될지도 모르니까 말이야."

그렇게 말한 아리아가 끼니라도 때우라며 금화 한 닢을 바닥에 내려놓고 돌아서려던 참이었다.

"저, 아, 아가씨……!"

등 뒤에서 베리의 목소리가 들렸다. 벌써 선택이 끝이 난 모양인지 목소리에 힘이 깃들어 있었다.

빠르기도 해라. 그래, 어차피 선택의 여지가 없었으니까. 환하게 웃으며 뒤를 돌자, 그녀가 눈동자를 이리저리 굴리다가 조심스레 입을 열었다.

"저, 저택까지 어떻게 가야 할까요……?"

그 현실적인 질문에 미처 거기까지 생각하지 못했던 아리아가 눈을 동그랗게 뜨며 제 입을 가렸다.

"세상에, 내가 널 걸어오게 할 뻔했구나. 아침에 이곳으로 마차를 보낼 테니, 그걸 타고 오도록 하렴."

베리가 고개를 끄덕이며 그렇게 하겠다고 대답했다.

방금까지 의심하던 기색은 어디로 갔는지, 이제는 아리아가 자신을 구해 줄 거라 믿어 의심치 않는 얼굴이었다. 그 바람직한 얼굴을 확인한 아리아가 내일 있을 즐거운 일정을 기대하며 창고를 나섰다.

＊　＊　＊

베리를 만난 후, 아리아는 정말 그녀와 한 약속을 지킬 의향이 있었기에, 그녀가 외국으로 떠날 수 있도록 마차와 식량 등을 마련했다. 영문도 모른 채 그것을 도운 애니가 고개를 갸웃거리며 물었다.

"아가씨, 어디 멀리 여행이라도 가시게요? 아닌데…… 그런 것치고는 마차가 너무 평범한데……."

"누군가가 멀리 여행을 떠날 거란다."

다시 돌아올 수 없을 만큼 아주 멀리 말이지.

도대체 그 사람이 누구기에 이리도 정성스레 준비를 하냐고 묻는 애니의 질문에 대답하지 않은 채, 아리아는 책과 편지를 읽으며 베리를 기다렸다.

하지만 아침 무렵이 지나며 나타나야 할 시간이 지났음에도 베리의 그림자도 보이지 않자, 아주 조금씩 초조한 마음이 들었다. 설마, 그새 마음이 변한 것은 아니겠지.

"아가씨, 점심 드셔야죠."

"……그래야 하는데."

"무슨 문제라도 있으세요?"

시간이 되었음에도 움직이지 않는 아리아에게 애니가 식당으로 내려가야 한다고 보챘다. 분명 아침에 마차를 보냈는데 왜 아직 도착하지 않는 걸까. 설마 지레 겁을 먹은 베리가 다시 도망친 것은 아닌지 걱정하며 방을 나서려던 그때, 돌연 누군가가 아리아의 이름을 불렀다.

"아리아 아가씨."

"……?"

고개를 돌리자 방문 옆에 새카만 무언가가 있었다. 그에 깜짝 놀란 아리아가 가까스로 비명을 참아 내며 망토로 둘둘 감아 아주 조금 드러난 얼굴을 확인했다. 오전이 다 지나도록 나타나지 않았던 베리였다.

"……놀라게 하는 재주가 있었구나."

저택에서 오래 근무한 시녀라서 그런지 용케 들키지 않고 3층까지 올라온 모양이었다. 아리아의 뒤를 이어 나오는 애니를 발견한 베리가 망토로 서둘러 제 얼굴을 가렸다.

"누구세요?"

"내 손님이니 넌 네 방에 돌아가 있으렴. 오늘 식사는 걸러야겠구나."

"또요? 수프라도 가져다 드릴까요?"

"아니, 괜찮아."

어차피 오늘은 모두가 점심을 제대로 들지 못할 테니까.

걱정하는 애니를 보낸 뒤, 베리와 함께 방 안으로 들어갔다. 베리가 심히 경계하며 아리아의 방 한가운데 오도카니 섰다. 두리번거리는 모양새가 퍽 불안해 보였다.

"네 할 일을 하지 않고 왜 곧장 내 방으로 온 거니?"

"……이런 말씀드리기 죄송하지만, 제가 살길이 정말 있는지 확인해야 할 것 같아서요."

예상했던 바였기에 아리아가 걱정하지 말라며 창문을 열었다. 밖에는 그녀를 위한 마차가 대기 중이었다.

"저게 정말 제 마차인가요?"

"그럼. 식량까지 준비해 뒀으니 걱정하지 않아도 돼. 그리고 여비 또한 넉넉히 준비했어."

아리아가 제 서랍장에 넣어 둔 주머니를 가져왔다. 그 속에는 평생을 일하지 않아도 먹고 살 수 있을 만큼의 금화가 들어 있었다. 그것을 확인한 베리가 결심한 듯 깊은 한숨을 내뱉더니, 이내 아리아의 방에서 사라졌다.

그리고 잠시 뒤.

"꺄아아아아아악!"

늘 고요함을 유지하던 저택 1층에서 누구의 것인지 알 수 없는 비명이 울려 퍼졌다. 뒤를 잇는 시끄러운 발소리와 고함이 3층에 위치한 아리아의 방까지 여실히 들려왔다. 아리아의 입꼬리가 슬쩍 올라갔다.

'세상에 이리도 흥겨운 음악이 있을까.'

이를 마치 프리마 돈나의 노래라도 되는 듯 감상하며 천천히 1층으로 내려간 아리아는 건장한 하인들에 의해 포박되어 바닥에 짓눌린 베리를 발견할 수 있었다. 바닥에 눌린 얼굴이 퍽 안쓰러워 손으로 입을 가린 채 눈을 동그랗게 떴다.

"아, 아리아 아가씨!"

"아가씨! 여긴 위험합니다!"

이곳에서 가장 위험한 것은 아리아였음에도 하인들과 시녀들이 그녀를 걱정하며 베리를 포박한 손에 힘을 더했다.

저러다가 자백을 하기도 전에 죽는 건 아닌지. 한껏 짓눌려 엉망이 된 그녀의 얼굴을 보며 두려움에 떠는 것처럼 눈물을 글썽이는데, 뒤늦게 식당에서 나온 백작이 무슨 소란이냐며 목소리를 높였다.

"도대체 무슨 일이기에 이토록 소란스러운 게야!"

소란이 꽤 컸기에 식사를 중단하고 나온 백작의 뒤를 이어 미엘르와 카인, 그리고 백작 부인이 나왔다. 그들은 모두 이 상황에 불만을 가진 듯 좋지 못한 표정을 짓고 있었다.

"주, 주인님."

"큰일 났습니다."

저택의 진짜 주인들이 나타났기에 홀에 잔뜩 몰린 하인과 시종들이 포박한 베리가 잘 보일 수 있도록 길을 텄다.

"……베, 베리?!"

베리를 발견한 미엘르의 얼굴이 경악으로 물들었다. 부릅뜬 눈이 마치 튀어나올 듯 보였다. 자신을 배신한 그녀가 다시 돌아왔으니 얼마나 끔찍하고 두려울까. 그녀의 뒤를 따른 엠마 역시 입을 벌린 채 돌처럼 굳었다.

설마 제 발로 저택으로 기어 들어올 줄 몰랐던 탓에 당황한 백작이 서둘러 경비대에 연락을 하라며 고함을 쳤고, 다리에 힘이 풀린 백작 부인이 볼품없이 바닥에 주저앉았다. 카인이 서둘러 아리아에게 달려와 그녀를 지키듯 앞을 막아섰다.

"드릴……! 말, 씀이……! 윽. 이, 있어…… 요!"

베리가 억압된 상태에서 겨우 목소리를 쥐어짰다. 그에 모두의 시선이 쏠렸고, 그녀가 말을 하는 것을 막으려는 듯 미엘르가 무섭다며 제 머리를 감싸 주저앉았다.

"어, 어서 입을 막고 경비대를 불러야 해요! 너무 위험한 아이예요!"

이에 엠마가 과하게 목소리를 키우며 요란 법석을 떨었으나, 아리아는 베리가 겨우 만든 기회를 이대로 떠나보낼 생각이 없었다.

"베리가 뭔가…… 중요한 것을 말하려는 모양이에요."

그때, 아리아가 앞에 선 카인의 옷소매를 잡으며 말했다. 카인에게만 들릴 정도의 작은 목소리였다. 카인이 제 옷소매를 잡은 아리아의 손과 창백하게 질린 그녀의 얼굴을 잠시 응시하더니, 이내 큰 목소리로 베리의 말을 들어 볼 필요가 있다고 주장했다.

"힘도 없는 여인입니다. 포박된 상태이니 위험할 일은 없겠죠. 경비대가 도착하려면 시간이 걸릴 테니, 왜 이곳에 나타났는지 들어 봐야 합니다."

그의 합리적인 발언에 백작이 고개를 끄덕였다. 뜻대로 되어 가지 않는 상황에 미엘르와 엠마만이 식은땀을 흘리며 공포감을 드러냈다.

"하, 하지만 모, 몸에 흉기라도 숨겼으면 어쩌죠? 저는 너무 무서워요……!"

그 가증스러운 모습에 아리아가 카인의 등 뒤에서 고개를 빼꼼 내밀며 공감한다는 듯 대답했다.

"역시 조금 그렇긴 해. 그러니 미엘르, 너는 방에 올라가는 편이 좋지 않을까? 나는 짐작 가는 부분이 있어서 꼭 그녀의 말을 들어 보고 싶거든……."

"그래요, 미엘르 아가씨. 올라가시는 편이 좋겠어요."

아리아의 노예와 다를 바 없는 애니마저 거들자 엠마의 표정이 흉흉해졌다. 자신들을 배신한 시녀가 하나도 아닌 둘이 되게 생겼으니 얼마나 속이 탈까.

"미엘르, 네 말대로 위험할지도 모르니 너는 올라가 보려무나."

백작 역시 이번 일과는 관계가 없는 그녀에게 방으로 올라갈 것을 종용했고, 결국 미엘르는 사람들이 이렇게 많으니 괜찮을지도 모르겠다며 엠마의 팔에 의지해 자리를 떠나지 않았다. 그런 미엘르를 아리아가 카인의 등 뒤에서 비웃음을 담아 훔쳐보았다.

발언의 기회가 주어짐과 동시에 베리의 몸을 옥죄는 포박이 조금 느슨해졌다. 아리아의 반짝이는 눈동자를 확인한 베리가 무리 없이 말을 할 수 있게 되었음에 큰 숨을 몰아쉰 뒤, 천천히 입을 열었다.

"……사, 사실 저는 협박을 받았습니다. 아리아 아가씨의 차에 독을 타지 않으면 가족들을 죽이겠다는 협박을 말이죠."

그 거짓말에 엠마가 손바닥에 손톱이 박힐 정도로 주먹을 꽉 쥐었다. 튀어나올 듯 커진 눈을 보아하니, 무슨 말도 안 되는 소리를 짓거리냐고 고함이라도 치고 싶어 하는 얼굴이었다. 정적에 휩싸인 홀에 다시 베리의 목소리가 울렸다.

"그래서 어쩔 수 없이…… 독을 받았습니다……. 아, 하지만 차마 아가씨의 차에 독을 탈 수 없어서 몇 번이나 망설이며 고민했고, 부쩍 불안해 하는 저를 눈치채신 아리아 아가씨께서 몇 번이나 까닭을 물으셨어요."

이에 아리아에게 시선이 쏠렸다. 불안에 휩싸인 베리의 눈동자도 함께였다. 창백해진 낯빛으로 눈물을 글썽인 그녀가 카인의 등에 얼굴을 묻은 채 대답했다.

"기, 기억나요……. 베리의 상태가 부쩍 이상했어요……. 그래서 뭐든 괜찮으니 털어놓으라고 했는데…… 흑."

가벼운 실내용 셔츠에 아리아의 눈물이 스며들자, 카인이 딱딱하게 몸을 굳혔다. 아직 대답이 끝나지 않았기에 아리아가 한참이나 눈물을 짜낸 뒤에 다시금 입을 열었다.

"죄송해요. 갑자기 그때가 생각나 베리가 너무 가여워서……. 아무튼 그때 저는 베리에게 네가 행복해지는 길을 선택하라고 조언했어요. 그러니 그녀가 어떤 결정을 해도 저만큼은 용서해 주겠다고 했어요. 정확히 알 순 없었지만…… 뭔가 그녀가 좋지 못한 일로 고민하는 것 같았거든요. 그래서, 그래서 베리가 제 차에……! 그러니 그녀는 잘못이 없을지도 몰라요. 제가 그녀를 부추긴 거예요. 흑……."

다시 감정이 격해진 아리아가 눈물을 짜냈다. 진범이 따로 있을 거라는 소문은 진즉에 돌았기에 홀에 모인 모두가 의심 없이 납득하며 아리아의 슬픔에 공감했다. 상황을 모두 기억하는 애니와 제시만이 고개를 갸웃거릴 뿐이었다.

그리고…….

"……그럼, 그 진범이 도대체 누구지?"

잔뜩 구름이 낀 백작의 목소리가 홀에 울렸다. 대답을 들을 필요는 없었다. 모두가 의심하는 인물이 한 명 있었으니까. 아주 합리적이고 합당한 인물이었다. 순식간에 모두의 시선이 엠마에게 쏠렸다.

"모, 모함입니다! 저는 진범이 아니에요!"

얼굴이 새하얗게 질린 엠마가 소리쳤다. 그녀의 팔을 붙잡은 미엘르 또한 그에 동조하며 억울함을 토로했다.

"맞아요! 엠마는 죄가 없어요! 엠마가 그럴 리가 없잖아요? 베리! 네가 어떻게 이럴 수가 있니!?"

저리도 목소리를 높이는 미엘르는 처음이었던 탓에 모인 이들이 퍽 당황한 표정을 지었다. 그 속에서 아리아 홀로 만족스러운 미소를 띠었다.

'스스로 지옥으로 기어 들어가고 있잖아?'

아주 이상하지 않은가. 어떻게 그녀는 엠마가 죄가 없다고 목소리까지 높여 가며 단언할 수 있는 걸까. 카인 또한 이상하다고 생각한 모양인지 그가 미엘르에게 물었다.

"미엘르, 어째서 엠마가 범인이 아니라고 확언할 수 있지? 혹시 다른 진범이라도 아는 거야?"

"그, 그건 아니지만…… 오라버니께서도 엠마의 착한 성품을 아시잖아요! 엠마는 절대 그럴 사람이 아니에요!"

막무가내로 내뱉는 근거 없는 주장에 카인이 한숨을 내쉬었다. 백작 또한 가치가 없는 주장이라 생각했는지 죄가 없다고 소리치는 미엘르를 무시하며 엠마에게 진실을 요구했다.

"엠마. 나도 네가 그랬다고는 생각하고 싶진 않지만, 네 슬하에 있던 시녀가 저지른 짓이니 납득할 만한 해명을 해야 할 거다."

독을 탄 범인에게 진범이라고 지목을 당했는데 어떻게 해명을 할 수가 있을까. 그것도 공범이 직접 지목하며 주장하는데 말이다. 어떠한 행동을 했다면 모를까, 지시를 받았다 하는 모함을 이겨 낼 자는 없었다.

그 누구도 증명할 수 없는 것을 증명하라는 말에 엠마가 아무런 변명도 하지 못했다. 그저 창백하게 질린 얼굴로 '저는 아닙니다, 절대 아니에요…….'라는 말만 앵무새처럼 반복할 뿐이었다.

그녀를 구해 줄 수 있는 유일한 존재인 미엘르 역시 '엠마는 그럴 사람이 아니야.'라고만 주장할 뿐, 달리 방책을 내놓지 못했다. 아리아에게 있어서는 두 사람을 지옥의 구렁텅이로 몰아넣을 절호의 기회였다.

"정말이야……? 정말로 엠마가 베리에게 그런 지시를 내린 거야……? 응? 베리, 네 입으로 말해 봐. 너는 알고 있을 거 아니니? 믿기지가 않아서 그래……!"

기회를 놓치지 않은 아리아가 믿을 수 없다는 듯, 아니, 믿고 싶지 않다는 듯 눈물을 글썽이며 물었다. 오랜 시간 이 순간만을 위해 수십 번 떠올린 연기였다. 과거에 누군가가 자신을 구렁텅이로 떨어트리기 위해 선보였던 눈물이자 연기였다.

그때도 지금처럼 주변에는 보는 관객들이 많았다. 하지만 연기하는 프리마 돈나의 역할은 바뀌었다. 울고 있지만 앞으로 웃는 것은 자신일 것이며, 서서히 죽어 가는 줄 모르고 지옥에 빠져 허우적대는 것은 미엘르일 것이리라. 베리 역시 기회를 놓치지 않고 그녀의 연극에 기꺼이 몸을 내던졌다.

"……맞아요, 아가씨. 애초에 저는 엠마 님의 지시에 따라 아리아 아가씨의 시녀로 들어간 거니까요. 모두 엠마 님이 시키셔서 한 짓이에요."

"이 나쁜 년이! 거짓말을 해?!"

베리의 말이 끝나기도 전에 분을 이기지 못한 엠마가 그녀에게 뛰어들었다.

더는 도망칠 곳이 없어진 그녀의 발악이었다. 순식간에 베리에게 달려든 엠마가 그녀의 머리채를 휘어잡고 거칠게 흔들었다. 홀에 베리의 비명이 가득 찼다.

"아아악! 에, 엠마 님! 악—!"

"네가 그런 거짓말을 하고도 살아남을 수 있을 것 같아?!"

"엠마?! 엠마!"

이성을 잃고 뛰쳐나간 엠마 때문에 그녀의 옆에 붙어 있던 미엘르가 바닥에 나뒹굴며 그녀의 이름을 외쳤다. 그러곤 처음 보는 엠마의 끔찍한 모습에 놀란 듯 바들바들 떨며 연신 그녀의 이름만을 외쳤다. 마치 어미를 잃은 작은 새처럼 처량하기 그지없는 모습이었다.

"그만두십시오!"

"어서 말려!"

베리의 목을 조르는 엠마에게 건장한 남자 하인들이 그녀를 떼어 놓으려 달라붙었다. 하지만 반쯤 미친 엠마는 베리를 해하려는 손에 힘을 풀지 않았고, 홀은 순식간에 난장판이 되었다.

"엠마! 이게 뭐 하는 짓이냐!"

"세상에나……!"

"엠마! 그만둬! 제발……!"

백작과 백작 부인이 이 참상을 한탄하며 목소리를 높였다. 미엘르는 제 아름다운 얼굴이 망가지는 것도 개의치 않은 채 엉엉 울었다.

그녀의 시녀들 또한 모두 놀라 아무런 행동을 취하지 못했기에, 평생 홀대라고는 받아 본 적이 없던 미엘르는 차가운 바닥에 널브러진 채 눈물만을 흘려야 했다.

'그래, 이 정도는 되어야 볼만하지.'

누가 뭘 어떻게 했는지 확실하게 알려 줘야 하지 않은가.

정확히 어떤 짓을 했는지 자백하자마자 이 참상이다. 고귀한 미엘르가 바닥에 널브러져 울부짖고, 그녀를 지키던 엠마가 악귀로 변한 참상.

이 바람직한 아비규환 속에서 겁에 질린 척한 아리아가 카인의 셔츠를 꽉 잡으며 그의 등 뒤로 숨었다. 이를 어떻게 해석한 것인지, 카인이 고개를 돌려 그 모습을 확인하고 이를 갈았다.

"오, 오라버니⋯⋯."

"괜찮아, 아리아. 널 해칠 사람은 이제 더는 없어."

공포에 질린 아리아에 그가 퍽 다정한 오라비를 연기했다. 이에 비웃음을 삼키며 아리아가 속으로 그의 어리석음을 지적했다.

'과거에 날 죽였던 건 너인데?'

저 못된 악녀의 목을 내려치라 직접 지시했던 카인이었다.

그런데 지금은 어떠한가. 과거와는 반대로 제 친여동생과 그녀의 사랑스러운 시녀를 벼랑 끝으로 몰아내고 있지 않은가.

이리도 대단한 무기를 갖고 있었음에도 제대로 활용하지 못한 과거가 아쉬웠다. 알아채지 못한 자신이 어리석었다. 굳이 경험하지 않아도 되었을 불행한 과거를 갖게 되지 않았는가.

그럼에도 그 울분을 털어 낼 수 있는 기회를 준 하늘에 감사했다. 과거를 경험한 덕분에 이리도 악랄한 악녀가 되었으니 말이다.

"이거 봐! 저 계집이 하는 말은 모두 거짓입니다! 제발 믿어 주세요!"

하인들에게 붙들린 엠마가 온 힘을 다해 발버둥 치며 외쳤다. 제발, 제발 자신을 믿어 달라고. 나는 아니라고! 오해라고! 마치, 과거의 아리아처럼.

"제, 제가 엠마 님께서 어떻게 독을 가져오셨는지 들었어요!"

그러나 베리는 엠마를 몰아넣을 마지막 열쇠를 가지고 있었고, 그 열쇠는 정답이라는 문을 활짝 열었다. 엠마가 걸어가야 할 지옥의 문을 말이다. 엠마의 발버둥이 멋었다.

"흐윽, 엠마…….".

정적이 가득한 홀에 미엘르의 울음소리만이 흘렀다. 마치 죽음이라는 최종 악장을 달리기 위한 전주 같았다. 그 부드러운 선율에 몸을 맡긴 아리아가 카인의 셔츠에서 손을 떼며 바닥으로 주저앉았다.

"다 제가…… 제가 나빠서…….".

아아, 모래시계라도 사용했더라면 좋았을 것을. 그렇다면 잠에 빠져 깨어나지 않을 테니, 그야말로 비련의 여주인공이 아닌가. 옆에 있던 제시가 아리아를 껴안으며 눈물을 흘렸다. 백작 부인의 울음소리 또한 울려 퍼졌다. 아리아의 가여운 모습에 카인의 손이 허공에서 맴돌았다.

"아가씨……!".

제시의 부름과 함께 엠마에게 향하는 사람들의 시선에 날카로움이 더해졌다. 사지를 찢어 놓아도 시원치 않을 것이라며 이를 갈았다. 온갖 잔혹한 말이 오가는 가운데, 정의로운 백작이 손을 들어 상황을 정리했다.

"엠마, 증거까지 있다고 하니 네 죄를 묻지 않을 수가 없구나. 설마 네가 이런 짓을 하리라고는 상상도 하지 못했건만……. 어쨌든 주인을 해하려 한 죄는 크니 죽음을 면치 못할 것이다. 그리고 베리."

자신의 이름이 불리자 베리가 크게 몸을 떨었다.

"아무리 이유가 있다고 해도 너 또한 잘못을 저지른 것은 사실이니, 죗값을 치러야 할 것이다."

"배, 백작님……!".

떨어진 선고에 그녀가 허둥지둥 대다가 자신을 구원해 줄 유일한 존재인 아리아를 쳐다보았다. 그녀의 잔뜩 굳은 얼굴에는 실망과 억울함, 그리고 배신감이 뒤섞여 있었다.

'저리 걱정하지 않아도 될 것을.'

구해 주는 것이 당연하지 않은가. 여기서 베리를 배신했다간 모든 것이 수포로 돌아간다. 그 열렬한 시선에 눈물을 닦은 아리아가 그녀를 대신하여 그녀의 죄를 사해 줄 것을 간청했다.

"아버지, 저는 베리의 심정이 십분 이해가 가요. 저라도 아버지와 어머니, 미엘르나 카인 오라버니가 인질로 잡혔다면 악행을 저질렀을 거예요. 누구나 그렇겠죠. 오히려 가족을 버리는 자가 악인이라고 생각되는걸요. 그렇지 않은가요, 오라버니?"

의견을 구하는 아리아의 슬픈 얼굴에 카인이 그렇다고 대답했다.

"게다가 그녀는 몇 번이나 주저했지만 제가 그리하라고 허락을 한 것이기도 하고요……. 분명 죽을 만큼 괴로웠을 거예요. 그래서 이렇게 찾아온 거라고 생각해요. 그러니 부디…… 베리의 죄를 묻지 않으셨으면 해요……."

그 간곡함에 백작이 헛기침을 했다. 이미 수차례 선물과 호의를 받아 이미 아리아의 편이 되어 버린 시녀들이 그녀의 성품에 감탄했다.

"어쩜 저렇게 마음씨가 고우실까……."

"자신을 죽이려 한 죄인이거늘……."

엠마 혼자 모든 죄를 뒤집어써야 할 상황이 왔음에 미엘르가 흰자위를 잔뜩 드러내며 아리아를 흘겼다. 이에 당당히 마주한 아리아가 주변을 살핀 뒤, 그녀만이 알아볼 수 있게 입꼬리를 슬쩍 올렸다.

'왜, 차마 그녀의 죄를 덜어 주기 위해 네가 나서지는 못하겠니?'

아니에요! 엠마는 죄가 없어요! 바로 제가 시킨 짓이랍니다! 그녀의 소중한 사람을 해치겠다고 위협을 했어요!라고 말하면 될 것을 말이다.

하지만 세상에서 가장 소중한 것이 자신인 미엘르는 궁지에 몰려 빠져나갈 구멍을 찾지 못하는 엠마를 위해 아무것도 할 수 없었고, 결국 도착한 경비대에 끌려 간 것은 엠마 혼자였다.

　　　　＊　＊　＊

"아가씨, 정말…… 정말 감사드려요. 모두 아가씨 덕분이에요."

한결같은 거짓말과 날조로 엠마의 죄에 무게를 더하는 것에 크게 일조한 베리가 여행을 떠나기 전, 아리아에게 감사 인사를 표했다. 깊게 숙이는 허리에 머리카락이 땅에 질질 끌릴 정도였다.

"앞으로는 착하게 살도록 해. 기회는 두 번 주어지지 않으니까."

마음에 없는 소리를 한 아리아가 더럽혀진 그녀의 머리카락을 털어 주며 대답했다.

"네……! 제가 정말로 모셔야 할 분을 알아보지 못하고 큰 죄를 저질러 뭐라 드릴 말씀이 없어요……."

"이제라도 뉘우쳤다니 다행이구나. 잘 가렴. 종종 잘 살고 있는지 편지라도 보내 주면 마음이 놓이겠어."

앞으로도 인연을 끊지 말자는 말에 감격한 베리가 크게 고개를 끄덕였다.

"네! 네! 아가씨! 꼭 그렇게 할게요! 그럼…… 부디 몸 건강히 지내세요!"

마지막 인사를 남긴 베리가 눈물을 훔치며 마차에 올랐다.

이미 행선지를 전한 덕에 그녀가 오르자마자 마차가 출발했다. 점점 작아지는 마차를 응시하던 아리아가 몸을 돌려 저택으로 들어갔다. 내내 옆을 지키며 베리를 쏘아보던 애니가 이해할 수 없다는 듯 아리아에게 물었다.

"아가씨, 왜 베리를 용서하셨어요? 베리도 엠마 님과 똑같이 나쁜 년 아니었던가요?"

제시 역시 고개를 끄덕이며 동의를 표했다. 이에 아리아가 짙은 미소를 띠우며 그녀에게 친절히 설명해 주었다.

"애니, 원래 악인은 죗값을 치르기 마련이란다. 굳이 내가 벌을 내리지 않아도 말이야. 신께서 모두 보고 계시거든."

그런 그녀의 말뜻을 이해할 수 없는 모양인지, 애니와 제시가 고개를 갸웃거렸다. 아마 너희들은 평생 모를지도 모르겠구나, 생각하며 아리아가 제 방으로 향하는 계단을 올랐다.

그렇게 떠난 마차는 애니가 아리아에게 가고 싶다 전했던 크로아 왕국과는 전혀 다른 방향으로 향하고 있었다. 그것을 베리가 눈치챈 것은 수도를 떠난 지 하루가 지났을 무렵이었다.

"여, 여기가 어디지? 왜 하루가 지났는데 이렇게 울창한 숲인 거야……?"

마부가 잠시 주변을 확인하겠다며 마차를 세운 지 한 시간쯤 넘었을 무렵, 이상함을 느낀 베리가 조심스레 마차 밖으로 나갔다.

"……?!"

그리고 밖을 확인하고 놀란 베리가 철퍽 자리에 주저앉아 소리 없는 신음을 내뱉었다. 도대체 어떻게 된 일인지 마부와 말이 사라진 채 마차 몸통만이 숲에 덩그러니 놓여 있었기 때문이다.

'마, 말도 안 돼……!'

수도를 떠나 하루를 꼬박 달렸는데도 울창한 숲이라면……!

베어도, 불태워도 끝이 없어 황제마저 포기했다는 미로의 숲임이 분명했다. 나침반과 탈것 없이는 절대로 빠져나갈 수 없다는 숲. 그래서 그 누구도 쉽게 발을 들이지 않는 숲.

그곳에 버려졌다고 생각하자 밑도 끝도 없이 밀려드는 공포에 베리가 피눈물을 흘리며 기이한 신음을 내뱉었다. 지척에서 짐승의 울음소리가 들리는 것도 같았다.

마차 뒤에 실어 둔 짐 가방마저 털린 그녀에게 남은 것은, 산짐승들에게 공격당해 금세 부서질 마차와 가녀린 몸뚱이뿐이었다.

* * *

며칠 뒤.

"아가씨, 떠난 베리에게서 편지가 도착했어요."

베리의 편지를 가져온 제시의 표정이 밝지 않았다. 아직도 그녀를 그대로 보낸 것이 못마땅한 모양이었다. 크로아 왕국에서 발송했다는 인장이 찍힌 편지를 대충 읽은 아리아가 그런 제시를 달래듯 말했다.

"제시, 네가 그렇게 화내지 않아도 된대도."

"하지만 아가씨께 그런 짓을 하고도 무사히 외국으로 떠났다는 사실이 아직도 믿기지가 않는걸요."

이리도 자신을 위하는 제시를 어떻게 예뻐하지 않을 수가 있을까. 모든 일이 끝나면 그녀에게 아주 큰 선물을 내려야겠다고 결심한 아리아가 오늘 있을 엠마의 심판을 위해 방을 나섰다. 1층으로 내려온 아리아를 본 백작 부인의 표정이 조금 어두웠다.

"아리아, 어차피 결과는 정해져 있으니 네가 굳이 가지 않아도 될 것 같은데…… 정말 괜찮겠니?"

"……네. 제 증언이 필요할지도 모르니까요."

이미 정해진 결과였다. 굳이 피해자가 참석할 필요는 없었기에 백작 부인이 만류했지만, 엠마의 최후를 보고자 하는 아리아의 의지는 굳건했다.

며칠 동안 내내 운 것인지 미엘르의 눈이 새빨갰다. 퉁퉁 부어 있기도 했다. 최대한 모자로 가리려 애쓴 모양인데, 매의 눈으로 주시한 아리아의 눈을 피할 수 없었다.

'그녀가 한 짓이 아니라고 소리라도 지르고 싶겠지.'

이따금 입술을 깨물며 바르르 떠는 것을 보니 분명했다. 어미처럼 따르던 엠마의 목이 댕강 잘리는 것을 보게 될지도 모르니 아주 속이 탈 것이다. 그리고 그 원흉이 바로 눈앞에 있으니.

"……저는 몸이 좋지 않아 조금 뒤에 출발하도록 할게요."

그래, 마차도 같이 타고 싶지 않은 모양이구나.

태어났을 때부터 미엘르를 돌봐 온 엠마였기에 그녀의 심정을 이해한 것인지 백작이 그리하라 고개를 끄덕였다.

아카데미에서 돌아오자마자 끔찍한 일이 터진 탓에 카인이 돌아서는 미엘르를 보며 혀를 찼다. 과거, 제 여동생을 끔찍이 아꼈던 모습은 온데간데없었다. 백작이 미엘르에게나 할 법한 다정한 말투로 아리아에게 말했다.

"아리아, 힘들겠지만 조금만 버텨 다오."

"감사합니다……."

속으로는 파티를 열어 축배라도 들고 싶은 심정이었으나, 잔잔한 미소를 띠며 그리하겠다고 조용히 대답하는 것으로 끝을 냈다.

아리아가 가련한 소녀를 연기한 덕분에 법원까지 가는 길은 침묵만이 흘렀다. 도착한 뒤에도 카인의 절절한 에스코트로 완벽한 비련의 여주인공을 연기할 수 있었다.

"세상에나, 피해자인 로스첸트 영애께서 오셨나 봐요."

"어디……? 아니, 로스첸트 영애가 저렇게 아름답다고요?"

"역시 소문대로 질투가 맞는 모양이군요. 눈이 돌아가게 아름답다는 소문이 진짜였어요."

아리아의 등장에 방청석이 소란스러웠다. 꾸민 듯 꾸미지 않은 청초한 미색이 그녀의 가여움이 무게를 더했다. 그녀를 힐끗대는 시선을 느낀 카인이 퍽 다정한 얼굴로 물었다.

"괜찮아?"

"……네? 아, 네. 그럼요."

과거, 자신을 향하던 카인의 그 경멸이 담긴 눈빛만 할까. 마치 가문의 명예를 더럽히는 오물처럼 취급했던 그 눈빛 말이다.

모두의 동정 속에서 괜히 나오지도 않은 눈물을 훔친 아리아가 재판이 시작되기만을 기다렸다. 조금 일찍 도착한 것인지 시작까지는 약간의 시간이 걸렸고, 늦게 출발한다던 미엘르는 재판이 시작되기 직전에야 나타났다.

"눈이 빨간데…… 괜찮니?"

누구를 위해 그렇게 울었니?

아리아가 묻자, 시선도 주기 싫었는지 미엘르가 눈을 꼭 감고 대답했다.

"……괜찮아요."

그 눈물의 이유를 아는 백작과 카인이 한숨을 쉬며 고개를 돌렸다. 백작 부인이 아리아의 손을 꼭 잡으며 이를 갈았다. 여론이 그렇게 기울었기에 제 심정을 표현할 수 있었다.

미엘르에게 있어서 엠마가 소중하다는 것은 이해하지만, 사람을 죽이려고까지 한 자를 피해자 앞에서 이토록 감싸고 도는 것은 이해할 수 없는 행태였다.

'멍청하게도, 스스로 그간 일군 것을 망치다니.'

마치 과거의 자신 같지 않은가. 이래선 그 누구에게도 인정받을 수 없다는 걸 알면서도 비뚤어져 가는 자신을 제어할 수 없었던 과거의 자신 말이다. 그러나 청중들의 눈에는 어디까지나 미엘르의 우울함과 침묵이 제 언니를 걱정함에서 비롯된 것으로 비쳐졌다.

오랜만에 얼굴을 보는 엠마는 퍽 야위어 있었다. 군데군데 멍과 상처가 눈에 띄는 것을 보니, 심문하는 과정에서 폭력이 있었던 것 같았다. 미약하지만 다리도 절고 있었다.

잠도 자지 못한 것인지 퀭한 눈빛의 그녀가 법정 한가운데 위치한 죄수석에 서자마자 재판관이 나타났다. 얼굴도 이름도 모르지만, 재판관은 황족의 피를 이은 누군가였다. 권력 다툼과 관계가 없는 여타 황족들은 영지가 없어 수도에서 고위 관직을 꿰차고 있었다. 귀족파를 견제하기 위함이기도 했다.

자리에 착석한 재판관이 이미 정리된 서류를 한번 훑어보더니, 재판의 시작을 알림과 동시에 다짜고짜 엠마에게 죄를 물었다. 이미 결과가 명백한 탓이었다.

"로스첸트 아리아 영애를 살해하라 사주한 죄'를 인정하는가?"

"……."

입을 꾹 다문 엠마는 아무런 대답도, 미동도 없었다.

그녀는 그저 고개를 조금 숙인 채 바닥만을 응시했다. 증거와 증인이 모두 있는데도 인정하지 않겠다는 그 태도에 재판관의 눈매가 차가워졌다.

"다시 한번 묻지. 인정하는가?"

"……."

이번에도 아무런 대답도 하지 않아 재판관이 한숨을 쉬며 고개를 저었다. 어차피 결과가 다 나온 재판이었기에 이리도 시간을 끄는 것이 마음에 들지 않는 모양이었다.

"……좋아. 그럼 서류에 나와 있는 대로 처리하도록 하는 수밖에."

서류에 무언가를 적어 인장을 찍은 그녀가 다시 고개를 들었다.

죄인의 죄가 확정된 탓에 더는 재판을 끌 이유가 없었다. 그래서 벌써 끝나는가 싶었는데, 그녀가 홀을 한번 둘러보더니 입을 열었다.

"로스첸트 아리아 영애께선 여기 자리하시는지요?"

갑자기 불린 제 이름에 아리아가 작게 대답했다.

"네? 아, 네……."

그러자 아리아에게 시선을 준 재판관이 무언가 말을 이으려다가 이내 멈추곤 천천히 미간을 찌푸렸다. 티가 날 정도였기에 의아한 마음에 아리아가 고개를 갸웃거리자, 한참이나 아리아를 응시하던 재판관이 고개를 젓더니 몇 가지 질문을 시작했다.

"죄인 엠마에게 피해를 당한 것이 사실입니까?"

"아, 네…… 그렇다고 들었어요."

"그럼 그녀의 죄를 사할 생각은?"

말도 안 되는 질문에 슬픈 척하던 아리아가 눈을 동그랗게 떴다. 청중들 역시 무슨 그런 질문을 하냐는 얼굴로 재판관을 응시했다. 놀란 아리아가 대답하지 않자, 그녀가 까닭을 설명했다.

"이 짧은 기간 동안 수십 통의 진정서가 도착했습니다. 익명의 다수가 보낸 죄인의 죄를 사해 달라는 진정서였죠. 이렇게까지 많은 진정서를 받아 본 적은 처음인지라 다른 이유가 있을까 싶어 물었을 뿐입니다."

그녀 또한 어이가 없었는지 '하지만 없더군요.'라고 덧붙이며 헛웃음을 섞었다. 이미 증거가 확실한 죄인에게 수십 통의 진정서라니. 또 다른 공범이 아닐까 의심해도 문제가 없을 정도였다. 그래서 일부러 그리 말한 것이리라. 엠마의 얼굴에 약간의 희망이 서렸다.

분명 미엘르라면 이 상황에서 죄인의 죄를 사하겠다고 말하겠지. 어차피 죄를 용서하겠다고 해도 법대로 처리하는 탓에 중형을 면치 못할 테니까. 하지만 사형은 면할 수 있을 것이다. 귀족에다가 피해자인 아리아가 용서를 한다고 하면.

하지만 아리아는 달랐다.

그녀는 무턱대고 착한 척을 하는 종류의 어설픈 악녀가 아니었다.

"아뇨, 저는 엠마의 죄를 용서할 생각이 없어요. 아무런 이유도 없이 저를 해하려 했으니까요……. 그러니 또 다른 누군가가 다시 희생자가 될 수도 있다고 생각해서…… 꼭 그녀가 저지른 죗값을 치르기를 바랄 뿐입니다."

아리아가 퍽 슬픈 얼굴로 그리 대답하자, 방청석에 앉은 청중들 중 몇 명이 때와 장소를 잊고 감탄을 내뱉었다. 대다수가 당연하다는 듯한 표정을 지었다. 그리고 그 가운데서 절망에 빠진 엠마가 보였다.

"그럼 피해자인 로스첸트 영애의 말씀에 따라 그렇게 해야겠지요."

재판관이 아주 만족스러운 답변을 들었다는 듯 입꼬리를 올리며 엠마의 최후를 선고했다. 아주 빠른 판결이었다.

"죄인 엠마에게 교수형을 선고한다."

그 말과 함께 엠마가 자리에 주저앉았다. 당연한 결과임에도 무엇을 기대한 것일까. 아리아가 백작의 옆에 자리한 미엘르의 얼굴을 확인했다.

교양 없이 입을 쩍 벌리고 엠마에게 시선을 고정한 그녀가 당장이라도 쓰러질 듯 바들바들 몸을 떨었다. 이에 오늘만큼은 눈치를 보는 것은 백작 부인이 아닌 백작이었다.

"……먼저 가 보도록 하지."

그런 그녀가 못마땅하면서도 제 친딸인 탓에 백작이 먼저 가 보는 것이 좋겠다며 자리에서 일어났다. 백작 부인은 눈길도 주지 않은 채 그저 조용히 고개를 끄덕이는 것으로 대답을 대신했다.

"괜찮니, 아리아?"

제 어미가 잡아 오는 따뜻한 손을 느끼며 아리아가 고개를 끄덕였다. 아비를 따르지 않고 남은 카인 역시 아리아를 향해 걱정스러운 눈길을 보냈다.

백작 역시 무어라 위로의 말을 하려다가 이내 입을 닫았다. 미엘르를 데리고 서둘러 자리를 비우는 것이 좋겠다고 판단한 모양이었다.

이쪽을 하염없이 바라보는 엠마, 그리고 그녀와 눈을 마주하고 있는 미엘르.

"……미엘르!"

"세상에……!"

그때였다. 갑자기 미엘르가 바닥으로 쓰러졌다. 놀란 백작이 서둘러 그녀를 부축했고, 내내 모른 척하던 백작 부인 역시 미엘르에게 달려갔다. 의사를 찾는 카인의 목소리와 함께 방청석은 순식간에 아수라장이 되었다.

"이 나쁜 년! 악녀! 다 너 때문이야! 너만 아니었으면! 죽어 마땅한! 악!"

이를 지켜보던 엠마가 아리아를 향해 저주를 퍼부었고, 경비대의 주먹에 맞아 그녀 역시 정신을 잃고 끌려 나갔다.

더는 자신의 주인을 위해 악행을 저지르지 못하게 되었으니 얼마나 아쉬울까. 아리아가 쓰러진 미엘르에게 서둘러 달려가 그녀의 안색을 확인하는 척하며 아주 작은 목소리로 속삭였다.

"미엘르…… 가엽기도 하지. 네가 엠마와 베리를 시켜 내 차에 독을 탄 걸 모를 거라고 생각했니?"

그러자 완벽하게 정신을 잃은 것은 아니었는지, 쓰러진 미엘르의 눈이 번쩍 뜨였다. 바들바들 떨며 그게 무슨 말이냐는 듯 아리아를 쏘아보았다. 핏발이 선명한 눈동자에 귀족 영애의 아름다움 따윈 없었다.

'이날을 얼마나 오랫동안 기다려 왔는지!'

자신의 눈에서 피눈물을 흘렸던 그때처럼, 그녀의 비웃음을 마주하면서 그저 울부짖을 수밖에 없었던 그때처럼!

그 모든 걸 미엘르에게 돌려주는 지금 이 순간을 말이다. 아직 그녀를 향한 복수는 이제야 시작이건만, 전신을 강타하는 통쾌함에 눈물이 다 날 지경이었다.

'자, 과거의 나처럼 울부짖으며 발악이라도 하는 게 어때?'

그녀가 정신을 차린 덕분에 안심하는 사람들 속에서 아리아 역시 감격에 찬 얼굴로 말을 이었다.

"다행히도 미엘르가 깨어난 모양이에요. 그래도 서둘러 의사에게 보이는 게 좋겠어요."

설마 그 멍청한 악녀가 이러한 결과를 초래할 거라고는 상상도 하지 못했던 모양인지, 급격한 혼란에 미엘르가 숨을 헐떡이며 제 가슴을 부여잡았다.

소리라도 지르며 욕설을 내뱉기를 바랐건만. 어미처럼 따르던 엠마가 형장의 이슬로 사라질 이 상황에서도 그것만큼은 보여 주지 않았다. 어찌 보면 자신보다 더 독한 여인임이 틀림없었다.

"로스첸트 백작님!"

그 소란을 뚫고 난데없이 레인이 나타났다. 그러고는 그가 자신이 아는 병원이 근처에 있다며 그곳으로 서둘러 그곳으로 이동하자며 백작을 재촉했다.

레인은 백작가의 모두에게서 두루두루 신뢰를 얻은 자였기에 그의 말에 따라 그들이 일사불란하게 움직였다. 그사이, 레인이 아리아에게만 들릴 만큼 작은 목소리로 본래의 목적을 속삭였다.

"영애를 기다리시는 분이 계십니다."

레인이 뜻하는 이가 누구인지 깨달은 아리아가 천천히 고개를 끄덕였다.

설마 처음부터 이곳에 와 있었던 걸까. 걱정이 되어서? 아니면 일을 이렇게 크게 벌인 또 다른 자신의 본색을 깨달아서? 소란을 틈타 레인과 작게 이야기를 나누던 아리아가 이내 조용히 자리를 떠나는 것을 지켜본 카인이 그 모습을 이상하게 여기며 그녀의 뒤를 쫓았다.

아스는 그리 멀지 않은 곳에서 아리아를 기다리고 있었다. 레인이 알려 준 장소로 이동하는 아리아의 발걸음이 무거웠다. 걱정하여 온 것이라면 좋겠지만…… 만약 그게 아니라면 어쩌지.

법정 지리를 잘 꿰고 있었던 듯, 다행히도 그가 알려 준 장소로 가는 내내 마주치는 이가 없었다. 그렇게 목적지까지 얼마 남기지 않았을 때, 돌연 누군가가 아리아의 이름을 불렀다.

"아리아!"

"……카인, 오라버니?"

놀란 아리아가 괜히 주변을 두리번거렸다.

도대체 왜 제 가여운 여동생을 내버려 두고 여기까지 따라온 것일까. 카인 역시 주변을 한차례 둘러본 뒤, 이상하다는 듯 말했다.

"여긴 밖으로 나가는 출구가 아닌 것 같은데."

"아……."

일반인은 찾을 이유가 없는 곳으로 계속 이동한 탓에 결국 이것을 이상하게 여긴 카인이 따라오다가 말을 건 모양이었다. 혼자 몰래 빠져나왔다고 생각했는데, 레인은 왜 카인을 막지 못한 것인지. 괜히 지금 이 상황을 레인의 탓으로 돌리며 아리아가 화제를 돌렸다.

"미엘르는요? 미엘르는 괜찮은 건가요? 숨을 잘 못 쉬는 것 같았는데……."

친여동생을 돌보지도 않고 여기서 무엇을 하냐는 아리아의 말뜻을 읽은 모양인지 카인이 미간을 찌푸렸다. 지금에서야 아픈 진짜 여동생을 내팽개치고 아리아의 뒤를 밟았다는 생각이 든 모양이었다. 답지 않게 그가 말을 더듬으며 변명을 늘어놓았다.

"벼, 병원으로 간다고 했으니 괜찮겠지. 원래 지병이 있던 아이도 아니니 충격으로 인한 일시적인 것이라고 생각한다. 그리고 아버지도 함께 가셨으니 분명 괜찮을 거야."

그렇다고 하여 그것이 아리아의 뒤를 쫓아온 근거가 되진 않았다. 지금 미엘르의 옆에 누가 붙어 있든, 아픈 제 진짜 여동생보다 남들의 눈을 피해 이동한 이복 여동생의 뒤를 쫓은 것은 사실이니까.

"지병이 아니니 더욱 큰일이 아닐까요? 숨을 잘 쉬지 못할 정도였으니, 어쩌면 큰 병일지도 몰라요. 오라버니께서 곁을 지키셔야죠."

그가 오늘 할 일은 모두 끝났기 때문에 어서 제 친동생에게 가 보아야 하지 않겠느냐 말하자, 카인이 잠시 대답을 하지 못하고 시선을 바닥에 두었다. 그녀가 뜻하는 바를 깨달았기 때문이다. 하지만 카인은 다시 말을 이었다.

"그건 그렇지만…… 내가 간다고 병이 나을 리도 없으니, 나는 혹시 모를 위험을 대비해 아리아 너와 함께 돌아가는 편이 좋겠다는 생각이 든다."

아스가 기다릴 텐데.

그는 그 뒤로도 한참이나 쓸데없는 변명과 어디에 가냐는 추궁을 멈추지 않았다. 당당하게 '몰래 황태자를 만나러 간다.'라고 말할 수 없는 노릇이었기에 아리아가 대답을 미루며 미엘르의 핑계를 대자, 그의 의심이 깊어진 것인지 같이 돌아가겠다는 의지를 더욱더 굽히지 않았다.

자꾸만 지체되는 시간에 아스가 그냥 돌아가 버리는 것은 아닌지 걱정하는 찰나, 아리아의 어깨너머의 무언가를 마주한 카인이 얼굴을 딱딱하게 굳혔다.

'설마……?'

순간 머릿속을 스치는 가정에 뒤를 돌아보려는 찰나, 그 행동보다 빨리 아리아의 이름을 부르는 아스의 목소리가 들려왔다.

"아리아 영애."

이름을 부르는 그의 목소리가 사뭇 차가웠다. 마치 처음 만물상에서 그를 만났던 그때와도 같아, 일순간 전신이 빳빳하게 긴장했다.

"……누구지?"

정체 모를 남성의 갑작스러운 등장에 카인이 강한 적대감과 경계를 표했다. 아리아 역시 이 두 사람이 마주칠 상황을 생각하지 못했기에 당황을 감추지 못했다.

"그러는 그쪽은?"

되묻는 아스의 말투가 퍽 날카로웠다. 카인은 아리아에게 묻는 것이었지만, 그녀가 곤란해하며 대답하지 않아 아스가 그것을 대신했다.

"내가 먼저 물었는데."

카인이 아스의 행색을 위아래로 훑으며 대답했다.

황태자라고 볼 수 없는 단출한 모습이었기 때문일까, 카인이 기분 나쁜 기색을 완연하게 내보이며 반말을 하는 통에 아리아의 얼굴이 하얗게 질렸다.

"타인에 대해 묻기 전에 자신을 먼저 소개하는 것이 예의라는 것도 모르는 이군."

"방해꾼에게 예의를 차릴 필요는 없는 걸로 알고 있지."

갑자기 두 사람이 신경전을 벌이는 탓에 아리아가 서둘러 사이에 끼어들었다. 아주 좋지 못한 상황이었다.

"오라버니. 저는 이분과 약속이 있어서 그러니, 이만 미엘르에게 돌아가 주세요."

"……이자와 약속이 있다고?"

아리아가 정체 모를 낯선 남자와 약속이 있다는 말에 카인이 믿을 수 없다는 얼굴로 되물었다. 그 모습을 본 아스가 그제야 잔뜩 굳은 표정을 풀며 아리아의 옆으로 한 걸음 더 다가와 바짝 붙으며 말했다.

"이제 누가 방해꾼인지 확실해졌군."

아스가 마치 승자의 얼굴을 하며 말했다.

별것도 아닌 일에……. 그것이 어쩐지 참으로 유치해 보여 이제 그만 자리를 떠나는 것이 좋겠다고 말하려던 찰나, 카인이 갑자기 아리아의 손목을 잡아 제 쪽으로 끌어당겼다.

"아니, 아직 성인이 되지 않은 아리아를 정체도 모르는 남성과 단둘이 만나게 할 순 없어."

"……?!"

이에 아리아가 순식간에 카인의 옆으로 끌려갔다.

그는 마치 제 소유물인 양 아리아를 제 뒤로 숨겼다. 거친 움직임과 억지로 끌려진 강한 힘에 미간이 찌푸려질 정도로 고통이 따랐다. 그래서 이 무례한 행동에 화를 내려는데, 그보다 한발 빠르게 아스가 아리아의 손목을 잡은 카인의 팔을 꽉 붙잡으며 위협했다.

"그건 그쪽이 결정할 문제가 아니지 않나? 그리고 지금 그 행동이 그녀에게 얼마나 위협이 되는지 자각도 못 하는 것 같군."

그제야 자신이 잡은 아리아의 손목이 핏기를 잃어 가는 것을 확인한 카인이 입술을 깨물며 손에 준 힘을 풀었다. 그러자 기다렸다는 듯 잡힌 손을 빼내어 몇 걸음 뒤로 물러난 아리아가 잔뜩 경계 어린 시선으로 카인에게 말했다.

"이만 돌아가 주셨으면 좋겠어요. 저는…… 피노누아 영식께서 데려다주실 테니까요. 오라버니께선 가여운 미엘르의 곁에서 그녀를 돌봐 주셨으면 좋겠어요."

그렇게 차가운 말을 남기고 아리아가 돌아섰다. 아리아는 자신이 '피노누아' 영식이라고 불려 조금 당황한 아스의 팔에 팔짱을 끼고 그 자리에서 벗어났다. 이에 잔뜩 화를 품은 카인의 눈이 사라지는 아리아와 아스의 뒷모습을 좇았다.

약속 장소를 한참이나 지나 아무것도 없는 복도가 계속됨에도 침묵을 고수한 아리아가 걸음을 멈추지 않자, 아스가 그녀의 심기를 살피며 말을 걸었다.

"피노누아 영식이라니…… 절 말씀하시는 겁니까?"

그제야 걸음을 멈춘 아리아가 아스를 올려다보며 대답했다.

"네, 피노누아 루이 님이 아니셨나요?"

"아직도 그 이름을 기억하고 계시다니……."

아스가 작게 웃었다. 그는 그 이름으로 아리아를 단 한 번 만났다고 생각하는 모양이었지만, 사실 그녀는 투자자였기에 '피노누아 루이'라는 가명의 아스와 몇 번이고 편지를 주고받았다.

하지만 이미 사정을 모두 알았기에 그것으로 트집을 잡을 생각은 없었고, 단지 상황을 모면하기 위한 방책에 불과했다. 카인 앞에서 아스가 황태자라고 정체를 밝힐 수는 없지 않은가. 게다가 이번에는 아리아가 정체를 숨기고 있는 차례였다.

괜히 찔린 아리아가 화제를 돌렸다.

"그런데, 어쩐 일로 여기까지 오셨는지요?"

"영애가 걱정이 되어서 그랬습니다."

그렇게 말하는 아스의 얼굴엔 정말로 걱정이 서려 있었다.

"재판관은 일전에 만난 적이 있어서 제 신분을 알고 있는 터라 법정까지 들어갈 순 없어 밖에서 기다렸던 참입니다. 만약 영애께서 법원에 오신다면 진범과 마주하게 될 테니까요."

진범. 그가 손수 잡아 넘긴 베리는 무사히 풀려나 다른 이가 진범으로 몰렸다는 사실을 알면서도 그에 관한 질문을 하지 않았다. 오히려 걱정하고 있었다.

그래서인지 아까부터 머릿속을 맴돌던 의문이 크기를 더해 불안으로 자리했다. 그는 정말 자신의 본모습을 알고도 이렇게 다정하게 대해 줄 것인지 말이다. 과연 언제까지 새카만 속내를 숨기며 그를 만날 수 있을까.

"아스 님께선…… 저를 모르셔도 너무 모르시는 것 같아요."

의미심장한 대답에도 아스가 개의치 않아 하며 대답했다.

"그럼 앞으로 영애께서 알려 주시면 되겠군요."

그 정직하고 올곧은 대답과 눈빛에는 그녀가 어떠한 본심을 숨기고 있을지라도 수용하겠다는 의미가 담겨 있었다.

"……제가 사실은 아주 끔찍한, 소문 그대로의 악녀라고 해도요?"

"저라고 겉과 속이 같은 건 아닙니다. 아니, 그런 사람이 세상에 존재할지 의문이군요."

그가 자신 또한 만물상에서 아리아를 처음 보았을 때가 본래의 성격이라며 덧붙였다. 그때 보았던 차갑고 무뚝뚝한 데다가 거칠 었던 그의 모습을 떠올린 아리아의 눈동자가 흔들렸다. 더불어 겉과 속이 다른 수많은 사람들의 모습 또한 떠올랐다. 형장의 이슬로 사라질 엠마 역시 그렇지 않은가.

뜻밖의 깨달음에 아리아가 말없이 생각에 잠기자, 만물상에서 만났던 자신을 떠올려 그녀가 두려움에 휩싸인 것은 아닌지 걱정이 된 아스가 서둘러 변명을 덧붙였다.

"물론, 영애께 보여 드리는 지금 이 모습도 제가 맞습니다. 저는…… 그 어떤 모습도 모두 내가 만든 나 자신이라고 생각합니다. 그저 때와 장소, 그리고 상대에 따라 다른 모습을 보일 뿐이죠."

아리아가 말을 잇는 아스를 뚫어지게 응시했다. 눈빛에 서렸던 불안과 의심은 어느새 사라져 있었다. 진실을 알지 못해 하는 소리겠지만 그것만으로도 충분히 위로가 되는 말이었다. 그리고 그녀가 가장 바랐던 대답이기도 했다.

변명을 마친 뒤, 불안과 의심이 사라진 아리아의 눈을 한참이나 마주 응시하던 아스가 아리아의 머리카락을 넘겨주며 말했다.

"한편으론 영애께서 소문 그대로의 모습이었으면 좋겠다는 생각도 듭니다. ……주변에 너무 쓸데없는 벌레가 들러붙는 것 같아서 말입니다."

그의 눈에 자리한 짙은 감정에 아리아의 얼굴이 붉게 달아올랐다. 동시에 그가 무엇을 가리킨 건지 이해한 아리아가 오해라며 변명했다.

"들으셔서 아시겠지만, 오라버니일 뿐이에요. 가족이죠."

"꼭 그것만을 말하는 건 아닙니다."

그는 아리아가 이따금 사람들이 모인 자리에 등장할 때마다 남성들의 시선을 모으는 것이 마음에 들지 않는 모양이었다.

애매하게 말한 탓에 속내를 짐작하지 못한 아리아가 다시 그 뜻을 파악하려 생각에 빠지자, 이를 퍽 부드러운 눈빛으로 지켜보던 아스가 이만 돌아가는 것이 좋겠다고 입을 열었다.

"사실은 이런저런 이야기를 더 나누고 싶지만……."

아스가 뒷말을 삼켰다. 하지만 굳이 말하지 않아도 그가 새로이 아카데미를 설립하는 것 때문에 얼마나 바쁜지 편지로 파악하고 있었기 때문에 아리아가 가만히 고개를 끄덕였다.

"그럼, 조만간 다시 뵙기를 바라며."

늘 헤어짐은 아스의 입맞춤이었다.

손등에서 떨어지는 입술과 함께 끝이 난 짧은 만남의 아쉬움을 뒤로하고, 아스가 준비해 준 마차를 타고 저택으로 돌아갔다.

* * *

졸도하여 그대로 몇 날 며칠 사경을 헤매기를 바랐던 미엘르는 병원으로 옮겨지는 도중에 정신을 차렸고, 그 덕분에 저택에서 휴식을 취했다. 의사는 미엘르가 충격으로 인해 일시적으로 호흡에 문제가 있었던 것이라며 당분간 안정을 취할 것을 권했다.

하지만 엠마의 형이 집행되기까지 남은 아주 조금의 시간을 이용해서라도 그녀를 구할 생각이었는지, 미엘르는 나약한 제 몸을 이

끌고 몇 번이나 외출을 강행했다. 그 무리한 행동에 다른 이들이 그녀를 어떻게 생각하는지도 모르고 말이다.

'이미 늦어 버린 것을.'

결국 어떠한 방법도 찾지 못한 채 그 아름다운 녹색 눈동자로 엠마의 최후를 보게 된 후로, 미엘르는 마치 정신이 나간 사람처럼 멍하니 하루를 보내기 시작했다.

늘 우아한 몸짓과 반짝이는 눈망울로 시녀들의 동경과 존경을 샀던 미엘르는 더 이상 없었다. 태어나자마자 어미처럼 미엘르를 지켜 준 엠마의 부재는 그녀를 영혼 없는 빈껍데기로 만들기에 충분했다. 그리고 그런 미엘르의 행동은 그녀의 시녀들을 불안하게 만들기에도 충분했다.

"세상에, 몇 시간째 거기서 서 있는 거니?"

아리아의 물음에 미엘르의 방 앞에서 대기하던 시녀들이 화들짝 놀라며 고개를 조아렸다. 청소 도구를 들고 있는 것을 보니, 청소조차 할 수 없게 미엘르가 방문을 잠가 버린 모양이었다.

그 옆에 가벼운 식사를 든 시녀도 눈에 들어왔다. 그녀는 미엘르의 측근 중 측근이었음에도 방으로 한 발자국도 들이지 못한 채 눈시울을 붉히고 있었다.

'이보다 더 좋은 기회가 있을까.'

아리아가 고달픈 삶을 보내고 있는 그녀들을 위해 따뜻한 차를 권했다.

"……차요?"

"지쳐 보여서 그래. 잠시 쉬는 게 어떨까 싶어서 말이야."

"아…….."

해야 할 일이 있었기에 그녀들이 곤란한 기색을 비쳤다. 미엘르가 허락도, 거절도 하지 않는 탓에 줄곧 대답을 기다리며 대기해야 했다.

게다가 주인과 함께 차를 마신다니. 애니와 제시가 그렇게 하고 있다는 소문은 들었지만, 줄곧 미엘르의 시녀로 일해 온 그녀들과는 동떨어진 먼 세계의 일이었다. 그녀들이 망설이자, 아리아가 다시금 유혹의 손길을 뻗었다.

"누가 묻거든 시킬 일이 있어 불렀다고 둘러대면 되니, 너희들이 조금이나마 쉬었으면 좋겠구나."

하지만 아리아가 거기까지 말하자, 이내 감동한 듯한 시녀들이 조용히 양 볼과 눈시울을 붉혔다.

이후, 저택에는 하나둘 아리아에게 호의를 입은 자들의 이야기가 퍼지며 그녀의 평판이 조금씩 바뀌기 시작했다. 그렇게 되기까지는 그녀들을 제압하고 이끌었던 엠마의 빈자리가 가장 컸다. 그렇게 미엘르의 측근들은 달콤한 유혹에 따라 조금씩 마음을 돌렸다.

독이 퍼지듯 조금씩.

저택 내에서는 아무도 눈치채지 못할 만큼 고요하게 흐름이 뒤바뀌고 있었다.

—

14. 악녀는
뭍으로 나와

14. 악녀는 뭍으로 나와

"……저, 정말 이걸 저희에게 주신다고요?"

시녀들이 입술에 색을 더하는 화장품을 손에 하나씩 들고 물었다. 아리아를 대신하여 애니가 의기양양하게 고개를 끄덕이자, 시녀들은 작게 비명을 지르며 곧바로 화장품의 뚜껑을 열어 향과 색을 확인했다.

"세상에, 이 귀한 걸……."

감탄하는 그녀들에게 자애롭게 웃어 보인 아리아가 차를 한 모금 넘겼다. 딱히 저치들에게 선물을 하려 구입을 한 물건은 아니었다. 투자자 A로서 투자를 했던 사업가 중 누군가가 자신이 만든 화장품이라며 이것저것 대량으로 보내온 것에 불과했다.

버붐 남작의 언질이 있었던 건지는 모르겠지만, 보내오는 선물들이 하나같이 여성들이 좋아할 법한 물건들이었다.

그밖에도 눈매를 또렷하게 그릴 수 있는 화장품이라든가, 향수,

고급스러운 주머니 등을 일부러 시녀들의 눈길이 닿는 곳에 전시하듯 늘어놓았다. 한두 개가 아닌 수십 개 단위로 놓여 있는 그것들은 시녀들의 관심과 욕심을 자아내기 충분했다.

"아가씨, 궁금한 게 하나 있는데요……. 도대체 왜 이런 귀한 것들을 이렇게나 많이 구입하셨나요?"

궁금증을 참지 못한 한 시녀가 그리 묻자, 애니가 어리석다는 듯 아리아 대신 대답했다.

"설마 아가씨께서 저것들을 구입하셨다고 생각하는 거니? 선물을 받으신 게 당연하잖아. 저렇게 처치가 곤란할 정도로 말이야."

"아……!"

애니의 말대로 개중에는 정말 호감을 표한 남성들이 보내온 물건들도 있었지만, 같은 종류를 대량으로 가지고 있는 것들은 대부분 사업가들에게서 받은 선물이었다. 애니는 그것을 모두 알고 있으면서도 제 주인을 추어올리고 싶은 모양인지 괜한 허세를 덧붙였다.

아리아는 그런 애니의 모습을 만족스러운 미소를 띠며 바라보았다. 그간 그녀에게 투자한 모든 금은보화가 아깝지 않을 정도로 바람직한 태도였다. 물론, 선물을 받은 것은 사실이니 거짓을 고한 것은 아니었지만.

이에 시녀들이 눈을 반짝이며 여유롭게 차를 음미하는 아리아를 바라봤다. 그 눈빛은 단순히 우아하고 명망 높은 귀족에 대한 존경뿐만이 아니었다. 그녀들보다 훨씬 낮다고도 볼 수 있는 미천한 출신을 이겨 내고, 아름다운 외모와 고운 성품으로 제국의 남성들을 홀린 자에 대한 부러움과 동경이 가득 깃들어 있었다.

그리고…….

"아리아 아가씨께선 이런 것들을 자주 챙겨 주시지. 혼자 사용하시기에는 너무 많거든."

불과 1년 만에 개구쟁이 소녀에서 우아한 여성으로 그 모습을 탈바꿈한 애니에 대한 시기 또한 존재했다. 미엘르를 배신하고 아리아에게 붙어 처음에는 뒷말이 나왔으나, 결국 승자는 그녀였다. 귀족 못지않은 삶을 누리고 있지 않은가.

게다가 이제 그녀는 정말로 귀족으로 신분 상승하게 될지도 몰랐다. 세간에는 벌써 아리아의 도움으로 인해 그녀가 사업에 성공한 버붐 남작과 만나고 있다는 소문이 돌고 있었다. 그러니 어찌 부러워하지 않을 수가 있을까.

아직까지 엠마를 잃은 충격에 정신을 차리지 못한 미엘르 대신 아리아를 선택한 결과였기에 다른 시녀들의 부러움을 사기에 충분했다. 그녀들은 모두 애니처럼 되기를 바랐고, 아리아처럼 되기를 바랐으니까.

"아, 그러고 보니 오늘 아침에 미엘르 아가씨께서 정원을 산책하셨어요. 아주 잠깐이지만요. 그사이에 청소를 할 수 있었죠."

"맞아요. 산책하실 때 제가 동행했어요. 여전히 말수는 없으시지만 조금이나마 기운을 차리신 것 같았어요. 아마도 그 편지 때문인 것 같아요."

"편지?"

"네. 공녀님께 편지를 받으셨거든요. '그 사건' 이후로 오래간만이었죠. 공녀님께 편지가 왔다고 전하자마자 곧장 들어오라 대답하시더라고요. 깜짝 놀랐죠."

그래서인지 눈치 빠른 시녀들이 알아서 아리아에게 정보를 풀었다. 애니가 그렇게 행동하여 부귀영화를 누리게 되었다는 것을 깨달은 모양이었다. 제 주인인 미엘르를 팔아서 말이다.

"그래? 정말 잘되었구나."

아리아가 아주 기뻐하며 대답했다. 그녀를 사랑하는 백작의 갖은 노력에도 방 안에서 나오지 않았는데, 산책을 하다니. 그것도 공녀에게서 받은 편지로.

'설마 오스카에 대한 이야기가 담겨져 있다거나……?'

아니면 방문을 할 예정이라든지.

그것밖에 생각할 수 없었다. 그녀가 엠마를 이겨 낼 수 있을 만큼 사랑하는 존재는 오스카밖에 없을 테니까.

'역시 오스카를 홀리는 것이 제일이었겠지만.'

하지만 이미 여러 번 노력했으나 끝이 난 일이고, 어쩐지 아스의 얼굴이 떠올랐다. 오라비인 카인에게까지 잔뜩 날을 세우던 그의 얼굴이 말이다. 그때 당시에는 당황스러웠지만, 다시 생각하니 그리 나쁜 기분은 아니었다. 아니, 오히려…… 조금 즐겁기까지 했다.

그 감정과 시녀들이 고하는 미엘르에 대한 정보에 환한 미소를 감추지 않은 아리아가 밀고한 그녀들에게 아주 작은 선물을 전했다.

"앞으로도 잘 부탁할게. 가여운 미엘르를 돕고 싶지만…… 불행히도 나는 귀가 어두워서 말이야."

"네, 네! 아가씨!"

긍지 높은 주인을 모셔 얻는 만족감보다는 손에 쥘 수 있는 재물의 힘이 크다는 것을 깨달은 시종들은, 이후 하루가 멀다 하고 아리아의 곁으로 모여들었다.

"잠깐."

"……네?"

카인이 외출을 했다가 돌아온 애니를 불러 세웠다. 젊은 사업가들에게서 온 편지들을 가지고 아리아의 방으로 향하던 참이었다. 애니가 무언가를 소중히 품에 안고 기분 좋은 듯 웃고 있는 모습을 이상히 여긴 듯했다. 카인이 애니에게 물었다.

"뭘 그렇게 잔뜩 들고 가는 거지?"

"네……?!"

그리 놀랄 만한 질문이 아니었음에도 과한 반응을 표하는 애니에 카인이 미간을 찌푸렸다.

"설마, 그 피노누아 영식은 아니겠지."

피노누아? 생각지도 못한 이름에 애니가 고개를 갸우뚱거렸다.

갑자기 피노누아 루이의 이름이 왜 나온단 말인가. 그는 그저 수많은 사업가 중 한 명에 불과하거늘. 의아한 감정이 드러난 애니의 표정을 읽은 카인이 조금 안심하며 다시 물었다.

"그도 아니면 누구지?"

"그게…… 제 개인적인……."

그렇다고는 해도 아리아가 대외적으로 숨기고 있는 일이었기에 또다시 당황을 감추지 못하고 대충 말을 얼버무리자, 무언가 곰곰이 생각하던 카인이 '혹시'라는 말과 함께 다시 물었다.

"네가 만나고 있다는 그 젊은 남작인가?"

그 헛다리에 애니가 냉큼 고개를 끄덕였다. 어설프게 변명을 하는 것보단 그가 오해한 대로 긍정하는 것이 나았다. 그러자 관심이 사라진 것인지 무표정한 얼굴로 돌아온 카인이 이만 가 보라며 손짓했다.

"네, 네……."

"아, 참."

그런 줄 알았는데, 카인이 다시 애니를 불러 세웠다. 깜짝 놀란 애니가 펄쩍 뛰며 빳빳이 굳은 고개를 돌리자, 카인이 다시금 피노누아 영식에 대해 물었다.

"그 피노누아라는 자는 아리아와 얼마나 자주 만나는 거지?"

"……피노누아 님이요? 그, 글쎄요? 딱히 뵌 적이 없는 것 같은데요……."

거기까지 대답하자 그제야 카인이 애니를 놓아준 덕에 그녀가 서둘러 아리아의 방으로 도망쳤다. 가쁜 숨을 몰아쉬며 안으로 들어온 애니의 모습에 아리아가 그 까닭을 물었다.

"글쎄, 카인 님께서 이상한 걸 묻지 뭐예요."

"……뭐라고?"

"피노누아 님이요. 아가씨와 자주 만나는지 물으시더라고요. 그게 왜 궁금하신 건지…… 제가 가져온 편지가 그것이냐고 물으셨어요."

그녀의 대답에 아리아가 미간을 찌푸렸다. 아스와 마주친 그날 이후 이따금 이상한 눈빛만 보내올 뿐, 달리 추궁을 하지 않기에 걱정하고 있던 참이었는데 아리아가 아닌 시종들에게 묻고 다닌 모양이었다.

'어떻게 하면 좋지.'

아스의 정체를 밝힐 순 없는 노릇이었다. 비단 그가 황태자이기 때문은 아니었다. 그는 무려 귀족파를 차례차례 해체시켜 이시스 공녀의 이를 갈게 만들고, 백작의 얼굴을 어둡게 한 그 황태자가 아닌가.

아리아가 고민하며 애니가 가져온 편지를 읽었다. 늘 그랬듯 사업에 대한 보고와 추천하고 싶은 새로운 사업가의 명단이 적혀 있었다. 그것들을 꼼꼼하게 읽은 뒤 마지막 편지를 손에 들었다. 피노누아 루이의 이름으로 온 아스의 편지였다.

『**곧 준비가 끝날 것 같습니다. 이에 맞춰 한 가지 부탁을 드려도 될지 여쭙니다.**』

뒤에 적힌 내용을 읽은 아리아의 눈동자가 한 차례 흔들렸다. 완공에 맞춰 모습을 드러내 달라니. 정말 지금 밝혀도 되는 걸까. 조금 더 신중할 필요가 있다고 생각했는데.

정체를 밝히고도 미엘르와 그녀의 뒤에 있는 공녀를 상대할 수 있을까. 그런 아리아의 머릿속에 문득 아스가 했던 말이 떠올랐다.

'곁에 두고 싶다고 했지. 아스를 이용한다면 분명 가능할 거라고 생각하지만.'

어쩐지 마음이 불편했다. 오스카처럼 마음껏 이용하겠다는 다짐이 되지 않았다. 그가 자신에게 호감이 있다는 것을 알면서도 말이다. 아리아에게는 생소한 감정이었다. 하지만 그런 아리아의 고민은 카인의 발언에 의해 무용지물이 되어 버렸다.

"피노누아 가문이라니, 격이 맞지 않습니다."

갑작스레 피노누아를 언급하는 탓에, 식사를 하던 백작과 백작 부인이 눈을 동그랗게 뜨고 까닭을 물었다. 아리아 역시 당황하여 눈을 끔뻑였다. 설마 이런 자리에서 대놓고 저런 말을 할 줄이야.

"아리아가 만나고 있다는 그 남자 말입니다."

"아리아가 피노누아 영식을 만난다고?"

카인에게 쏠렸던 시선이 다시 아리아에게로 옮겨 갔다. 오랜 요양을 끝내고 이제야 몸이 나아진 척을 하며 저녁 식사에 참여했더니, 갑자기 이 상황이었다.

그간 열심히 피노누아 자작가에 대해 뒷조사를 한 모양인지, 카인이 아리아가 그와 만나서는 안 된다며 몇 가지나 이유를 들어 가며 열변을 토했다.

"아, 아리아. 정말 피노누아 영식과 만나고 있는 거니? 도대체 어디서 안면을 텄기에?"

그에 당황한 백작 부인이 말을 더듬으며 물었다. 백작 역시 과거와는 다르게 제 가치를 충분히 증명한 그녀가 굳이 변방의 귀족과 만날 필요가 없다는 것을 깨달은 탓에 잔뜩 구긴 미간으로 아리아를 응시했다.

모두가 다양하게 오해를 하고 있는 이 상황에서 무어라 대답을 할지 고민하던 아리아가, 이내 부정도 긍정도 아닌 애매한 대답을 내뱉었다.

"……친구로서 만나고 있을 뿐이에요."

"세상에……."

백작 부인이 머리를 짚으며 상체를 휘청댔다. 백작 역시 탐탁지 않다는 듯 목을 울리며 불편한 기색을 내비쳤다.

"흠…….. 다시 생각해 보는 게 좋을 것 같구나, 아리아."

이에 아리아가 모르는 척 순진한 얼굴로 대답했다.

"그냥 친구일 뿐이니 걱정하지 마세요. 그리 자주 만나는 것도 아닌 걸요. 저는 아직 그런 것에 관심이 없어요."

"그렇다면 다행이지만……. 흠흠, 아무튼 아리아에게 적합한 상대를 찾아볼 때가 된 모양이야."

백작이 그리 말하자 백작 부인 역시 긍정하며 표정을 푸는데, 갑자기 카인이 말도 안 되는 소리를 한다며 화를 냈다.

"아리아는! ……아직 어리지 않습니까."

미엘르는 훨씬 더 어렸을 때부터 제 짝을 붙여 놓았건만. 카인 역시 자신이 헛소리를 했다는 사실을 깨달은 것인지, 이내 신중해야 할 필요가 있다고 수습하듯 덧붙였다.

'더러워…….'

아무리 피가 이어지지 않았다고는 하지만 어떻게 가족이 된 제 여동생에게 저런 태도를 취할 수가 있는지. 그를 이용한 것은 사실이었지만, 저리도 추악하게 빠져들 줄은 꿈에도 상상하지 못했다.

'정말이지…… 피는 못 속인다 하지만.'

외모에 홀려 모두의 반대에도 불구하고 백작 부인의 자리를 매춘부에게 내준 제 아비와 똑같은 자가 아닌가. 미엘르에게도 보이지 않았던 감정을 내비친 탓에 백작이 카인을 이상하다는 듯 응시했다.

눈치 빠른 백작 부인이 아리아와 마찬가지로 경멸의 감정을 담아 카인을 힐끗댔다. 카인 역시 제멋대로 나가는 감정에 퍽 당황한 듯 말을 아끼며 식사를 서둘렀다.

'백작까지 이렇게 나오니 어쩔 수 없겠어.'

이에 아리아가 그간 고민했던 것을 정리하며 앞으로의 행보를 결심했다.

* * *

그 후부터 백작은 자신이 아는 인맥을 총동원해 아리아의 짝을 찾으려 노력했다. 공작가에 견주기는 어렵겠지만, 권력과 재력이 동시에 갖춰진 가문을 찾는 듯했다. 그것이 무의미한 일인 줄도 모르고.

백작 부인마저 이에 열렬히 동참한 탓에 로스첸트가의 아름다운 장녀가 짝을 찾는다는 소문이 순식간에 제국을 뒤덮었다. 때문에 아리아의 심기는 나날이 불편해졌다.

"아가씨, 정말 백작님께서 정해 주신 분과 결혼하실 생각이세요?"

아리아의 실체를 아는 애니가 물었다. 빈센트 후작과 오스카가 제 짝을 찾은 이상, 제국의 그 어떤 귀족을 데려와도 아리아에게는 부족하다는 것을 아는 까닭이었다. 이에 아리아가 미간을 찌푸리며 읽던 책을 거칠게 내려놓았다.

"너까지 날 귀찮게 할 셈이니?"

"아, 아뇨. 그건 아니고요……. 아가씨께 어울리는 인물이 이 제국에는 없다고 생각해서요……."

움찔 몸을 움츠린 애니가 시선을 피했다. 불순한 의도겠지만, 그나마 카인이 어지간한 귀족 영식들은 손수 퇴짜를 놓고 있어 아직 아무것도 진행된 것은 없었다.

그렇지만 이대로 가다간 제 귀한 시간을 쓸데없는 영식들을 만나는 데 소비해야 할 것 같아 짜증이 일었다. 어쩌면 약혼까지 해야 할지도 모르는 일이었다.

'역시 아스를 이용해야 하나…….'

불편한 마음으로 그렇게 생각하는데 소문은 아스에게까지 퍼진 것인지, 발길을 끊었던 레인마저 선물을 한 아름 안고 저택에 방문했다.

"흠, 일전에는 고마웠네. 그런데 오늘은 무슨 일인가."

예전에 그와 만나 보라던 소리를 했던 백작은 이젠 그가 혹시라도 아리아에게 관심이 있는 건 아닌지 매의 눈으로 주시했다. 그러나 이내 자신은 미래를 약속한 여성이 있다는 레인의 변명에 표정을 풀고 그를 환영했다.

"정말 이대로 결혼 상대를 찾으실 생각이십니까?"

레인이 백작의 눈을 피해 아리아에게 물었다. 그에 아리아가 쥔 찻잔의 내용물이 미세하게 떨렸다. 그녀의 심기가 아주 불편하다는 것을 깨달은 레인이 다행이라고 중얼거리며 숨겨 온 편지를 서둘러 건넸다.

"걱정하고 계십니다."

누구냐고 묻지 않아도 알 수 있었다. 아스가 보낸 것이 틀림없었다. 한창 바쁠 그가 소문에 신경을 쓰고 레인을 통해 편지까지 전해 왔다고 생각하니 내내 짜증으로 가득 찼던 기분이 조금이나마 풀어지는 듯했다. 조금이나마 풀어진 아리아의 표정을 보고 이에 자신감을 얻은 레인이 말을 덧붙였다.

"흠흠. 영애께선 어떻게 생각하실지 모르겠지만, 제 개인적으로는 역시 영애께는 제국에서 가장 큰 권력을 가진 분이 어울리시지 않나 생각합니다."

"아부가 대단하시군요. 정작 본인은 여기에 없는데 말이에요."

비아냥거리며 대답하는 아리아의 입꼬리가 미미하게 올라가 있었다. 그리고 아까부터 줄곧 둘의 대화를 남모르게 주시하고 있던 카인이 아리아의 입꼬리가 부드럽게 올라가는 것을 보고는 잔뜩 찌푸린 얼굴로 레인에게 시비를 걸었다.

"피노누아라니, 들어 본 적이 없는 가문이군요."

"영식께서 세상의 모든 가문을 다 아시는 건 불가능한 일일 테니까요."

레인이 눈매를 가늘게 뜨며 유치한 시비를 거는 카인을 훑었다. 그는 아스의 밑에서 다년간 다져졌기에 이를 아주 가볍게 반박할 수 있었다.

"……알아 둘 필요가 없는 가문이 많으니 그렇지요."

"하하, 그것도 그렇군요. 하지만 가족들이 모두 알고 신뢰하는 이를 혼자만 모른다는 건 꽤 기분이 상하는 일일지도 모르겠습니다. 소외된 느낌일지도요."

도리어 공격당한 카인이 이를 악물며 차오르는 분노를 애써 감췄다. 반박할 말을 찾는 듯 보였다. 하지만 이미 목적을 달성한 레인은 더는 카인을 상대할 생각이 없는 모양인지, 이만 가 보겠다며 저택을 떠났다.

아리아 역시 괜한 불똥이 튀기 전에 서둘러 제 방으로 올라갔다. 그런 그녀의 뒤를 쫓는 카인의 눈빛이 음험했다. 애니와 제시마저 눈치채 몸을 움츠릴 정도였다.

"……미엘르?"

그렇게 3층으로 올라가는데, 어쩐 일인지 곱게 차려입고 계단을 내려오던 미엘르와 마주치게 되었다. 이따금 산책을 한다고는 들었는데, 이제 외출까지 가능해진 모양이었다.

퍼석했던 얼굴은 온데간데없이, '그 사건'이 일어나기 전과 비슷할 정도로 고운 얼굴로 돌아와 있었다. 어디에 가는지는 묻지 않아도 알 수 있었다. 저리 아름답게 차려입었다면 행선지는 공작저일 게 분명했다.

'오스카에게 위로라도 받을 셈인가.'

아리아가 이름을 불렀음에도 미엘르에게서 나오는 대답은 없었다.

"……."

게다가 생전 그녀에게서 본 적이 없는 날카롭고 차가운 표정이 아리아의 머리부터 발끝까지 천천히 훑어 내렸다. 기분이 나쁘면서도 소리를 지르고 싶을 만큼 유쾌한 악녀의 얼굴이었다.

"외출이라도 하는 모양이구나? 늦지 않게 돌아오렴. 최근 무서운 일이 일어났지 않니."

바로 네가 꾸민 그 무서운 일 말이야.

"……."

그래서 보는 이가 거의 없어 굳이 그럴 필요가 없었음에도 일부러 더 그럴듯한 언니의 흉내를 내자, 미엘르가 '네가 엠마를…….'이라고 운을 떼더니 이내 고개를 획 돌려 아래층으로 내려가 버렸다.

"세상에……. 미엘르 아가씨께서 도대체 왜 저러실까요? 뭐 잘못드신 걸까요?"

"어디 아프신 것 같지는…… 않은데."

소름이 돋은 것인지 애니와 제시가 제 팔을 쓸며 수군댔다.

아주 바람직한 변화가 아닌가. 부디 모든 이들의 앞에서 저리 행동을 해 주었으면 좋겠는데.

아리아가 화사한 웃음을 지으며 방으로 돌아갔다.

"아가씨, 그 편지…… 레인 님께서 주신 건가요? 어째서 레인 님이 아가씨께 몰래 편지를 주신 거죠?"

방으로 돌아와 편지를 꺼내는 아리아에 애니가 눈을 동그랗게 뜨고 더듬으며 물었다.

"그는 전달해 줬을 뿐이야."

아무렇지 않게 대답하는 그녀의 표정이 오랜만에 꽤 풀어져 있었기에, 눈치 빠른 애니가 설마, 하며 입을 가렸다. 레인이 전달했다고 하니, 그의 주인과 편지를 주고받는 게 아닐까 생각한 모양이었다.

사실이었기에 달리 변명하지 않은 아리아가 아스가 보낸 편지를 확인했다.

"……이건."

편지 봉투 안에 들어 있는 것을 본 아리아는 눈을 동그랗게 뜰 수밖에 없었다. 속에는 가느다란 반지가 함께 들어 있었다. 반짝이는 다이아와 뜻을 알 수 없는 작은 글씨가 새겨진 그 반지는 화려하진 않았지만 섬세했다.

그것을 조심스레 손에 낀 아리아가 내용물을 읽어 나갔다. 어쩐지 평소와는 다르게 주절주절 쓸데없는 이야기를 늘어놓은 편지는, 마치 하고 싶은 말이 있음에도 하지 못해 빙빙 돌리고 있는 느낌이 났다.

그럼에도 한 글자도 빠뜨리지 않고 천천히 내용을 읽어 내려가는

데, 마지막에 적힌 조금 강인한 글씨체에 놀라 숨을 멈춘 채 눈을 끔뻑일 수밖에 없었다.

『제가 바쁘다고 하여 영애께서 부디 저를 잊지 않으셨으면 합니다.』

계속하여 빙빙 돌려 편지를 적은 그가 자신에게 정말 하고 싶은 말이었던 모양이었다. 세상에나. 마치 아이 같은 부탁에 괜히 얼굴이 달아올랐다. 그러겠노라 답장이라도 보내고 싶었지만, 이미 레인이 돌아간 탓에 그저 몇 번 더 편지를 읽고 서랍에 소중히 보관할 수밖에 없었다.

그로부터 얼마 지나지 않아 황태자가 귀족파에게서 완벽하게 돌아섰다는 소문이 돌았다. 그가 귀족파의 뿌리 깊은 부패를 비난하며 이를 모두 척결하겠다고 선언했다는 소문이었다.

그 때문인지 괜히 몸을 사리는 귀족들이 늘었고, 달리 죄를 짓지 않은 백작 역시 귀족파의 중심 인물이었던 탓에 아리아의 짝을 찾는 것도 잊고 몸을 사리며 저택에 틀어박혔다. 마치 그녀의 걱정을 덜어 주기 위함인 듯 절묘한 타이밍이었다. 덕분에 아리아가 한시름 놓을 수 있었다.

"공녀님을 끝까지 따르시는 게 좋을 것 같아요. 다른 계획이 있으시다고 하셨는걸요."

언제부턴가 몸을 회복하고 공작가에 드나들기 시작하던 미엘르가 고민에 빠진 백작에게 말했다. 오랜만에 참가한 저녁 식사 자리였다. 전과는 다르게 잔뜩 가라앉은 눈동자가 그녀의 변화를 짐작할 수 있게 했다.

"글쎄. 이미 청렴한 귀족들끼리 새롭게 뭉치자는 제안을 받아서 말이야."

하지만 백작의 반응은 회의적이었다. 비단 그뿐만 아니라 죄를 짓지 않은 대부분의 귀족들이 그러했다. 괜히 말려들 필요가 없다는 뜻이었다. 이미 풍비박산이 난 본보기가 여럿 있었기 때문이었다.

더불어 황태자를 제압하기 위한 도구로 그 누구보다 공녀가 칭송받아 왔는데, 이제 그 역할을 수행할 수 없게 되었으니 침몰해 가는 배는 떠나는 것이 현명했다. 공작 역시 그녀를 이용하려던 것을 포기한 찰나였기에 귀족파의 분열은 가속되어 갔다.

"……아버지!"

이에 미엘르가 답지 않게 목소리를 높이며 백작을 불렀다. 하지만 백작이 대답 없이 와인을 입에 머금었다. 권력을 지키기 위해 어제의 동료도 버릴 수 있는 것이 귀족이었기에, 그는 말을 아낀 채 식사를 계속했다.

"미엘르, 아버지께서 곤란해하시잖니."

백작 부인을 대신해 아리아가 아이를 달래듯 말했다. 그러자 미엘르가 티가 나도록 눈을 흘기며 아리아에게 반박했다.

"언니는 아무것도 모르시니 그렇게 말씀하시는 거겠죠."

그 낯선 그 반응에 놀란 백작과 백작 부인이 눈을 휘둥그레 뜨고 미엘르를 응시했다. 아리아가 바라고 기대한 대답이었다.

얼마 전부터 이따금 마주친 미엘르는 저렇게 가시를 세워 독을 뿜어냈다. 마냥 착한 척을 해도 이룰 수 있는 게 없다는 걸 깨달은 모양이었다. 그렇다고 저리 날을 세워 봤자 변함은 없겠지만. 아리아가 꽤 상처받은 얼굴로 어색하게 웃었다.

"아……. 역시 그렇지? 내가 주제넘게 나선 모양이야. 그저 가문의 평안을 바라시는 아버지의 말씀에 따르는 게 좋겠다는 뜻이었는데……."

"……미엘르, 아리아의 말대로 이 얘기는 그만하는 게 좋을 것 같구나."

드물게도 백작이 아리아의 편을 들었다. 짜증을 부리는 미엘르와 그녀의 마음을 헤아려 사과하는 아리아. 마치, 둘이 뒤바뀐 듯 보였다. 시중을 들러 대기 중이던 시종들 또한 같은 마음이었다. 엠마의 사건 이후로 미엘르가 이상해진 것 같다며 눈치를 보며 수군댔다.

"미엘르, 나는 아버지께서 충분히 현명한 선택을 하실 거라 생각한다."

가만히 듣고 있던 카인 역시 미엘르의 편을 들어주지 않았다. 결국 고립된 미엘르는 오랜만의 저녁 식사를 반도 비우지 못한 채 식당을 떠났다.

방에 틀어박혀 눈물을 짜내던 그녀는 다음 날, 날이 밝자마자 곧장 공작저로 향했다. 미엘르의 상태가 좋지 못하다는 것을 아는 공녀가 오스카를 시켜 그녀의 비위를 맞춰 줄 것을 종용했다.

"어떻게…… 어떻게 그러실 수가 있으신 거죠? 저는 오스카 님에게서 반지까지 받았는데……."

그녀가 가장 걱정하는 것은 오스카와의 미래였다. 눈물을 흘리는 미엘르를 위로하며 오스카가 말했다.

"그리 걱정하지 마십시오. 아마 곧 여론을 뒤바꿀 수 있을 겁니다."

"공녀님께서 준비 중이시라는, 그것 말인가요?"

그의 위로에 미엘르가 눈을 깜빡이며 물었다. 이에 오스카가 고개를 끄덕이며 긍정했다.

"네. 곧 좋은 소식을 들으실 수 있을 겁니다. 그때 다시 백작님을 설득하면 되겠지요. 흩어진 귀족파도 다시 모을 수 있을 겁니다."

거기까지 설명을 들은 미엘르가 그제야 안심한 듯 손수건을 꺼내, 제 고운 눈가를 닦아 내며 표정을 가다듬었다.

"……죄송해요. 제가 요즘 안 좋은 일이 겹쳐서 조금 예민했던 모양이에요."

'안 좋은 일'이라는 말에 오스카의 표정이 미묘하게 어두워졌다. 얼마 전에 일어났던 아리아의 일을 떠올린 모양이었다. 그리고 그것이 제 누이와 큰 관련이 있을 것이라는 사실도. 물론, 눈앞에 있는 이 작은 소녀 또한.

"심려가 크시겠지요. 따뜻한 차라도 드시며 마음을 편히 가지시는 게 좋겠습니다."

그래서 더욱더 비위를 거스르는 일이 없도록 최선을 다했다. 줄곧 누이가 시키는 대로만 해 왔기에 경험과 인맥이 부족한 그로서는 달리 선택의 여지가 없었다. 이렇게 쥐 죽은 듯 조용히 비위를 맞추거나, 때를 노려 칼을 가는 수밖에.

공작가의 후계자라는 칭호가 무색할 정도로 형편없는 인간이라 자신을 자책한 그가, 대기 중이던 시종에게 미엘르의 차를 새로 갈아 올 것을 지시했다.

"정말 감사해요, 오스카 님."

그 다정함에 미엘르가 얼굴을 붉히며 고개를 끄덕였다. 날이 갈수록 자신에게 친절히 대하는 그 덕분에 겨우 행복을 되찾아 엠마를 잃은 고통에서 벗어날 수 있었다.

　그것이 순수하게 자신을 좋아해서 그런 것이 아니라는 것은 진작 깨달았지만, 그런 것은 아무래도 좋았다. 그저 오스카가 자신의 곁에 있어 주기만 한다면 바랄 것이 없었다.

＊　＊　＊

　며칠 뒤, 공작가에서 미엘르가 아닌 백작에게 한 통의 편지를 보내왔다. 뒤숭숭한 세간의 시선을 피해 새벽녘에 은밀히 도착한 편지였다.

　공작가에서 도착한 편지를 읽은 이후, 백작은 한동안 이런저런 정보를 찾아보며 심각한 고민에 빠졌다. 친분이 두터운 여타 귀족들과도 빈번하게 만남을 가졌다.

　그들은 이따금 백작저에도 방문하곤 했는데, 뭐가 그리도 숨길 것이 많은지 형식적인 인사조차 하지 않고 카인만 데리고 조용히 응접실로 향했다.

　'도대체 무슨 꿍꿍이지?'

　이를 수상히 여긴 아리아가 그들이 돌아가는 시간에 맞춰 1층 홀에서 서성였다. 취침 시간이 한참이나 지났기에 누군가 있을 거라곤 생각지 못한 백작과 손님으로 온 귀족 몇이 아리아를 발견하고 놀란 얼굴을 애써 감추려 시선을 피했다.

　"아리아, 이 시간에 여기서 뭘 하고 있는 게니."

　백작을 뒤따라 나온 카인 역시 흠칫 놀라며 서둘러 아리아의 옆으로 다가왔다. 그가 제법 가벼워 보이는 아리아의 실내복 위에 제

옷을 걸쳐 주며 빨리 위층으로 올라가라며 성을 냈다.

"손님이 오셨다고 들었는데, 인사조차 드리지 못한 것 같아 죄스러워서요. 그런데 제가 이렇게 마중을 나온 것이 더 잘못된 행동이었던 것 같네요. ……죄송합니다."

순수한 의도였다는 그녀의 말에 괜히 찔린 귀족들이 큼큼 목을 울리며 그렇지는 않다고 부정했다. 개중 한 명이 아리아를 기분 나쁜 시선으로 훑으며 말했다.

"이리도 어여쁘고 마음씨 고운 영애를 위해서라도 불가피한 선택이 아닐까 싶습니다. 이대로 가다가는……."

"……알겠네, 알겠어. 나도 마음이 기운 참이니 이만 돌아가 보게나."

백작이 무언가 말을 하려는 젊은 귀족의 등을 떠밀었다. 밤이 늦었으니 어서 돌아가 보라며 아예 문밖으로 함께 나가 버린 탓에, 홀에는 카인과 아리아만이 덩그러니 남겨졌다.

때문에 아리아의 시선이 카인에게 향했다. 카인은 진즉부터 아리아의 가벼운 실내복에 눈길을 주고 있던 참이었다. 그러다 마주하게 된 아리아의 시선에 그가 화들짝 놀라며 다시금 어서 올라가 보라며 말했다.

"걱정이 되어서요. 오라버니께서도 바빠 보이시고……."

그래, 그러면 무언가 알고 있을 터. 백작과 귀족들이 황급히 사라져 아무런 정보도 알아낼 수 없었던 탓에 목표물을 바꾼 아리아가 카인과의 거리를 한껏 좁혔다.

"식사 시간에도 뵙지 못할 때가 많아 아쉬웠거든요."

아쉬워하기는커녕 이따금 마주칠 때마다 카인의 눈을 피하며 제

갈 길을 가기 바빴던 아리아건만. 태세를 바꿔 갑자기 가까이 다가오자, 카인의 얼굴이 주체할 수 없을 만큼 달아올랐다. 어쩔 수 없는 본능이었다.

"……네가 걱정할 일은 없을 거다. 조만간 일이 풀릴 테니, 너는 마음 편히 좋아하는 일을 하도록 해. 아, 외국어를 배워 두는 편이 좋을지도 모르겠구나. 뭐, 배우지 않아도 그만이지만."

외국어? 카인의 조언에 아리아의 눈매가 미약하게 찌푸려졌다. 갑자기 웬 외국어를……? 설마 다 같이 외국으로 망명을 갈 셈은 아니겠지. 아무리 황태자의 농간에 의해 흩어졌다고는 하나, 아직 남은 수많은 귀족들이 한꺼번에 타국으로 망명을 한다면 제국에도 큰 파란이 불 것이다.

하지만 그랬다간 전쟁이 일어날지도 모르는 일이니 미치지 않는 이상 그렇게까지 할 리는 없을 테고. 속내를 짐작할 수 없는 말에, 카인과 몇 마디 더 대화를 나누려 했지만, 귀족들의 배웅을 마친 백작이 돌아왔기에 이만 방으로 올라가야 했다.

'도대체 무슨 일을 꾸미고 있는 걸까.'

고민해 봤지만 정확한 답을 알 수 없어 뜬눈으로 밤을 꼬박 새우다가 결국 모래시계를 사용할 결심을 하는데, 다음 날 아침에 그 해답을 찾을 수 있었다.

"공녀님의 선택을 따르기로 했다."

"정말이신가요……?"

오랜만에 밝은 얼굴을 보인 미엘르가 눈을 빛냈다.

공녀의 선택이라니? 그녀가 무슨 선택을 했기에?

백작 부인 역시 자세한 이야기는 모르는 듯 설명을 기다리며 백작을 응시했다.

하지만 백작은 더 설명할 생각이 없었던 모양인지, 조용히 식사만 할 뿐이었다. 이에 궁금증을 참지 못한 아리아가 물었다.

"……무슨 선택이요?"

"곧 알게 될 거예요."

백작을 대신해 미엘르가 의기양양하게 대답했다. 전과는 달리 얄궂은 그 말투에 식탁 밑으로 내린 손에 저절로 힘이 들어갔다. 차라리 순진한 척했던 과거의 그녀가 훨씬 나았다. 대놓고 본심을 표현하니 비아냥거릴 수도 없지 않은가.

'역시, 미엘르는 알고 있는 거였어.'

공녀와 친분이 있는 미엘르였으니 백작보다 먼저 공녀가 어떤 일을 벌일지 알고 있었는지도 모른다. 마치 모두가 알게 될 때에 너도 알게 될 거라는 것처럼 선을 긋는 대답에 아리아의 기분이 한껏 불쾌해졌다. 이에 대답을 구하려 카인을 응시했으나, 그 역시 제 아비의 선택을 존중한다는 말 이외엔 아무런 대답이 없었다.

'그래, 멍청한 백작 부인과 그녀의 딸에게는 설명할 필요조차 없다는 거겠지.'

어찌 이리도 홀대할 수가!

아리아는 공녀와 미엘르를 심판할 그날이 닥치면 반드시 백작과 카인 역시 가만히 두지 않겠다고 다짐하고 또 다짐하며 식당을 나서는 카인의 팔을 붙잡았다.

"오라버니, 도대체 무슨 일인 거죠?"

여차하면 모래시계를 쓸 생각이었다. 물론 카인에게는 그보다 애처로운 표정이 더 먹힐 것이라 생각해 먼저 그리하자, 그가 퍽 곤란한 표정으로 시선을 피했다.

"아직 발설하기에는 좀……."

"저와 어머니를 제외한 모든 가족들은 다 알고 있잖아요! 설마…… 저와 어머니는 가족이 아닌 건가요?"

그리 묻자 카인이 그렇지 않다며 손사래를 쳤다.

"그럴 리가! 단지 어딘가에서 정보가 새어 나갈 가능성을 최대한 막기 위함이지."

사실은 가족이라 생각하지 않으면서. 그러니 새어머니를 업신여기고 의붓여동생의 손길에 얼굴을 붉히는 것이 아닌가.

아리아가 점점 더 침울한 얼굴을 하며 눈물을 글썽이자 결국 굴복한 카인이 주변을 둘러보고 아무도 없는 것을 확인하곤 절대 말하지 말라며 사실을 고했다.

"사실은…… 이시스 공녀께서 외국의 왕과 결혼을 하게 되실 것 같아."

그 말에 아리아가 손에 든 모래시계 상자를 떨어뜨렸다.

＊　＊　＊

방으로 돌아온 아리아는 지끈대며 아파 오는 머리를 감쌌다. 타국과 손을 잡았으리라곤 생각했지만, 설마 타국의 왕과 정략결혼을 하리라고는!

'……아스 님은 괜찮으실까.'

가장 먼저 든 생각은 아스가 괜찮을지였다. 복수할 대상이 새로운 힘을 얻어 그것이 어렵게 되었다는 생각보단 아스가 먼저였다.

쉽게 만날 수 없는 탓에 괜히 쓸데없이 자수를 놓은 손수건을 망가 뜨리며 불안한 마음을 진정시키려 노력했다.

'아스 님이 느꼈던 기분이 이런 건가……'

만나고 싶을 때 만나지 못해 곁에 두고 싶다는 느낌. 걱정하던 아리아는 자신의 정체를 아는 버붐 남작에게 피노누아 루이와 만 날 기회를 만들어 달라는 편지를 보냈다.

우연을 가장하여 버붐 남작의 가게에서 마주치면 되는 일이었다. 이미 아스와 단둘이 사라졌던 것을 지켜본 그라면 달리 의심하지 않고 들어줄 것이라 생각했다.

그렇게 오매불망 답신을 기다리는데, 뜻밖에도 그에게서 무언가 소식이 도착하기 전에 더 먼저 도착한 것은 하얗게 질린 얼굴의 백 작 부인이었다.

그녀 역시 뒤늦게 상황의 심각성을 인지하고 백작을 닦달하여 자 세한 내막을 알아낸 모양이었다. 사색이 된 백작 부인이 아리아에 게 외국으로 떠나자는 제안을 했다.

"무서워서 여기 못 있겠어. 어떻게 잡은 기회인데, 이렇게 죽을 순 없잖니? 그러니 같이 잠시 떠나는 게 어떻겠니? 응? 상황이 여 의치 않아진다면 이혼을 할 생각도 있단다."

백작을 사랑하여 결혼한 것이 아닌 그녀는 자신의 안전한 미래 를 위해 얼마든지 그를 버릴 생각이 있는 듯 보였다. 이는 아리아 역시 바람직하다고 생각한 태도였기에 작게 고개를 끄덕여 의사를 표현했다.

"어머니께선 그렇게 하시는 게 좋겠어요."

그녀는 달리 자신을 지킬 무엇도 갖고 있지 않았기 때문이다.

"그럼 빠른 시일 내로 준비하도록 할 테니 너도 정리할 것이 있으면 서두르렴."

기뻐하는 얼굴의 백작 부인이 돌아서려 하자, 아리아가 황급히 그녀의 팔을 붙들었다.

"잠시만요."

"……무슨 할 말이라도 있니? 설마, 남겠다는 말은 아니겠지? 네가 백작가를 그렇게 위하는 줄은 차마 몰랐구나."

차마 제 친딸을 버리고 갈 생각은 없는 모양인지, 백작 부인이 아리아를 설득하기 시작했다. 이에 무어라 대답을 할지 고민하던 아리아가 그녀의 손을 잡으며 신중할 필요가 있다고 말하자, 그녀의 낯빛이 사뭇 어두워졌다.

"그렇게 빨리 큰일이 터지진 않을 거예요. 공녀가 결혼을 하고 그 뒤에 무언가가 터지겠죠. 그러니 상황을 파악할 필요가 있어요. 어떻게 이룬 건데, 이렇게 쉽게 포기하실 수가 있으세요?"

백작 부인과는 다르게 아직 할 일이 많이 남아 있던 아리아는 제국을 떠날 생각이 없었다. 더불어 아스가 마음에 걸렸다. 가능하다면 자신이 이룬 세력을 내주고, 모래시계를 사용할 수 있는 자신이 아스의 옆에 붙어 있는 편이 좋지 않을까 하는 생각마저 들었다. 그리고 무엇보다, 진짜 악녀들에게 심판을 내려야 하기 때문도 있었다.

"그건……."

아무리 상황이 극단적으로 변했다고는 해도, 침착한 아리아의 태도를 보며 자신이 너무 호들갑을 떨었다는 것을 늦게나마 인지한 것인지, 백작 부인이 흐트러진 제 머리카락을 매만지다가 이내 마지막 말을 남기고 아리아의 방을 떠났다.

"……네 말뜻은 충분히 알았어. 그렇지만 결국엔 제국을 떠나는 게 좋을 거라는 걸 알게 될 거란다."

물론 아리아 역시 목숨을 부지하기 위해선 그렇게 하는 것이 현명하리라 생각했지만, 마음은 이미 돌이킬 수 없을 만큼 정반대의 방향으로 기울어져 있었다.

*　*　*

아직 세간에 소문이 퍼지지 않았기 때문일까. 아스는 달리 '아리아'에게 편지를 보내지 않았다. 그나마 다행인 것은 대신하여 '투자자 A'에게는 답신을 보냈다는 점이었다.

『죄송하지만, 근래에 눈코 뜰 새가 없이 바빠 만나 뵙지 못할 것 같습니다. 아카데미 완공식 날 뵙겠습니다.』

그 울지도, 웃지도 못할 답신을 몇 번이나 읽은 아리아의 표정이 딱딱하게 굳었다. 혹시 공녀의 일 때문에 바쁜 건 아닌지 걱정도 되었다. 그래서 만나러 오지 못하는 건지.

'정말, 괜찮은 걸까.'

완공식이 얼마 남지 않았으니 조만간 만날 순 있겠지만, 당장 눈으로 확인할 수 없다는 사실이 이토록 끔찍한 일인 줄 몰랐다. 심장이 답답해질 정도였다. 이에 아리아의 손이 가슴께에 닿아 있는 것을 본 제시가 어디 아픈 것이냐며 걱정스러운 얼굴로 물었다.

"의사를 부를까요?"

"아니, 괜찮아."

"하지만 안색도 좋지 않으신 걸요, 피곤해 보이시고."

제시를 쉴 것을 종용하여 잠시 소파에 깊숙이 몸을 묻은 아리아가 눈을 감고 생각에 빠져 있다가, 이내 다시 자세를 바로 세웠다. 과거 자신을 죽음에 몰아넣었던 이들이 세력을 다시 키운다고 하는데, 손을 놓고 지켜만 볼 수도 없는 노릇이었다.

"펜과 편지지를 준비해 줘."

그래. 이렇게 고민할 시간이 없었다. 역시 계획대로 진행하는 수밖에.

그간 물밑에서 홀로 쌓아 온 그 모든 것들을 수면 위로 끌어올려 모두에게 보여 줄 시간이 닥친 것이다.

아리아가 외부로 편지 몇 통을 보내고, 나머지를 백작 부인을 비롯한 저택의 사람들에게 나누어 주자 그들이 미간을 찌푸리며 이게 무엇이냐 물었다.

"꼭 참석해 주셨으면 해요. 아주 중요한 일이거든요."

"이건…… 설마 황태자가 연관된 아카데미는 아니겠지."

백작의 얼굴이 사뭇 흥흥했다. 귀족파의 핵심 인물이라고 볼 수 있는 그에게 황태자는 그 무엇과도 견줄 수 없는 가장 큰 적이었기 때문이다. 그런 그가 황태자의 새로운 업적을 축하하는 자리에 참석할 리가 없었다.

"……미안하지만 바쁠 것 같구나. 중요한 일이라면 나중에 전달을 받도록 하마."

그래, 어쩌면 현명한 선택일지도 모른다. 눈앞에서 제 새로운 딸아이가 적을 도왔다는 사실을 알게 된다면 그보다 더 끔찍한 일이 없을 테니까. 물론 그걸 노리고 초대를 한 것이었기에 아쉬웠지만, 예상했던 반응이었다.

'과연 완공식 이후에도 저 태도를 고수할 수 있을까.'

아무리 황태자를 도왔다고 한들, 아리아는 이미 무시할 수 없을 정도로 큰 세력을 구축했기에 향후 백작의 반응이 예상됐다.

"어쩔 수 없겠네요. 그럼 차후에 따로 말씀드릴게요."

"언니는 참으로 한가하신 모양이에요."

분위기를 등에 업은 미엘르가 눈을 흘기며 말했다. 이 날카로운 말투에 잠시 시선이 미엘르에게로 모였다. 백작 부인은 무어라 혼을 내고 싶어 하는 얼굴이었다.

고작해야 타고난 신분 하나만으로 모든 것을 거머쥔 주제에 무엇이 저리 잘났다고. 과거였다면 그리 생각하며 그녀에게 포크를 내던졌을지도 모르는 일이었지만, 이제는 아니었다.

지금의 그녀는 저 어리석은 미엘르가 평생 갖지 못할 대단한 것들을 손에 쥐고 있었기에.

* * *

"너 도대체 무슨 생각이니? 어떻게 그런 곳에 참석을 하겠다는 거야? 다들 언짢아하는 게 보이지도 않니?"

식사를 마치고 방으로 따라 들어온 백작 부인이 물었다. 그녀는 아리아의 행동을 이해할 수 없다는 듯 목소리를 높였다. 그녀는 지금 이 엉망진창인 상황에 아리아가 기름을 부었다고 생각한 모양이었다.

이에 방문을 닫고 곁눈으로 아무도 없는 것을 확인한 아리아가 사뭇 진지한 표정으로 백작 부인을 향해 돌아섰다.

"어머니, 걱정하지 마세요."

"……아리아?"

"분명 그리 나쁜 선택은 아닐 테니까요."

아니, 백작의 태도가 한껏 변하겠지. 미엘르 또한 더 이상 자신을 업신여기지 못할 것이다.

'어쩌면 제 패로 이용하려 안간힘을 쓸지도.'

황태자와는 어쩌다 보니 인연이 닿아 투자자로서 그가 아카데미를 만드는 데 협력했을 뿐, 아리아의 세력 자체는 중립을 지키고 있었다. 정치적인 접근은 버붐 남작의 선에서 정리를 해 놓았기에 아직까지 아무런 색을 띠지 않았지만, 정체를 밝힌 뒤라면 상황은 달라질 것이다.

'물론, 나는 아스 님의 편을 들겠지만.'

* * *

"아가씨, 오늘 정말 아름다우세요. 오랜만에 이렇게 꾸미시니 천사가 따로 없으세요."

당연한 말을 하는 제시에게 눈길을 한 번 준 아리아가 거울을 통해 자신의 모습을 살폈다. 오늘을 위해 미리 맞춘 드레스와 장신구들이 하나같이 화려함을 뽐냈고, 그보다 더 찬란한 아리아의 외모와 어우러져 자연스럽게 녹아내렸다. 단아한 아름다움을 지닌 미엘르나 또렷하고 아름다운 외모를 지닌 이시스라 할지라도 쉽게 소화하기 어려운 것들이었다.

예전부터 그랬지만 참으로 외모만큼은 그 누구에게 견주어도 지지 않을 자신이 있었다. 미엘르가 가진 신분처럼, 타고나야만 가질 수 있는 이 외모 덕분에 과거에도 20년 넘게 살아남은 건지 모른다.

'만약 이 무기가 없었다면 스무 살을 넘기기 전에 미엘르에게 살해당했겠지.'

성격도 고약하면서 시선을 사로잡을 무언가도 없는 매춘부의 딸 따위, 그 누구도 사랑하지 않았을 것이다. 하지만 아주 다행히도 견줄 이가 없을 정도로 아름다운 외모를 타고난 데다가 이제는 자수성가까지 이룬 그녀는 이제 거칠 것이 없었다.

만족스러운 거울 속 제 자신에게 미소를 지어 보인 아리아가 그녀와 마찬가지로 아름답게 꾸민 제시와 애니를 데리고 자신이 투자한 아카데미 완공식장으로 향했다.

"……나는 아직도 네가 왜 여기에 가는지 이해가 되지 않는구나."

홀로 동행한 백작 부인이 말했다. 그녀의 얼굴에는 여전히 먹구름이 잔뜩 끼어 있었다. 하지만 저 어두운 얼굴은 곧 놀라움과 기쁨을 담을 것이 틀림없었기에 아리아가 제 어미의 손을 살포시 잡았다. 백작이 기분 나빠 할 것이 분명한데도, 제 딸아이를 위해 이 불편한 자리를 참석해 준 것에 감사하며.

"조금만 기다리시면 알게 될 거예요."

아카데미는 황성 근처에 위치했기에 깊은 이야기를 나눌 틈 없이 금세 도착했다. 황태자의 업적이라는 것을 뽐내고 싶은 모양인지, 한눈에 보아도 화려한 건물이 눈에 띄었다.

"……세상에. 황성의 일부라고 해도 위화감이 없겠네."

마치 황성의 일부라고 생각 될 만큼. 마차에서 내린 백작 부인이 놀라움을 감추지 못했다. 아리아 역시 중간 과정을 보지 못하고 웅장한 결과물만을 맞닥뜨린 탓에 태연한 척하기 위해 애를 먹었다.

'단시간에 이렇게 대단한 건물을 완성하다니. 어지간히 돈을 투자했겠어.'

감탄하며 둘러보자, 완공식까지 시작이 얼마 남지 않아서인지 꽤 많은 인파가 모여 있었다. 멋들어진 복식을 차려입은 귀족과 더불어 평범한 복장의 평민들도 이따금 보였다.

"오셨습니까."

기다리고 있었던 모양인지, 아리아를 발견한 버붐이 서둘러 그녀를 마중했다. 그는 숨이 멎을 듯 아름다운 아리아를 보고 잠시 동안 말을 잇지 못하다가, 이내 정신을 차리고 자신의 소개를 한 뒤, 두 모녀를 에스코트했다. 이에 아리아가 외부에서 인맥을 쌓았을 줄은 꿈에도 몰랐던 백작 부인이 부채로 입매를 가리며 물었다.

"누구시니?"

"사업 때문에 알게 된 분이에요."

그녀의 대답에 놀란 것은 백작 부인뿐만 아니었다. 버붐 남작 역시 내내 조심하던 아리아가 사업이라는 단어를 언급해 놀란 듯 입을 다물었다.

"……사업이라니?"

"그동안 심심해서 투자를 조금 했었거든요. 큰 투자는 아니고, 약간의 취미 생활 정도로요."

정말 아리아가 말한 대로 취미 생활로 소소하게 투자를 하여 버붐 남작을 알게 된 것이라 받아들인 백작 부인이 이내 납득하며 걸음을 옮겼다. 아리아에 대한 기대가 없었기 때문에 대수롭지 않게 여긴 모양이었다.

이에 사정을 아는 애니는 뜻 모를 웃음을 지었고, 잘 모르는 제시는 고개를 갸웃거렸다. 앞서 걸어 나가는 아리아에게 서둘러 다가온 버뭄 남작이 그녀에게만 들릴 작은 목소리로 조심히 물었다.

"무슨 생각이십니까……?"

"뭐가요?"

"아뇨, 그…….."

가까이 붙자, 아리아에게서 매혹적인 향수 냄새가 은은하게 풍겼다. 사업가들 중 누군가의 향수라는 것을 알면서도 괜히 가슴이 두근거려 얼굴을 붉히자, 이를 주시하던 백작 부인이 소리 나게 부채를 접으며 주의를 주었다.

"남작님, 우리 아리아는 아직 어리답니다."

그녀는 고작해야 별 볼일 없는 남작 주제에 아리아를 넘보는 것이 마음에 들지 않는 모양이었다. 또한 애니의 눈초리 역시 사나워졌다. 이에 버뭄 남작이 무어라 변명을 하려 했지만, 아리아의 이름을 부르는 이에 의해 무산되었다.

"아리아!"

"사라? 후작님까지……!"

바쁠 것이라 생각해 오지 못할 줄 알았는데, 편지를 받은 사라가 화사한 미소를 띠며 아리아에게 반갑게 인사해 왔다.

"오랜만이에요. 이제 몸은 좀 괜찮나요?"

"그럼요. 바쁘신데 시간을 내주셔서 감사해요."

그렇게 대답한 아리아가 마치 사라를 처음 만났을 때처럼 수줍게 웃는 탓에, 사라가 그녀의 보드라운 머리카락을 몇 번 쓰다듬었다. 마치 소중한 아이를 대하듯 조심스러운 손길이었다.

"다행히 시간이 났어요. 후작님께서도 마침 궁금하시다 하셔서 같이 오게 되었고요."

사라가 걱정이 된 것이겠지.

백작 부인과도 살갑게 인사를 나눈 그들은 버붐 남작의 안내에 따라 이동했다. 본관 옆에 지어진 대형 홀에는 황태자와 인연을 맺은 귀족들이 미리 자리하고 있었다.

그들은 제일 먼저 자리한 빈센트 후작을 보고 눈을 동그랗게 떴다가, 뒤를 이어 자리하는 아리아를 보고 입을 벌렸다. 그녀가 누군지 아는 이도, 모르는 이도 마찬가지였다.

과한 미색에 어떤 반응을 표해야 할지 난감해하는 모습들이었다. 그러다가 이내 자신들의 시선이 실례라는 것을 깨닫고 시치미를 떼듯 고개를 돌렸다.

"사라 영애는 언제 보아도 기품이 넘치시는군요."

"과찬이세요, 부인. 부인께서야말로 여전히 아름다우셔서 비교가 될까 무섭답니다."

백작 부인은 올해 초에 치렀던 간소했던 약혼식과는 다르게, 내년이면 정식으로 혼인을 하여 후작 부인이 될 아리아의 사랑스러운 친구에게 칭찬을 서슴지 않았다.

그녀들을 뒤로하며 아리아가 아스의 흔적을 찾았다. 공을 모두 떠넘긴다고는 했으나, 편지에서도 오늘 만나자고 했으니 분명 도착해 있을 것이다.

하지만 기다림은 길어져 식이 시작되려 함에도 아스는 모습을 나타내지 않았다. 버붐 남작 또한 나타나지 않는 그에 의문을 표하며 초조함을 감추지 못했다.

"큰일입니다. 개회사를 피노누아 루이 님께서 하실 예정이었는데."

아스도 아리아도 정체를 밝힐 수 없었기에 대신하여 완공식 행사를 준비한 버붐의 얼굴이 새파랗게 변모했다.

'설마 진짜 피노누아 루이가 나타나는 건 아니겠지.'

그럴 리 없다고 생각하면서도 모습을 드러내지 않은 탓에 아리아 역시 초조해지려던 그때였다.

"어? 오셨군요!"

어디선가 나타난 아스가 성큼성큼 계단을 오르는 것이 보였다. 겨우 가슴을 쓸어내리며 걱정을 털어 낸 버붐 남작은 그가 평소와 다르다는 것을 깨달은 것인지 고개를 갸웃거리며 말끝을 흐렸다.

"그런데 복장이 왜……?"

새하얀 정장에 황금으로 수가 놓인 범상치 않은 복장이었다. 가슴에 달린 브로치는 튤립을 근원으로 한 황가의 인장이었다. 그것은 황족 이외의 사람은 착용할 수 없는 모양이었다. 그것을 눈치챈 버붐의 표정이 사색이 되었다.

"아, 아가씨! 저분……! 지난번에 남작님의 가게에서 뵈었던 분이에요!"

심상치 않음을 느꼈는지, 아스를 알아본 애니 역시 사색이 되어 아리아의 이름을 불렀다. 그는 투자자가 참석했는지 확인하기 위함인지 단상 위에 올라가 잠시 귀빈석을 훑었다.

"……!"

그러다가 뜻밖에도 아리아와 눈이 마주쳐 의아한 듯 눈을 크게 뜨더니, 자신을 만나기 위해 참석해 준 것이 아닐까 혼자 납득한 것인지, 이내 미소를 띠었다.

아스가 단상 위로 올라감에 따라 그를 알아본 그의 측근들이 기립하여 예를 갖췄다. 영문을 모르는 이들 또한 그의 복장에서 신분을 유추하고 공손한 자세를 만들어 냈다.

"황태자 전하께서 투자하셨다더니, 저분이신가 보구나······!"

백작 부인이 감탄하며 예를 갖췄다. 아무리 귀족파와 사이가 좋지 않다고 한들 황족은 경외의 대상이었기 때문이다. 백작과는 달리 백작 부인은 파벌 싸움에 관심이 없는 탓이기도 했다.

모두가 허리 숙여 황태자의 권위에 예를 표하고, 아스가 참석한 귀빈들의 얼굴을 하나하나 살펴 자신의 세력을 확인한 뒤 완공식이 시작되었다.

"제국의 새로운 학문 기관의 완공을 축하하는 자리에 이렇게 모여 주셔서 감사합니다. 오늘 이 아카데미를 기획한 프란츠 아스테로페라고 합니다."

그가 축사를 읊자 버붐 남작이 당장이라도 쓰러질 듯 휘청거렸다.

피노누아 루이라고 했으면서! 그래서 그렇게 대했는데!

아리아와 손을 잡고 나서는 뒷모습에 이죽이기까지 했었다며 울부짖는 그의 속마음이 얼굴에 여실히 드러났다.

아직 성인식을 치르지 않았기에 그간 공식 석상에 모습을 나타내지는 않았으나 자신이 이룬 업적에는 얼굴을 비추는 것이 도리였다. 조용한 홀에 아스의 목소리가 울렸다.

"수도에 지어진 아카데미는 귀족이 아닌 평민의 학업 능력 증진과 사업가들의 인재 확보를 위해 최선을 다할 것이며 구체적으로는······."

그가 아카데미 설립의 목적과 방향성을 설명하자 참석자들의 눈이 휘둥그레졌다. 소문으로 대충 듣기는 했으나, 제대로 된 설명을 듣는 건 지금이 처음이었기 때문이다.

늘 그랬듯 귀족들을 위한 기관이라고 생각했던 이들이 정말 저것이 가능하냐며 아주 조용히 수군대기 시작했다. 그러자 설명을 마친 아스가 귀빈석을 한 번 더 훑더니, 아주 잠시 동안 침묵을 지키다가 이내 투자자를 언급했다.

"물론, 이번 사업은 선뜻 투자를 해 준다는 분이 계셨기에 가능했던 일이었습니다."

참석한 이들 중 달리 새로운 얼굴이 없었기에 그는 이 자리에 투자자가 참석하지 않았다고 생각한 모양이었다. 그 말을 끝으로 홀에 침묵이 흘렀다. 이 타이밍에 맞춰 투자자 A가 등장해야 하건만, 아무도 자리에서 일어나지 않았기 때문이다.

아스의 정체를 알고 충격에 휩싸인 버붐 남작의 얼굴에 더더욱 큰 충격에 휩싸였다. 설마, 아리아가 나서는 것은 아니겠지. 그는 당장 졸도해도 이상하지 않을 정도로 상태가 좋아 보이지 않았다. 그런 버붐 남작의 시선을 한 몸에 받으며 아리아가 조용히 자리에서 일어났다.

"……아리아?"

옆에 앉은 백작 부인이 그녀의 이름을 불렀다. 단상에서 가까운 곳에 자리하고 있었기에 아스의 시선이 자연스레 그녀에게 향했다. 의아해하는 그의 눈빛을 당당하게 마주한 아리아가 단상 옆 계단을 천천히 올랐다.

"……아리아 영애?"

갑자기 단상 위로 올라온 아리아에, 아스가 의문을 표하며 그녀의 이름을 조심스레 불렀다. 이에 마치 절벽 위에 핀 고고한 꽃처럼 도도한 표정을 지은 아리아가 한쪽 손으로 드레스 자락을 잡고 천천히 무릎을 굽혀 황태자를 향해 예를 표했다.

의도를 파악할 수 없음에 미세하게 미간을 찌푸린 아스에게 아리아가 맑고 청량한 목소리로 인사했다.

"귀한 자리에 저를 '초대'해 주셔서 감사합니다, 황태자 전하."

설마……!

말도 안 되는 가정이라 생각하면서도 아스는 놀란 눈으로 아리아응 응시했다.

"초대라니, 무슨……."

아스가 답지 않게 말끝을 흐리며 되묻자, 아리아가 그에게 작은 충고를 덧붙였다.

"모두가 보고 있습니다, 전하."

거리가 조금 떨어져 있기는 했지만, 이 이상 당황한 기색을 내비쳤다간 모두가 알아챌 것이 틀림없었다. 아리아의 지적에 아스가 흠칫하고는 그제야 본연의 표정을 되찾았다.

하지만 속은 여전히 충격으로 얼룩져 있는 모양인지, 무릎을 굽혀 불편한 자세를 취한 아리아에게 아무런 지시도, 언질도 하지 못했다. 결국 말을 잃은 채 하염없이 자신을 응시하는 그의 행동을 다시금 지적하는 수밖에 없었다.

"다리가 아프네요."

"……일어서도 좋습니다."

아스의 허락에 자세를 바로 하고 등을 꼿꼿이 편 아리아가 길고 풍성한 속눈썹을 깜빡이며 태연하게 물었다. 마치 아무런 특별한 일도 없었다는 것처럼.

"전하를 대신하여 한 말씀 올려도 되겠는지요?"

자신의 정체는 그리도 닦달하여 알아내고선, 정작 그녀 스스로의 정체는 이리도 꼭꼭 숨겨 놓았다니. 분명 평소 같았으면 곧바로 상대를 향해 배신감이 들고 분노했을 것이다. 하지만 그녀를 향해서는 조금도 그런 감정이 들지 않음에 아스는 속으로 한숨을 삼켰다.

여상하지만 아름다운 미소를 띠고 있는 아리아에게 아스가 작게 고개를 끄덕이는 것으로 대답을 대신하고는 단상에서 천천히 물러서 아리아가 설 공간을 만들어 주었다.

흠잡을 데 없이 우아한 동작으로 걸음을 옮기는 그녀에게 따라붙는 아스의 시선에는 여전히 복잡한 감정이 뒤섞여 있었다. 눈으로 확인하고도 아리아가 투자자라는 것이 아직 현실로 와닿지 않은 모양이었다. 그리고 놀란 것은 아스뿐만이 아니었다.

"도대체 아리아가 왜……?"

제 딸이 설 자리가 아님에도 당당히 그곳을 차지한 탓에 백작 부인이 서둘러 몸을 일으켰다. 당장 단상 위로 달려가 그녀를 끌어내리기라도 할 기세였다. 이에 애니가 백작 부인의 앞을 가로막으며 고개를 저었다.

"아가씨께선 저곳에 서실 분이 맞으세요."

그녀의 얼굴에는 존경과 기쁨이 한껏 어려 있었다. 그것은 미엘르를 존경하고 동경하던 것과는 차원이 다른 감정이었다. 처음부터 갖고 있던 것을 당연하게 휘두르는 자에 대한 막연한 동경이 아닌, 자신의 손으로 영광을 손에 쥔 자에 대한 경외였다.

그 감정에 휩쓸린 백작 부인의 손이 갈피를 잡지 못하고 방황했다. 도대체 이게 무슨 일이란 말인가.

"아리아……."

또 한편에선 의문과 걱정이 가득한 사라의 목소리가 흘러나왔고, 동시에 단상에 선 아리아가 청중들을 향해 공손히 인사했다. 그 우아한 자태가 보는 이들의 감탄을 자아냈다.

다리에 힘이 풀려 반쯤 쓰러진 버뷸 남작이 의자에 기댄 상태로 단상을 응시했다. 그간 그녀의 정체를 숨기기 위해 오매불망 발로 뛰었던 그는 이제 거의 포기한 듯 보였다.

"소개받은 로스첸트 아리아라고 합니다. 세간에서는 투자자 A로 통하고 있지요."

어딘가에서 작게 비명 소리가 들렸다. 모두가 감탄하고 놀라워할 시간을 줄 생각이었던 아리아가 잠시 말을 멈추고 소리가 나는 근원지로 시선을 돌렸다.

'아아, 모임에서 만났던 부인이시군.'

귀빈석 근처에 아리아에게 투자를 받은 이들이 모여 앉아 있었다. 이미 아리아의 얼굴을 본 적이 있던 그들은 설마 그녀가 투자자일 줄은 생각도 못했다는 듯 얼빠진 표정을 짓고 있었다.

때와 장소, 그리고 상대를 잊고 손가락질을 하는 이도 있었다. 분명 소문의 악녀라며 믿을 수 없다는 헛소리를 하겠지. 그 기분 좋은 광경을 눈에 담으며 아리아가 말을 이었다.

"이렇게 뜻 깊은 사업에 투자를 하게 되어 기쁩니다. 먼저 손을 내밀어 주신 황태자 전하께 감사의 말씀을 올립니다."

아리아가 조금 떨어진 곳에서 자신을 응시하는 아스에 다시금 고개를 숙여 감사를 표했다. 이에 그녀의 뒷모습을 보며 복잡한 심경을 정리한 아스가 가슴에 손을 대고 아리아에게 최대한의 예를 표했다.

마치 준비한 듯 자연스럽게 대응하는 그 모습은, 보는 이들에게 하여금 그들이 서로 같은 편이 아닐까 생각하게 만들 정도였다.

"처음에는 많이 고민했지만, 역시 약자를 돕는 일에 동참하고 싶어 투자를 결심을 했습니다. 부디 앞으로도 누군가의 도움이 될 수 있는 사업이 있다면 적극적으로 검토할 생각입니다."

그러나 이내 황태자가 아닌 다른 이유가 원인이었다고 거론하며 선을 긋는 아리아에 아스가 쓴웃음을 지었다.

"본 아카데미를 통해서 유능한 인재가 다수 발굴되기를 바라며, 그에 따른 지원을 아끼지 않겠습니다."

그리 말하며 환하게 미소 짓는 아리아는 소문의 악녀가 아닌, 마치 제국에 내려온 천사의 모습이었다. 진정으로 약자를 구원해 줄 것 같은 그 아름다운 모습에 우매한 백성들이 마음을 빼앗겼다.

그렇게 잠시 동안 그 시선을 즐긴 아리아가 다시금 깃털같이 가벼운 몸짓으로 끝인사를 마치자, 잠시간 정적이 일었던 홀에 박수갈채가 쏟아졌다.

경외로 가득 찬 시선을 한 몸에 받은 아리아가 힐끗 시선을 돌려 아스를 확인했다. 그는 중요한 순간에 그럴듯한 쇼맨십을 펼쳐 순식간에 제 이미지를 바꿔 버린 아리아를 복잡한 표정으로 지켜보고 있었다.

"아리아!"

인사를 마친 아리아가 단상에서 내려오자마자, 자리에서 일어난 백작 부인이 헐레벌떡 그녀에게 다가왔다. 조금만 기다리면 제자리로 돌아갈 텐데, 그것을 참지 못하고 달리다시피 한 잰걸음이었다. 그녀는 아직도 아리아에게 무슨 일이 일어난 건지 이해하지 못한 얼굴이었다.

"도대체…… 도대체 이게 무슨……?!"

"어머니."

식이 아직 끝나지 않았음에도 목소리를 높이려는 그녀의 손을 빠르게 잡은 아리아가 부드럽게 웃으며 자리로 돌아가자 재촉했다.

"앉아서 설명할게요."

사색이 된 백작 부인과 함께 자리로 돌아가자, 더더욱 사색이 된 사라와 빈센트 후작이 눈에 들어왔다. 그들은 당장이라도 아리아에게 설명을 요구하는 듯한 눈빛을 보냈다.

"일단 식을 즐기시는 게 어떨까요? 단상 위보다 귀빈석이 더 주목을 받고 있는 것 같아서요."

아리아의 말대로 다음 순서를 설명하는 단상 위의 진행자보다 아리아에게로 청중의 시선이 쏠려 있었다. 감히 마주하기조차 힘든 황태자는 뒷전이었다.

제국의 별로 떠오른 투자자가 설마 소문의 그 악녀였다는 것이 충격이었던 모양이었다. 이대로 대화를 계속했다간 원치 않게 대화 내용이 동네방네 소문이 날 것이 틀림없었다.

"……식이 끝나면 꼭 제대로 설명해야 할 거야."

백작 부인이 눈을 흘기며 말했다.

"물론이죠."

이제 본격적으로 바빠질 테니 당연히 설명이 필요하지 않겠는가. 이어진 식에서는 벌써 입학할 학생들을 뽑아 놓은 것인지, 장학생으로 선발된 이들의 명단을 부르고 있었다.

그것을 지나 아스가 있던 곳으로 시선을 돌렸다. 그 역시 개회사가 끝이 나 아리아의 뒤를 이어 단상을 내려오고 있었다.

'아스 님이 뭐라고 할까.'

왜 속였냐고 화를 내는 건 아닐까. 그저 투자자라는 사실에 놀라고 말까. 그도 아니면 모른 척하는 건 아닐까. 곧장 이쪽으로 달려와 따지는 것은 아니겠지.

그가 한걸음씩 내디딜 때마다 괜히 심장이 쿵쾅거리며 여러 가지 생각이 머릿속을 뒤덮는데, 단상 밑에서 대기하고 있던 그의 측근이 타인에겐 들리지 않도록 그에게 조용히 무언가를 속삭였다.

"……."

심각한 이야기인 듯 표정을 굳힌 아스가 이내 고개를 끄덕이더니 그와 함께 홀을 빠져나갔다. 무슨 일이라도 생긴 걸까. 걱정하는데 식이 끝날 때까지 아스의 모습을 볼 수 없었다.

(악녀는 모래시계를 되돌린다 3권에서 계속)